KB189989

# 백두 묘향에서
# 한라 무등까지

길 위의 사람, 그가 지나온 이 땅의 산길

**백두 묘향에서 한라 무등까지**
길 위의 사람, 그가 지나온 이 땅의 산길

처음 찍은 날 | 2021년 12월  3일
처음 펴낸 날 | 2021년 12월 10일

지은이 | 이영록

펴낸이 | 김태진
펴낸곳 | 다섯수레

편집 | 온현정
마케팅 | 박희준
제작관리 | 송정선

등록번호 | 제 3-213호
등록일자 | 1988년 10월 13일
주소 | 경기도 파주시 광인사길193(문발동) (우 10881)
전화 | 031)955-2611
팩스 | 031)955-2615
홈페이지 | www.daseossure.co.kr



ISBN 978-89-7478-451-5 03810

# 백두 묘향에서 한라 무등까지

길 위의 사람, 그가 지나온 이 땅의 산길

이영록

다섯수레

# 글머리에

2018년 9월 20일 오전 10시 10분께, 남북 정상 부부가 백두산 천지를 깜짝 방문했다. 평양을 출발하여 삼지연공항을 거쳐 백두산 최정상인 장군봉까지 이어지는 경로였다. 나는 숨을 죽이며 그 장면을 화상으로 지켜봤다.

그들은 18년 전인 2000년 가을 내가 다녀왔던 길을 그대로 거쳐 갔다. 다른 점이라면 나는 그 당시 천지 어귀 백두산행 열차의 종착역인 향도역 근처까지 북측이 제공한 중형 버스를 타고 가서 20여 분 숨을 헐떡이며 걸어서 장군봉을 올랐으나, 그들은 천지가 내려다보이는 장군봉 정상 언저리까지 바로 자동차 편으로 올랐다는 것이다. 그새 백두산 가는 길이 크게 트인 모양이었다.

그날 백두산에는 구름 한 점 없었고 바람도 불지 않았다. 발아래로 천지가 내려다보이는 백두산 상상봉에서 남과 북의 두 정상이 맞잡은 손을 높이 치켜들었을 때 나도 모르게 가슴이 뭉클해졌다. 하늘길이든 뱃길이든 땅 위의 길이든 길은 사람이 오고 가야 이어진다. 이날 남북 정상의 백두산행은 그로서도 하나의 길을 이룬 것이다. 두 정상이 맞잡은 손을 놓지 않는다면 말이다.

고등학교 시절 교장 선생님이 운동장 전체 학생 조회 자리에서 하신 훈화 가운데 “길로 가라”는 말씀이 기억에 남아 있다. 그때는 그 말씀이 무엇을 뜻하는지 정확히는 몰랐지만 그래도 어쩐지 멋있어 보였고 가끔씩 생각이 나곤 한다. 그리고 그 뜻을 늘 헤아리면서 살아왔다. 내가 바른길을 걷고 올바른 삶을 살고 있는가를 자문자답하면서. 수많은 국내의 산길을 섭렵하면서도 이러한 생각을 놓치지 않으려 애써 왔다. 물론 나도 꼭 바른길만 걸어 왔다고 감히 장담은 하지 못하겠다.

2018년 가을 남북 두 정상의 천지 회동을 목도하면서 문득 내가 지금껏 지나온 산길을 더듬어 보면 어떨까 하는 얕은 생각이 떠올랐다. 그래서 기록이 있는 것을 중심으로 그동안의 족적을 정리해 봤다. 동아리 등산모임 때마다 강요(?)받다시피 산행기를 썼던 것이 그나마 기록으로 남아 있어서다. 무슨 계획을 갖고 산을 올랐던 것은 아니어서 구성상 균형을 찾기는 어려웠다. 지리산이나 설악산 같은 큰 산도 수차 오르내렸지만 기록으로 남기지는 못했다.

2000년 9월 하순 남북한 백두산·한라산 교차관광 행사에 내가 운이 좋게 남측 대표 100인에 끼었고, 그곳을 다녀온 기억을 살려 조그마한 기행 책자(『백두고원에서 만난 희망의 돋을 풍경』)를 냈기 때문에 이번 책자의 실마리는 거기에 실었던 백두산과 묘향산 부분에서부터 풀어 나갔다. 북측의 한라산 관광도 함께 추진되었지만 이런저런 사정으로 이뤄지지 못했다. 사람의 왕래가 무산된 만큼 북측의 한라산 관광 길은 아직 열리지 못한 채 숙제로 남아 있다.

산 따로 길 따로가 없는 시골에서 어린 시절을 보냈으므로 등산으로서의 산길은 아마도 대학 시절 제주도 한라산의 답사 길이 처음이 아니었던가 싶다. 장비도 변변치 못했지만 젊은 날의 낭만과 희망만으로 동무들과 어깨를 기대면서 즐겁게 한라산을 오르내리고, 제주도의 자연을 음미하고 겪었던 것이 지금껏 아름다운 기억으로 남는다.

그리고 정례적인 산행은 직장에서 해직되고 나서 해직 동료들과 어우러져 함께했던 동아투위의 요요회 산행이 대종이었고, 그 후 새로운 직장을 얻어 20여 년 근무를 하고 나서 산을 좋아하는 퇴직 동료들과 매주 금요일 같은 산을 정기적으로 오르내리며 즐거움을 나누고 있는 금요산악회 산행도 주요한 노후의 일정이 되고 있다. 여기에 더하여 청계산을 지척에 둔 내곡동에 노년의 보금자리를 틀면서 틈나는 대로 집 뒤의 인릉산이나 청계산을 찾는 것이 요즘의 나이다.

물론 나의 선택이겠지만 이런저런 까닭을 붙여서 내가 '가지 않은 길'도 있었을 것이다. 고교 시절 교과서에서 만났던 미국의 고전적인 시인 로버트 프로스트(Robert Frost)의 시 가운데 소박한 전원의 정서를 인생의 문제로 승화시킨 「가지 않은 길(The Road not Taken)」이 있다. 시의 제목이 '가지 않은 길'인 것을 보면 자신이 걸어온 길보다는 걷지 않았던 길에 대한 미련을 함께 드러내고 있음을 알 수 있다.

모두 네 연으로 된 이 시에 나오는 길은 바로 인생의 길이다. 제1연에서 서정적 자아인 그가 어느 가을날 숲속에서 두 갈래의 길을 만나 망설이다가, 제2연에서는 그중 사람이 적게 다니는 길을 택하고, 제3연에서는 선택한 길을 가면서 다른 길은 훗날을 위해 남겨 두고, 제4연에서는 자신이 선택한 길 때문에 모든 것이 달라졌다고 회상하는 내용으로 시상을 전개하고 있다. 특히 작가의 사상이 드러나 있는 마지막 제4연에는 인간은 동시에 두 길을 갈 수는 없으므로 선택을 해야 한다는 점에서 인생의 고뇌와 인간적 한계를 보여 주고 있다. 선택과 기회비용이라는 경제학의 화두도 바로 여기에서 출발한다.

우리가 어느 길을 가든 미련과 회한은 남기 마련일 것이다. 만약 그 선택지에서 멈추어 설 수 있다면, 그때는 가지 않았음에 대한 미련이 남을까? 아닐 것이다. 만약 미련이 생긴다면 그때 가볍게 짐을 싸서 떠나면 그만일 테니. 시간이 많이 흘러가지만 않았다면 말이다. 그래서였을까, 영문학자 피천득 선생은 "어떤 길이든 네가 가고 싶으면 그것이 옳은 길이 될 것이다"(「인연」) 라고 응원한다. 어릴 적 나선 길 위에선 짐이 많아 돌아서기가 버거웠겠지만 나이 들어 떠나는 길은 짐도 비교적 적어서 가볍게 주변에 적응하면서 수긍하고 즐기며 쉬엄쉬엄 갈 수 있지 않을까?

그러나 세월에 장사 없다는 옛말을 증명이나 하듯 이제는 높은 산이 아니어도 오르는데 숨이 차서 한 번 쉬던 길을 두 번, 세 번 쉬던 것을 네댓 번을 나누어 쉬면서 오르고 있다. 또한 산은 올랐으되 기록으로 남기지 못한 지리산과 설악산을 더 힘이 빠지기 전에 한 번이라도 올라서 산 이야기에 보태고 싶은 마음이 간절하지만 체력의 한계나 시기상의 제약으로 실행에 옮기지 못하고 있는 것이 아쉽다.

임인년 새해 새봄을 맞아 이 졸문으로 평소 알고 지내 온 지인·친지들에게 두 해가 다 되도록 떠날 생각을 않고 있는 불청객 코로나를 함께 이겨 내자는 희망을 담아 영춘 인사로 대신하고자 한다.

2021년 12월

이영록

자식의 서(書)

부모님(이영록·강기순)의 희수(喜壽)년과 금혼(金婚) 50년에 즈음하여
두 분의 건강·장수를 기원하며 이 책자를 상재합니다.

이희영·김지형, 이가영·윤성희, 이수영·김성진, 이동호·민지혜 올림

## 차례

글머리에 • 5

제1부 금족禁足 풀린 백두白頭 천지天池, 그리고 묘향산妙香山(2000년 9월 23일~27일)

백두산(白頭山)_북녘 산하를 거쳐서 백두에 오르다 ........................................ 17

기(起): 분단선을 넘어서 • 19

30년 전에 미리 쓴 북행기(北行記) 19

승(承): 마침내 성사된 북행길—백두산 그리고 묘향산, 평양 기행 • 25

서울~평양 직항(直航), OZ 1001 PYONGYANG 27/ 분단(分斷)을 넘어서—55년의 거리를 한 시간에 29/ "저희 비행기는 방금 평양 순안공항에 도착했습니다." 30/ 허름한 국내선 여객기, 예쁘고 속 깊은 승무원 32/ 백두산 가는 들머리 삼지연(三池淵)공항 33/ 이깔나무 곱게 물든 숲속의 소백수(小白水) 초대소 34/ 초대소에서의 첫날 밤, 뜻밖의 동숙자들 36/ 방북을 마치고 받아 본 통일 칼럼집『마른 잎 다시 살아나』39/ 천지(天池) 일출의 기대로 잠 설친 첫날밤 41/ 느닷없는 육당(六堂) 생각—『백두산 근참기』42

전(轉): 가슴 열지 않는 겨레의 영산(靈山) • 44

칠흑 속의 백두산 등행(登行) 44/ 정상 가까워 오자 백두고원에 붉은빛 감돌아 45/ 운무에 갇힌 용담(龍潭) 47/ 천지 큰 못가에서 산천어죽 안주 삼아 들쭉술로 해장하고 50/ 백두산 관광의 백미(白眉), 천지 둘러보기 한나절 52/ 아쉬운 작별, 산사람 엄홍길은 걸어서 하늘까지 54/ 육당(六堂)과 민세(民世)의 백두산, 그리고 천지 58/ 초대소의 가을 풍경—가을 빛 완연한 삼지연, 물안개 곱게 피어오르고 60/ 펀잔맞으며 산 정창모(鄭昶謨)의 그림 〈묘향산 하비로암〉 63

결(結): 마침내 가슴 연 백두산 • 64

항일 '보천보(普天堡) 전투' 승리 자부심 대단 64/ 백두산 정계비(定界碑), 곤장 안기고픈 관리들의 모럴 헤저드 66/ 곤장덕 산협(山峽)에서 만난 압록강은 유장(悠長)히 흐르고 69/ 북한 시(詩)「백두산에 오르네」와 문익환 목사의「꿈을 비는 마음」72/ 장시(長詩) 줄줄 외던 민족교육자 성내운 교수 생각나 76/ 백두산 천지 재등정(再登頂)의 음모는 싹트고 78/ 마침내 가슴 연 백두산, 원색의 바다 천지 해돋이 80

묘향산(妙香山)_망외(望外)의 덤 여행, 솔향기 그윽한 묘향산 ································ 85

평양~향산 관광대로 달려 묘향산으로 85/ 살수대첩 승전보 울린 청천강은 소리 없이 흐르고 87/ 묘향산 기슭에서 하룻밤 여장을 풀고 89/ 관람관엔 동아일보가 선물한 순금판'보천보사건 호외'도 91/ 잦은 전화(戰禍)에도 삼보 대찰 면모 남은 보현사(普賢寺) 93/ 통일 비는 탑돌이, 해 떨어지자 주지 스님은 퇴근하고 95/ 시간에 쫓겨 점만 찍은 만폭동(萬瀑洞) 97/ 신화(神話)의 현장 단군굴 못 들러 아쉬워 99

## 제2부 국내 명산 순례 산행

한라산(漢拏山)_3박 4일의 제주 기행_올레길, 그리고 한라산 등반의 추억(2008년 12월 7일~10일) ································ 105

제주도에 대한 기억 105/ 로망의 신혼여행지 제주도 109/ 요요회의 3박 4일 제주 기행－올레길, 그리고 백록담 등정 110

무등산(無等山)_오월에 찾은 광주, 그리고 무등산 흑수정 석봉들(2012년 5월 12일) ······ 125

월출산(月出山)_남도 기행 곁들인 월출산 산행 낙수(落穗)(2009년 11월 20~21일) ········· 141

계룡산(鷄龍山)_2016년 봄(春), 갑사로 가는 길(한국출판인회의 산악회, 2016년 4월 9일) ································ 165

태백산(太白山)_흑룡의 해 신새벽에 오른 태백산, 그리고 설원 위에서 올린 천제(한국출판인회의 산악회, 2012년 1월 14일) ································ 177

북한산(北漢山)_팥배나무 꽃숲 이룬 5월 북한산 비봉능선길(2013년 5월 18일) ············ 191

관악산(冠岳山)_누가 조국으로 가는 길을 묻거든 눈 들어 관악을 보게 하라 ·············· 199

백설부(白雪賦) 읊으며 넘은 삼성산 삼막사 능선길(요요회 2007년 송년 산행, 2007년 12월 15일) • 199

새해의 4자성어, 호연지기(浩然之氣)는 어떨까(요요회 2010년 송년 산행, 2010년 12월 18일) • 204

강추위 속에 넘은 관악산 칼바위 능선(요요회 2011년 송년 산행, 2011년 11월 17일) • 210
'요요 관악탁족도(樂樂 冠岳濯足圖)': 창랑지수(滄浪之水)에서 벌인 유상곡수연(流觴曲水宴)(요요회 관악산 탁족 산행, 2011년 8월 20일) • 218

마니산(摩尼山)_기해 신년 벽두에 오른 마니산, 참성단(塹星壇) 천제(天祭)(금요산악회, 2019년 1월 4일) ······ 225

제3부 **산 산 산 산 산**

구룡산(九龍山)·대모산(大母山)_폭우 뚫고 구룡산·대모산을 종행하다(2009년 6월 20일) ······ 237

금병산(錦屛山)_동아투위와 '내친구 문순 c'의 행복한 동행(2011년 7월 16일) ······ 243

실미도(實尾島)_비극의 섬 '실미도'에 바치는 진혼곡 〈봄날은 간다〉(2011년 10월 29일) ······ 257

아차산(峨嵯山)_춘설(春雪) 얼어붙은 아차산 둘레길 걸으며_온달과 평강공주의 애달픈 사랑 노래에 가슴 젖고(2013년 2월 16일) ······ 267

비봉산(飛鳳山)_비봉산, 그리고 벚꽃 만개한 청풍호 둘레길에서의 1박 2일 힐링(2013년 4월 20~21일) ······ 279

감악산(紺嶽山)_장준하 선생 38주기 추모식 참석하고 8월 땡볕 아래 오른 감악산(2013년 8월 17일) ······ 295

인릉산(仁陵山)_인릉산 둘레길에서 불러 보는 〈과수원 길〉(2016년 5월 9일) ······ 305

강화산성(江華山城)_고려의 숨결 느껴지는 고려궁지(高麗宮址)와 강화산성 길(한국출판인회의 산악회, 2016년 12월 10일) ······ 309

제4부 자유 언론 실천의 염원을 담은 언론단체 합동 시산제(始山祭)

관악산(冠岳山)_황사 사이로 찾아 나선 봄 이야기(요요회 2011년 시산제, 2011년 3월 9일) ······ 321

오봉산(五峰山)_동아투위 결성 37주년 기념 언론단체 합동 시산제(2012년 3월 17일) ······ 329

북한산(北漢山)_북한산 삼천사골에서 자유언론 실천 다짐(2013년 언론 관련 단체 합동 시산제, 2013년 3월 16일) ······ 341

제1부

# 금족禁足 풀린 백두白頭 천지天池, 그리고 묘향산妙香山

(2000년 9월 23일~27일)

백두산(白頭山)

# 북녘 산하를 거쳐서 백두에 오르다

아, 백두산!

나는 십여 년 전 중국과의 수교가 이루어졌을 당시 중국 땅을 거쳐 백두산에 올라 눈물을 흘리고 만세를 부르는 사람들을 보고 부러워하곤 했다. 비록 남의 땅을 거쳐서라도 백두산 천지를 볼 수만 있다면 그것으로 족하다는 생각을 갖고 있었다. 그리고 기회가 닿으면 나도 한 번 그렇게 해 봤으면 하고 바라오던 터였다.

그런데 그 꿈이 우연치 않게 이루어졌다. 그것도 분단 이후 민간인에게는 처음 열린 직항로를 통해서다. 우리 땅을 거쳐 백두산에 오를 수 있는 행운이 내게 찾아온 것이다. 2000년 남북한 정상회담의 결과로 나온 '6·15선언' 후속사업의 하나로 결실을 본 남북한 백두산-한라산 교차관광이 그것이다.

1차로 그해 9월 22일부터 일주일 동안 남쪽의 사회 각계 대표 100여 명 속에 끼어 백두산을 거쳐 묘향산, 평양 등지를 다녀왔다. 북쪽의 한라산 관광단은 이런저런 사정으로 아직까지 실현되지 못하고 있다. 6박 7일 일정의 대부분을 백두산과 그 언저리에서 보냈지만 백두산을 보았노라고 말하기는 어렵다.

또 아는 것만큼 보인다는 말이 있는데 그쪽에 관한 한 거의 문외한에 가까운 것이 사실이다. 핑계 같지만 우리 일행의 백두산 관광은 대부분 북측에서 보여 주는 것 위주였다. 따라서 범위와 대상이 제한적일 수밖에 없었다. '장님 코끼리 만지는 격'이었지만 그렇다고 눈을 감고 만져 보기만 한 것은 아니라고 변명하고 싶다. 눈을 뜨고 보고 만졌다. 보고 만지는 부위에 따라 사람마다 느낌이 다를 수 있듯이 백두산을 바라보는 눈에 따라 감각이나 입장이 다를 수 있다고 본다.

알다시피 분단 이후 남쪽의 민간인에게 관광을 목적으로 한 북한 길이 열린 것은 1998년 11월 18일 시작된 금강산 관광이 처음이다. 강원도 동해항을 출발하여 해로를 타고 금강산을 오가는 4박 5일 코스가 그것이다. 한 민간 대기업의 주도 아래 진행되어 온 금강산 관광은 그동안 남북한 간의 입장 차이와 들끓는 찬반 여론의 와중에서 숱한 곡절을 겪으면서 단속적으로 이어져 왔다.

그리고 2003년 9월 15일에는 또 다른 기업이 나서서 평양과 묘향산을 육로로 둘러보는 관광 상품을 선보였고, 백두산까지 잇는 상품도 내놓았지만 순조롭지는 못했다. 현재 이 육로 관광은 이런저런 사유로 중단되고 있다. 또 남북 간의 관광 협력이 활성화된다면 민간인이 백두산까지 여행할 수 있는 길도 보다 활짝 열릴 전망이다.

묘향산과 평양 둘러보기는 당초의 일정에는 들어 있지 않았으나 북측과의 집요한 교섭 끝에 하루씩의 시간을 덤으로 얻을 수 있었다. 덤인 만큼 내용이 부실하다는 점은 인정한다.

북한 관광을 두고는 논란의 소지가 없지 않은 것이 사실이다. '묻지 마 관광'이라는 말이 나올 정도로 그들이 보여 주는 것만 볼 수밖에 없는 것이 현실임도 부인하기 어렵다. 실제로 북쪽의 관광지란 북한 정권의 수립 과정과 연관된 곳이 대부분이다. 그래서 관광에 대한 개념이 사뭇 다른 남북 사이에 입장을 조율할 필요가 있다고 본다. 그것은 일거에 정리될 사안은 아니다. 교류와 협력을 진전시켜 나가면서 시간을 두고 조심스럽게 다뤄 나가야 할 문제라고 본다.

'보여 주는 것'과 '보는 것'은 다르다. 북한을 여행하는 입장에서는 이런 점을 어느 정도 이해하고 관광에 임하는 것이 지혜로울 수 있다.

## 기(起): 분단선을 넘어서

### 30년 전에 미리 쓴 북행기(北行記)

1972년의 7·4 남북공동성명에 이어 그해 8월 30일 평양에서 역사적인 남북적십자 첫 본회담이 열렸다. 그 당시 올챙이 기자였던 나는 남북적십자 회담 취재에 열을 올리던 선배 기자들을 도우면서 데스크의 지시를 받아 박스 기사 한 꼭지를 써 냈다. 남북의 화해와 조국의 통일이 금방 눈앞의 현실이라도 될 것 같은 흥분 속에 들떠 있던 시절이었다.

북한 전문가의 도움을 받아 꿈속에서도 가 보지 못한 판문점에서 평양까지의 길목들을 주마간산 식으로 정리해 실었던 「분단선을 넘어서—달라진 연변(沿邊)과 명소(名所)」가 그것이다. 남측 대표단과 보도진의 출발을 하루 앞두고 판문점에서 개성까지는 국도로, 그리고 개성에서 평양까지는 경의선 철도편을 이용했다. 가 보지도 않았고, 아니 가 볼 수 없었던 땅을 다른 이의 구술을 빌려 구성한 200자 원고지 스무 장 남짓한 분량의 엉터리 기행문이었다.

### 거부의 몸짓 푼 '돌아오지 않는 다리'

1972년 8월 30일. 분단 27년의 오랜 침묵을 깨고 끊어진 혈맥(血脈)을 이어 보려는 첫 남북적십자회담이 평양(平壤)에서 열린다. 대한적십자 측 대표단과 보도진 등 일행 54명은 이보다 하루 앞서 29일 판문점(板門店) '돌아오지 않는 다리'를 건너 평양을 향해 떠난다. 이제 '돌아오지 않는 다리'의 차단기는 거부의 몸짓을 풀고 이들 '인도(人道)의 사절(使節)들'을 다소곳이 맞아야 할 것이다.

판문점에서 평양까지 460리(184km). 핏줄을 찾아보려는 이산가족(離散家族)들의 열망과 주시(注視)를 한 몸에 안고 떠나는 이들은 수만 리나 되는 듯이 여겨지던 이 길을 단숨에 달릴 것이다. 한때 전쟁의 상처에서 휴전을 찾고 시비곡절을 가름해 왔던 회담장소 판문점은 서울에서 서북방으로 48킬로미터. 지도상으로는 경기도 장단군 진서면 선적리와 개풍군 봉동면 발송리 사이에 있다.

이곳을 지나 개성(開城)으로 뻗는 국도는 탄탄대로다. 한 나라 한 하늘 아래 있으면서도 오가지 못했던 이 국도 연변엔 지금 아카시아가 짙은 녹음을 드리우고 있고 이 길을 따라 500~600미터만 더 가면 '돌아오지 않는 다리'다. 이 다리의 남북 양끝엔 유엔군 초소와 북의 초소가 마주하고 서 있다. 다리 밑으로는 실개천 같은 사천강이 흐르고, 다리 한복판으로 군사분계선(軍事分界線)이 가로지르고 지난다. 이제 이 다리는 '전설'을 안고 새로운 손님을 맞은 것이다.

여기서 북으로 1킬로미터쯤 떨어진 곳에 58년 김두봉(金枓奉)에게 숙청의 한 구실이 되기도 했다는 송도(松都) 기생 황진이(黃眞伊)의 무덤이 풀숲에 잠겨 있다. 개성에 내려온 김(金)이 '인민군 묘지'와 '지원군(中共軍) 묘지'는 들르지 않고 이 무덤을 먼저 찾아 소주에 북어를 놓고 시조를 읊고

놀았다는 것.

**개성 만월대 주춧돌 옛날을 전해 주고 선죽교 모습도 그대로**

대나무 발을 씌운 삼포(蔘圃)가 드문드문 널려 있는 들판을 지나 판문점에서 서북서로 20리를 달려 옛 고려(高麗)의 왕도(王都) 개성에 이르면 개성 남대문이 제일 먼저 낯선 객(客)을 말없이 맞이하게 된다. 이조(李朝) 태조 3년 반월성을 축성할 때 세워졌다는 이 문은 6·25 당시 폭격으로 크게 파손됐으나 전후 완전 복구됐다. 남대문에서 북향으로는 북의 요새가 되어버린 송악산이 우뚝 솟아 보이고 송악산 밑 만월대 터에는 주춧돌만이 옛날을 전해 준다.

개성 북쪽 16킬로미터 지점 천마산록에는 황진이(黃眞伊)·서화담(徐花潭)과 함께 고려 삼절(三絶)이라 일컬어지던 높이 20여 미터의 박연폭포가 장관을 자랑하고, 남대문 우측 자남산 동쪽 기슭에는 여말(麗末) 충신 포은(圃隱) 정몽주(鄭夢周)가 암살당했던 선죽교(善竹橋)가 옛 모습 그대로 남아 있다. 또 포은이 지냈었고 지금은 개성시 도서관 일부로 쓰이는 송은서원(松隱書院)도 이 자남산 중턱에 있다.

남대문에서 개성역 쪽으로 잠깐 눈을 돌리면 월북자(越北者)들의 정치교육을 맡고 있는 송도정치경제대학. 그 뒤로 서울의 남산 어린이회관과 흡사한 '개성소년궁전'이 눈앞에 환히 들어온다. 대남(對南) 심리전용으로 방영하고 있는 개성 TV 방송국의 중계탑도 볼 수 있고.

전쟁이 한창이던 51년 북한 당국은 개성시와 개풍군을 합해 '개성지구'라 하여 임시로 중앙에 직속시켰다. 그러다가 전쟁이 끝난 뒤인 54년 10월 이후 휴전으로 인해 만들어진 판문군을 여기에 편입, 도(道) 격으로 승격시켜 현재는 1시(개성) 3군(개풍, 판문, 장풍) 73리동 1노동자구가 이 지구에 들어 있다.

**고려 유민의 후예들, 이성계 내치는 기분으로 정초에 조랭이 떡국 먹고**

방직공업으로 유명한 개성에는 대규모의 방직공장과 농기구공장, 식료품공장 등이 있다. 삼포가 많은데다 물이 좋아 예부터 개성인삼주는 알아주는 명주(銘酒)였고, 보쌈김치 또한 빼놓을 수 없다. 고려 유민(遺民) 후예들의 여한(餘恨)일까. 지금도 정월 초하루에는 이성계(李成桂)의 목을 자르는 기분으로 먹는다는 '조랭이 떡국'을 가끔 끓여 먹는다고 한다.

개성 시내를 일별하고 시가 서쪽 끝에 붙어 있는 개성역에서 경의본선에 오르면 평양도 철길로 187.2킬로미터. 이 철길을 따라 평야지대를 시오리쯤 달리고 나면 토성이다. 지금은 개풍군 소재지로 이름도 개풍읍으로 바뀌었다. 그 옛날 철도가 없던 시절에는 뱃길을 통해 조공(朝貢)을 바치기도 했다는 예성강이 지척에 있다.

토성에서는 경의본선과 해주(海州)로 가는 황해선 철길이 갈리고 황해선 40리쯤엔 유명한 배천(白川)온천이 있다. 다시 멸악산맥 최남단 고봉인 송악산과 천마산을 뒤로 젖히고 북으로 숨 가쁘게 꺾어 달리다 삼팔선을 막 넘으면 여현역. 6·25 직전 남침 계획을 숨기기 위해 북한 측이 억류 중이던 고당(古堂) 조만식(曺晩植) 선생과 남로당 거물 간첩 이주하(李舟河)·김삼룡(金三龍)의 교환 장소로 제의했던 곳이며, 동란 직전까지 남북 간의 우편물을 교환했던 곳. 소위 '조국전선(祖國戰線)'의 대표 3인이 이른바 '대남(對南) 평화통일 호소문'을 전달하기 위해 이곳을 넘어 남하하려다 경찰에 체포되기도 했다.

**황해 명산 멸악산 기슭에는 임꺽정 활약했다는 청석골이**

옥수수, 팥, 조 등을 심은 밭들이 눈앞에 한가롭게 전개되는 철길을 따라 석분(石粉, 시멘트 원재료)의 고장 계정, 농산물 집산지 금천역을 지나 한포, 평산역이 가까워 오면 시계(視界)는 구릉이 많은 산악지대로 바뀌고 평산에서 남천으로 들어가는 철도 연변에서는 청석(방구들 놓는 데 쓰는 돌) 캐는 모습이 여기저기 눈에 띈다. 평산에는 태백산성의 성문 루인 선득루(先得樓)가 있고 평산온천, 옥류천, 천상정(川上亭) 등 절승(絶勝)이 많다.

남천을 지나면서부터 북행 열차는 점점 숨이 가빠진다. 물개와 신막 사이에 가로놓인 멸악산맥을 넘어가야 하기 때문이다. 해발 816미터의 멸악산은 웅장하기로 황해에서 제일가는 산. 그 기슭에는 그 옛날 '임꺽정'이 활약했다는 청석골이 있다. 물개는 유리 원료로 쓰이는 형석의 주산지이고, 신막은 철도 교통의 요지이다.

신막에서부터는 내리막길. 다음 역이 있는 서흥에는 북한 굴지의 중석광산인 서흥광산이 있으며 서흥 유기그릇도 이 고장의 명산물. 다음 역인 문무리를 지나면 해방 전 남한에까지 소문이 난 '홍수소주'의 본고장 홍수가 나온다. 이어 2·8 마동시멘트공장으로 유명한 마동. 일제(日帝) 때 이름을 떨친 '아사노 시멘트'가 여기서 나왔다. 조금만 달리면 무형문화재 '봉산탈춤'의 근원지 봉산이다. 330여 년 전 임진왜란 때 왜적을 무찔렀던 정방산성이 있다. 밭이 많아 밀을 많이 생산, 만둣국을 즐겨 먹는다는 이 고을 사람들은 정방산을 보고 날씨를 점친다.

**'황주사과' 본고장의 명성, 은율·송화에 넘겨주고**

봉산에서 한 정거장만 더 가면 사리원(沙里院). 지금은 황해북도(북한의 행정구역)의 도청 소재지가 된 교통의 요지며 농산물의 집산지다. 시내에 있는 경암산에는 경암루가 절경을 이루고 해주(海州)로 가는 사해선과 장연(長淵)으로 가는 사장선이 이곳에서 갈린다. 사장선 연변에 펼쳐진 재령평야에는 재령 쌀이 이름 높고, 신천에 신천온천, 삼천에 삼천온천이 유명하다.

'황해금강(黃海金剛)'이라 불리는 장수산과 '피 어린' 구월산이 시야에 들어오는 계동, 심촌역을 지나면 곧 대구사과와 함께 널리 알려진 '황주사과'의 옛 본고장 황주에 도착한다. 그러나 토질이 좋은 은율·송화로 과수지구를 옮겨 버려 지금은 그 이름났던 황주사과도 옛말. 이곳 정방산에는 지금은 승려가 없고 고적(古跡)으로서 옛 모습을 지키고 있는 성불사가 있다. 정방산성이 멀리 둘러쳐 있는 이 절은 신라 말기 도선(道銑) 국사(國師)가 세운 31 본산의 하나.

황주는 또 송림선의 기점. 황주에서 30여 리 떨어져 있는 송림선의 종점 송림시(松林市)는 해방 전까지 한국 최대의 제철공장이 있었다. 거기서 멀리 서해 쪽 대동강 하구에 남포(진남포)항이 자리 잡고 있다.

### 평양거리에는 서울에서도 마주칠 법한 얼굴들 오가고

다시 눈을 경의본선 철도 연변으로 돌리면 군데군데 사과밭이 널려 있고 흑교역을 지나면 이제 평양도 지척이다. 평남(平南)의 첫 역인 중화. 중화군은 행정구역상 '평양특별시'에 들어 있다. 한약재 명산지로 알려진 이곳은 지금은 평양의 소채 공급지로 바뀌어 고등소채 농촌을 이루고 있다. 중화를 지나면 역포. '평양특별시 역포구역'으로 돼 있는 이곳에는 닭, 오리 등 주로 가금류를 기르는 역포목장이 있다.

역포역을 지날 때쯤이면 대동강이 눈에 보이고 열차 안은 갑자기 부산해진다. 우당탕탕 하며 열차는 한강 철교보다 약간 짧은 대동강 철교 위를 지나간다. 드디어 평양이다. 서울 어느 곳에서도 마주칠 수 있을 법한 얼굴들이 거리를 오간다.

_東亞日報, 1972년 8월 28일 4면

당시 적십자 본회담을 수행·취재하고 돌아온 동아일보의 진철수(秦哲洙) 편집 부국장은 귀로의 차중에서 날려 쓴 방북 소감을 내게 건네면서 정리를 부탁했었다. 그는 이 원고에서 회담의 전망을 '오솔길'로 표현하고 있었다.

오래된 서류뭉치 속에서 우연히 발견한 그의 따끈따끈한 육필은 "평양에 다녀왔다. 조심스레 가서 기쁜 마음으로 돌아왔다. 판문점에 이르자 집에 돌아왔다는 안도감보다는 큰일을 치렀다는 벅찬 느낌이 앞선다"로 시작해서 "이제 길은 트였다. 그러나 오솔길이다. 남북 소통의 탄탄대로가 터지고 통일에 이를 것인지는 앞으로의 인내와 노력, 그것도 쌍방의 노력이 이가 맞아 들어가야만 된다"고 끝을 맺고 있었다.

## 승(承): 마침내 성사된 북행길—백두산 그리고 묘향산, 평양 기행

그의 진단대로 안타깝게도 4반세기 이전에 썼던 나의 방북기는 여태껏 현실이 되지 못했다. '돌아오지 않는 다리'의 차단기 역시 거부의 몸짓을 풀지 않았다.

이후 근 30년 동안 남북 당국자들 간의 이러저러한 교섭과 회담, 그리고 남북 간의 왕래는 간헐적으로 이루어져 왔지만 민간 쪽의 차지는 아니었다. 남북 이산가족 찾기 행사 정도가 제한적으로 이루어졌을 뿐이다.

일부 종교인이나 학생운동권에서 실정법을 뛰어넘어 비밀리에 북행을 감행한 경우를 빼고는 말이다.

더구나 민간인이 북녘 땅을 거쳐서 백두산을 오른다는 일은 상상조차 하기 힘든 일이었다. 백두산을 오르는 일 자체가 중국과의 수교 이후 중국 땅을 거쳐 그쪽 백두산에 올라 천지를 내려다보는 것이 고작이었다. 그 정도라도 황홀해서 중국 쪽 백두산에서 태극기를 배경 삼아 기념촬영도 하고 '대한민국 만세'를 부르다가 목이 메기도 했고 천지의 모진 비바람에 남의 땅에서 목숨을 잃는 일까지 빚어지기도 했다.

그런데 이 상상하기 힘든 일이 현실로 나타났다. 2000년 6월 평양에서 이루어진 남북 정상회담의 결과 발표된 '6·15선언'이 이를 가능하게 한 것이다. 남북 정상회담 성과물의 하나가 바로 남북이 백두산과 한라산을 교차하여 관광하기로 합의한 것이다.

그 첫 번째 행사로 마련된 남측의 '백두산 관광단' 109명이 그해 9월 22일부터 28일까지 6박 7일간 일정으로 북한을 다녀왔다. 분단 이후 남측의 각계 인사들이 단체를 이루어 공식적으로 북한 땅을 거쳐서 백두산에 오른 것은 이것이 처음이었다.

남측의 관광업계 대표 30여 명과 학술, 문화, 예술, 경제, 종교, 체육, 청년, 청소년, 정당, 통일, 여성 등 각계 단체 대표와 기자단으로 구성된 관광단에 대한상공회의소 상무이사 겸 서울상공회의소 사무국장을 맡고 있던 내가 경제계를 대표하여 참여한 것은 개인적으로도 큰 행운이었다. 관광단은 북한 쪽 백두산의 관문이라 할 수 있는 량강도 삼지연군의 소백수 초대소에서 9월 22일부터 5박 6일 동안 머물면서 백두산 정상(2,750m)과 천지, 리명수폭포, 보천보, 압록강과 두만강 등 백두산 주위의 명소와 김일성의 '항일투쟁 전적지' 등을 돌아보았다.

북측은 당초 일정에는 들어 있지 않았으나 남측 관광단의 계속된 요청을 받아들여 1박 2일의 짧은 일정이기는 했지만 묘향산 주변과 평양 시내 관광을 허용했다. 관광단은 서울과 평양 사이는 왕복 모두 우리 측 항공편을 이용했으며, 평양과 삼지연공항 사이는 북측 고려항공을 이용했다. 문화관광부와 한국관광공사는 관광단의 활동을 실무적으로 뒷받침했다. 북측의 '한라산' 관광은 교차관광 합의에 따라 곧바로 추진될 것으로 보였지만 남북 관계가 교착상태에 빠짐으로써 아직까지 실현되지 못하고 있다.

### 서울~평양 직항(直航), OZ 1001 PYONGYANG

2000년 9월 22일 아침 9시10분. 삼성동의 도심공항터미널에서 김포공항으로 가는 셔틀버스에 올랐다. 오후 1시 비행기라는데 10시까지 공항에 집결하라니 너무 이르다는 생각이 들었으나 이해는 되었다. 러시아워가 지나서인지 길이 잘 뚫려 집합시간보다 약간 일찍 공항에 도착했다.

전날 결단 오리엔테이션 때 만났던 단원들의 모습이 드문드문 눈에 띄었다. 아는 얼굴들을 찾아 인사도 나누고 얘기도 하면서 탑승시간을 기다렸다. 낯선 길, 그것도 여태껏 가 볼 수 없는 곳으로 떠나는 길인데도 긴장감 같은 것은 없었다.

명찰을 나눠 주었다. '남북교차관광 대표단/이영록 사무국장/대한서울상공회의소'라고 적혀 있었다. 기다리는 시간이 지루하게 느껴졌다. 우리가 타고 갈 항공편은 아시아나항공 특별 전세기였다. 국적기를 이용하기로 사전협의가 된 모양이었다.

"민족의 영산(靈山), 백두산으로 안전하고 편안하게 모시겠습니다."

항공사 측이 내건 현수막이 우리를 반가이 맞아 주었다. 11시가 조금 지나자 전광판에 "OZ 1001 PYONGYANG"이라는 글자가 출발시각과 게이트 표시(7번)와 함께 나타났다. 나도 모르게 카메라를 꺼내 셔터를 연신 눌렀다. 그 글씨가 금방 사라져 없어지기라도 할 것처럼. 당초 9월 3일부터 9일까지로 잡혀 있던 일정이 북한 측에 의해 두 차례나 연기되었다가 겨우 성사된 방북 길이다.

동행한 중소기협중앙회의 임충규 상무의 제의로 비행기 탑승 전에 김포공항과 아시아나 항공기를 배경으로 교대로 기념촬영을 했다. 나중에 알았지만 임 상무는 사진에 대해서는 아마추어 이상의 솜씨를 가지고 있었다. 관광을 마치고 나서 마련된 백두산관광단 사진전에서 그가 찍은 사진이 입선작에 뽑히기도 했다.

탑승시각이 되자 우리 일행은 승무원의 안내를 받으면서 비행기에 올랐다. 그날 따라 아시아나항공의 색동 로고가 더 말쑥하게 단장한 것처럼 보였다. 내 좌석은 27D. 냉방시설을 가동했을 텐데도 흥분 탓인지 기내는 9월 하순답지 않게 후텁지근했다.

## 분단(分斷)을 넘어서–55년의 거리를 한 시간에

드디어 이륙이다. 예쁘고 친절한 승무원들로부터 귀빈 못지않은 환대를 받으면서 우리의 북한행은 시작되었다. 승무원들은 우리 일행이 몹시 부러운 눈치였다. 묻지도 않았는데 자신들은 우리를 순안공항에 내려주기만 하고 곧장 서울로 되돌아간다고 했다. 한 승무원은 북쪽에 친척이나 연고는 없지만 이왕 평양에 간 김에 시내 구경이라도 한 번 해 봤으면 좋겠다면서 말끝을 흐렸다.

우리를 태운 비행기가 이륙하여 일단 구름 위로 올라오자 기창 밖은 흐리고 비가 조금 올 것이라는 일기예보와는 달리 한국이 자랑하는 가을 하늘답게 파랬다. 장마 끝의 여름 하늘처럼 뭉게구름들이 두둥실 떠다녔다.

이륙한 지 30분쯤 지나자 "우리 비행기는 방금 북한 영해에 들어섰습니다"라는 기장의 안내방송이 나왔다. 시계로 3시 방향 쪽에 내려다보이는 것이 우리 땅 백령도이고 그 옆이 북녘의 장산곶이라는 설명도 곁들였다. 나는 기창에서 눈을 떼지 않고 북녘의 산하를 섭렵해 나갔다.

기내에서 내려다본 북녘의 산하는 비록 일부분이라는 제약이 있기는 하지만 30년 전 내가 '기행문'에서 썼던 것처럼 푸르지도 기름지지도 못한 것 같았다. 산에 나무가 별로 보이지 않았고, 겉흙이 다 드러난 민둥산에 군데군데 조림을 한 흔적들이 보였다. 포장이 안 된 흙길이 구비를 이루고 있었으나 오가는 차량의 모습은 거의 눈에 띄지 않았다. 옹기종기 모여 있는 가옥들이 고만고만한 모양새를 하고 있었다. 모든 것이 그저 조용하고 한가롭게만 보였다. 논밭과 같은 경지들이 잘 정리되어 있었고, 여기저기 추수하는 모습들이 눈에 들어왔다.

"저희 비행기는 방금 평양 순안공항에 도착했습니다."

난생 처음으로 북녘 땅의 이곳저곳을 하늘에서 날짐승처럼 내려다보면서 이런저런 상념에 젖어 있을 때 비행기가 갑자기 고도를 낮추기 시작했다. 허허로운 벌판에 공항 비슷한 시설들이 눈에 들어왔다. 비행기는 착륙을 시도했고, 이내 활주로를 내닫기 시작했다. 순간 누가 시키지도 않았는데 일제히 박수가 터져 나왔다.

아, 얼마 만인가. 비행기가 착륙했을 때 치던 박수소리를 들었던 기억이. 개발 연대를 거치면서 비행기 타기가 하늘의 별따기보다 힘들었던 시절, 그것도 고물 비행기를 들여와 마음 졸이면서 탔던 때의 기억들을 순간 떠올렸다.

그러나 지금은 아니다. 비행기를 처음 타 본 것도 아니고 중고 비행기는 더더욱 아니다. 일행의 생각이 저마다 조금씩은 다르겠지만 그렇게도 단단했던 분단의 벽을 뚫고, 이렇게 가까운 길을 두고도 반세기 넘게 헛돌았던, 그리고 눈에 들어오지 않을 정도로 멀게만 느껴졌던 그 길을 한달음에 왔다는 감회에 가슴이 벅차오르고, 나도 모르게 눈시울이 뜨거워졌다.

이런 격한 마음을 다잡아 주기라도 하듯 승무원의 안내방송이 이어져 나왔다. "손님 여러분, 저희 비행기는 방금 평양 순안공항에 도착했습니다." 공항 청사 지붕에는 "평양항공역"이라는 우리말 표지가 뚜렷했고 바로 아래 "PYONGYANG AIRPORT"라고 병기되어 있었다.

모두들 짐을 챙겨 승강대를 통해 차례로 밖으로 걸어 나왔다. 한낮인데다 콘크리트 바닥에서 올라오는 지열 탓인지 바깥 공기가 좀 덥게 느껴졌다. 하늘은 서울과 마찬가지로 희뿌옇게 흐려 있었다. 아, 드디어 북한 땅을 밟았구나.

그러나 이런 감상에 젖을 틈이 없었다. 곧바로 간단한 환영 인사와 안내가 뒤따랐기 때문이다. 승강대 아래쪽에는 북한의 민족화해협력위원회와 관광총국, 민족경제연합회 소속 간부 등 북측 인사 20여 명이 도열한 채 일일이 악수와 박수로 우리를 따뜻하게 맞아 주었다.

그 가운데는 우리에게도 낯익은 얼굴이 있었다. 김령성 북측 민족화해협력위원회 부위원장. 적십자회담이나 남북 정상회담 실무 접촉 과정에서 북측 수석대표를 맡기도 해 우리 언론에 자주 얼굴을 보인 사람이다. 우리가 일반적으로 생각하는 북쪽 사람답지 않게 반듯한 이목구비에 세련된 태도와 무게가 느껴지는 말솜씨 때문에 더 기억에 남았던 사람이다. 그가 이번 방문단을 맞는 북쪽의 책임자인 듯했다.

우리를 안내하는 사람들도 차림이나 머리모양, 안내하는 태도 등이 너무나 자연스러워서 서울에서 만나는 사람들과 구분이 안 될 정도였다. 우리 일행은 북측이 이끄는 대로 공항 청사 안으로 들어섰다. 이번 방문단의 단장을 맡은 김재기(金在基) 관광협회 회장을 비롯한 집행부 인사들이 북측 대표들의 안내를 받아 자리를 따로 하는 동안 우리는 화장실을 이용하고 남는 시간에 면세점을 잠깐 둘러보았다.

'무관세 매대(無關稅賣臺, DUTY FREE SHOP).' 우리의 면세점을 북한에서는 그렇게 쓰고 있었다. 그러나 면세점의 규모라든지 진열해 놓은 상품들은 우리 눈으로 보면 빈약하기 짝이 없었다. 산업 생산이 중화학공업 중심인 그들을 우리와 비교하는 것 자체가 무리일 수밖에 없다. 또 국제

화나 세계화와는 아직 한참 거리를 두고 있는 그들의 입장에서는 말이다.

그곳의 면세점에도 외국산 주류 코너가 따로 마련되어 있었고, 우리에게도 눈에 익은 고급 양주들이 눈에 가장 잘 들어오는 곳에 자리 잡고 있었다. 북한에서 생산되는 물건들도 있었지만 들쭉술, 인삼주, 인단, 고약 같은 주류나 약품이 대종을 이루고 있었다. 인삼, 더덕, 버섯, 고사리, 취나물 같은 비가공 임산물이 매대의 상당 부분을 차지하고 있는 것이 색달랐다.

얼굴 가득 웃음기를 띤 판매원이 우리를 아주 친절하게 맞아 주었고, 일행의 질문에 성심껏 설명해 주었다. 약간 머뭇머뭇하면서 조심스럽게 함께 사진을 찍지 않겠느냐고 청했더니 의외로 흔연하게 응해 주었다.

### 허름한 국내선 여객기, 예쁘고 속 깊은 승무원

우리 일행은 이곳에서 잠시 쉬었다가 3시 출발로 예정되어 있는 북한의 국내선 비행기로 바꿔 타고 지방 공항인 삼지연공항까지 가도록 되어 있었다. 우리가 탈 항공기는 고려항공(AIR KORYO) JS 5277편 특별기였다. 삼지연은 백두산 천지 아래에 있는 첫 동네이다.

공항 안에서 고려항공을 갈아타는 데도 짐 검색이며, 보안 검사를 다시 철저하게 받아야 했다. 좌석 문제 때문에 약간의 혼선이 있어서 출발이 다소 지연되었다. 자세한 것은 모르겠지만 주최 측은 VIP 순으로 착석시킬 계획이었던 모양인데 공항 측은 티켓 좌석 번호대로 태우려 했다는 것이 뒤에 들은 얘기였다. 내 자리는 19D. 중간쯤이었다.

우리 일행은 항공사 측의 안내를 받아 승강대를 통해 탑승을 시작했다. 이곳에서도 예쁜 승무원들이 비행기 도어 해치 앞에서 예의 웃음 띤 얼굴로 우리를 맞아 주었다. 도어 해치에 붙인 고무 패킹이 찢어지고 갈라져 있었고, 해치 자체도 녹이 슬어 있어서 조금은 불안한 느낌도 들었다. 또 문틀이 낮아서 까딱하다가는 머리를 찧기 십상이었다. 친절한 승무원이 손으로 해치 천정을 막아 주지 않았다면 말이다. 아마도 소련제 구식 낡은 군용기를 부분 개조해 여객기로 쓰고 있는 것이 아닐까 지레 짐작을 해 보았다.

자리를 잡고 앉았지만 냉방이 되지 않아 실내가 찜통 속처럼 후끈거렸다. 연신 손부채질을 해 댔다. 승무원이 보기에 민망했던지 "공중으로 날아오르게 되면 곧 시원해질 거야요" 하고 거들었다. 일행 중 누군가가 승무원에게 기념으로 함께 사진을 찍지 않겠느냐고 청하자 "기내에서 촬영은 금지되어 있습니다. 좋은 장소에 가서 사진 찍읍시다" 하면서 점잖게 딱지를 놓았다. 그 승무원은 지난번 적십자사가 주관한 이산가족 상봉 행사 때 북측 상봉단을 태우고 서울에 다녀갔다고 말해 주었다.

## 백두산 가는 들머리 삼지연(三池淵)공항

우리를 태운 비행기는 예정보다 한 시간가량 늦은 오후 4시쯤에야 이륙했다. 근 한 시간 동안 후텁지근한 비행기 속에서 보낸 셈이다. 이륙한 뒤 한참이 지났는데도 기내는 시원해질 것 같지 않았다. 기장이 환영 인사와 함께 목적지인 삼지연공항까지는 50분 정도 소요될 것이라면서 걸상띠를 매달라고 방송을 했다. 안전벨트를 북쪽에서는 그렇게 부르고 있었다.

승무원들이 돌아다니면서 간식거리를 돌렸다. 겉포장에 '바나나 껌'이라고 쓰여 있는 껌 한 통과 덜 익어 풋기가 채 가시지 않은 조그마한 능금

한 개였다. 껌은 잠깐 씹었더니 금방 단물이 빠져 버려 고무 씹는 맛이 났고, 능금은 돌배처럼 생긴 것도 작고 과육이 단단한데다 당도가 낮았다. 중학교 지리 시간에 머리로만 배웠던 황주사과에 대한 상상과는 거리가 꽤 있는 것 같았다. 중화학 쪽에 치우치다 보니 소비재 생산이나 품종 개량은 후순위로 밀린 탓이 아닐까 혼자서 또 자문자답해 보았다.

비행기가 고도를 높이자 백두산 가는 길목이어서 그런지 고봉과 준령, 그리고 간간히 뱀처럼 이어지는 강줄기만 눈에 들어왔다. 평양 언저리와는 달리 제법 모양을 갖춘 숲들이 이어졌다. 삼지연공항을 눈앞에 두고 비행기가 고도를 낮추기 시작하자 가을이 깊어 가는 산중은 온통 노란색·빨간색으로 곱게 단풍 든 나무들이 말 그대로 수해(樹海)를 이루고 있었다. 산속이라 해가 더 일찍 떨어진 탓인지 석양 노을이 맑은 가을 하늘과 조화를 이루어 더욱 휘황해 보였다. 비행기에서 내리자 고산지대여서인지 찬 기운이 돌았고 삽상한 산골바람이 기내에서의 후텁지근함을 말끔히 털어내 주었다.

## 이깔나무 곱게 물든 숲속의 소백수(小白水) 초대소

공항에서 기다리고 있던 버스를 타고 다시 한 시간 남짓을 가자 량강도 삼지연군의 소백수 초대소가 나타났다. 백두의 산록은 가을빛이 완연했다. 초대소에 이르는 버스길에는 자동차나 사람은 거의 눈에 띄지 않았고 길 양쪽으로 넓게 펼쳐진 이깔나무(바늘잎나무) 숲이 노랗게 물든 가을빛으로 우리 일행을 엄호하듯 맞아 주었다.

이깔나무는 우리가 아는 전나무에 적송을 합친 것처럼 보였다. 가을이 되면 '잎을 가는' 낙엽수이기 때문에 된소리 발음의 '이깔'이란 이름이 붙었다고 한다. 목질이 단단하고 곧아서 재목감으로 높이 친다고 한다. 단풍 든 이깔나무들은 빽빽하게 숲을 이룬 탓인지 큰 키에 비해 아름은 그다지 커 보이지 않았으나 그 빛깔이며 쭉 뻗은 모양이 가히 일품이었다.

멀리 백두산 자락을 뒤로하고 짧은 가을 해가 뉘엿뉘엿 넘어 가고 있는 초대소 앞마당에는 인민복과 검은 치마, 흰 저고리를 단정하게 차려입은 남녀 인사들이 미리 나와 도열한 채 우리 일행을 따뜻이 환영해 주었다. 이런 경우가 처음이어서인지 당황스럽기도 하고 고맙기도 했다. 아마 우리를 안내하고 뒷바라지해 줄 북측 관계자들인 모양이었다.

이날 저녁에는 량강도 인민위원회 리공필 위원장이 환영만찬회를 열어 주었다. 량강도는 백두산 천지를 중심으로 압록강과 두만강이 시작하는 상류 지역을 별도의 행정구역으로 한 모양이었다. 좌석은 빙 둘러 앉도록 되어 있는 원탁이었고, 앉을 자리가 미리 정해져 있었다. 내 자리는 '6탁'이었다. 집행부 격인 자문위원들은 맨 앞자리였다. 비교적 자유롭게 자리에 앉아 합석한 북측 관계자들과 이런저런 관심사들을 스스럼없이 묻고 답하며 화기애애한 가운데 식사를 했다. 우리를 깍듯이 환대하는 모습이 역력했다.

코스 식으로 내온 음식은 평양에서 파견된 요리사의 솜씨라는데 서울의 여느 호텔 못지않을 것 같았다. 정성들여 차린 듯 정갈하고 깔끔했고 화학조미료를 쓰지 않은 모양인지 담백했다. 차림표대로 아편식빵·쉬움떡(술떡)·김치가 차려져 있었고, 칠면조 향료튀기, 룡새우 랭채, 삼색 나물(도라지, 고사리, 오이), 칠색송어(무지개송어) 구이, 소발통곰, 은이 참나무버섯 등이 주된 메뉴로 나왔다. 후식으로 국수와 과일, 인삼차를 내왔다. '룡새우'나 '소발통곰'은 이름이 생소했지만 나오는 대로 남기지 않고 모두 먹었다.

식탁에는 사이다 같은 음료수는 물론 맥주, 그리고 도수가 꽤 높은 백두산 들쭉술 등 북측이 제공한 여러 종류의 술이 품평회라도 하듯 한꺼번에 차려져 있었다. 몇 가지 해산물은 평양에서 가져왔다고 종업원이 묻지도 않았는데 친절하게 일러 주었다. 초대소 식당에는 40여 명의 '주방일꾼'이 근무하면서 손님들의 식사를 맡는다고 한다.

동석한 사람들과 통성명을 하면서부터 금방 친숙해져서 식탁 위에 놓인 술들을 청탁 가리지 않고 권커니 잣거니 하면서 섞어 마셨다. 술에 약한 편이지만 종일 긴장하고 흥분했던 탓인지 술술 잘 들어갔다.

환영회를 곁들인 첫 번째 식사 자리이기도 했지만 분위기가 너무 좋아 근 두 시간이 걸렸다. 다음 날 일정 때문에 저녁 자리를 더 이상 연장하기는 곤란했다. 이번 여행의 하이라이트라 할 수 있는 백두산 해돋이를 보기 위해서는 일찍 잠자리에 들어야 하기 때문이었다. 북측 안내원의 안내를 받아 짐을 챙겨서 배정받은 숙소로 갔다.

### 초대소에서의 첫날 밤, 뜻밖의 동숙자들

소백수 초대소 18동 1호. 오늘부터 내가 묵을 방이다. 소백수 초대소는 백두산 지역 해발 1,380미터 고지에 오직 하나 있는 영빈관급 숙소라고 한다. 삼지연공항에서는 이깔나무 숲길로 20여 분, 이곳에서 백두산 천지까지는 자동차로 두 시간이 채 안 걸린다고 한다.

35만여 평에 이르는 드넓은 숲 한가운데에 자리한 소백수 초대소는 인근 소백산(2,171m)에서 모여 흐르는 소백수의 물을 끌어들여 만든 인공 연못 주위에 20여 개의 숙박 동을 띄엄띄엄 배치해 놓은 고급 숙박시설이다. 북한에서는 초대소가 호텔보다 한 길 더 친다고 한다. 안내원은 이곳에서는 백두산을 찾는 외국 손님이나 재일교포, 당 고위 간부, 그리고 특별공로가 있는 주민 등이 주로 묵는다고 말했다.

사방이 칠흑 같은 어둠 속이라 초대소의 외관은 눈에 잘 들어오지 않았지만, 해질녘 이곳에 들어섰을 때 얼핏 본 겉모습은 남쪽에서 1970년대 초 한창 유행했던 프랑스식 빌라풍의 미니 3층 양옥 비스름했다. 건물 지붕이 주위의 키 큰 나무보다 낮도록 설계함으로써 친환경적이라는 인상과 함께 고급 별장에 든 느낌을 주었다.

우리 일행은 방 네 개에 거실과 부엌, 관리인 숙소가 딸린 한 동에 네 명씩 배정되었다. 각 동마다 관리원이 한 사람씩 있었는데, 방에 불을 때 준다거나 청소 등을 해 주는 것 같았다. 우리 동에는 20대로 보이는 여성 관리원이 있었으나 있는 듯 없는 듯 모습을 잘 드러내지 않아 말조차 걸 수가 없었다. 아궁이에 장작불을 지폈는지 약간 매캐한 냄새가 남았지만 싫지는 않았다.

나와 같은 동에 묵게 된 사람들은 뜻밖에도 나를 빼고는 모두 종교계 대표로 이번 관광단에 참가한 이들이었다. 대한불교 조계종 호계원장을 맡고 있는 월서(月敍) 김계식(金桂植) 스님과 한국기독교교회협의회(KNCC) 부총무 백도웅(白道雄) 목사, 천주교 주교회의 사무차장을 맡고 있는 이창영(李昌永) 신부가 그들이었다.

월서 스님은 조계사·불국사 등의 주지스님과 조계종 중앙종회 의장 등을 거쳐 지금은 종단 내부의 분쟁을 심리·조정하고 종단의 질서나 계율을 위반한 경우 그 심판을 담당하는, 사회로 말하면 법원의 기능을 갖는 재판기구의 수장을 맡고 있는 원로 스님이다.

백도웅 목사는 평안북도 의주 출생으로 연세대 철학과를 마치고 다시 신학을 공부한 뒤 대한예수교 장로회(통합) 평양노회에서 목사 안수를 받고 을지로교회, 청량리중앙교회, 산성교회 등에서 담임목사를 맡았다. 1997년부터 KNCC의 부총무 겸 에큐메니칼 선교훈련원 원장으로 일하고 있다. 그는 통일 문제에 남다른 관심과 열의를 갖고 있는 목회자 중 한 분이었다. 기독교방송의 〈새 아침입니다〉 프로그램을 통해 통일 관련 칼럼을 방송해 왔고 뒤에 이를 책으로 묶어 『마른 잎 다시 살아나』라는 통일 칼럼집을 내기도 했다.

이창영 신부는 대구에서 4대째 천주교를 믿어 온 집안에서 태어나 1991년에 사제 서품을 받고 신부의 길에 들어섰으며, 가톨릭대학 신학교수로 재직하면서 천주교 주교회의 정의평화위원회 총무로서 사형폐지운동에 앞장서 왔다. 2000년 7개 종단이 함께 발족시킨 '사형제 폐지 범종교연합'의 공동대표를 맡고 있다. 그가 이 문제에 관심을 갖게 된 것은 가톨릭대학생 시절 교도소 봉사활동 동아리인 '까리타스회'에 가입해 사형수들과 인연을 맺으면서부터라고 한다. 대학에서는 생명윤리를 부전공으로 택하기도 했다.

이렇듯 18동이 성직자 동(棟)인 셈인데, 무슨 기준으로 나 같은 속인이 이들과 같은 동에 함께 묶게 된 것인지 좀 당황스러웠다. 그러나 처음엔 약간 어색했지만 시간이 지나면서 크게 마음 쓸 일은 아니라는 생각이 들었다. 하긴 같은 성직자라 해도 종파를 넘어 종교가 다 다르고, 이번 행사에도 초면으로 만난 사람들을 한군데 묶게 한 모양인데 거기에 한 자리 남은 것을 내게 배정한 것으로 치면 크게 마음에 둘 필요는 없을 것 같았다.

오히려 잘됐다는 느낌도 들었다. 평소에는 쉽게 접하기 어려운 종교계 지도자들과 이렇게 한꺼번에 지척에서 만나 말을 트고 담소를 할 수 있다는 것이 아무나 경험할 수 있는 일은 아닐 터이다. 말문이 트이면서 피차 서로의 신상에서부터 품고 있는 생각들을 나누다 보니 어느새 가까워졌다. 특히 월서 스님과는 같은 층의 옆방인데다 아내가 봉은사 불자여서 할 얘기가 더 많았다.

## 방북을 마치고 받아 본 통일 칼럼집 『마른 잎 다시 살아나』

백도웅 목사는 서울에 돌아오자마자 곧바로 "백두산과의 만남은 저에게 귀한 시간이었으며, 선생님과의 만남은 하느님의 은총으로 여깁니다"라고 쓴 인사 갈피와 함께 자신의 칼럼집을 보내 왔다.

그의 칼럼은 방송용이어서 시간이나 분량의 제약이 따르기 십상일 텐데도 주옥같은 말감을 촌철의 말씀으로 엮음으로써 민족에 대한 애정과 통일에 대한 열망을 잘 담아 내고 있었다. 책의 표제로 쓴 「마른 잎 다시 살아나」란 칼럼의 일부를 옮겨 본다.

**마른 잎 다시 살아나**

"서럽다 뉘 말하는가. 흐르는 강물을/ 꿈이라 뉘 말하는가. 되살아오는 세월을/ 가슴에 맺힌 한들이 일어나 하늘을 보네.…"

지난 89년 고 문익환 목사님께서 평양을 방문하셨을 때 안치환 씨의 〈마른 잎 다시 살아나〉라는 노래를 부르시면서 한국의 통일 노래라고 하셨습니다. 문익환 목사님께서 '무슨 이유로 이 노래를 부르셨을까' 하고 생각해 보면 아마도 이 노래의 가사처럼 그분이 서러워서일 것입니다. 한국전쟁이라는 큰 아픔을 겪고서도 하나로 합쳐지지 아니한 우리의 현실 때문일 것입니다.

(중략)

우리는 통일운동이라 하면 회담을 하고, 어려운 책을 읽고, 논문을 써내야만 통일운동이라고 생각할 수도 있습니다. 그러나 통일운동은 금강산을 개발하고, 나진·선봉지역에 자유무역지대를 건설하는 것만이 통일운동을 하는 것이 아닙니다. 소 천 마리를 보내야만 통일운동이 아닙니다.

통일운동의 시작은 우리의 현실을 서러워함으로 시작되는 것입니다. 둘이 하나가 되어 연합하여 동거하지 못함을 서러워함으로 시작합니다. 한 가족이 한 지붕 아래 모여 살지 못함을 서러워함으로 시작됩니다. 가슴에 맺힌 우리의 한(恨)들이 되살아오는 서러움으로 시작됩니다. 통일운동은 이렇게 아주 작은 감정으로 시작합니다.

(중략)

나는 서울에 있고 북의 동포들은 평양에 있지만, 떨어져 있어도 나의 가족임을 인정함으로 통일은 시작되는 것입니다. 갈라져 있는 우리 민족은 서러워하지만, 언젠가는 이 마른 잎인 이 민족이 다시 살아나 하나가 된다는 믿음을 가지고 살아감으로 우리의 소원인 통일은 시작되는 것입니다.

나는 오늘 다시 노래를 부릅니다. 평양에서 문익환 목사님이 되어, 한 명의 통일꾼으로 노래를 합니다.

"한 많고 서러운 세월이 가서, 마른 잎이 다시 살아나 이 강산이 푸르러지는 남과 북이 하나가 될 때까지 나는 노래합니다. 통일을…"

_白道雄 통일칼럼 『마른 잎 다시 살아나』(도서출판 하늘, 2000), 34-36쪽.

백도웅 목사는 방북 이듬해 연말부터 한국기독교교회협의회 총무를 맡아 활동 중이다. 이 협의회는 우리나라 교회단체를 아우르는 가장 핵심적인 단체이고, 총무는 이 업무를 총괄하며 실질적으로 협의회를 대표하는 자리로 알고 있다.

### 천지(天池) 일출의 기대로 잠 설친 첫날밤

숙소 거실에는 화질은 그다지 좋지 않았지만 텔레비전 수상기가 하나 있었다. 채널도 대체로 제한되어 있는지 볼 만한 내용은 별로 없었다. 때마침 오스트레일리아 시드니에서 열리고 있는 제27회 올림픽 대회 경기를 일부분 녹화해서 보여 주고 있었다. 그것도 북한 팀이 선전하는 것을 중심으로.

아무튼 우리는 다음 날 새벽 백두산의 일출을 보도록 예정되어 있어서 할 얘기들은 뒤로 미루고 대강 씻었다. 세면실을 겸한 화장실에는 양변기가 있었으나 전체적으로 집을 지은 지가 오래된 탓인지 약간 낡아 보였다. 특히 화장지 지질이 마분지로 되어 있어서 쓰기가 좀 거북했다. 욕실에 비치된 칫솔에 치약을 묻혀 사용했더니 솔이 빠져 나와 입안에서 씹혔다. 여기서도 낙후된 북한의 소비재 산업의 한 면을 보는 것 같았다.

술만 마시면 조는 버릇이 있는 나로서는 주량을 넘을 만큼 이 술 저 술을 섞어서 꽤 마신 덕분으로 금방 잠에 떨어지지 않을까 생각했는데 쉬이 잠이 오지 않았다. 밤 11시가 다 되었는데 눈은 오히려 초롱초롱해지는 것 같았다. 이 역시 긴장과 흥분 탓이겠지. 머리맡에는 1994년 사망한 김일성 수령의 초상화가 걸려 있었다. 이부자리에 누워서 주변의 벽과 천정을 올려다보았더니 감자벌레 여러 마리가 벽면과 천정에 붙어서 기어 다니고 있었다.

그새 깜박 잠이 들었다가 깨어 보니 새벽 1시. 날짜는 9월 23일로 바뀌었지만 서울에서라면 곤하게 잠들어 있을 시각이었다. 다시 잠을 청했으나 2시도 안 됐는데 또 깼다. 3시에는 일어나야 되는데 생각하니 오늘 일정이 은근히 걱정되었다.

밤새도록 자는 둥 마는 둥 뒤척거리다가 아예 일어나 버렸다. 옆방의 월서 스님도 벌써 기침을 했는지 인기척이 들렸다. 3시 반쯤 되니까 우리 동을 담당하는 여성 안내원이 일어나라는 신호로 방문을 살짝 두들겼다. 간단히 세수를 한 뒤 내복 위에 스웨터를 겹쳐 입고 방한 파커를 걸쳤다. '성직자 동(棟)'의 다른 이들도 앞서거니 뒤서거니 거실로들 나왔다. 추울까 봐 옷들을 단단히 차려 입은 품세인데, 다들 잠을 설친 눈치였다.

### 느닷없는 육당(六堂) 생각—『백두산 근참기』

어제 저녁 안내원이 들려준 말로는 바로 한 주일 전에 백두산에 1미터가 넘는 눈이 왔다고 한다. 올 들어 첫눈이라면서 귀한 손님들이 오셔서 아마 눈이 오신 모양이라고 너스레를 했다. 남쪽은 아직 초가을인데 백두는 벌써 '흰머리'를 하고 우리를 기다리고 있다는 이야기인가. 눈이 내리면 다음 해 6월까지는 녹지 않는다고 한다.

하지만 군인들이 눈을 미리 치워 놓아서 진입로는 그런대로 괜찮을 것이라면서 우리를 안심시켰다. 그러나 기온이 꽤 낮기 때문에 방한을 겸한 등산복이 필요할 것이고, 혹시 준비가 안 된 사람들은 초대소 매점에서 솜옷을 살 수 있다고 친절하게 알려 주었다. 백두산은 눈도 많이 오고 추위도 심해 이때쯤이면 일반인의 입산을 통제한다고 한다.

문득 이곳으로 떠나오기 전에 읽었던 육당(六堂) 최남선의 『백두산(白頭山) 근참기(覲參記)』 구절들이 떠올랐다. 미리 공부 삼아 인터넷을 뒤져 읽어 두었던 것이다. 일제하인 1926년 여름 육당이 대규모 근참단의 일원으로 대를 이루어 백두산을 오르고 나서 그 소감을 당시 동아일보에 연재한 기행문 형식의 백두산 등정기(登頂記)이다. 근참(覲參)이라 함은 단순히 산을 오르고 찾아가서 보고 느끼고 하는 수준이 아니다. 웃어른 찾아뵈듯이 문안도 여쭙고 좋은 말씀도 듣고 하는 것이다. 글의 제목에서부터 백두산을 의인화하고 신성시하는 테가 절절하게 묻어난다.

육당의 백두산 등정은 시기적으로 그가 1919년 3·1운동 당시 「독립선언문」을 기초하고, 민족대표 48인의 한 사람으로 체포되는 등 숱한 고초를 겪은 다음 부일(附日)의 길로 들어서기 시작한 때의 일이다. 그러나 그의 『백두산 근참기』에는 글쓰기의 천재(天才)가 문장마다 촌철(寸鐵)처럼 번뜩였고, 조선인으로서 백두산의 기상과 정신을 결코 잊어서는 안 된다는 일침(一針)들이 행간마다 비수처럼 숨겨져 있었다.

육당의 『백두산 근참기』에는 백두산이 갖는 신화적인 의미와 권위를 밝혀 주고 미학적인 신앙을 표현하면서도 조선의 마음과 혼을 불러일으키려 애쓴 흔적이 역력하게 드러나 있다. 그런 함의(含意)만큼 일대 노작(勞作)임도 부인하기 어렵다 할 것이다. 그때까지만 해도 그가 비록 몸은 놓았지만 마음까지는 놓지 않았음을 보여 주고 있기 때문이다.

어쨌든 육당이 백두산을 오를 당시에는 지금보다 삼림이 훨씬 우거진 데다 산길이나 임도(林道)마저 제대로 닦이지 않았을 테고 게다가 삼복(三伏)에 우기(雨期)까지 겹쳐 그 고생이 보통이 아니었을 것이라는 생각이 든다. 또 중국과 접해 있는 국경 지대라서 마적의 출몰이나 독립단의 강습이 우려되어서 일본 순사나 수비대의 호위 때문에도 대원의 숫자가 200명이 넘고 짐 실은 말만 해도 50마리나 된 게 아니었을까.

특히 육당 일행이 백두산 등정에 나설 무렵에는 독립단 등의 주재소 습격 사건이 빈번해 주재소원의 피살이 잦은 때였던 모양이고 그보다 5

년 전 여름에는 수십 명이 포태산 아래 보천보 주재소를 습격하여 순사 부장 이하 수명을 죽이고 달아난 사건도 있었다고 하니, 이들 일행에 대한 경비가 삼엄할 수밖에 없었을 터이다.

육당이 백두산을 근참하는 데 일본 수비대와 경찰의 호위를 받는다는 사실이 아이러니라고 여겨질 수 있는 대목이지만 당시의 상황에서는 그럴 수밖에 없으리라는 이해심이 필요할지도 모르겠다. 그 뒤의 적극적인 친일 활동만 없었다면 말이다.

그런데 우리는 지금 일본 순사가 아닌 동포인 북한 사람의 안내를 받으면서 백두산을 오르려 하고 있다. 같은 핏줄이면서도 반세기가 넘게 갈려 살면서 사상과 체제가 달라진 남북이 이렇게 교차관광의 기회를 나누기로 한 것도 끊어진 혈맥을 잇고 서로의 접점을 다시 찾아보자는 노력의 일환이라면 좀 성급한 얘기일까.

## 전(轉): 가슴 열지 않는 겨레의 영산(靈山)

### 칠흑 속의 백두산 등행(登行)

2000년 9월 23일. 일정에 대해 북한 측과 협의되기로는 새벽 3시 30분에 기상해서 4시에 백두산을 향해 출발하는 것으로 되어 있었다. 이번 관광단의 대체적인 일정은 정해져 있었지만 세부적인 것은 그때그때 양측이 협의해 결정하기 때문에 어떤 경우에는 의견 차이를 조정하느라고 시간이 꽤 걸리기도 했다. 원래는 삭도를 이용해서 천지 어귀까지 가야 하는데 이번에는 특별히 자동차로 이동하기로 했다고 은근히 생색을 냈다.

우리가 케이블카로 부르는 것을 그들은 삭도라고 부른다. 그러고 보니 서울의 남산 케이블카를 운영하는 회사가 '한국 삭도'였던 것이 얼핏 떠올랐다.

초대소에서 버스에 분승해서 한 시간 반 정도 산길로 이동하면 천지에 도착할 것이고 이때부터 7시까지 해돋이 구경을, 그리고 8시에 천지 못가에 내려가서 아침 식사를 하고 낮 12시까지는 천지 관광을 하는 것으로 되어 있다. 그 어간에 가능하다면 천지에 띄어 놓은 배를 타고 뱃놀이를 하는 것도 일정에 들어 있다고 한다.

신새벽이라 지척을 분간하기 어려울 정도로 캄캄했다. 맑은 가을 하늘에 총총히 뜬 별들을 겨우겨우 길잡이 삼아 사람들이 두런거리는 쪽으로 조심조심 다가갔다. 다른 이들도 자동차 불빛을 좇아 하나둘 모여들었다. 다들 방한용 옷으로 중무장을 하고 있었다. 낙오자 한 사람 없이 모두 모였다.

우리 일행을 나눠 태운 25인승 중형 버스는 굽은 산길을 따라 칠흑 같은 어둠을 가르며 조심스레 움직였다. 버스가 약간 높은 지대로 이동하자 희끗희끗 쌓인 눈이 눈에 들어왔다. 그 눈밭에 바람에 쓸린 떨기나무들이 잎이 다 떨어진 채 앙상한 모습을 드러냈다. 대부분의 나무들이 한쪽으로만 가지를 뻗치고 있었다. 안내원이 '깃발나무'라 불린다면서 거들었다. 듣고 보니 그럴듯했다. 아마도 모진 바람에 한쪽 켠 나뭇가지들만 살아남아서 그런 별칭이 붙지 않았을까.

## 정상 가까워 오자 백두고원에 붉은빛 감돌아

눈 쌓인 산길을 따라 조금씩 더 위로 올라가자 주변에 나무들이 모두

자취를 감추고 모습을 보이지 않았다. 대신 누렇게 빛을 잃은 잡초 덤불과 크고 작은 바위와 자갈들만 널려 있는 황량한 고원이 우리를 맞았다. 학교 때 지리 시간에 배운 개마고원이 바로 여기다. 그들은 개마고원 대신 백두고원으로 부르고 있었다. 식물한계선이 1,800미터라고 하니 이제 더 이상 나무 구경하기는 힘들 것 같았다.

멀리 흰 눈을 머리에 인 백두 연봉들이 어둠 속에서 어슴푸레 그 자취를 드러내고 있었다. 몰아치는 바람에 산등성이의 눈들이 흩어져 날아가 버려 고원은 민머리가 되었고, 대신 계곡에는 날린 눈들이 모여들어 쌓여 있었다. 산봉우리는 흡사 얼룩말의 모습을 방불케 했다.

백두산 정상인 장군봉(병사봉)이 2,750미터라면 아직도 한참은 더 올라가야 할 모양이다. 우리가 교과서에서 배운 장군봉의 높이는 2,744미터다. 북측은 해마다 한 차례씩 백두산 높이를 실측하는데, 그때마다 산 높이가 조금씩 다르다고 한다. 백두산에 대한 숭모의 자세가 그처럼 대단하다는 뜻도 될 것 같았다. 측정상의 오류가 아니라면 백두산 일대의 땅덩어리가 아직도 조금씩 지각운동을 하고 있다는 얘기도 될 수 있겠다.

4만 평방킬로미터에 이르는 드넓은 개마고원을 치마폭처럼 두르고 있는 백두산. 문헌에 따라 태백(太白), 장백(長白), 불함(佛咸), 개마(蓋馬), 정태(征太), 도태(徒太), 보태(保太), 노백(老白) 등 여러 이름으로 불려 온 백두산은 압록강과 두만강, 송화강의 분수령이기도 하다.

제설 작업을 했다고는 하지만 눈과 바람을 다 어찌하지 못한 탓인지 길바닥이 미끄러워서 버스가 힘겹게 올라갔다. 제설 작업이 덜 돼 도로 한편에 쌓인 눈이 얼어붙어 바퀴가 헛돌기도 했다. 그때마다 일행이 차에서 내려 버스 뒤쪽을 미는 식으로 가까스로 움직여 나가기도 했다.

천지 정상이 가까워 오자 드넓은 고원의 이곳저곳, 멀리 가까이 늘어선 천지 연봉에 희끄무레 붉은빛이 돌기 시작했다. 행여 일출을 놓칠까 봐 조바심이 났는데 고맙게도 버스가 눈길을 지치면서 어렵사리 천지 근방 향도봉(2,712m) 가까이까지 올라가서 섰다.

여기서부터 정상까지는 걸어서 올라야 한다. 20분 정도 걸릴 것이라고 한다. 이곳에서는 제복을 입은 예쁜 안내원들이 우리 일행을 안내했다. 차림이 군복 비슷해 군인인 줄 알았더니 학생이라고 했다. 혜산여자사범대학 혁명역사학부 리희억이라는 학생은 장군봉의 최저 기온이 영하 51도까지 내려간 적이 있다고 일러 주었다. 그러나 아직 한겨울도 아니고 약간 흥분 상태여서인지 그렇게 춥다는 느낌은 들지 않았다.

장군봉 일출 시간에 대려는 욕심으로 잰걸음을 했더니 숨이 꽤 가빠 왔다. 너무 서두른 데다 2,700미터가 넘는 고산 지대라는 사실을 깜박한 것이다. 숨을 좀 고르고 나서 다시 기다시피하면서 정상 쪽으로 옮겨 갔다.

바로 아래쪽에 인권 변호사로 잘 알려진 이돈명(李敦明) 선생 일행의 모습이 보여 잠깐 기다려서 동행을 했다. 선생이 '거시기산악회'에서 단련되었다고는 하지만 망팔순(望八旬)의 연세 탓인지 걸음걸이가 예전만 못한 것 같았다. 연신 가쁜 숨을 몰아쉬면서도 일행을 놓치지 않으려고 힘든 걸음을 옮겼다. "한 해전 만해도 북한 땅을 통해서 백두산에 오른다는 것을 어디 꿈에라도 생각해 봤겠느냐"면서 아무리 힘들더라도 천지 정상에는 기어코 오르겠노라고 했다.

## 운무에 갇힌 용담(龍潭)

드디어 우리 일행은 장군봉 정상에 올라섰다. 2000년, 단군기원 4333년 9월 23일 새벽, 꼭 가 보고 싶었던 백두산에 운 좋게 오른 것이다. 그것도 우리 땅을 통해서. 그토록 보고 싶었던 천지가 바로 지금 발아래 있지 않은가.

우리는 가쁜 숨을 고르면서 해가 떠오르기를 기다렸다. 짙은 안개 사이로 한참 아래쪽에 천지가 조금이지만 모습을 드러내 주었다. 아직 미명인 탓도 있겠지만 물빛이 퍼렇다 못해 시꺼멓게 보였다. 여기저기서 탄성이 터져 나왔다. 감동을 주체하지 못해 만세를 부르는 사람도 있었다.

그러나 어찌하랴, 백두산과 천지가 우리가 바라고 원하는 것을 모두 다 받아 주지만은 않는 것을. 백두산은 생김대로 그렇게 호락호락하지 않았다. 백두산 일대를 둘러싸고 감아 도는 새벽 구름과 안개의 바다는 천지의 해돋이 모습을, 그리고 산정에서 내려다보이는 천지의 깊고 넓은 모습을 거대한 장막 속에 가두어 놓은 채 살짝 맛보기만 보여 주는 것으로 끝을 낸 것이다.

우리는 잠시 실망했다. 다른 사람들도 마찬가지였겠지만 언론사 사진기자들의 실망이 누구보다 컸을 터였다. 백두산 천지 해돋이 사진을 찍는 것이 이번 관광단 수행 취재의 가장 큰 목표였을 텐데 그 계획이 무산되고 말았으니 말이다.

그러나 백두산 천지에 해돋이 말고는 어디 사진거리가 없을까. 구름 안개 속에 숨어 있는 해돋이도 충분한 사진감이고 천지 주변에서 벌어지고 있는 모든 현상이 카메라에 담기에 넘치는 주제들이 아닐까.

잠깐의 아쉬움은 접어 두고 너나없이 안개 속에 갇힌 천지와 백두산을 배경으로 연신 사진을 찍어 댔다. 장군봉 일대는 완전히 하나의 거대한 스튜디오였다. 사진기자들은 말할 것 없고 단원 모두가 사진사가 되고 피사체가 되어 한바탕 사진 찍기 경연을 벌였다.

함께 장군봉을 올랐던 월서 스님은 목책 난간 앞에 선 채로 천지 쪽을

향해 합장을 하고 목탁을 두드리면서 경을 외웠다. 나도 덩달아 두 손을 모으고 눈을 감았다. 그러나 무엇을 기원할 것인지 금방 떠오르지가 않았다. 소인답게 가족의 안위나 주위의 안녕을 빌어야 옳았을까. 무념무상이라는 말이 이럴 때 어울리는 말일까.

일행 중 유도 국가대표 출신의 하형주 교수가 "천지 해돋이를 못 본 것은 이번에 함께 온 스님·목사님·신부님들의 기도가 부족한 탓 아니냐"고 농담을 해 좌중을 웃기기도 했다. 백두산에서 일출을 보려면 삼대가 덕을 쌓아야 한다는데, 우리의 덕이 모자라서인가.

가만히 정좌하고 있는 백두산 측에서 보면 이날 신새벽 장군봉 일대에서 벌어진 광경은 하나의 소동이요 해프닝일지 모른다. 우리가 아쉬움 속에 뒤에 두고 온 장군봉은 언제 무슨 일이 있었느냐는 듯이 의연하게 우리를 배웅하고 있었으니 말이다. 그에게 해돋이는 일상의 하나일 뿐일 터이니까.

정상 부근에서 한 시간 남짓 추운 줄도 모르고 해돋이 구경을 하고 나

니 구름이 점차 걷히기 시작했다. 해는 이미 구름 너울을 아래로 하고 야속하게도 부옇게 떠올라 있었다.

## 천지 큰 못가에서 산천어죽 안주 삼아 들쭉술로 해장하고

장군봉에서 향도봉 쪽으로 1킬로미터 정도 걸어서 향도역으로 이동한 다음 대기하고 있는 케이블카에 분승해서 천지 바닥으로 내려갔다. 이 케이블카 리프트는 오스트리아제로 1995년에 건설되었다고 한다. 케이블카를 타는 시간은 7분 정도, 거리로는 1.3킬로미터라고 한다. 케이블카는 4인승 캡슐(그들은 바가지라고 불렀다)을 5개씩 달아 오르내리게 하고 있었다. 한 번에 40명을 실어 나를 수 있다는 계산이 나온다. 오래되지 않은 듯 새것처럼 타기에 쾌적했다.

케이블카 아래로 내려다보이는 천지 연변의 깎아지른 듯한 산비탈은 계절 탓인지 풀빛은 보기 어렵고 군데군데 돌무더기들만 흰 눈밭에 황량하게 널려 있어 일찍 찾아온 겨울을 실감케 했다. 케이블카 아래로 계단으로 오르내리는 길이 따로 닦여 있었지만 가파르기가 심해서 우리 차지는 아닐 성 싶었다.

천지의 넓이는 9.16평방킬로미터이며, 둘레는 14.4킬로미터다. 담수량은 약 20억 세제곱미터에 이르는데 가장 깊은 곳의 수심이 384미터라고 한다. 연평균 기온은 섭씨 8.1도이나 최저 기온은 영하 47.5도까지 내려간다. 또 천지의 최고 풍속은 초속 78.6미터나 되어 이 바람 때문에 50~60미터 높이의 물기둥이 솟아오르는 이른바 '용권(龍卷)' 현상이 일어나기도 한다고 한다.

백두산 관광의 백미로 일컫는 천지는 그 신비함이나 규모 때문이겠지만 용궁담(龍宮潭), 용왕담(龍王潭), 용담(龍潭), 대지(大池), 대담(大潭) 등으로 불려 왔다. 천지(天池)로 그 이름이 일반화된 것은 근세의 일이라고 한다.

케이블카를 내려서니 천지 큰못이 바로 눈앞이었다. 천지 뒤쪽으로는 말을 타고 달려도 좋을 만큼 넓은 벌판이 천지를 둘러싸고 펼쳐 있었다. 그런데 안개 속에서 우리보다 먼저 온 몇몇 사람들이 보였다. 북측 주민들이 아침 일찍 이곳에 와서 우리를 위해 아침 준비를 하고 있었던 것이다. 천지 옆 자갈밭에 갱지 대지를 식탁처럼 일렬로 쭉 깔아 놓고 삶은 계란과 샌드위치를 자리에 맞춰 올려놓았다. 또 한켠에는 가마솥을 걸어 놓고 장작불을 때고 있었다. 밥 짓는 연기가 아침 안개 속에 뭉실뭉실 피어올랐다. 알고 보니 천지에서 잡은 산천어로 죽을 끓이고 있다는 것이다. 우리 일행은 고맙기도 하고 미안하기도 해 어쩔 줄을 몰라 하면서도 한바탕 새벽 산행에 시장기가 동해 염치 불구하고 산천어죽 한 그릇을 후딱 비우고 그것도 부족해 눈치껏 옆의 빈자리에 놓인 죽 그릇을 끌어당겨 옆 사람과 나누어 먹기까지 했다.

수온이 찬 천지에는 원래 물고기가 살지 않았다고 한다. 그런데 1984

년 김일성 주석의 지시로 두만강에 사는 산천어 100마리를 천지 물에 적응시키는 훈련을 시킨 다음 풀어놓아 산천어 증식에 성공했다고 한다. 지금은 개체수가 꽤 많아졌다고 한다. 특히 귀한 손님이 천지를 찾으면 이곳에서 잡은 산천어를 대접한다고 귀띔을 해 주었다.

산천어죽에 북측에서 준비해 온 백두산 들쭉술로 아침 해장까지 했으니 세상에 부러울 것이 없었다. 커피로 입가심도 했다. 커피는 돈을 주고 사서 마시게 했다. 종이컵에 따라 주는 커피 한 잔에 미화 5달러. 가격에 대한 개념이나 기준이 없어 싸다 비싸다 하는 것은 바깥사람들의 헛공론일 것이다.

### 백두산 관광의 백미(白眉), 천지 둘러보기 한나절

천지에서의 아침 식사를 마치고 나자 천지 연봉들이 언제 그랬느냐는 듯이 얄밉게도 안개 속에서 그 자태를 드러내기 시작했다. 우리를 그렇게 애태웠던 아침 해도 동쪽 하늘에 점잖게 떠올라 있었다. 사위는 겨울 색이 완연한데도 해가 나와서 춥지가 않았다. 물안개로 자욱했던 천지 연못도 그 수평을 활짝 열었다. 천지 주위를 빙 둘러선 산봉우리들이 바람을 막아 주어서인지 물결은 잔잔해 보였다.

천지를 에워싼 산봉우리 연봉이 천지 물에 거꾸로 비쳐 거의 완벽하게 대칭을 이루고 있었다. 봉우리는 봉우리대로, 계곡은 계곡대로, 능선은 능선대로. 눈이 쌓인 곳과 눈이 없는 곳이 확연히 구분되어 얼룩말 같은 줄무늬까지 역으로 재현해 냈다. 천지 물에 손을 담가 보았다. 생각한 것보다 차갑지는 않았다. 착각이겠지만 오히려 온기 비슷한 느낌이 전해져 오는 것 같았다. 손바닥으로 물을 퍼서 마셔 보았다. 다른 이물이 섞이지 않은 듯 맑고 깨끗한 샘물 맛 그 자체였다.

금강산도, 아니 백두산도 식후경(食後景)이라니까 이제 천지를 두루두루 구경할 차례다. 먹는 것이 남는 게 아니라 남는 것은 사진뿐이다. 다시 오기가 쉽지 않으리라는 강박감에선가 다시 한바탕 촬영 대회가 열렸다. 보통의 카메라로는 천지를, 백두산을 한꺼번에 다 담을 수 없다는 사실이 새삼 안타까웠다. 그러나 사진은 나의 영역이 아니라는 변명을 하면서 아쉬운 대로 여기저기 카메라를 돌렸다. 못 다한 것은 눈에, 그리고 가슴에 담으면 되는 것 아니냐고 자위하면서. 일행은 너나없이 스스로가 모델이 되기도 하고, 아는 사람, 그새 말문을 튼 사람 등과 섞여서 장군봉, 향도봉, 백운봉, 쌍무지개봉, 청석봉, 차일봉 등등 백두 열여섯 봉우리를 다 담아 낼 기세로 천지를 배경 삼아 모두들 열심히 사진을 찍어 댔다.

구름 위에 떠 있는 백운봉은 마치 선계의 산인 듯 범접하기 어렵게 저 멀리 자리 잡고 있어서 더 아련하게 보였다. 일 년 내내 구름 갠 날을 좀체 볼 수 없어서 이런 이름이 붙여졌다고 한다.

천지 못 언저리에는 그리 크지 않은 배들이 몇 척 한가롭게 떠 있었지만 사람의 모습은 보이지 않았다. 가끔 뱃놀이를 하기도 하고 산천어 잡는 일에 쓰인다고 안내자가 일러 주었다. 일정상으로는 우리 일행에게도 뱃놀이를 하게 해 주는 것으로 되어 있었는데 아무 얘기가 없었다. 아마도 숫자가 많아서 관리상의 어려움 때문에 보도진 등에게만 제한적으로 배를 타게 한 눈치였다.

천지 못가에서 먹고 마시고 또 그곳 백두산 해설원과 안내원, 관계자들과 남녀, 노소, 사는 곳의 남쪽·북쪽 가릴 것 없이 손에 손을 잡고 한데 어우러져서 〈우리의 소원은 통일〉을 끝말만 '자주'와 '통일'로 바꾸어 가면서 몇 번이고 되풀이 불렀다.

들쭉술까지 한두 잔 걸쳐 흥이 난 탓도 있었겠지만 함께 부르는 그 노래에 가슴이 벅차올라 주책없이 눈시울이 뜨거워졌다. 사진도 찍고 구경도 하다 보니 어느새 서너 시간이 훌쩍 지나갔다. 낮 12시까지 천지 관광을 하도록 되어 있으니, 서운하지만 이제 천지와도 작별을 해야 했다.

## 아쉬운 작별, 산사람 엄홍길은 걸어서 하늘까지

아쉬운 정은 뒤로 한 채 다시 향도역까지 케이블카를 타고 올라왔다. 그런데 다들 향도역에서 내렸는데도 사람들이 이동할 생각을 하지 않았다. 일행 중 한 사람인 산악인 엄홍길(嚴弘吉) 씨가 케이블카를 타는 대신 예의 계단으로 된 오르막길을 걸어서 올라오기로 했다는 것이다.

산악인이 어떻게 천지까지 와서 케이블카만 탈 수 있느냐는 것이 그의 변이었다. 산사람 엄홍길, 그에게는 결코 틀린 말은 아닐 것이다. 그리 생각해서인지 다들 그가 올라올 때까지 기다리면서 다시 한 번 천지와 그 주위의 연봉을 일별하면서 카메라를 꺼내기도 했다. 그리고 그가 직벽에 가까운 오르막 산길을 타고 향도역 가까이 올라오자 모두 박수로 환영해 주었다. 다음은 서울에 돌아와서 그로부터 직접 들은 후일담이다.

"북한 땅을 거쳐서 백두산을 간다기에 처음에는 걸어서 올라가는 줄 알았다. 백두산의 정기를 두 발, 아니 네 발로, 온몸으로 받으면서 오르고픈 마음으로 들떠 있었던 것이 사실이었다. 그런데 정상인 장군봉 아래까지 자동차를 타고 와서 정상까지 20여 분 걷는 게 고작이었다. 내심 실망이 컸다.

장군봉 주위에서 일출 구경을 마치고 향도봉 쪽으로 이동해 케이블카를 타고 천지 바닥까지 내려갔다. 한참 동안 천지 구경을 하면서도 속으

로는 내내 찜찜했다. 돌아갈 때도 케이블카를 타고 올라가야 한다니 자존심이 상했다. 세계 유수의 험산 고봉들을 두 발로 다 섭렵해 온 내가 민족의 영산인 백두산, 가고 싶어도 올라가 볼 수 없었던 백두산을 정말 어렵게 찾아왔는데 다시 케이블카를 타고 올라가야 된다니 도저히 내키지가 않았다.

그래서 안내원에게 내 자신에 대한 설명을 하고 케이블카를 타는 대신 걸어서 향도역까지 올라가게 해 달라고 부탁을 해 보았다. 천지 안내원들은 이곳에서 살다시피 한 자기네들도 천지 바닥에서부터 걸어올라 가려면 눈이 없는 때에도 한 시간 이상이 걸린다면서 극구 말렸다. 더군다나 지금은 군데군데 눈까지 많이 쌓여 있어서 위험하다는 것이다.

그러나 여기서 물러설 수가 없었다. 안내원에게 떼를 쓰다시피 계속 졸랐다. 그랬더니 북측의 책임자 격인 김령성 부위원장에게 한 번 건의해 보겠다고 했다. 김 부위원장도 처음에는 위험하다면서 난색을 표했으나 결국 나의 간청을 이기지 못해 단단히 조심하라는 말과 함께 내 청을 들어주었다.

다른 일행이 케이블카를 타러 가는 사이 나 혼자서 낭떠러지 산길을 올랐다. 천지에서 올려다볼 때는 어지간하면 올라갈 수 있겠다고 자신했는데 막상 올라가려니 조금은 걱정이 되었다. 아무런 장비도 없는 맨몸인데다 길에 돌무더기들이 널려 있었고 경사가 굉장히 가팔랐기 때문이다. 거기다 중턱쯤부터는 얼마 전 내린 첫눈이 많은 곳은 무릎이 빠질 정도로 쌓여 있어서 쉽지가 않았다. 또 올라갈수록 경사가 더 급해졌다.

그렇다고 힘들게 얻어 낸 기회인데 중도에 돌아 내려올 수는 없었다. 몇 번이고 넘어지고 미끄러지고 하면서 어렵사리 향도역이 있는 곳까지 올라왔다. 힘든 내색을 할 수는 없었다. 한 40분가량 걸린 것 같았다. 내가 케이블카를 타는 대신 천지에서부터 걸어 올라가는 것을 애써 만류했던 김령성 부위원장이나 안내원들도 함께 축하해 주었다. 대단하다, 역시 세계적인 등산가 엄대장답다면서.

지금 생각해 보니까 성에 차지는 않았지만 그렇게라도 해서 천지 바닥에서 정상 능선까지만이라도 걸어서 올라올 수 있었다는 것이 그나마 다행스럽고 내게도 뜻이 있는 일이었다는 생각이 든다."

김 부위원장의 말이 아니더라도 참 대단하다는 생각을 떨칠 수가 없었다. 백두산을 오르기 바로 두 달여 전 세계에서는 여덟 번째, 아시아에서는 최초로 해발 8,000미터가 넘는 히말라야 고봉 14좌를 모두 완등했던 세계적인 산악인으로서뿐만 아니라 민족의 영산을 두 발로 그것도 아무런 장비도 없이 걸어서 오르고자 했던 속 깊은 그의 내 땅, 내 겨레 사랑이 절로 느껴지는 대목이었다.

나도 엄 대장이 걸어서 올라오는 짬을 이용해 천지 주변을 다시 한 번 눈길로 섭렵했다. 천지 부근에는 화산 폭발 당시 용암이 잘게 부서져 쌓인 부석층(浮石層)이 곳곳에 남아 있었다. 그 두께가 20미터가량 된다고 한다. 이곳을 백두산이라 부르게 된 연유 중 하나도 하얀색의 부석이 산머리에 얹혀 있어 마치 흰머리와 같다고 해서라지 않은가.

기념 삼아 부석 몇 개를 조그만 것으로 골라 배낭에 담았다. 무어라 이름 짓기 어려울 정도로 볼품없는 무심한 현무암 돌덩이이지만 거기에 무엇으로 형언하기 어려운 나의 소회를 담고 싶었다. 지금은 비록 활동을 쉬고 있지만 치열한 화산 분출의 시기에 펄펄 끓는 용암이 되었다, 다시 희뿌연 재가 되었다 하기를 수 없이 되풀이하면서 수억 겁 윤회를 거듭해 온 그 유형의 돌에 내 나름의 의미를 새겨 보고 싶었던 것이다.

서울로 돌아가는 길에 어느 쪽 세관에서든 내놓으라 하면 어떡할까 하는 한 줌의 불안감이 없지는 않았지만 그때 가서 돌려주면 되지 않겠나 하고 스스로를 안심시켰다.

우리 일행이 백두산과 천지를 등 뒤에 두고 돌아서자 백두산 일대는 다시 안개에 휩싸이기 시작했다. 백두산 지역은 전형적인 고산대 기후에다 북서풍과 남서풍이 강하고 기상 변화가 무쌍해서 연중 강풍 일수가 270일이나 된다고 한다. 특히 천지 부근이 가장 심해 순간적으로 돌개바람이 자주 일어난다고 한다. 또 북쪽 몽골 지방에서 흘러오는 찬 공기와 상대적으로 따뜻한 남쪽의 더운 공기가 마주치면서 안개 끼는 날이 7~8월 두 달 사이에는 30일이 넘는다고 한다.

그러고 보면 우리 일행이 해돋이 구경은 제대로 하지 못했지만 천지 주변을 한나절 동안이나 맑은 날씨 속에서 차분하게 둘러볼 수 있었던 것만도 큰 행운이 아니었던가 생각되었다.

## 육당(六堂)과 민세(民世)의 백두산, 그리고 천지

과문 탓이겠지만 백두산과 천지를 두고 쓴 글 중에 기억할 만한 것은 그리 많지 않은 것 같다. 그 희소성 속에서도 내가 접했던 육당(六堂) 최남선과 민세(民世) 안재홍(安在鴻)의 글은 칠십 수년이 지난 지금 보아도 그 깊이나 의미에서 명문 중의 압권이라는 생각이 든다. 어려운 한문 투여서 요새 사람이 읽기에는 힘든 데가 적지 않겠지만.

그럼 여기서 일제하인 1926년과 1930년에 백두산과 천지를 오르고 본 육당과 민세의 감상을 그 일단만 옮겨 보자.

육당은 1926년 동아일보에 연재했던 『백두산 근참기』를 이듬해 책으로 출간하면서 권두(卷頭)에 백두산에 대한 소회를 이렇게 적고 있다.

> 白頭山(백두산)은 한마디로 敝(폐)하면 東方原理(동방원리)의 化囿(화유)입니다. 東方民物(동방민물)의 최대 意志(의지)요 동방문화의 最要(최요) 核心(핵심)이오 동방意識(의식)의 최고淵源(연원)입니다. 동방에 있어서 일체의 樞機(추기)가 되어 萬般(만반)을 斡旋運化(알선운화)하고 一切(일체)의 心臟(심장)이 되어 만반을 布施傳通(포시전통)하고 일체의 生分(생분)이 되어 만반을 蘇潤旺新(소윤왕신)케 한 자가 백두산입니다. 기왕에 그러한 것처럼 현재에도 또 장래 영원히 難思議(난사의)할 功德(공덕)의 소유자가 그이입니다.
>
> (중략)
>
> 어허 白頭山(백두산)! 그것은 본대부터 사람의 心手(심수)에 그려지고 形容(형용)되고 發明(발명)되어질 것이 아닐지도 모릅니다. 이것이 백두산이 우리에게 있어서 永恒(영항)한 노력과 久遠(구원)한 致誠(치성)의 對象(대상)

이요 깃고 길어도 밑바닥이 보이지 아니하는 샘물일 所以(소이)인지도 모릅니다.

민세 또한 육당보다는 조금 뒤인 1930년 7월부터 8월 초순에 걸쳐 백두산을 오르고 나서 그 기행문을 그해 8월 11일부터 9월 15일까지 34일에 걸쳐 조선일보에 연재했다. 민세는 일제하 역사적인 변혁기에 민족운동가로, 사학자로, 언론인으로서 뚜렷한 족적을 남기면서 수차례 옥고를 치르는 등 파란만장한 삶을 살아왔던 이다. 조국이 광복을 맞은 해방 공간에서는 정치의 전면에 나서기도 했으나 뜻을 펴지 못한 채 한국전쟁의 와중에 납북되었다.

민세의 백두산 기행문은 신문 연재를 마친 다음해에 『백두산등척기(白頭山登陟記)』란 이름으로 출간되었는데 문장이 생동하고 언어 구사가 중후하여 독자를 압도했다는 평을 받고 있다. 이 가운데 천지를 두고 쓴 부분을 전재한다.

걸음을 옮기어 그 영상(嶺上)에 다다르매 감벽(紺碧)한 빛을 진하게 드린 천지(天池)의 물이 그야말로 천지석벽(天池石壁) 깊고 깊은 속에 고요히 담겨 파면(波面)의 깨끗함이 거울같이 고운데 창고(蒼古)하고 유흑(幽黑)한 외륜산(外輪山)의 천인단애(千仞斷崖)가 화구(火口)의 본색대로 사위에 치솟아서 신비영이(神秘靈異)한 기색이 저절로 초속적인 신운(神韻)을 나부끼게 하며 단애에 곧바로 쏘는 태양이 찬란영롱하게 수면으로 광선을 내려놓아 빠른 바람에 주름져 펴지는 물결이 가볍게 밀릴수록 천변만화의 색태를 드러내어 장엄 또 수아(秀雅)함이 형용할 수 없다.

(중략)

천지의 신비경이 이미 이러한데 천왕봉의 저쪽 천지의 물도 슬며시 쓰쳐가는 적벽산(赤壁山)의 나지막한 아굴텅이로 닿은 듯 떨어진 듯 그대로 쭉 벌어진 만주의 벌의 억만경(億萬頃) 넓고 넓은 운해가 동북으로 탁 터짐은 요해(瑤海)에 닿은 벽해(碧海)인지 신택(神澤)에 연(連)한 천만 리 요해인지 참치(參差)한 봉만(峰巒)들은 권석(拳石)같이 끝만 내어 마치 탕탕양양(蕩蕩洋洋)한 대요지(大瑤池)가 파심(波心)에 기암을 싸고 있어 굽니는 깊은 물결이 보드라히 암각(岩角)을 물어뜯는 듯 심혼이 끌려갔노라.

이렇듯 백두산을 올라 보고 천지를 내려가 본, 그것도 처음으로 접한 한민족의 후손으로서 갖는 감회가 어찌 크게 다를 수가 있을까. 하지만 똑같은 사물을 두고 이를 나타내는 데에는 그 기량이나 역량에서 엄청난 차이가 있음을 나 스스로도 절감하지 않을 수 없다. 발 벗고 좇아가도 그림자의 그림자나마 밟아 볼 수 있겠는가. 감히 비교하고 견주어 본다는 것 자체가 어불성설이고 그이들에게 크나큰 비례를 범하는 일일 것이다.

### 초대소의 가을 풍경 – 가을 빛 완연한 삼지연, 물안개 곱게 피어오르고

아쉬움 속에 천지와 백두 연봉들과 일단 작별을 하고 새벽에 타고 갔던 버스를 되돌려서 하산 길로 접어들었다. 쌍방 1차로로 된 길에는 산중이라서인지 사람들의 모습이 거의 눈에 띄지 않았다. 이따금씩 노동자인 듯한 일꾼들을 화물칸 위에 태우고 지나가는 트럭들을 마주치기는 했다. 우리 일행이 그들에게 손을 흔들자 그들도 “반갑습니다” 하고 열심히 손을 흔들어 답례했다. 우리가 누구인지는 잘 모르더라도 타지에서 온 손님으로는 알고 있는 듯했다. 북쪽 사람들의 인사는 어디서든 "반갑습니다"인 것 같았고 훈련된 것처럼 아주 익숙해 있었다.

이따금 마주치는 트럭들 중에는 매연을 심하게 내뿜는 차들이 많았다. 저러다가 백두산의 맑은 공기를 다 망치는 게 아니냐 하는 괜한 걱정도 해 보았다. 지나다가 스치는 자동차들 가운데는 가끔 오른쪽에 운전대가 있는 차들이 눈에 띄었다. 우리와 통행 방법이 다른가 생각했는데 알고 보니 외국에서 수입하거나 기증받은 차들을 개조하지 않고 그냥 쓰는 경우가 많은 까닭이었다.

우리를 태운 버스는 이깔나무 숲을 가르마처럼 두 쪽으로 가르면서 산길을 달렸다. 백두산을 오가는 갑무 경비도로. 갑산(甲山)과 무산(戊山)을 잇는 백리 길 도로다. 일제가 항일 유격대의 출몰에 골머리를 앓다가 이들의 은신처를 없애기 위해 엄청난 인력을 동원해 원시림을 마구 잘라 내고 뚫었다고 한다.

사실 여부는 모르겠지만 안내원은 일제가 이 도로를 완성하여 개통식을 바로 눈앞에 두고 있을 때 항일 독립군 부대가 이 길을 백주 대낮에 보무도 당당하게 행군함으로써 적의 간담을 서늘하게 했다고 설명했다. 이 길은 핸들을 돌리지 않고도 20분은 달릴 수 있을 정도의 직선 도로다. 길 양옆의 이깔나무 숲은 어제 석양녘에 보았던 것보다 상큼한 모습으로 우리를 맞고 배웅해 주었다.

차중에서 이런저런 생각을 하고 있는 사이 버스는 김일성 동상이 높게 자리한 광장에 우리를 내려놓았다. 높이가 15미터라는 동상 뒤로는 넓고 깨끗한 호수가 보였고, 곱게 단풍이 든 버드나무 비슷한 활엽수대가 호숫가를 울타리 모양으로 두르고 있었다. 나중에 알고 보니 이 호수가 그 이름난 삼지연이고, 그 나무가 내가 처음 들어본 '봇나무'였다. 그리고 우리가 서 있는 곳이 '삼지연 혁명사적관'과 50미터 높이를 자랑하는 '삼지연 대기념비' 봉화탑이 있는 광장이었다. 광장에서 조금 떨어진 숲속에는 이용 대상에 맞추어 '노동자각', '소년단각', '대학생각' 등의 숙영 시설들을 갖추어 놓고 있다고 한다.

삼지연은 백두산 남동쪽의 밀림 속에 자리를 튼 호수군이다. 천지가 생길 때 분출한 용암이 강줄기를 막아 생긴 여러 연못 가운데 이 셋이 가장 뚜렷해서 붙여진 이름이라고 한다. 이 연못에는 물이 흘러 들어오거나 나가는 흔적이 눈에 띄지 않는다고 한다. 어디서인지 물이 유입되거나 샘솟겠지만 수량이 항상 일정해서 넘치지 않는다고 한다. 삼지연의 물은 얼핏 차게 보이지만 실제로는 섭씨 20도 안팎이라고 한다. 그래서 어느 곳에선가 따뜻한 물이 솟아나오고 있으리라는 추측도 있다.

삼지연이 이름난 휴양지로 꼽히는 것은 특히 못 언저리에 깔린 하얀 돌, 물 가운데 자리한 숲이 우거진 작은 섬 등이 백두산의 사계(四季)와 멋진 조화를 이루고 있기 때문이라고 한다. 특히 가을의 삼지연 경치를 최고로 친다고 한다. 실제로 단풍이 곱게 물든 삼지연의 원시림과 잔잔한 호수는 한 폭의 아름다운 가을 그림이었다.

삼지연에서 백두산까지는 약 30킬로미터이며, 이곳에서 백두산이 가장 잘 보인다고 한다. 그래서 북에서 '혁명의 성산'이라 일컫는 백두산과 마주한 바로 이 자리에 동상을 세운 듯했다. 누군가가 그들도 아마 풍수지리는 몰라도 명당자리는 따지는 모양이라고 한마디 했다.

동상 주위의 부지에는 항일 무장투쟁 당시의 전투 장면들을 주제별로 실감나게 조각한 '조국', '흠모', '숙영', '조국의 물', '진군' 등 다섯 편의 거대한 구조물이 놓여 있었다. 대원 한 사람 한 사람의 표정이 마치 살아 있는 것처럼 생생하게 부조되어 있었다.

안내원은 우리에게 호수 옆 봇나무를 배경으로 사진을 찍어야 사진발이 가장 잘 받는다고 일러 주었다. 미끈하게 생긴 봇나무 두 그루가 밑동을 함께하고 있는 옆자리에는 "72년 6월 3일 김일성 주석이 기념사진을 찍은 곳"이라고 새겨진 푯돌이 놓여 있었다.

소담한 봇나무와 물안개 피어오르는 삼지연을 배경으로 사진들을 찍고 나서 광장 옆에 있는 '삼지연 혁명사적관'을 둘러보았다. 해설을 맡은 안내원은 설명하는 틈틈이 김일성의 항일 독립 투쟁을 부각하고 주체사상을 선전하느라 바빴지만 듣는 이들의 반응은 덤덤한 것 같았다.

## 핀잔맞으며 산 정창모(鄭昶謨)의 그림 〈묘향산 하비로암〉

삼지연과 사적관 등을 둘러보고 숙소가 있는 초대소로 돌아왔다. 북한 땅에서의 두 번째 해가 저물고 있었다. 꼭두새벽부터 시작된 강행군이었지만 피곤하다는 느낌은 들지 않았다.

저녁 식사 시간이 아직 일러 일행은 초대소 안에 있는 매점이나 찻집 등 이런저런 시설들을 둘러보았다. 주로 외국 사람을 상대로 하는 최소한의 편의점 수준이라고 보면 맞을 듯했다.

매대(상점)를 둘러보았지만 살 만한 물건이 별로 없었다. 백두산의 해돋이 모습이나 사계절을 그린 유화들이 많았고 백두산 밀영 등 그들의 소위 혁명 사적지를 그린 그림들이 눈에 많이 띄었다. 원색을 주로 쓴 탓인지 눈이 좀 부셨고 그림에 따라서는 우리가 흔히 말하는'이발소 그림' 처럼 보이기까지 해서 우리 일행의 눈길을 크게 끌지는 못하는 것 같았다. 가격표를 급히 만들어 붙였는지 우리네 기준으로만 보면 값이 들쭉날쭉하다는 인상을 주었다.

정창모가 그렸다는 〈묘향산 하비로암〉(91년 작)이라는 산수화 한 점을 50달러를 주고 샀다. 조금 전까지만 해도 70달러가 붙어 있었던 것이다. 좀 미심쩍어서 "진짜냐"고 물었더니 판매원은 신경질적으로 그렇게 못 믿겠으면 그만두라고 퉁명스럽게 내뱉었다. 꼭 팔아야겠다는 생각이 별로 없어 보였다.

우리가 이곳으로 오기 한 달여 전에 있었던 이산가족 고향방문단 행사 때 그 일원으로 서울에 다녀갔던 정창모 씨가 당시 '북한 최고의 인민화가'로 우리 언론에 소개되었던 기억이 나서 이 그림에 관심이 갔다. 전북 출신인 그는 19살 때인 6·25 당시 전주 북중학교 5년생으로 의용군에 입대해 월북했다고 한다. 지난번 서울에 왔을 때 김일성 주석의 집무실인 금수산의사당(금수산기념궁전)에 비치된 〈비봉폭포의 가을〉을 그렸을 정도로 북한에서는 높이 평가받고 있는 화가라고 소개되었다.

그런 그의 그림을 이런 허술한 좌판 같은 데다 놓고 팔고 있다니 미덥지가 않았다. 나중에 어떤 이가 북한에서는 창작단 같은 데서 공동작업으로 그림을 그리는 경우가 많고, 같은 작가의 똑같은 그림이 여러 장일 수 있다고 귀띔해 주었지만 사실 여부는 내가 알 수 없었다.

## 결(結): 마침내 가슴 연 백두산

### 항일 '보천보(普天堡) 전투' 승리 자부심 대단

2000년 9월 26일. 방북 닷새째다. 아쉽지만 북한 여정도 얼마 남지 않았다. 오늘은 북한이 김일성 주석의 대표적인 항일투쟁의 성과로 내세우는 '보천보 전투' 전적지로 우리를 안내했다. 량강도 보천군에 있는 보천보는 해발 800미터의 고지에 있었고 마을 뒤쪽으로 가림천(佳林川)이라는 작은 개천이 조용히 돌아 흐르고 있는 외진 오지 마을이었다. 사건 당시의 행정구역으로는 함경남도 갑산군 보천면 보천보.

일제하인 1937년 6월 4일 일어난 보천보 주재소와 면사무소 습격사건은 동아일보 혜산지국의 양일천 기자의 송고에 따라 호외로 대서특필되어 세상에 알려졌다. 북측은 이 신문 호외를 '보천보 승리 기념탑' 옆 '혁명박물관'에도 확대 복사하여 전시하고 있었다.

기사는 당시 동아일보가 총독부 시절의 보도기관인 때문이었겠지만 주재소 습격의 주체를 '김일성 일파'나 '비적(匪賊)' 등 일본 쪽 시각으로 표기했고, 김일성의 한자 이름이 '金一成'으로 되어 있었다. 한자 이름 표기가 '진짜' 시비를 일으키는 한 빌미가 될 수도 있겠구나 하는 생각도 잠깐 해 보았고, 지국 기자의 송고 과정에 오류가 있었을지 모른다는 생각도 함께 해 보았다.

당시의 현장은 안내원의 설명을 따로 들을 필요가 없을 정도로 성역화되다시피 잘 보존되어 있었고 그때의 상황은 '기념탑'에 상세히 새겨 있었다. 기념탑은 보천보 승리 30주년을 기리기 위해 1967년 6월 4일에 건립되었다고 한다. 탑의 정면에는 한 손에 쌍안경을, 다른 손에는 모자를 벗어 들고 멀리 앞을 내다보며 걷는 군복 차림의 김일성 동상이 세워져 있었다. 또 동상 옆에는 붉은 기폭을 배경으로 그를 따라나선 이른바 조선인민혁명군 대원들의 모습을 함께 부조해 놓았다.

기념탑에 써 놓은 탑문에는 당일 저녁 9시경 김 주석이 보천보 뒷산의 '곤장덕 사령부'에서 휘하의 항일 유격대인 조선인민혁명군 다수를 이끌고 가림천 다리를 건넌 다음 밤 10시경 신호탄을 쏘아 올린 것을 시작으로 일본 경찰의 주재소를 기습하여 죄 없이 갇혀 있던 주민들을 구하고, 경기관총·소총·권총 등의 무기와 다량의 탄약을 빼앗은 뒤 면사무소와 우편국·소방서 등에 불을 지른 것으로 되어 있었다.

당시 주재소로 쓰였던 건물에는 지금도 탄환 자국 등이 그때의 상황을 실감할 수 있도록 그대로 보존되고 있었고, 불에 타 버린 면사무소와 우편국·소방서·농사시험장 등을 복원해 북한 주민이나 외국 방문자들에게 교육·선전장으로 활용하고 있었다.

그러고 보면 이곳 보천보라는 곳은 당시 이 땅을 강점했던 일제의 입장에서는 상당히 치욕적인 지명이겠다는 생각이 문득 들었다. 육당의 『백두산 근참기』 중에도 그가 백두산 등정에 나서기 5년 전에도 독립단원 수십 명이 백두산 아래 첫 동네인 이곳 포태산 아래 보천보 주재소를 습격한 사건이 있었다고 적고 있다. 이 때문에 일제는 육당 일행의 백두산 등정에 많은 수의 일본 수비대와 경찰을 붙여 삼엄하게 호위를 하게 한 것으로 되어 있다.

## 백두산 정계비(定界碑), 곤장 안기고픈 관리들의 모럴 헤저드

보천보 일대를 돌아보고 나서 우리는 마을 뒤쪽에 우뚝 솟아 있는 '곤장덕'으로 차를 타고 올라갔다. 곤장덕은 백두산의 남쪽 끝자락인 셈이다. 한라산에 '오름'이 있듯이 개마고원에는 '덕'이라고 부르는 데가 여럿 있는데 고원의 평평한 곳에 있는 언덕배기를 일컫는 옛 우리말인 듯했다.

산이 올려다보기조차 힘들 정도로 가파른데다 자동차 한 대가 겨우 지나갈 수 있는 구불구불한 외길 소로여서 자동차는 물론이고 차에 타고 있는 사람조차 힘들게 느껴졌다. 높이가 1,005미터라는 곤장덕 산마루에 올라서자 당시 김일성 주석이 전투 명령을 내렸다는 사령부 자리에 헌시비(獻詩碑)와 정찰 기념비가 세워져 있었다. 북한이 혁명전적지 조성사업의 하나로 보천보 전투 40주년이 되는 1977년 6월에 건립한 것이라 한다.

북한에서 아마추어 작가들의 등용문의 하나인 '6·4문학상'을 제정하여 상을 주고, 북한이 자랑하는 경음악단을 '보천보 경음악단'으로 이름 붙인 것도 모두 보천보 전투를 기리기 위함이라니 북한의 항일운동사에서 이 사건이 차지하는 자리가 어떠한지 짐작이 갔다.

곤장덕이라는 지명이 좀 특이하다 싶었는데, 안내원의 설명을 듣고 나니 사실관계를 떠나서 그럴싸하게 들렸다.

> 조선 숙종 때 청나라와의 국경을 정하기 위해 한양에서 한 관리를 국경 지역으로 파견했다. 이 관리는 험산 준령의 백두산을 넘기가 싫어 하인을 시켜 가지고 간 경계 말뚝을 박고 오게 하고 자신은 산 아래서 술판을 벌였다. 이 하인 역시 꾀를 부려 이곳을 지나가는 중에 아무데나 말뚝을 박아 놓고 돌아왔다. 뒤늦게 이 사실이 발각되어 나라에서는 이 관리를 문책했고, 그 관리는 다시 그 하인을 이곳에 데려다가 곤장을 쳐서 징치했다. 나중에 이 얘기를 전해들은 이 고을 백성이 그런 이름을 붙였다는 데서 유래한 것이다.

이 때문에 조선과 청국의 국경 문제는 자연스럽게 청국 측의 손에 좌우될 수밖에 없었다고 한다.

보다 사실에 가까운 이야기는 육당의 『백두산 근참기』에 홍세태(洪世泰)의 「백두산기(白頭山 記)」를 참조해 적어 놓은 한 꼭지에 있다. 홍세태는 조선 중기의 문인으로 그의 「백두산기」는 자신의 문집 『유하집(柳下

集)』 권 9에 수록되어 있다. 여기에는 그가 역관 김경문(金慶門)에게 전해 들은 백두산 국경선의 획정 과정을 관찰자적인 시각에서 서술하고 있다. 문장에 능했던 지은이의 필력을 유감없이 발휘한 기행문으로서뿐만 아니라 정계비에 얽힌 역사적 사실을 검증하는 데 가치 있는 사료가 되고 있다.

> 이조 숙종조인 1712년 청나라 강희(康熙)가 오라총관(烏喇摠管) 목극등(穆克登)을 보내서 청·조 사이의 경계를 정할 때의 이야기이다.
>
> 우리 조정에서는 참판 박권(朴權)을 접반사(接伴使)로 국경 지역에 파견하여 청나라 관리와의 감계(勘界)에 나서도록 하였다. 또 현지에서는 함경감사 이선부(李善溥)를 동행케 하였다. 이들 둘은 삼수(三水)에서 청국 특사를 만나 구가진(舊茄鎭), 허천강(虛川江), 혜산진(惠山鎭), 오시천(五時川), 백덕(栢德), 일천(釖川)의 노선을 취해 백두산으로 들어갔었다.
>
> 처음 길을 나설 때 박·이 두 특사가 함께 산정에 오르겠다고 청하자 청의 특사가 나서서 "조선의 재상이란 꼼짝만 하여도 가마를 타야 한다는데 연로한 터에 험지를 만나면 어떻게 도보로 가겠느냐. 중도에 쓰러져 대사를 그르치기라도 하려 하느냐"고 핀잔을 주면서 허락지 않았다. 그래서 우리 측 특사는 곤장덕 아래까지 와서 동행을 포기하고 군관과 역관들만 보내서 감계에 참여케 하였다는 것이다.

육당은 나라의 경계를 정하는 일이 얼마나 중차대한 일인데 어떻게 이리 연로·무능한 사람을 특사로 보냈으며, 대임을 맡았으면 당연히 동행하여 따질 것은 따지고 다툴 일은 다투어 제대로 일처리를 했어야 할 터인데 동행을 청한다 함은 무엇이며, 안 된다 하니 옳다구나 하고 그만둔 것은 또 무엇이냐며 기가 막혀 했다. 이 때문에 조종(祖宗)의 강토가 전쟁도 없이 저절로 줄어드는(不戰而自縮) 억울함을 당하고 이런 모호한 처사 때문에 국경 문제가 수백 년 동안 국제적 현안이 되게 했느냐고 탄식을 했다.

육당은 그럴싸한 말로 상대방을 쫓아버리고 이제는 홀가분하다고 닫는 말에 채찍질까지 하며 양양하게 올라가는 노회한 청국 특사의 얼굴이 눈앞에 어른거릴수록 어림없는 우리 측 특사의 괘씸한 태도에 화가 치밀어 곤장이라도 있다면 뒤늦게라도 몇 대 안기고 싶다고 토로했다. 그런 탓으로 국경 문제는 청나라 쪽의 의향대로 정해질 수밖에 없었다는 것이다. 뒤늦게 이 사실을 알게 된 이 지역 백성이 그 두 벼슬아치들을 곤장으로 다스려야 한다고 해서 이곳 지명에 곤장덕이라는 이름이 붙게 되었다는 것이다.

똑같은 일을 두고도 이를 전하는 이나 듣는 이에 따라 이렇게 풀이가 다르지만 이를 구명할 겨를은 없다. 어쨌든 예나 이제나 나랏일을 하는 관리들의 무사안일이나 요즘말로 모럴 헤저드는 우리 모두를 씁쓸하게 한다.

## 곤장덕 산협(山峽)에서 만난 압록강은 유장(悠長)히 흐르고

바로 그 곤장덕에 올라서니 수백 미터 협곡이 발아래 전개되었고, 그 사이로 한 줄기 강물이 흐르고 있었다. 압록강이란다. 그렇다면 바로 강 너머가 중국 땅인 셈이다. 백두산에 와서 하루를 사이에 두고 두만강과 압록강을 다 만나게 되다니, 감개가 무량하지 않을 수 없었다. 반가워서, 기뻐서 만세가 절로 나올 지경이었다.

실제로 우리 일행인 어느 국회의원은 TV 카메라 앞에 서서 "대한민국 만세"를 부르기까지 해서 잠시 분위기가 어색해지기도 했다. 사진기자의 취재 요청도 있었고 그만큼 흥분한 탓도 있었겠지만 상대가 있는 만큼 때와 장소는 가렸어야 할 것이었다. 이 때문에 북측 인사로부터 "흡수 통일을 하겠다는 것이냐"는 항의를 받았고, 저녁 만찬 자리에서 북측 김령성 부위원장이 다시 문제를 제기해 해당 국회의원이 "무의식적인 일이었을 뿐 다른 의도는 전혀 없었다"고 해명을 겸한 사과를 했다.

곤장덕에서 강물이 흐르는 곳까지는 산세가 너무 가파르고, 또 그럴 시간도 없어서 내려가 만나 보지 못한 것이 유감천만이었다. 먼발치서 내려다본 강줄기가 남녘 나그네의 마음을 아는지 모르는지 저만치 산속을 돌아 흐르고 있었다. 유장(悠長)하고 연면(連綿)하게, 그리고 꿈속에서처럼 환상적으로 흘러가고 있었다.

산 계곡에는 오색 단풍이 황홀하게 물들어 있었다. 저 아래 발밑의 압록강 물줄기를 가까스로 집어넣어서 기념사진을 찍었지만, 너무 멀어서 마음에 드는 사진은 기대하기 어려울 것 같았다.

압록강은 그 물빛이 오리의 머리 색깔과 같다(水色如鴨頭) 해서 붙여진 이름이라고 한다. 길이는 803킬로미터로 우리 땅에서는 가장 긴 강이다. 유역은 고산 지대여서 강의 길이에 비해 넓지 않고 연안의 평야도 좁은 편이다. 중국에 속한 부분까지 합쳐 6만 3,160평방킬로미터인데, 중국 쪽을 빼면 그 절반쯤인 3만 1,226평방킬로미터라고 한다.

원로 시인 여민(與民) 이기형(李基炯) 선생은 일본의 사진작가 구보타 히로지(久保田 博二)가 이와나미 서점에서 출간한 사진집 『조선명봉, 백두산·금강산(朝鮮名峰, 白頭山·金剛山)』의 한국어판(『북녘의 산하—백두산·금강산』, 한겨레신문사, 1988)에서 이 압록강을 '독립을 위한 눈물의 여울'이라고 불렀다. 평생 통일을 위한 시만을 고집스레 써 온 이 노시인은 다음과 같이 증언하고 있다.

파란 물감을 진하게 풀어놓은 듯한 강물의 푸르름과 뗏목은 영원히 잊을 수 없는 압록강의 추억이다.

압록강 상류의 백두산 기슭과 목단강, 해란강 상류 쪽에서 겨울 동안 베어 두었다가 칡으로 묶어 만든 뗏목이 봄부터 가을까지 뗏목꾼들의 구슬픈 노래를 싣고 떠내려 왔다. 뗏목 위에는 숫제 가건물이 얽어져 인부들은 거기서 몇 달을 산다. 뗏목에 관한 모든 일은 안동에 있는 일본인의 채목공사가 관장했다. 일본인들은 매일같이 벌어지는 술자리에서 〈오료코부시〉, 즉 '압록강 노래'를 홍겹게 불러 대곤 했지만, 그 뗏목은 실은 가난한 조선 사람과 중국 쿠리들의 피땀이었다.

고구려, 발해 등 아득한 옛날부터 용감한 우리 조상들이 넘나들던 압록강! 일제 식민지 치하 우리 독립투사들과 애국자들과 이민들이 행렬을 지어 하루도 빠짐없이 건너던 압록강! 우리 민족에게 압록강은 단순한 물이 아니다. 해방과 자유와 독립을 향해 흘린 진한 눈물이요 핏물이요 한이 아니었던가.

1917년 함경남도 함주에서 태어난 선생은 『망향』, 『시인의 고향』, 『지리산』 등 다수의 시집을 냈으며 민족문학작가회의 고문을 지냈다.

압록강 뗏목은 곧고 목질이 좋은 홍송(紅松, 일명 미인송), 자작나무, 낙엽송, 소나무, 이깔나무 등이 주종을 이룬다. 뗏목은 강이 얼어붙은 겨울철에 벌채 작업을 해 놓았다가 비가 많이 와서 강물이 불어나는 여름철에 하류로 보내졌다고 한다.

지금은 전기를 얻기 위해 군데군데 댐을 막아 놓아서 예전처럼 강 하류까지 뗏목을 보낼 수 없다고 한다. 그 대신 강 유역 중간에 있는 혜산(惠山)이나 중강(中江), 만포(滿浦) 등 제재소가 연결되는 곳까지만 운반해서 제지나 목재 등 공업용 재료로 사용된다.

흐르는 강물에 맡겨 꼬리를 물고 떠내려가는 뗏목(流筏)의 모습은 분명 볼 만한 구경거리임에 틀림없을 것이다. 하지만 목부 노릇이 고작이었던 식민지 백성의 한(恨)을 두름으로 엮어 강물에 흘려보낸다는 데에 생각이 미치자 가슴이 절로 아파 왔다.

### 북한 시(詩) 「백두산에 오르네」와 문익환 목사의 「꿈을 비는 마음」

곤장덕 숙영지 앞뜰에서 임시로 마련한 돗자리에 앉아 점심 식사를 했다. 소백수 초대소에서 준비해 온 도시락에 즉석 닭고기 바비큐가 곁들여졌고, 금방 찐 감자도 나왔다. 대홍단 감자였다. 압록강이 내려다보이는 곤장덕 산마루에서 먹게 된 대홍단 감자는 이름 난 대로 달고 맛이 있었다.

가을이라 해도 바로 내리쬐는 직사광선의 열기는 대단했다. 점심 식사를 마치고 잠깐 짬이 났을 때 북측의 리영숙이라는 안내원이 시 낭송을 자청했다. 1990년 사망한 북한의 노동시인 주옥향의 「어디서나 백두산에 오르네」라는 시라고 했다. 그녀는 시를 낭송하고 나서 우리 측의 문호근(文昊瑾) 씨를 지목하여 한 마디 해 줄 것을 부탁했다.

문호근 씨는 1989년 실정법을 어겨 가면서까지 북한을 방문해 북측 인민 사이에 인기가 높은 늦봄 문익환(文益煥) 목사의 장남이다. 예술의 전당 예술감독이기도 한 그는 이번 방북 기간 중에 북측 인사들에게 단연 인기였다. 바로 이틀 전 량강도 예술단 공연이 끝난 뒤에도 누군가가 문 감독을 가리켜 "이분이 문 목사님의 아들"이라고 소개하자 예술단 단원들이 한꺼번에 에워싸고 열렬히 환영하기도 했었다.

문 감독은 자리에서 일어나 답례로 옥중에서 통일을 염원하는 내용을 그린 선친의 시 「꿈을 비는 마음」을 외우듯 읊조리기 시작했다.

개똥같은 내일이야
꿈 아닌들 안 오리오마는
조개 속 보드라운 살 바늘에 찔린 듯한
상처에서 저도 몰래 남도 몰래 자라는
진주 같은 꿈으로 잉태된 내일이야
꿈 아니곤 오는 법이 없다네.

그러니 벗들이여!
보름달이 뜨거든 정화수 한 대접 떠 놓고
진주 같은 꿈 한 자리 점지해줍시사고
천지신명께 빌지 않으려나!

벗들이여!
이런 꿈은 어떻겠오?
155마일 휴전선을 해 뜨는 동해 바다 쪽으로 거슬러 오르다가 오르다가
푸른 바다가 굽어보이는 산정에 다달아
국군의 피로 뒤범벅이 되었던 북녘 땅 한 삽
공산군의 살이 썩은 남녘 땅 한 삽씩 떠서

합장을 지내는 꿈,
그 무덤은 우리 오천만 겨레의 순례지가 되겠지.

그 앞에서 눈물을 글썽이다보면
사팔뜨기가 된 우리의 눈들이 제대로 돌아
산이 산으로, 내가 내로, 하늘이 하늘로,
나무가 나무로, 새가 새로, 짐승이 짐승으로,
사람이 사람으로 제대로 보이는
어처구니없는 꿈 말이외다.

그도 아니면
이런 꿈은 어떻겠오?
철들고 셈들었다는 것들은 다 죽고
동남동녀들만 남았다가
쌍쌍이 그 앞에서 화촉을 올리고
-그렇지 거기에는 박달나무가 서 있어야죠-
그 박달나무 아래서 뜨겁게들 사랑하는 꿈, 그리고는
동해 바다에서 치솟는 용이 품에 와서 안기는 태몽을 얻어
딸을 낳고
아침햇살을 타고 날아오는
황금빛 수리에 덮치는 꿈을 꾸고
아들을 낳는 어처구니없는 꿈 말이외다.

그도 아니면

이런 꿈은 어떻겠오?
그 무덤 앞에서 샘이 솟아
서해 바다로 서해 바다로 흐르면서
휴전선 원시림이
압록강 두만강을 넘어 만주로 펼쳐지고
한려수도를 건너뛰어 제주도까지 뻗는 꿈,
그리고 우리 모두
짐승이 되어 산과 들을 뛰노는 꿈,
새가 되어 신나게 하늘을 나는 꿈.
물고기가 되어 펄떡펄떡 뛰며 강과 바다를 누비는
어처구니없는 꿈 말이외다.

"비나이다. 비나이다.
천지신명님 비나이다.
밝고 싱싱한 꿈 한자리,
평화롭고 자유로운 꿈 한자리,
부디부디 점지해주사이다."

_文益煥, 「꿈을 비는 마음」, 『씨알의 소리』, 1977.10.

문 감독이 시를 낭송하는 동안 좌중은 숙연해졌고 낭송이 끝나자 박수가 터져 나왔다.

## 장시(長詩) 줄줄 외던 민족교육자 성내운 교수 생각나

이 시는 생전의 연세대 성내운(成來運) 교수가 우리의 송년 모임 같은 데 격려 겸해서 오시면 양성우의 「겨울공화국」과 함께 애송하던 시였기 때문에도 나로서는 남다른 감회를 갖고 있다. 선생이 연세를 생각하기 어려울 정도로 낭랑한 목소리로 결코 짧지 않은 시들을 감정을 실어 암송해 나갈 때면 송년 술에 거나해진 좌중은 혹시 중간에 틀리지나 않을까 숨을 죽이고 경청했었다. 특히 양성우의 「겨울공화국」은 가슴을 쥐어짜듯 읊조리던 선생의 착 가라앉은 목소리에 무겁게 실려 더 빛을 발했지만 듣는 이의 가슴을 더욱 미어지게 했던 기억을 갖고 있다.

나는 성내운 선생으로부터 직접 가르침을 받은 바는 없었지만 기자 시절 그 학교 취재를 담당했던 인연 때문에 뵐 수 있는 기회가 많았었다. 민족교육에 대한 열정이 남다른 그는 교육학 전공 학자이면서도 강단에서나 채플 시간에 윤동주(尹東柱)를 얘기하고, 이육사(李陸史)를 노래하면서 학생들의 조국애를 고취시켰다.

그 당시 대학가나 교회 등에서는 구속 학생과 교수들의 석방을 위한 기도회가 당국의 눈총을 받으면서 열렸었고 그가 봉직했던 대학도 예외가 아니었다. 그가 대학에서 열린 채플 시간에 낭독했던 기도문 한 편을 나는 지금껏 간직하고 있다. 그중 일부를 옮겨 본다.

> '자유'이신 하느님. 자유를 찾고 자유를 지니고 자유를 행사하여 자유를 넓히려다 구속된 김동길 교수와 김찬국 교수의 석방이 실현되기를 기도합니다. 자유를 배우고 자유를 실천하려다 구속된 학생들, 이 열일곱 명의 석방이 실현되기를 기도합니다.

성 교수는 이런저런 일로 당국의 눈 밖에 나 해직과 복직을 되풀이했고, 1978년에는 '독재 타도'를 외치다 감옥으로 끌려간 제자들의 뒤를 따라 동주나 육사처럼 옥고를 치르기까지 했다. 이른바 '교육지표 사건'이 그것이다.

유신 말기 전남대 송기숙 교수와 더불어 '국민교육헌장'이 품고 있는 국가주의적 교육이념으로서의 문제점을 지적하고, 대안으로 '우리의 교육지표'를 마련하여 서명 작업을 벌이다가 이른바 긴급조치 9호 위반으로 구속된 것이다. 1986년 회갑을 맞아 제자와 후학들로부터 『민족교육의 반성』이라는 제하의 화갑논총을 봉정 받은 선생은 1989년 60대 초반의 나이로 타계함으로써 그를 따르던 후학들에게 많은 아쉬움을 남겼다.

더 아쉽고 안타까운 일은 문 목사의 장남 문호근 감독마저 우리가 북한을 다녀온 이듬해 봄, 라일락 향기 짙게 묻어나는 푸른 5월 어느 날 갑작스레 이 세상을 떴다. 50대 중반의 한창 일할 나이에. 그가 이 세상을 하직하기 20일 전쯤 그는 자신이 직접 연출·감독한 앙드레 지드 원작의 연극 〈교황청의 지하도〉 초청장 2장을 내게 보내왔다. 예술의 전당에서 막을 올린 이 연극을 아내와 함께 보러 갔다가 공연이 끝난 뒤 잠시 시간을 내어 인사까지 나눴는데 그렇게 허망하게 가 버린 것이다.

그와 절친한 동도(同途)의 친구 이건용(李建鏞) 한국예술종합학교 음악원장(전 한국예술종합학교 총장)은 「잘 가라, 그대 맨발이여」라는 추도의 글에서 "너의 백조의 노래가 된 '교황청의 지하도'는 세련과 고집의 범벅이 어떻게 성공적으로 이루어질 수 있는지 보여 준 아름다운 예였다"면서 곡(哭)을 했다.

## 백두산 천지 재등정(再登頂)의 음모는 싹트고

초대소로 돌아오는 길에 베개봉려관과 청봉(青峰) 숙영지를 들렀다. 베개봉려관은 삼지연읍에서 서쪽으로 오 리 남짓 떨어져 있는 숲속에 있었다. 2급 숙박 시설로 객실은 모두 47개. 그중에서 1등실이 둘, 2등실이 넷, 그리고 나머지는 3등실이라 했다. 이곳에서는 이 지방의 특산물인 산천어구이와 감자구이, 들쭉으로 만든 여러 가지 청량음료가 인기가 있다고 한다. 우리 일행은 이곳에서 묵을 계획이 없었기 때문에 잠간 들러서 매대에 진열한 그림이며 사진, 약재, 산나물 등과 들쭉으로 만든 술과 음료 따위를 둘러보고 나왔다.

북측이 우리를 이곳으로 안내한 것은 여관 맞은편에 바라다보이는 베개봉을 보여 주기 위함인 듯했다. 베개봉은 봉우리 모양이 마치 베개 두 개를 나란히 붙여 놓은 것처럼 생겼다 해서 붙여진 이름인데, 북측에서는 이보다는 항일 전적지로서 더 의미를 내세우고 있는 곳이었다. 1937년 5월 20일 이곳에 머무르고 있던 항일 무장부대가 산 밑의 일본인 목재소를 습격한 뒤 그곳의 우리 노동자들에게 정치 선전 사업을 하고 돌아와 다시 하룻밤 숙영했던 곳이라는 것이었다.

청봉 숙영지는 김일성이 1939년 5월 18일 조선 인민혁명군의 주력 부대를 인솔하고 북한 땅에 들어와 첫 밤을 보냈다는 곳이다. 리명수폭포에서 얼마 떨어져 있지 않은 숲속에 있다. 푸른 숲이 우거진 봉우리라는 데서 청봉이라고 불린다. 이곳에도 그의 동상이 세워져 있고 그를 칭송하는 헌시비가 있다.

백두산의 다른 지역보다 분비나무, 가문비나무, 이깔나무 같은 침엽수가 유독 많다고 한다. 무성한 원시림이 하늘을 가렸다. 나무껍질을 벗기고 그 자리에 글발을 남긴 아름드리 구호나무들도 여럿 눈에 띄었다.

저녁 시간에는 삼지연 소년학생궁전에서 예술소조 공연을 관람하고 숙소로 돌아왔다. 돌아오는 차중에서 우리 쪽 실무진이 앞으로의 일정에 대한 안내를 해 주었다. 내일은 묘향산으로 가서 하룻밤을 자고, 모레 아침 평양 시내 관광을 한 다음 서울로 돌아간다는 내용이었다. 그러니 오늘 저녁에는 짐을 대충 챙겨 달라는 말도 곁들였다.

그 과정에서 내 귀를 솔깃하게 한 얘기가 나왔다. 이번에 관광단을 수행·취재한 사진기자들이 북측 당국을 끈질기게 조른 끝에 내일 새벽 천지 해돋이 취재를 다시 시도하게 됐다는 것이다. 사진 찍는 일을 직업으로 삼는 사람들로서 어렵게 백두산까지 와서 천지 일출 사진을 찍지 못하고 간다는 것은 두고두고 아쉬움으로 남을 터라서 충분히 이해가 되었다.

내일 천지 등정에는 취재진을 중심으로 제한적인 인원만 참여하게 되었다고 한다. 버스가 두 대만 가기로 협의가 됐기 때문이다. 그래서 기자들 이외에는 각 조별로 3명씩만 더 참가하도록 했으니 희망자를 뽑아 달라고 요청했다. 우리가 탄 5조 버스에서는 모두 9명이 신청했다. 나도 물론 신청을 했다. 담당자가 평소 북한 정치에 대한 연구를 많이 해 온 연세대 최평길(崔平吉) 교수를 포함해서 3명을 선정했으나, 나는 거기에 끼지 못했다.

그런데 숙소에 거의 다 도착할 무렵에 이변(異變)이 생겼다. 최 교수가 다른 사정으로 가지 못하게 되었다는 것이다. 딱히 자신이 가겠다고 나서는 사람이 없는 것 같아 내가 자청을 했다. 천지를 다시 볼 수 있게 된 사람들이 내심 부러웠고 또 갈 수만 있다면 어떻게든 가 보았으면 하던 터였기 때문이다. 턱걸이를 해서라도 '천지 해돋이 재수(再修) 팀'에 끼었다는 것이 무엇보다 기뻤다. 기사회생(起死回生)이란 이를 두고 이르는 말이던가. 속으로 쾌재(快哉)를 불렀다. 무슨 사정에선지 모르겠으나 천지(天池)행을 포기한 최 교수가 고마울 뿐이었다. 제발 날씨만 맑아다오.

백두산 천지를 다시 올라가게 된 단원들은 미리 평양으로 갈 비행기에 실을 짐을 챙겨서 숙소 앞에 내놓도록 했다. 등산에 필요한 옷과 장비들만 따로 빼 놓고 짐을 싸서 트렁크를 문 밖에 내놓았더니 그쪽 일꾼인 듯한 사람이 짐을 가지러 왔다. 답례로 서울에서 가져온 담배 한 박스를 건넸더니 사양하다가 받았다.

그러고 한참 지났는데 아까 내 짐을 맡아 갔던 사람이 내 트렁크를 가지고 다시 찾아왔다. 입에서 술 냄새가 잔뜩 풍겼다. 일과가 끝나서 숙소에서 한 잔 걸친 모양이었다. 계획이 바뀌어서 내일 백두산에 다시 올라가는 사람은 자기의 짐을 그 버스에 각자 싣기로 했다는 것이다. 그러면서 앞서 내가 건넸던 담배를 되돌려주려 했다. 웃음이 나왔다. 나는 그쪽에서 배운 말로 "일 없다"면서 그냥 가지라고 했다. 안 받으려 하는 것을 막무가내로 쑤셔 넣어 주었다. 북쪽에서는 '일 없다'란 말이 '괜찮다', '상관없다'는 뜻으로 쓰이고 있다.

그러고 보니까 내가 숙소에다 여성 안내원 몫으로 주려고 따로 챙겨 놓았던 선물이 생각났다. 서울에서 가져온 여성용 기초 화장품 세트인데 좀체 얼굴을 볼 수가 없어서 전할 기회가 없었다. 설령 준다고 해도 잘 안 받을 테니까 내일 새벽 숙소를 떠날 때 그대로 놔두고 가기로 했다.

### 마침내 가슴 연 백두산, 원색의 바다 천지 해돋이

2000년 9월 27일. 백두산 밑에서의 5박 6일째가 시작되었다. 잠 못 이루는 밤을 다시 한 번 보냈다. 잠을 설치다 새벽 3시 15분쯤 자리를 털고 일어나 옷을 단단히 입고 나왔다. 어젯밤 같은 층 옆방의 월서 스님이 "내일은 아침 식사도 못할 텐데" 하면서 건네준 인삼강정도 챙겨 넣었다. 고마운 분이었다. 밖으로 나와 보니 하늘에는 별들이 총총했다. 다행이다 싶어 기분이 좋았다. 그러나 날씨는 어제보다 훨씬 쌀쌀해진 것 같았다.

지난번처럼 새벽 4시에 초대소를 출발했다. 기자단과 엄선된(?) 민간인 13명은 북측 안내원들과 함께 두 대의 승합버스에 분승해서 백두산 정상을 향했다. 그사이 며칠 동안이지만 더 이상 눈이 내리지 않아서인지 지난번처럼 길이 미끄럽지는 않았다. 차가 갈 수 있는 곳까지 한 시간 반가량 올라가니 정상이 눈앞에 보였다. 처음보다는 감흥이 덜 한 것 같았다.

밖이 추워서 해가 뜨는 시간에 대기 위해서 차 안에서 기다리기로 했다. 기다리는 것도 뭣해서 차에서 나왔다. 바람이 살을 에는 듯 차가웠다. 해뜨기 바로 전인데다 바람까지 세게 불어서 더 춥게 느껴졌다. 영하 10도쯤 될 것이라는데 체감 온도는 훨씬 더 한 것 같았다. 백두 고원의 연봉들이 어둠 속에서 희미하게 자태를 드러내기 시작했고, 그 위에 눈썹 모양의 조그마한 달이 야트막하게 떠 있었다. 짐작으로 음력 8월 그믐쯤 되지 않을까 생각되었다. 서울에서 추석을 쇤 지 며칠 안 돼서 이곳으로 떠나왔기 때문이다.

장군봉 정상 쪽을 올려다보니 안개인지 구름인지가 살짝 끼어 있었다. 조바심이 났다. 오늘도 해 돋는 것을 보지 못하는 것이 아닐까 걱정되었다. 그러나 오늘은 왠지 백두산 한아버지가 가슴을 열어 줄 것 같은 생각이 들었다.

추워서 밖에 더 오래 머무를 수가 없어 다시 차 안으로 들어왔다. 먼동이 터 오는지 붉은 기가 어둠을 삭여 가고 있었다. 천고의 고원에 아침노을이 피어오르고 있었다. 정적에 휩싸인 백두 연봉들도 설레며 춤을 출 채비를 하기 시작했다. 해 뜰 녘이 얼추 되어 가는지라 다들 차에서 내려 장군봉 쪽으로 걸어 올라갔다. 역시 기압 탓으로 숨이 턱까지 차올랐다. 술을 마시지도 않았는데 연전 중앙 알프스의 티틀리스봉(3,020m)에 올라갔을 때처럼 숨이 헐떡거려졌다.

카메라를 꺼내 들었다. 날씨가 너무 추워서인지 작동이 잘 되지 않았다. 여벌로 가져갔던 다른 카메라를 급히 찾았다. 새벽 6시 10분. 해가, 백두산 천지에 해가 솟아오르기 시작했다. 이때를 놓칠세라 셔터를 눌러 댔다. 사진이 제대로 나오지 않으면 어쩔까 걱정하면서.

정말 장관이었다. 며칠 전 초대소 매대에서 이발소 그림처럼 촌스럽고 호들갑스럽다고 느껴졌던 백두산 해돋이 그림의 색깔이 전혀 과장된 것이 아니었다. 붉은색, 노란색 등 원색들이 어우러져 빨갛게 빛을 발하는 천지의 일출 모습은 감동 그 자체였다. 용광로에서 이글거리는 쇳물의 빛깔처럼 붉은 놀이 천지 주위에 널리 번져 나가고 그 놀빛을 받은 연봉들이 같은 색깔로 붉게 물들고 있었다.

백두산 천지 아래 백두 고원의 지평선 위로 해가 벌겋게 떠오르자 일행은 일제히 만세를 부르면서 통일을 기원하는 해맞이를 했다. 우리와 함께 온 북측 기자와 안내원들도 함께 목이 터져라 만세를 불렀다. 두 번의 시도 끝에 가까스로 천지에서의 일출을 볼 수 있게 된 사실이 내게는 더할 수 없이 기뻤다. 누구에게라도 고개 숙여 감사드리고 싶었다.

그러나 이곳에 더 오래 머물 수는 없었다. 미련을 남긴 채 하산을 서둘러야 했다. 우리를 태우고 평양으로 갈 특별기가 아침 8시 삼지연공항에서 출발하는 것으로 되어 있었기 때문이다. 다른 일행은 초대소에서 바로 삼지연공항으로 가기로 되어 있었다.

우리는 천지 해돋이를 보기 위해 새벽잠을 반납한 대신 백두산 정상길에 다시 올랐고 마침내 일출을 볼 수 있었던 것이다. 우리를 기다리고 있던 나머지 단원들은 우리를 보자 부러워하는 빛이 역력했다. 그들에게 왠지 미안한 생각이 들기도 했다.

묘향산(妙香山)

# 망외(望外)의 덤 여행, 솔향기 그윽한 묘향산

## 평양~향산 관광대로 달려 묘향산으로

2000년 9월 27일. 북한 측이 남북한 사이에 합의됐던 '백두산 6박 7일' 일정을 변경하여 당초 계획에 없었던 묘향산과 평양을 둘러볼 수 있게 해 준 것은 덤치고는 커다란 덤이 아닐 수 없었다. 단원들의 요청을 끝내 관철시킨 우리 측 대표들의 끈질긴 교섭 노력 덕분이기는 하지만 어려운 입장에서도 이를 수용한 북측의 양보가 고맙게 생각되었다.

아침 8시 50분. 우리를 태운 고려항공 JS 5278편 특별기는 엿새 전에 왔던 삼지연공항을 떠나 순안공항으로 향했다. '자리표'에는 내 자리가 20C로 되어 있는데 무슨 착오가 있었는지 '날자'가 실제보다 하루 뒤인 9월 28일이었다. 북한은 우리와 달리 '날짜'를 '날자'로 쓰고 있다.

기창 밖으로 전개된 백두산 연봉과 삼지연의 이깔나무 숲을 일별하면서 언제 또다시 이곳에 올 수 있을까, 서운함과 아쉬움이 일순 머릿속에서 교차했다. 백두산 지역에서의 5박 6일이 말 그대로 주마등처럼 뇌리를 스치고 지나갔다.

이런저런 생각을 하면서 지난 며칠을 돌아보는 사이 비행기는 어느새 평양항공역에 도착했다. 두 번째여서인지 순안공항의 모습은 이제 그리

낯설어 보이지 않았다.

공항에 내려 묘향산으로 가기 위해 대기하고 있던 관광버스에 옮겨 탔다. 백두산 지역에서는 길들이 좁아 계속 25인승 중형 버스를 타고 다녔는데, 공항에 대기하고 있던 버스는 테두리에 "조선국제려행사"라는 글씨를 두른 대형 관광버스였다. 이제 산중에서 대처로 나가는 모양이었다. 조선국제려행사는 단순한 여행사가 아니라 국가의 관광 업무를 수행하는 기관이라고 한다.

불과 닷새밖에 지나지 않았는데도 오전 시간이라 그런지 이곳에 처음 왔던 때와는 달리 바깥이 선선해진 것 같았다. 공항에서 묘향산까지는 160킬로미터 남짓 된다고 한다. 버스는 공항을 빠져나와 평양(平壤)과 향산(香山) 사이의 관광대로를 타고 묘향산 쪽으로 향했다. 왕복 4차선으로 된 관광대로는 5년 전에 건설했다는데 우리의 고속도로와 비슷했다. 그러나 오가는 차량이 거의 없고 휴게소 같은 것도 눈에 띄지 않아 이상할 정도였다.

버스는 코스모스꽃 무더기가 하늘거리는 도로를 거의 무인지경으로 달렸다. 도로 양편에는 군데군데 가을걷이를 시작한 들판의 모습이 눈에 들어오고 민가인 듯한 집들도 띄엄띄엄 보였다. 슬레이트로 지붕을 한 개량식 살림집들이 많았고 텔레비전 안테나도 이따금 눈에 띄었다. 나무를 때는지 굴뚝에서 연기가 나는 집도 있었다.

백두산 지역보다는 남서쪽에 위치해서인지 철이 더딘 것 같았다. 멀리 그리고 가까이에 있는 야산들은 며칠 동안 눈이 시리게 보았던 백두산 밀림 지대와는 딴판으로 민둥산에 가까울 정도로 나무가 없어서 안타까운 느낌이 들었다. 이런 현상은 평양 시내에 가까운 쪽이 더했다.

평양 근교를 벗어나자 공동묘지 같은 곳이 가끔 눈에 띄었다. 안내원의 말로는 평양에서는 20여 년 전부터 화장을 장려해 지금은 화장하는 비율이 90퍼센트에 이르지만, 지방에서는 여전히 매장을 많이 하고 있다고 한다. 당국에서 공동묘지를 별도로 지정해 그곳에 조상을 모시게 한다는 것이다.

버스가 평양 근교를 벗어나 한참 달리자 제법 너른 들판이 펼쳐지고, 길 오른쪽 먼발치에 공장 굴뚝 같은 것들이 보였다. 안주(安州)시에 있는 화학공장들이라고 한다. 안주는 고품질의 탄맥이 있는 곳으로도 이름나 있다. 또 5~15층의 현대적인 고층 건물들이 늘어서 있고 여러 가지 편의 시설이 비교적 잘 갖춰져 있어 평양의 거리를 방불케 하는 청춘도시라는 평을 받고 있다고 한다. 안주 시내가 시야에서 멀어지면서 묘향산에 가까워지고 있는지 우거진 숲들이 나타나기 시작했다.

## 살수대첩 승전보 울린 청천강은 소리 없이 흐르고

관광대로를 타고 가는 중에 비교적 큰 강이 길 바깥쪽으로 흐르고 있었다. 말로만 듣던 청천강(淸川江)이다. 낭림산맥의 주산인 낭림산(狼林山, 2,014m)에서 발원하는 청천강은 길이가 199킬로미터, 유역 면적이 9,470평방킬로미터에 달한다. 고구려의 명장 을지문덕(乙支文德)이 평양성을 치기 위해 쳐들어온 수나라 30만 대군을 맞아 대승을 거둔 살수대첩(薩水大捷)의 살수가 바로 청천강의 옛 이름이다.

당시 총사령관 을지문덕은 장거리 진군으로 지칠 대로 지쳐 있던 수군(隋軍)을 패주하는 체하면서 일단 평양성 부근까지 끌어들인 다음 적장에게 항복의 뜻을 담은 오언시(五言詩)를 지어 보냈다. 사기가 떨어져 더 이상 싸움을 계속할 여력이 없던 차에 퇴각의 명분까지 얻게 된 적군으로서는 이보다 다행스러운 일이 있을 수 없었다.

을지문덕이 수나라 군대에게 퇴로를 열어 주는 척하다가 이들이 청천강을 건너려 할 즈음에 집중 공격을 감행해 거의 전멸시키다시피 한 사실은 역사에서 배운 그대로다. 을지문덕이 적장에게 보냈다는 그 유명한 오언절구는 다음과 같다.

新策究天文　뛰어난 재주는 하늘의 이치를 꿰뚫었고
妙算窮地理　우수한 작전은 땅의 이치를 알고 있네.
戰勝功旣高　싸움마다 이겨서 공이 높으니
知足願云止　족한 줄을 알고 물러감이 어떠한가.

이 오언시는 내침을 당한 고구려 측의 입장에서는 전세를 뒤엎는 묘책이 되었지만 상대의 칭찬에 귀가 엷어져 대사를 그르친 적군 장수의 실책은 지도자의 판단이 얼마나 중요한가를 보여 준다는 점에서 후인들에게도 좋은 귀감이 될 것 같다.

어디 그뿐이랴. 살수대첩 이후 고려 현종 적에 있었던 귀주대첩(龜州大捷)의 주요 싸움터도 바로 청천강 연변의 연주(漣州)·위주(渭州)였다고 한다. 당시 거란족이 서희(徐熙) 장군의 담판으로 회복시킨 압록강 동쪽 강동 6주(義州-興化, 龍州-龍川, 通州-宣川, 鐵州-鐵山, 龜州-龜城, 郭州-郭山)의 반환을 요구하며 20만 대군을 이끌고 세 차례나 남진하여 서경(西京)을 거쳐 개경(開京)까지 쳐내려왔다. 그러다가 병력의 손실로 전쟁을 계속 치를 수 없게 되자 회군(回軍)을 하다가 강감찬(姜邯贊) 장군에게 대패한 곳도 바로 청천강 변이었다.

청천강은 그 옛적의 일을 아는지 모르는지 소리 없이 흐르고 있었다.

갈수기에 접어든 까닭인지 강물의 흐름은 그리 세차 보이지는 않았지만, 물빛은 이름 그대로 맑고 깨끗했다. 다리 기둥에 "목욕 금지"라고 커다란 글씨를 써 놓은 것을 보면 여름 우기에는 수량이 꽤 많은 모양이었다. 아니면 수질을 보호하기 위해서일지도 모르겠고.

## 묘향산 기슭에서 하룻밤 여장을 풀고

버스는 향산에서 고속도로를 빠져나와 향산읍 외곽을 돌아 묘향산으로 향했다. 향산읍은 묘향산에서 흘러내리는 묘향천과 청천강이 합수되는 지점에 자리 잡고 있었다. 이곳에서 묘향산 어귀 향암리(香岩里)까지는 계곡 길로 5킬로미터 남짓. 그 사이로 바닥이 비칠 정도로 맑은 향산천이 소리 없이 흐르고 있었다. 손바닥으로 한 움큼 떠서 그냥 마셔도 좋을 듯했다.

차창 밖에 펼쳐진 누런 들판은 영락없이 가을걷이를 눈앞에 둔 내 유년 시절의 시골 농촌 모습 그대로였다. 어릴 적 서산대사와 사명당 이야기에서 익히 들었던 묘향산. 산은 저만치서 우리를 기다리고 있었다.

평안북도와 자강도의 경계에 솟아 있는 묘향산은 우리나라 5대 명산 중 하나로 생김이 기묘하고 그윽한 향기를 품고 있는 산이라 해서 이런 이름이 붙었다고 전해진다. 최고봉인 1,909미터의 비로봉을 중심으로 법왕봉(1,613m), 석가봉, 향로봉(1,603m), 원제봉, 평대봉, 탁기봉, 진귀봉, 형제산(1,229m), 오가산 등 9개의 준봉이 늘어서 있다.

묘향산 일대는 높은 산들로 둘러싸여 있어서 바람이 적고 기후는 비교적 온화한 편이다. 연평균 기온이 섭씨 8도 안팎이고, 8월 평균 기온은 24.2도로 그다지 무덥지 않다. 묘향산에는 소나무, 단풍나무, 물푸레나무,

병꽃나무, 산사나무 등 700여 종의 식물이 서생하고 있고, 맑은 시내에는 산천어, 칠색송어, 모래무지, 뱀장어, 버들치 등 20여 종의 물고기가 서식하고 있다고 한다.

단풍철이 일러서인지 묘향산의 소나무 숲들은 아직 푸른빛을 자랑하고 있었다. 버스는 산 계곡 입구에 넓게 터 잡은 향산호텔 앞에 우리를 내려 주었다. 별 네 개짜리의 고급 호텔인 15층 높이의 향산호텔은 마치 피라미드를 현대식으로 지어 올린 듯한 삼각형 모양을 하고 있었다. 호텔 뒤의 묘향산을 가리지 않으려고 사각형 건물을 고집하지 않은 설계자의 배려가 묻어나는 듯했다. 객실 수는 198개라고 한다. 묘향산 지역에는 우리가 묵은 향산호텔 말고도 별이 세 개인 청천려관이 있다고 한다. 북측이 그만큼 우리를 나름대로 신경 써서 대접하고 있는 것을 보여 주는 한 대목이다.

평양에서 가까운 데다 이름난 관광지여서인지 주차장은 관광버스들로 꽤 붐볐다. 관광객은 북한 주민이나 답사 여행을 온 학생들이 대부분이고, 북한을 찾은 해외 친북 동포나 외국 인사들도 적지 않다고 했다. 묘향산을 찾는 관광객은 하루 평균 3천 명 정도라고 한다.

숙소에 짐을 풀어놓고 호텔 식당에서 점심 식사를 했다. 천지 해돋이를 보기 위해 이른 새벽부터 설친 데다 아침을 거른 터라 시장하기도 해서 음식 맛이 말 그대로 꿀맛 같았다. 손님의 왕래가 많아서인지 소백수 초대소에 비해 봉사원들도 손님을 응대하는 품이 훨씬 세련되었고 친절했다. 전력 사정 때문인지 호텔 안이 좀 어둡다는 느낌을 받았다. 아니면 우리가 전력을 과소비하고 있는지도 모를 일이다.

## 관람관엔 동아일보가 선물한 순금판'보천보사건 호외'도

점심 식사를 마치고 북측 안내에 따라 곧바로 호텔 가까이에 우뚝하게 자리한 국제친선관람관(國際親善觀覽館) 두 관을 둘러보았다. 1978년 8월 26일에 세워졌다는 이 관람관은 김일성 주석과 김정일 위원장이 세계 각국으로부터 받은 선물을 각각 보관하고 전시하는 곳이다. 전람관은 얼핏 목조 한옥처럼 보였으나 가까이 다가가 보니까 나무를 전혀 쓰지 않은 시멘트 건물이었다. 또 추녀 모서리 끝에 나비 모양의 풍경을 매달아 놓았다.

안내원은 건평 5만 평 규모의 6층 한식 건물에는 김 주석이 생전은 물론 사후에 174개국의 국가 수반급 인사나 기업인 등으로부터 받은 선물 16만 5천여 점이, 2만 평 규모의 2층 양옥 건물에는 김 위원장이 156개국에서 받은 선물 4만 6천여 점이 각각 전시되어 있다고 설명했다.

연전 동남아 출장길에 들렀던 수하르토 전 인도네시아 대통령이 재임 동안 각국의 사절단 등으로부터 받은 선물을 전시해 놓았다는 대통령궁 옆 하얀궁전(일명 수하르토 박물관)의 전시품들을 보고 입이 쩍 벌어졌었는데, 이곳 관람관은 건물의 규모나 전시품의 수량·종류 등에서 그곳과 비교가 되지 않을 것 같았다.

관람관에는 창문이 아예 없었다. 그런데도 실내 온도와 습도를 자동 조절할 수 있는 시설이 있어서 습기가 차지 않는다고 했다. 전시된 선물들을 그냥 스쳐 가듯 보는 데에도 시간이 꽤 걸렸다. 선물의 종류나 수량이 너무 다양하고 많아서 무얼 보고 나왔는지 생각이 안 날 정도였다.

전시품 가운데는 김대중(金大中) 대통령이 선물한 청자 접시와 6·15 남북정상회담 때 찍은 대형 사진 액자, 그리고 그동안 남측 인사들이 보낸

東亞日報 號外

咸南普天堡를襲擊

郵便所, 面所에衝火

昨夜 二百餘名이突然來襲

普校、消防署에도放火

咸南警察部에서出動

순금으로 주조한 동아일보 호외

자동차, 텔레비전 수상기, 골프채, 응접세트 가구 등도 있었다. 그중에서도 눈길이 가는 것은 1998년 동아일보의 방북 취재팀이 김정일 국방위원장에게 선물했다는 순금으로 주조(鑄造)한 신문 호외. 북한이 일제하 김 주석의 항일투쟁 중 최대 성과의 하나로 내세우는 1937년의 보천보 사건을 보도한 동아일보 호외를 순금으로 뜬 것이었다.

관람관 안에는 휴지통 하나 없는데도 아주 청결했다. 이상하다 생각해서 "휴지통을 왜 두지 않느냐"고 물었더니 "자기 쓰레기는 자기가 가지고 가야지요"라고 당연하다는 듯이 대답했다.

## 잦은 전화(戰禍)에도 삼보 대찰 면모 남은 보현사(普賢寺)

'선물관'은 볼거리가 적지 않았지만 대충 둘러보는 것으로 끝냈다. 줄다리기 끝에 힘들게 묘향산에 왔으니, 비로봉 등산은 못하더라도 만폭동 구경은 해야 하지 않을까.

먼저 등산로 초입에 있는 보현사(普賢寺)를 들렀다. 북한이 북한 사회에도 종교와 신도가 있고 교회나 절이 있느냐는 바깥 세계의 궁금증에 대해 평양의 봉수대교회와 함께 묘향산의 보현사로 응답해 왔던 그 보현사가 바로 눈앞에 있었다.

고려 광종 19년(968년)에 창건되고, 정종 8년(1042년)에 중건된 보현사는 휴정(休靜) 서산대사(西山大師)가 수도했다는 유명한 사찰이다. 조선 시대에는 불(佛)·법(法)·승(僧) 삼보(三寶)의 지위를 갖춘 최고의 사찰로 일컬어졌다. 이는 불보사찰 통도사, 법보사찰 해인사, 승보사찰 송광사보다 훨씬 윗자리의 절이라는 의미다.

대웅전 앞뜰에서 우리를 기다리고 있던 최형민 주지 스님이 합장을 하며 맞아 주었다. 회색 장삼에 붉은 가사를 걸치고 있었고 두발은 기른 채여서 조금 낯설고 어색해 보였다. 우리 일행 중 조계종 호계원장 월서 스님과는 더 각별하게 인사를 나누었다. 월서 스님에게는 어렵사리 이뤄진 이번 묘향산의 보현사 방문이 망외의 방북 소득이었던 만큼 기대가 큰 것 같았다. 만폭동 오르는 것도 마다하고 될 수만 있다면 보현사 선방에서 주지 스님과 하룻밤쯤 묵으면서 이런저런 얘기들을 나눴으면 하는 눈치였다.

보현사는 원래 24채의 전각과 탑 등으로 이루어져 있었으나 임진왜란과 한국전쟁 등 두 차례의 전화를 겪으면서 대웅전을 비롯해 전각만 14

곳이 파괴되거나 소실되었고, 유물·불상·탱화 등 7,300여 점이 멸실되었는데, 1970년대 후반부터 1980년대 초반 사이에 일부 전각들을 복원했다고 한다. 흘림식 기둥의 대웅전과 합각지붕의 만세루는 1976년과 1979년에 각각 복원했다는데 둘 다 앞면은 다섯 칸, 옆면은 세 칸으로 되어 있었다.

지금의 보현사가 이러저러한 수난으로 창건 당시의 웅장한 모습에는 크게 미치지 못하겠지만 현재 남은 것만으로도 삼보사찰을 합한 정도의 대찰로서의 면모를 여전히 지니고 있음을 읽을 수가 있었다. 5만여 평의 절터에 1전·2탑·1루·3문의 형식을 갖춘 보현사는 조계문(曹溪門), 천왕문, 사각 9층 석탑, 만세루, 팔각 13층 석탑, 대웅전 등이 남북을 축으로 하여 차례로 자리 잡고 있었다. 또한 그 주위에는 심검당, 수월당, 령산전, 관음전 등 여러 절집이 나누어 배치되어 묘향의 절경과 함께 장관을 이루었다.

경내에는 장경고(藏經庫)를 지어 팔만대장경 판본 6,793본 전질을 보관하고 있는데, 이 판본은 해인사의 팔만대장경을 목판으로 찍은 것이라 한다. 시간이 없어서 장경고가 있는 데까지 가 보지는 못했다. 장경고는 현재 '묘향산 력사박물관'으로 불린다고 한다.

임진왜란 때 제자인 송운(松雲) 사명대사(四溟大師)와 함께 승병을 일으켜 평양성 탈환의 전초 역할을 했던 서산대사의 진영(眞影)을 모신 금강암은 전쟁의 피해를 덜 받아 그대로 남아 있고, 대사의 유품은 수충사(酬忠祠)를 따로 지어 보관하고 있다고 한다.

절 입구에 있는 조계문을 지나 해탈문 사이의 전나무들이 울을 치고 있는 숲길에는 여러 개의 탑비(塔碑)가 늘어서 있었다. 그 틈에 서 있는 빗돌 하나가 눈에 들어왔다. 묘향산 보현사지기(普賢寺址記). 보현사의 창건 유래를 적은 사적비(寺蹟碑)로 고려 인종 때 세워졌다. 김부식(金富軾)이 짓고 문공유(文公裕)가 쓴 것으로 되어 있는데, 내 지식이 짧은 탓이겠지만 문공유는 들어보지 못한 이름이었다.

먼저 만난 것은 화강암을 사각으로 다듬어 9층으로 쌓아 올린 8미터 높이의 다보탑. 보통 사각 9층 탑으로 더 많이 불린다. 추녀마루처럼 지붕의 곡선미가 뛰어난 고려 초기 석탑의 진수라고 한다. 탑 바로 옆의 만세루 앞뜰에는 보리수나무 한 그루가 다보탑과 어울리는 참한 모습으로 서 있었다.

만세루는 경사 지반을 활용해 앞쪽은 2층으로, 뒤쪽은 단층으로 올린 다락 형태의 누각으로 원래 그 안에 법고(法鼓)·운판(雲版)·목어(木魚)·대종(大鐘) 등 사물이 있었다는데, 한국전쟁 당시에 다 타 버렸다고 한다.

## 통일 비는 탑돌이, 해 떨어지자 주지 스님은 퇴근하고

대웅전은 만세루 뒤쪽에 있었고, 그 사이에 팔각의 13층 석탑이 자리 잡고 있었다. 석가여래탑이라고도 부르는 이 탑은 대웅전과 함께 보현사를 상징하는 고려 말기의 대표적인 석탑이다.

그 생김새가 얼핏 오대산 월정사의 팔각 9층 탑을 연상케 했으나 장중함이나 조형미에서는 훨씬 앞서는 것 같았다. 높이가 8.6미터. 지붕의 추녀 끝에 달린 풍경들이 늦가을 소슬바람을 받아 맑은 쇳소리를 냈다. 모두 104개라고 한다. 계곡의 약간 비탈진 면에 서 있는 석탑은 수려한 산세를 배경으로 대웅전과 만세루의 높낮이를 잘 조율하여 균형을 잡고 있는 듯했다.

산음(山蔭)이 점차 짙어져 오는 가을날 오후, 경쾌한 합각지붕과 흘림

기둥을 한 대웅전은 솔향기 그윽한 묘향산의 너른 품 안에서 고즈넉이 자리를 틀고 있었고, 방금 채색이라도 한 듯한 화려한 단청과 가을 햇살에 비쳐 윤기 자르르한 파란 청기와 지붕은 선인들의 건축술과 예술혼의 높은 경지를 은근히 보여 주고 있었다.

누가 먼저 제안했는지는 몰라도 통일을 염원하는 탑돌이를 했다. 보현사의 주지 스님과 남쪽의 월서 스님이 앞장서서 석가여래탑 주위를 돌기 시작했고 우리 일행이 그 뒤를 따랐다. 불자이건 아니건 문제가 되지 않았다. 탑돌이를 끝내고 대웅전 앞에서 기념사진도 함께 찍었다. 그리고 우리는 아쉬움을 남긴 채 서둘러 보현사를 나와 만폭동 등산길에 들어섰다.

월서 스님은 절에서 더 머물다가 사정을 봐서 선방에서 하룻밤 묵고 내일 날이 새는 대로 시간에 맞춰 호텔로 오겠노라고 내게 귀띔을 해 주었다. 그런데 월서 스님은 우리가 만폭동 등산을 마치고 왔을 때 벌써 숙소에 돌아와 있었다. 주지 스님과 함께 묵으면서 보현사 이곳저곳을 더 둘러보고 남북 불교계 간의 협력 문제 등도 심도 있게 협의할 생각이었는데 여의치 못했다는 얘기였다. 여섯 시쯤 되자 주지 스님이 퇴근해야 한다면서 일어서더라는 것이다. 우리와는 달리 스님들도 집에서 출퇴근하는 모양이었다. 아쉽지만 할 수 없이 숙소로 돌아왔다면서 실망하는 눈치였다. 그렇지만 장경고에 있는 판본도 직접 볼 수 있었고 북한 불교계의 사정에 대해서도 어느 정도 직접 들을 수 있어서 나름대로 얻은 게 있었다고 자위했다.

## 시간에 쫓겨 점만 찍은 만폭동(萬瀑洞)

만폭동(萬瀑洞) 등산. 등산이라기보다는 점 몇 개를 찍는다는 표현이 더 옳겠다. 시간에 쫓겨 일찍이 청허(淸虛) 서산대사가 "수려함과 웅장함을 두루 갖췄다(壯而亦秀)"고 설파했다는 묘향산을 한 자락밖에 볼 수 없다는 아쉬움이 컸지만 할 수 없는 노릇이었다.

전국의 명산대찰을 두루 섭렵했던 대사는 우리나라 4대 명산을 두고 "금강산은 수려하나 웅장하지 못하고(金剛秀而不壯), 지리산은 웅장하나 수려하지 않으며(智異壯而不秀), 구월산은 웅장하지도 수려하지도 않다(九月不壯不秀)"고 평했다 한다.

다소 과장된 이야기겠지만 폭포의 숫자가 1만 개나 된다고 해서 붙여진 만폭동. 향로봉 남쪽 비탈면 계곡 사이로 등산로가 잘 닦여져 있었다. 김정일 위원장이 직접 올라 보고 난 뒤 인민이 잘 다닐 수 있도록 돌계단을 깔았다는 안내자의 말이었다.

호암(湖巖) 문일평(文一平)이 우리나라 폭포의 절승을 노래한 기행문 「조선의 명폭(名瀑)」에서 묘향산을 두고 묘사한 부분은 우리 땅에서 묘향산과 만폭동이 갖는 위치를 잘 보여 주고 있다.

> 묘향(妙香)은 말할 것도 없이 단군천강(檀君天降)의 신산(神山)으로 고려 이래 불교의 연수(淵藪)로, 한양조(漢陽朝)에 와서도 성승(聖僧) 휴정(休靜. 西山大師)의 석장(錫杖)을 세운 곳으로 그가 임진 난리에 국가 창생을 위하여 승병을 일으킨 데가 이 향산(香山)이었으며, 선교(禪敎) 양종(兩宗)을 합하여 통일의 불교를 이룬 데 역시 이 향산이었다.
>
> _文一平, 「조선의 명폭」, 『湖岩全集』 卷 三, 朝光社, 1939.

여기서 '연수'는 못에 물고기가 모여들고 숲에 새들이 모여드는 것과 같은 형국을 뜻하고, '석장'은 스님이 짚고 다니는 지팡이로 탑 모양의 윗부분에 여러 개의 고리를 달아 소리가 나도록 한 것이다.

만폭골 계곡의 물은 맑고 깨끗했으며, 산 굽이굽이마다 마주치는 폭포는 시원한 물줄기를 쏟아 내고 있었다. 서곡폭포, 무릉폭포, 은성폭포, 유선폭포, 은하폭포, 비선폭포…. 그 많은 폭포에 이름표 달기도 쉽지 않았을 것 같았다.

실로 천만 가지 물의 조화가 이곳에 모두 모여 있는 듯했고, 낙수 소리에 귀만 잠깐 기울여도 저절로 시원해지는 느낌이 들 정도였다. 울울창창한 소나무 숲을 끼고 흘러내리는 세찬 물줄기, 그리고 그 옆에 널려 있는 너럭바위들이 어우러져 묘향 계곡은 거대한 하나의 심포니를 연주하고 있었다.

보현사 입구에서 비선폭포까지는 약 3킬로미터. 도중에 이 절경들을 놓칠세라 카메라를 꺼내 사진을 찍기도 하면서 숨 가쁘게 계곡 길을 더듬어 올라갔다. 해가 금방 떨어질 터이니 더 이상 올라가지 말고 하산해 달라는 안내자의 말을 좇아 비선폭포 어귀에서 발길을 돌려야 했다. 아쉬움이 많았지만 도리 없는 일이어서 조심조심 어두워지기 시작한 하산 길을 재촉했다.

### 신화(神話)의 현장 단군굴 못 들러 아쉬워

비선폭포에서 단군굴(檀君窟)이 있는 곳까지는 다시 1킬로미터를 더 올라가야 한다고 한다. 향로봉 기슭에 있는 단군굴은 폭 16미터, 길이 12미터, 높이 4미터이며, 그 안에 3칸의 집이 있다고 한다. 단군굴은 환웅(桓雄)과 웅녀(熊女)가 만나서 고조선의 시조인 단군을 잉태했다는 건국 신화의 현장으로 알려져 있다. 우리 일행 가운데 일찍 산행을 서둘러 거기까지 다녀온 이가 있다는 말도 들렸다.

단군굴에 관해서는 빙허(憑虛) 현진건(玄鎭健)의 대표적 기행문인 「단군성적순례(檀君聖蹟巡禮)」가 실감 나게 전하고 있다. 1920년대 조선일보와 동아일보의 기자를 거치면서 필화 사건으로 옥고를 치른 그는 1932년 잠시 쉬는 틈을 타 묘향산의 단군굴을 찾아 경배하고 동명성왕릉(東明聖王陵), 을지장군묘(乙支將軍墓), 강서삼고분(江西三古墳)을 지나 구월산의 단군대(檀君臺)·삼성사(三聖祠)를 찾은 다음 강화도 마니산 참성단(塹星壇) 등지까지 이어지는 장문의 순례기를 썼다.

일제에 수탈당한 이 땅의 운명을 슬퍼하며 민족의 정기를 되살리려는 일념으로 쓴 이 기행문은 그의 생전에는 햇빛을 보지 못했다. 이런 사실을 나중에 알게 된 민족사관의 대표적인 사학자 손진태(孫晋泰)가 그 원고를 찾아 비밀리에 입수했다가 광복 후 유족에게 되돌려주었고, 빙허의 무남독녀의 시아버지가 된 월탄(月嘆) 박종화(朴鍾和)에 의해 1948년에야 출판되는 곡절을 겪었다.

빙허가 험한 산길을 넘고 걸어 천신만고 끝에 단군굴을 찾아 굴 내부에 들어서면서 느낀 감회를 적은 글에는 나라를 빼앗긴 식민지 지식인의 애국혼과 비장함이 절절히 스며 있었다.

우리는 의논이나 한 듯이 일제히 무릎을 꿇고 나추 나추 고개를 숙였다. 나는 만감이 전신에 소용돌이를 치며 고개를 다시 쳐들 수가 없었다. 약자(弱子)로 잔손(殘孫)으로 어버이 앞에 엎드린 것이다. 무안하고, 얼 없고, 부끄럽고, 무섭고 해서, 숙인 고개를 다시 쳐들 수가 없는 것이다.

물적 유산은 그만두자. 그 위대한 문화적 업적—고구려와 신라에 와서 찬란한 탈목(奪目, 강렬한 빛 때문에 눈이 부심)의 색(色)과 복욱(馥郁)한 경세(驚世)의 향(香)을 발하던 그 위대한 문화적 유업이 막상 인천(人天)을 흔동(掀動, 명성이나 위세가 당당하여 세상을 흔듦)할 대과(大果)를 맞으려 할 중대 시기에 지나지 못하고 조잔(凋殘)과 영락(零落)에 맡기었으니 얼마나 황공한 일이냐. 이런 잔손은 대(大) 천세계(千世界)를 샅샅이 둘러보아도 그 유례와 비주(比儔)를 찾을 수 없으리라.

지옥겁(地獄劫)과 도탄고(塗炭苦)를 열만 번 더 치르고 더 겪어도 이 죄를 다 싹 치지 못하리라.

참회의 화편(火鞭)이 양심을 후려갈기며, "이제는 다시, 이제는 다시!" 열

번, 스무 번, 골백 번, 잘천 번 줄 항복을 하고 맹서 맹서하였다.

무슨 낯으로, 무슨 염의로, 무슨 주제로, 여기 올고, 올 생의(生意)라도 하였던고?

하도 기막히고 답답하기에 집안 어른을 뵈오러 온 것이다. 모든 것을 다 지니신 한배님을 찾아온 것이다. 그 뼈가 내 뼈인들 아니 저리시며, 그 피가 내 피어든 핏줄인들 아니 당기시랴. 역정도 나시지만 그래도 눌러 보시리라. 괘심도 하시지만 그래도 거두어 주시리라. 미웁기도 하시지만 그래도 엇들고 받들고 주시리라.

두 팔을 벌리시고 오라, 오라! 부르신 지 오래인지 모르리라. 마음을 조리시며 왜 안 오나, 왜 아니오나! 바라신 지 오래인지 모르리라. 억천만겁을 윤회(輪廻)한들 임 주신 뼈와 피야 가실 줄이 있으랴. 아아 염통이 뛴다. 고동하는 이 가슴에 임의 손을 얹어 보소서.

_玄鎭健, 『檀君聖蹟巡禮』, 藝文閣, 1948.

빙허의 기행문 가운데 '가단군굴(假檀君窟)' 편의 내용이 재미있어 잠간 소개한다. 단군굴 올라가는 도중에 만나는 빈봉(賓峰)의 동편으로 얼마쯤 꺾어 들어가면 직립한 큰 바위가 있고 그 옆에 그리 크지 않은 석굴이 있는데 이를 일러 가단군굴이라고 한다는데 그 유래는 이렇다.

옛날 평안감사나 영변부사가 도임하면 으레 체면치레로 단군굴을 근참했다. 손과 발을 써 가며 기어 올라가기에도 험한 길을 이들 벼슬아치가 가마를 타고 행차하는 바람에 죽어 나는 것은 승려들이었다. 이를 견디다 못한 승려들이 가깝고 편한 그 동굴을 단군굴이라고 속여 배례를 시켰다는 데서 이런 이름이 생겼다는 것이다.

그곳에는 지금도 당시 이름 높은 벼슬아치들의 각자(刻字)가 뚜렷이 남아 있다고 한다. 빙허는 그곳에 들러보고 싶은 생각이 잠시 일었지만 갈 길도 바쁘고 성스러운 답사길에 불결하다는 생각에서 이를 억제했다면서 "근참의 기념 각자가 사라지기까지 후인들이 보낼 조소와 후매(詬罵, 욕설하며 꾸짖음)를 그들이 생각이나 했겠느냐"고 적고 있다. 이름을 남기고자 하는(人死遺名) 속인들의 허욕은 예나 이제나 다를 바가 없는가 보다. 그것이 허명(虛名)임을 미처 알지 못하고.

아무튼 일몰에 쫓겨 신화의 현장을 지척에 두고도 근참하지 못하고 하산을 서둘러야 하는 게 못내 아쉬웠다. 평안감사나 영변부사는 아닐지라도 어렵사리 찾은 북녘 땅이고, 더군다나 묘향산 일정은 용을 쓰다시피 해서 얻은 기회가 아닌가.

백두(白頭)에서 묘향(妙香)까지, 하루 사이에 백두산에 올라갔다 다시 묘향산을 들렀으니 축지법을 써서 시공을 날아다닌 셈이었다. 이른 새벽 천지 해돋이 구경부터 시작하여 삼지연공항에서 순안공항으로 항공기 탑승 이동, 평양에서 향산까지 고속도로로 관광버스 탑승 이동, 국제친선관람관 구경, 보현사 탑돌이, 만폭동 계곡 등산 등 정말 강행군 속에 보낸 하루였다.

내일이면 서울로 돌아간다는 생각에 몸은 피곤했지만 마음은 가벼웠다. 반주를 곁들여 북녘에서의 마지막 저녁 식사를 했다. 다들 피곤해 보였다. 내일은 아침 7시에 평양으로 출발해야 하므로 서둘러 일어나야 한다. 밤에는 특별히 할 일도 없고 해서 일찍 잠자리에 들었다.

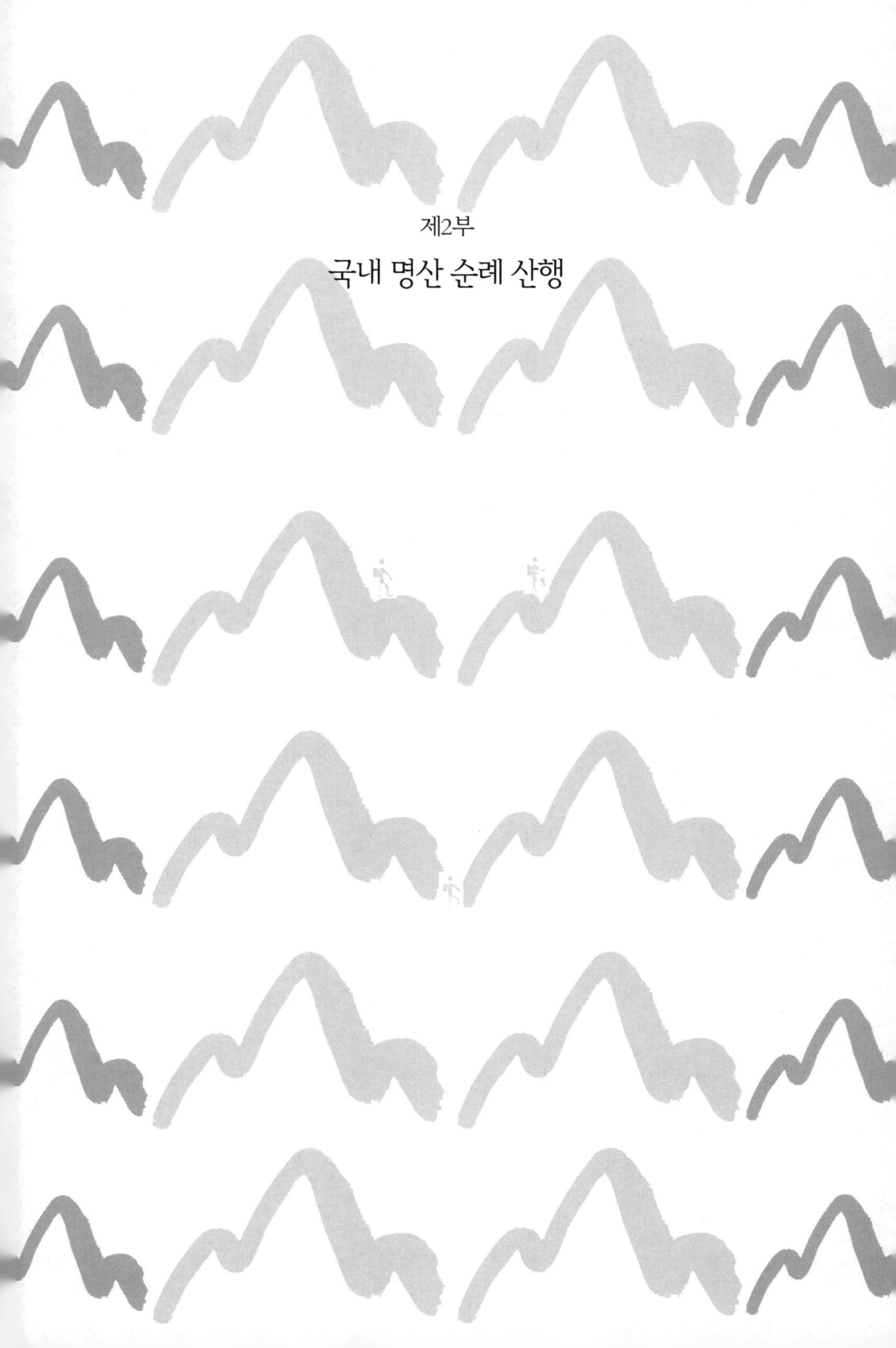

제2부

# 국내 명산 순례 산행

한라산(漢拏山)

# 3박 4일의 제주 기행
## 올레길, 그리고 한라산 등반의 추억
(2008년 12월 7일~10일)

### 제주도에 대한 기억

제주도는 해외여행이 쉽지 않던 시절 뭍사람들에게는 선망의 땅이었다. 1970년대만 해도 신혼여행 때나 겨우 꿈꾸던 그런 곳이었다. 그것도 형편이 좋은 사람의 일이었을 뿐이다.

그런데 1960년대 중반의 어느 해(1968년) 봄날, 나는 대학 동기생 여럿과 흔들리는 여객선에 몸을 싣고 제주도로 건너가 일주일 동안 한라산을 오르고 제주도 일대를 답사한 적이 있다. 모두에게 남루함이 일상이던 시절 내가 비록 항공편 대신 배편을 이용하기는 했어도 이런 여행을 꿈꾸고 행했다는 것은 지금 생각해 보면 대단한 행운이었다.

우리는 용산역을 출발하는 호남선 완행열차에 몸을 싣고 목포까지 가서 제주 가는 목선 여객선 황룡호에 몸을 실었다. 바다 날씨가 좋았고 파도도 잔잔했다. 몇몇은 선실 밖 갑판으로 나와 호기롭게 젊음을 노래하면서 다도해를 지났다. 제주에 도착한 첫날 묵게 된 여관은 재래식 화장실 밑에다 말로만 들었던 똥돗(똥돼지)을 키우고 있었다.

이튿날은 한라산 등반. 우리의 차림은 요즘의 등산객과는 비교 불가였다. 군복 상의를 검게 염색한 것이 웃옷이었고, PX에서 나온 헌 군화가 등산화였다. 우리는 한라산의 여러 등산로 중 비교적 쉽다는 영실 탐방로를 산행 코스로 잡았다. 등산이 일반화되지 않았던 시절이라 등산객이 별로 없었다. 5월이고 철쭉 철이어서 한라산 중턱은 철쭉들의 축제였다. 정원사의 손질을 거친 듯 몽실몽실한 철쭉꽃 다발이 지천으로 널려 있었다. 철쭉꽃 더미들은 바람 많은 섬 제주도 한라산 바람에 휘둘리면서 자연스레 인공의 모습을 닮아 있었다.

우리가 오르기 시작한 영실 중 산간 지대는 갈수기인 데다 비가 내린다 해도 금방 물이 빠져 버리는 화산 지형이라 식수 구하기가 쉽지 않았다. 퍼렇게 이끼 낀 웅덩이 물을 조심조심 퍼 담아서 꽁치 통조림을 넣은 찌개를 끓였다. 오염이니 위생이니 하는 말이 사치스러운 때였으니 위생 얘기를 꺼낼 계제는 아니었다. 배고픈 데다 젊었으니 뭔들 맛이 없으랴마는 산상 철쭉꽃밭에서 꽁치 통조림에 비벼 먹는 점심 밥맛은 두고두고 기억나는 한 끼였다.

영실기암(오백나한)을 지나고 병풍바위를 거쳐 윗새오름을 숨 가쁘게 오르고 나니 바로 눈 아래 백록담 분화구가 들어왔다. 요즘은 연못 밑바닥까지 진입하는 것을 통제하고 있지만, 당시에는 이를 막는 이들이 없었다. 백록담 안쪽으로 내려가니 얕은 담수호가 동그랗게 자리 잡고 있었다. 호수 주위에는 5월도 중순을 넘었는데도 잔설이 남아 있었다. 또 그 안에서는 올챙이 무리가 헤엄을 치고 있었다. 우린 그 물을 퍼서 커피를 끓여 먹었다. 커피는 우리와 동행한 스위스인 시간강사 여자분이 가져온 것. 한국 주재 스위스대사관 문정관의 부인으로 우리에게 원서 강독을 맡아 해 주었던 이다.

그때까지만 해도 하늘은 파랬고 날씨는 화창했다. 백록담 물로 타 마신 커피 맛 덕분인지 기분 또한 최고였다. 5월 16일. 누군가는 몇 해 전 이날 새벽 나라를 무너뜨렸었지만 우린 같은 날 저녁 무렵 1,950미터 한라산 정상과 하얀 사슴이 살았다는 전설이 담긴 백록담(白鹿潭)을 섭렵했다. 누군가가 정상 표시목 1미터를 더하면 한라산의 높이가 1,951미터라고 우스갯소리를 보탰다.

어느덧 하산을 서둘러야 할 시간. 낮이 길어지기는 했지만 산중에서는 해가 일찍 떨어지는 데다 고산의 날씨가 언제 어떻게 바뀔지 모르니까. 아니나 다를까 주변이 조금씩 어두워지면서 바람이 거세졌다. 이내 비까지 더해져 쉽지 않은 상황이 되었다. 일정상으로는 이날 제주 시내에서 1박을 하기로 되어 있었는데 계획을 수정할 수밖에 없었다.

개미등, 개미목, 탐라계곡 왕관릉 옆을 서둘러 지나서 가장 가까이에 있는 동진각대피소로 일단 몸을 피했다. 동진각대피소는 훗날 이곳을 휩쓸고 간 태풍의 여파로 망가져 지금은 없어졌다고 들었다. 대피소라고는 하지만 비바람에 겨우 몸을 피할 정도로 모든 게 엉성했다. 비바람이 계속되는 데다 입성도 시원찮아 대피소 안에서 밤새 추위에 떨면서 꼬박 밤을 새우다시피 했다.

아침이 밝아오자마자 길 채비를 해서 관음사 길로 내려갔다. 날이 바뀌었어도 강풍에 폭우는 계속 멈추지 않아 몸 가누기가 어려웠다. 대각선으로 걸어야만 가고 싶은 쪽으로 길을 갈 수가 있었으니까. 바람 많고, 돌 많고, 여자 많아 삼다도라는 제주도의 진면목을 체험한 시간이었다.

제주에서 이곳저곳을 둘러보며 섬 생활을 좀 더 깊이 있게 들여다보는 시간을 가졌다. 그런데 문제가 생겼다. 제주를 떠나기로 한 마지막 날인데 강풍 때문에 배가 뜰 수 없다는 것이다. 일정이 하루 늘어나는 바람에 여러 가지 차질이 빚어졌다. 우선 잠자리부터가 걱정이었고 서울로 돌아오는 여비도 달랑달랑했다.

잠자리는 누군가 주선을 했는지 이시돌 목장의 농기구 창고에서 하룻밤을 지낼 수 있었다. 이시돌 목장은 콜롬반 외방선교회 소속으로 선교를 위해 1954년 4월 제주도에 들어온 아일랜드 출신 패트릭 제임스 맥그린치 신부가 1961년 11월 한라산 중산간 지대의 황무지를 목초지로 개발하고 그곳에서 대규모로 돼지를 사육하기 시작한, 요즘 말로 하면 기업형 목장이었다. 벽안의 이 신부는 한국전쟁과 제주 4·3사건의 후유증으로 피폐해진 이 지역 신자들을 가난의 질곡과 정신적 황폐에서 구제하고자 이 사업을 시작했다고 한다. 목장 사업은 이후 수많은 곡절을 겪었지만 나름의 성공을 거둔 것으로 지역사회 안팎의 평가를 받고 있다. 그런 연유로 이 사제는 신도나 지역 주민들로부터 '돼지 신부님'이라는 애칭과 신망을 얻게 되었다고 한다. 이시돌 목장의 이름은 가톨릭 성인이자 농부인 이시도르(Isidore)에서 따온 것이라고 한다.

아무튼 우리 일행은 이시돌 목장 측의 배려로 옹색한 대로 하룻밤을 신세 질 수 있었고, 다음 날 서울로 되돌아가기 위해 부산행 한일호 페리를 탈 수 있었다. 그 배는 목포에서 제주로 올 때의 배보다 훨씬 큰 철선이었다. 친구의 아버지가 제주 해무청의 간부로 계신 덕분에 뱃삯도 반값의 혜택을 받을 수 있었다. 부산에 도착할 때까지만이라도 버틸 수 있게끔 남은 돈을 다 긁어모아 각자에게 건빵 한 봉지와 최하급 담배인 파랑새 한 갑씩을 지급했다.

제주에 들어가던 날과는 달리 강풍의 여파인지 뱃전을 두드리는 파도가 엄청나게 높았고 풍랑 또한 자심했다. 배의 롤링이 워낙 심한 탓에 멀미와 구토로 밤새 엄청나게 고생한 기억이 아직까지도 선명하게 남아 있다. 멀미 때문에 지급받은 건빵과 담배는 부산항에 도착할 때까지 입에 대지도 못한 채 구겨져서 무용지물이 되고 말았다. 부산에 도착한 우리는 부산이 고향인 친구의 도움으로 최소한의 여비를 조달한 후 각자의 고향으로 일단 귀향했다. 지금 생각하면 천금을 줘도 바꿀 수 없는 값진 경험이었고, 두고두고 기억 속에 남아 있는 젊은 날의 즐거운 추억이었다.

## 로망의 신혼여행지 제주도

나의 두 번째 제주도 여행은 신혼여행지로 이곳을 택한 것. 1972년 10월 27일 낮 11시, 동아일보사와 가까이 있던 신문회관(지금의 프레스센터 자리)에서 결혼식을 마치고 항공편으로 제주도로 떠났다. 2박 3일 동안 고급 호텔에서 먹고 자면서 여행 가이드를 겸한 전세 택시기사의 설명을 들으면서 관광을 하는 호화판(?) 신혼여행이었다. 대학 시절의 제주도 여행과 달리 당시로는 흔치 않은 선택받은 여행인 셈이었다.

제주공항에 도착하자마자 동아일보 제주 주재 오동식 기자가 나와 있었다. 오 기자는 고등학교 7년 선배이기도 했다. 신문사 쪽의 누군가가 그에게 나의 제주 신혼여행을 귀띔했던 모양이었다. 제주공항에 도착한 시각이 마침 저녁 먹을 시간이라 공항에서부터 오 선배에게 이끌리다시피 하여 제주 시내로 들어와 바로 미리 잡아 둔 중식당으로 갔다.

점심도 거른 터라 둘이서 빈속에 술과 안주로 권커니 잣거니 하면서 잔을 나누고 허기를 채우다 보니 인사불성 상태가 되었다. 택시에 태워져 5·16 도로를 넘어 서귀포 관광호텔에 내려졌다. 워낙 술에 약하기도 하려니와 이른 예식 시간이라 아침 일찍부터 하루 종일 신경을 쓴 탓인지 금방 나가떨어진 것이다.

깨어나 보니 이튿날 새벽이었고, 신부는 그때까지 잠도 못 잔 채 걱정스럽게 나를 지켜 주고 있었다. 평생을 두고 아내에게 책 잡힌 최대의 사건인 셈이다.

## 요요회의 3박 4일 제주 기행―올레길, 그리고 백록담 등정

그 후로도 직장 일로 또는 사내 등산모임 등을 따라 제주도에 가거나 한라산을 오르거나 하는 일이 없지 않았지만, 대학 시절 한라산 첫 경험만큼의 감흥에는 비할 바가 못 됐던 것 같다. 그러다가 1974년의 자유언론실천 선언과 동아일보 백지광고 사태 파동의 여파로 1975년 함께 해직당한 이후 30년 넘게 거리의 언론인으로 살아온 신문사 동료들과 제주도 산행과 관광 기회를 갖게 되었으니 그 느낌이 또 다를 수밖에 없었다.

2008년 12월 7일부터 3박 4일 일정으로, 12월 7일 김포공항을 출발하여 12월 9일 한라산을 오르고 나서(관광 팀은 별도 계획 진행), 틈틈이 제주 올레 트레킹과 주변 관광을 한 다음 12월 10일 인천공항을 통해 귀경했다. 윤석봉 회원의 지인이 운영하는 여행사의 배려로 1인당 26만 원이라는 파격적인 경비로 일정 모두를 소화했다. 아시아나항공을 이용한 왕복 항공료와 4인 1실이지만 제주관광호텔에서 숙박하고, 한라산 등반과 제주도 올레를 트레킹 하는 내용 등이 포함된 비용이었다.

제주 여행에는 김태진 회장, 임응숙·허육·황의방·임학권·신정자·윤석봉·박종만·이종대·오정환·이영록·조강래 위원, 이명순 위원 내외, 그리고 윤석봉 위원이 초대한 평창 손님 두 분 등 모두 22명이 참가했다.

제주 여행 첫날인 12월 7일 낮 1시 20분 김포공항을 출발해 한 시간 반 사이에 바다 건너 제주공항에 도착했다. 구름 위에서 내려다본 제주는 눈이 시리도록 푸른 바다와 어우러져 더없이 깨끗하고 아름다웠다. '아름다운 제주' 바로 그것이었다. 한라산 머리를 희끗희끗하게 덮고 있는 설경은 눈 산행에 대한 기대도 나름 갖고 있어서 한껏 가슴을 부풀게 했다.

비행기에서 내려 대기하고 있던 관광버스에 짐과 몸을 옮겨 싣고 일정에 따라 제주 민속자연사박물관에 들러서 제주도 알아보기 공부(?)부터 시작했다. 박물관에는 박제이기는 하지만 엄청난 크기의 고래가 뼈대를 자랑하고 있었고, 어른 기장을 능가할 만큼 커다란 산갈치의 박제도 전시해 놓았다. 그곳 사람들이 예전에 농사를 짓거나 고기를 잡을 때 쓰던 농기구며 어구들도 보여 주고 있었는데, 뭍에서 사용하는 그것과는 생김새나 쓰임새에서 좀 차이가 있어 보였다.

둘째 날인 12월 8일 오전에는 협재해수욕장 바로 옆에 있는 한림공원을 둘러보았다. 제주 최대의 종합 테마파크인 그곳에는 제주 특유의 아열대 식물들이 이국적 모습을 보여 주고 있었다. 특히 열대식물원에는 세계 여러 나라에서 수집한 아름답고 신기한 식물들이 다양하게 자리 잡고 있었고, 식물들 사이에는 우리가 쉽게 만나기 어려운 이구아나나 도마뱀, 거북 등 외래의 파충류가 함께 어울려 살고 있었다. 공원 안에서 국가지정 문화재 천연기념물인 협재굴, 쌍용굴, 황금굴 등 용암 동굴들을 연결해서 함께 둘러볼 수 있도록 해 놓았다.

이날 점심은 고등어조림. 싱싱한 고등어에 신선한 감자와 무를 함께 조려서인지 고등어 특유의 비린내가 거의 나지 않아서 더욱 맛이 있었던 것 같았다.

점심을 먹고 나서는 이 고장 출신 기자였던 서명숙 씨가 낙향해서 조성하기 시작했다는 '제주 올레'를 돌기로 했다. 올레는 제주도 방언으로 큰길에서 들어가는 좁은 골목길을 뜻한다고 한다. 제주도의 골목길은 돌

많은 제주도의 특성대로 돌담으로 된 소로들로 이어져 있고, 길은 자연스레 구부러져 있었다. 담장이 낮은 데다 사립문이 따로 없이 서까래 같은 것을 출입구에 걸쳐놓는 것으로 사람이 있는지 없는지를 표시한다고 한다.

서명숙 선생은 뜻을 함께하는 지인들과 지역 유관기관들과 힘을 합쳐 자동차 길이 아닌 사람이 걸어 다니는 길을 이어 보자 해서 '사단법인 제주 올레'를 꾸려서 제주 바다를 끼고 도는 둘레길을 조성하는 일에 뛰어들었는데 우리가 갔을 때까지 이미 10개의 코스를 냈다고 했다. 서 선생은 서울에 볼일이 있어서 섬을 벗어난 상태라 만나지 못했고, 올레 측의 추천으로 외돌개에서 월평까지 이어지는 제3코스 약 15킬로미터를 걷기로 했다. 올레 사무국에 들러 올레에 관한 간단한 해설과 길 안내를 받고, 기념으로 제주 올레가 새겨진 목수건부터 하나 사서 목에 둘렀다. 목수건에 써 놓은 글귀가 제주 올레를 잘 설명해 주고 있었다.

> 우리가 걷고 싶은 길은/ 바닷길 곶자왈 돌빌레 구불구불 불편하여도/
> 우리보다 앞서간 사람들이 걷고 걸었던 흙길/ 돌바람 갯바람에 그을리며 흔들리며/
> 걷고 걸어도 흙냄새 사람냄새 풀풀 나는 길/ 그런 길이라네

외돌개는 바다에서 힘차게 솟아오른 모습의 돌기둥으로 머리 쪽에는 소나무처럼 보이는 상록수 두어 그루가 모진 해풍을 이기고 의연하게 자리를 틀고 있었다. 외돌개를 지나자 섶섬, 문섬, 범섬 셋이서 저만치 형제처럼 의좋게 떠 있었다. 우리는 좁다란 둘레길이 끊어질 듯 이어질 듯 구불구불 펼쳐진 골목 사이로 잔잔하게 부서지는 제주 바다에 가끔씩 눈길

을 주면서 걸어 나갔다. 이곳이 남쪽 나라 제주 섬임을 증명이라도 해주듯 큰 키를 자랑하는 종려나무가 군데군데 서서 길손들에게 행로를 알려 주고 있었다. 길섶의 돌담과 바닥에는 남색 물감으로 화살표를 그려 가는 방향을 표시해 놓았다. 하지만 이울어 가는 햇빛 사이로 반짝이는 바다와 눈 안에 들어오는 자그마한 섬들, 그리고 제철을 만나 넘실대는 갈대밭이며 고개만 들면 머리에 하얀 눈을 이고 있는 한라산의 원·근경 등등 아름다운 경치에 눈을 주다 보면 길을 놓치기 쉬웠다.

바다 건너 뭍은 겨울로 접어들었는데 이곳은 따뜻한 남녘 섬이어선지 가을이 한창인 듯했고, 날씨는 걱정했던 것만큼 춥지 않았다. 바닷물에 비치는 햇살이 반사된 때문인지 오히려 따뜻한 느낌마저 들었다. 엊그제까지만 해도 날씨가 영하로 떨어지고 바람도 세차게 분 데다 눈까지 내렸다는데. 화산 부석이 부서져 가루가 된 길바닥은 걷기에 좋을 만큼 부드러웠고, 햇볕도 따사로운 데다 바람도 적당히 불어 걷기에는 딱 좋았다. 계절이 겨울 쪽으로 기울어지고 있어서인지, 아니면 직전의 반짝 추위 때문인지 우리가 지나는 코스에는 올레꾼들이 별로 눈에 띄지 않았다.

그런데 어쩌랴. 우리가 이국적인 풍경에 취해 해찰을 부린 까닭인지 해가 저물기 시작했다. 종점인 월평 포구까지는 3킬로미터 정도 더 남았다는데, 하는 수 없이 강정포구 사거리 버스 정류장쯤에서 길을 접어야 했다. 버스 정류장 평상에는 상품성은 떨어지겠지만 자잘한 귤들을 바구니에 담아 놓아 과객이 거저 집어먹을 수 있게 해 놓았다. 귤의 고장 제주의 인심이겠거니 고마워하면서 버스를 기다리고 있는 동안 맛을 보았다. 공짜라서 그런가. 돈을 치르고 먹는 것보다 귤 맛이 더 나은 것 같았다.

숙소로 돌아오는 길에 가이드가 안내하는 대로 러브랜드라는 곳을 들렀다. 선택 관광이므로 필수는 아니지만 보지 않으면 후회가 클 것이라는 가이드의 꾐에 흔들려 가 보기로 했다. 홍등가 같은 조명 아래 성인용품을 전시하고 보여 주는 곳인데, 보게 된 것이 되레 후회될 정도로 유쾌하지가 않았다. '관광 제주'에 도움이 될까 하는 의구심도 생겼다.

숙소로 돌아와 호텔식 뷔페로 저녁을 먹었다. 세 시간 남짓이나 걸어서 피곤하기도 했지만 지나온 길의 풍광이며 풍물들을 다시 상기해 보고 기분이 좋아져서 다들 술잔을 주거니 받거니 환담으로 꽃을 피우면서 일정을 마무리했다.

그런데 문제가 생겼다. 아내가 입맛이 아닌지 저녁 식사를 제대로 못하고 숙소에 돌아와서도 소화가 잘 안 되고 온몸이 떨린다면서 오한을 호소했다. 근처 약국을 수소문해서 아쉬운 대로 약을 지어 먹고 예비로 청심환 따위를 사 왔다. 떠나올 때 준비한 핫팩을 몇 장 붙이고 잠자리에 들었지만 내일이 걱정이었다. 한라산 등반을 하기로 되어 있기 때문이다.

12월 9일. 셋째 날 일정은 예정한 대로 내게는 이번 여정의 하이라이트라 할 수 있는 한라산 등반. 일행 중 12명만 호텔에서 마련해 준 도시락을 지참하고 아침 8시 반 성판악을 출발해 백록담을 향해 나섰다. 나머지 10명은 여행사 안내로 섬 관광에 나선다고 했다. 그쪽도 재미있을 것 같았지만 한라산 백록담을 오르는 것에 더 무게를 두기로 했다.

산으로 오르는 길은 따뜻한 남녘 섬이라 해도 겨울의 초입인 데다 아침 이른 시간이라 약간 쌀쌀했다. 등산로가 잘 정비되어 있었지만, 돌발길인 데다 엊그제 내린 잔설이 반 얼음이 된 채로 돌 틈마다 박혀 있어서 다소 미끄러워 아이젠 신세를 져야 했다. 사람의 발길이 닿지 않은 등산로 안쪽에는 즐비하게 서 있는 잔솔들이 머리에 하얀 눈을 이고 있었고, 눈 속에 파묻힌 조릿대들은 나 여기 있소 하는 듯이 삐죽삐죽 고개를 내

밀고 있어 색깔 대비가 뚜렷했다. 초입에서 입산통제소가 있는 곳까지는 7.3킬로미터, 거기서 백록담까지는 2.3킬로미터로 도합 9.6킬로미터의 길이다.

산길은 평지와 비슷할 정도로 가파르지는 않았지만 만만치 않은 거리에다 바닥이 미끌미끌해서 진도가 잘 나가지 않았다. 일행 중에는 산행이 의욕만큼 쉽지 않은 이도 있어서 늦는 쪽으로 보폭을 맞춰야 했다. 그런데도 입산 진입시간을 진달래 산장을 기준으로 해서 정오부터 통제하기 때문에 그 시간에 대려면 서둘러야 했다. 시간 안에 그곳을 넘어선다 해도 일몰 전에 내려와야 한다.

11시 반쯤 겨우겨우 통제소에 이르렀다. 그곳부터는 여태까지와는 달리 오르막길이 가팔라지기 시작했다. 백록담에서 1시 반이면 모두 내려보낸다니 결심을 해야 했다. 아쉬웠지만 개인 의사에 따라 등산파와 하산파로 나누기로 했다. 나는 아내의 눈치를 살폈다. 밤새 오한 때문에 고생했는데 올라갈 수 있을까 하고. 나로서는 모처럼의 한라산 등정이어서 등산파에 끼고 싶었다. 아내는 당연하다는 듯 등산 쪽으로 줄을 섰다. 다만 아침에 산길이 춥지 않을까 염려해 등에 핫팩을 새로 붙이는 등 중무장(?)한 탓에 등산 내복이 땀에 절어서 힘들다는 하소연이었지만 행로에서 옷차림을 수습할 형편이 아니어서 그냥 참고 올라가기로 했다. 아내의 20여 년 등산 내공을 잘 모르는 다른 동행이 살짝 걱정을 해 주었지만 고맙게도 조금도 힘든 내색 없이 산행을 이어 갔다.

진달래 산장을 지나면서부터 백록담까지는 계속 오르막길이다. 고산으로 올라가면서 식물대가 달라지겠지만 온 산이 온통 흰 눈으로 덮여서 본래의 산색은 찾을 수가 없었다. 산길은 앞서 지나간 이들이 먼저 눈을 다져 놓아서 힘이 덜 들었다. 백록담으로 오르는 초입에는 한라산에서 자생하는 구상나무들이 머리에 쌓인 눈의 무게를 견디기 어려운 듯 어깨를 축 늘어뜨린 채 읍을 하듯 우리를 맞고 있었다. 군데군데 터널을 이루고 있는 구상나무 행렬은 주변의 눈밭과 이어져 순백의 세상을 연출하고 있었다. 우리는 설경에 취해 이따금 사진도 찍고 나무에 쌓인 눈을 흔들어대는 장난도 치면서 올라갔다.

구상나무는 우리나라 특산종으로 한라산 해발 1,000미터 이상에서 자란다. 생김새는 주목나무와 비슷하지만, 잎이 서로 엇갈려 나는 게 다르다. 또 주목처럼 빨간 열매가 아니라 솔방울을 닮은 기다란 열매가 맺힌다. 겨우내 두툼하게 쌓인 눈은 구상나무를 이불처럼 보호해 주는 기능을 하지만, 온난화로 강설량이 줄어들면서 구상나무가 살기 힘들어졌다고 한다. 지금은 적설기라서 눈 속에 파묻혀 눈에 띄지 않아서 그렇지 눈이 녹고 난 뒤에 보면 군데군데 하얗게 뼈만 드러내고 있는 고사한 구상나무가 적지 않다고 한다. 풍경 사진의 피사체로서는 근사할지 몰라도 멸종 위기의 강력한 신호라고 할 수 있기 때문에 적절한 대응 노력이 시급해 보였다. 그러나 하산 시간을 생각하면 경치를 즐기고 상념에 젖어서 마냥 늑장을 부릴 수는 없었다.

구상나무 군락지를 벗어나자 저 멀리 백록담 일대가 시야에 들어왔다. 한낮의 태양이 눈밭을 내리비추고 있었다. 설산은 군데군데 보석을 박아 놓은 듯 빛을 내면서 반짝이고 있었다. 눈앞에는 그동안 우리 일행 말고는 잘 보이지 않았던 원색 차림의 등산객들의 모습들이 여기저기 보였다. 그들이 걸친 옷차림 때문에 설원은 백색의 팔레트 위에 원색의 점을 찍어 놓은 듯했다. 제주도를 잊은 듯 바람의 기색은 없었고, 계속 숨을 몰아쉬고 올라온 덕분인지 그리 춥지도 않았다.

낮 1시쯤 우린 드디어 백록담 분화구 윗자락에 올라섰다. 눈으로 덮인 백록담 바닥에 물이 잠겨 있지는 않은 것 같았다. 지금은 연못 바닥으로 내려가는 것이 허락되지 않기 때문에 증명할 길도 없다. 또 백록담이 강수량에 따라 수시로 물 높이가 달라질 것이기 때문에 의미 없는 질문일 뿐이다. 그래도 딱 40년 전 대학 동기들과 그곳 물가에 둘러앉아 백록담의 물을 퍼서 커피를 끓여서 먹었던 기억만은 아련히 남아 있다. 하지만 그런 상념에 오래 빠져 있을 수는 없었다. 간단히 요기하고 산을 내려가야 했으므로.

고산 지대여서 그런지 몸놀림이 적어지자 외기가 0도 안팎인데도 한기가 느껴지기 시작했다. 올라올 때 느껴지 못했던 산바람도 불어왔다. 40년 전의 그 비바람은 아니었다. 향긋한 제주 바다의, 그리고 그것이 한라산의 바람이어서 기분이 더 좋았다. 머리 위에는 초겨울의 맑고 푸른 하늘이, 그리고 설원을 딛고 선 발아래에는 제주 섬을 둘러싼 푸른 바다가 우리 눈을 시원하게 틔어 주고 있었다. 맑은 날씨 덕분에 시정이 길어져서인지 저 아래 제주 시내가 아련히 내려다보였다. 우리는 백록담 관리사무소 건물을 바람막이 대신 등진 채 그 옆 눈 더미 위에다 챙겨 온 도시락을 펼쳐 놓고 서둘러 점심을 해결했다. 다 식어 빠진 찬밥이었다. 누군가가 건네준 인스턴트 커피 한 모금으로 속 떨림을 덜어 냈다.

낮 1시 반이 되자 예상한 대로 한라산 지킴이의 하산을 독촉하는 호루라기 소리가 울려 나왔다. 우리는 당초 관음사 쪽으로 하산을 생각하고 산행 계획을 짰었는데 여행사 쪽에서 이를 말렸다고 한다. 만에 하나 낙오자가 생기면 구조하는 일이 더 어렵다는 설명이었다. 하산 길은 올라올 때보다 쉽기는 했으나 눈이 다져져 미끄러운 곳이 적지 않아 더욱 조심해야 했다. 대개의 산악 사고는 내리막길에서 더 많이 발생한다. 힘이 빠져 지치기 십상이기 때문이다. 또 우리 일행 모두가 60대 중반의 노령자들이지 않은가. 겨울 산속에서는 해가 일찍 떨어지기도 하거니와 기온도 함께 떨어지기 시작하므로 추위에도 대비해야 한다. 올라올 때는 별로 느끼지 못했는데 힘이 빠져서인지 길이 더 길어진 듯 지루하기까지 했다. 내리막길이 거의 끝나는 아래쪽 성판악 길은 지대가 낮은 데다 날씨가 풀려서 눈이 녹기 시작해 질퍽거리기까지 했다. 신발이 몸을 잘 이겨 내지 못했다.

산을 다 내려오니 오후 5시. 왕복 19.2킬로미터, 8시간 반의 산행을 무사히 마쳤다. 아직 이른 시간인데도 땅거미가 짙어지기 시작했는지 사방이 어둑어둑했다. 먼저 와 버스에서 기다리고 있던 관광 팀이 박수로 우리를 환영해 주었다. 버스에 올라 숙소로 이동하는 동안 등산 팀과 관광 팀 간에 부단한 일일 보고가 이어졌다. 다들 흡족한 하루였던 것 같았다.

관광 팀 중 일부는 어제 시간이 모자라 미처 못 돈 올레 3코스 나머지에 이어서 주상절리가 뛰어난 4코스를 걸었던 모양인데, 그 신비한 광경을 다시 떠올리면서 황홀한 듯 넋을 잃은 눈치였다. 그러나 어쩌랴. 몸을 둘로 나눌 수 없으니 올레 섭렵하는 일은 후일의 숙제로 남겨둘 수밖에.

저녁 식사를 마치고는 누군가가 부추겨서 노래방을 찾았다. 나나 아내나 노래 부르는 것은 마뜩잖았지만 단체행동이니 빠질 수 없어서 피동적으로 따랐다. 방송 쪽 사람들이라서 그런지 역시 노래에는 프로 뺨칠 만큼 한 가락들을 하는 것 같았다. 술보다는 노래 부르기로 한바탕 제주의 마지막 밤을 보내고 숙소로 돌아왔다.

산을 오르내릴 때는 잘 몰랐는데 아침 일찍부터 시작해서 큰 산을 오르내린 것이 고단했었던가, 아내도 나도 금방 단잠에 빠져들었다.

12월 10일. 제주 나들이 사흘째, 3박 4일 여행의 마지막 날이다. 둘레길 패냐 백록담 패냐에 따라 올레도 두 코스나 돌았겠다, 눈 덮인 한라산 백록담 등정에도 성공했겠다, 이것만으로도 다들 이번 여행의 본전은 뽑은 셈이다. 저녁 비행기 탈 때까지의 나머지 제주 관광은 덤이었다.

세상에 공짜 점심은 없다고 했다. 헐값(?)으로 제주 관광을 한 대신 뭔가 값을 치러야 하지 않겠는가. 그날은 가이드가 안내하는 대로 이곳저곳의 제주 홍보 관광에 참여하는 일로 대부분의 시간을 보냈다. 아침을 먹고 나자 가이드가 우리 일행을 먼저 제주도 기념품 가게 앞에 내려 줬다. 이것저것 둘러보다가 딱히 내키는 게 없었으므로 선인장 분말이 들어 있다는 초콜릿 몇 박스를 선물로 샀다.

다음은 승마 체험을 시켜 주겠다면서 표선면에 있는 조랑말 타운으로 데려갔다. 제주도 하면 돌·여자·바람만 있는 게 아니고 말로도 유명하지 않은가? 자식을 낳으면 서울로, 말은 제주로 보내라는 말이 있듯이. 마필을 양성해서 조정에 공급하는 일이 제주 목사의 주요 책무 중 하나였으니까. 우리가 타 본 것은 근사한 제주마가 아닌 제주 조랑말이었다. 제주 신혼여행 왔을 때 삼방산 암굴 앞에서 택시기사 겸 가이드가 시킨 대로 말 등에 태워져 기념사진을 찍힌 것 말고는 승마의 경험이 없어 약간 겁먹었지만, 조련사의 안내에 따라 체험이라는 것을 무사히 마쳤다. 체험이라야 시골 학교 운동장 한 바퀴 도는 정도였지만.

한림읍 바닷가에 있는 선인장 농장에 들러서는 선인장의 효능 강의를 듣고 나서 선인장 분말로 된 차를 사기도 하고, '제주 민속마을'이라는 데서는 제주도와 섬사람들이 살아온 내력에 대해 장황할 정도로 긴 설명을 들었다. 지붕에 갈대 이엉을 올리고, 자그마한 재래식 부엌과 구들장, 측간 등 선대들이 살던 모습을 그대로 보존해서 지금은 관광 장소로 활용하고 있었다.

민속마을 안내자는 4·3 사건을 비롯해서 그들의 선대들이 얼마나 힘들게 살아왔던가를 힘주어 소개하면서 토박이 제주 사람들 가운데는 아직도 그 오랜 간난에서 벗어나지 못한 이들이 많다는 설명도 보탰다. 본론은 그 뒤에 나왔다. '몰꽝'이라는 말의 뼛가루로 된 제품을 보여 주더니 관절이나 허리가 좋지 않은 사람들에게 더없이 효과가 있는 양 그 효능에 대한 소개가 이어졌다. 몰꽝은 말의 뼈라는 제주 본토 말. 육십을 이미 넘긴 이들 중 무릎·허리·팔다리가 쑤시지 않은 사람이 얼마나 있겠는가. 순진한 표정에다 한방과 양방을 넘나드는 지식과 상식을 현란한 말솜씨로 풀어내는 관계자의 설명에 관심을 갖는 사람들도 없지 않았지만 미심쩍어하는 표정이 많은 걸로 보아 홍보 성과는 별로였던 것 같았다.

그다음에는 제주도라면 지나칠 수 없는 빼어난 관광 명소, 섭지코지 해변으로 우리를 안내했다. 몇 해 전 방송됐던 드라마 〈올인〉의 촬영 장소로도 유명한 곳이다. 드라마도 대성공이었지만 주변 경치가 그림같이 아름다워 제주를 찾는 이들이 많이 방문한다는 곳이다. 검은 바위로 둘러싸인 바닷가에는 드라마에서 본 하얀 등대와 작은 성당이 그대로 있었다. 날씨가 맑아서인지 이번에는 들르지 못한 성산 일출봉이 바로 눈앞에 솟아 있었다. 등대로 오르는 야트막한 산길에서 색색 가을 국화 무더기가 맑은 햇살과 해풍을 받으며 우리를 맞아 주었다. 드라마 세트장도 그대로 남겨 놓고 그 안에 기억에 남는 명장면들을 스틸 처리를 해서 게시해 놓아 방문자들의 발길과 눈길을 붙들고 있었다.

세트장을 거쳐 아래쪽으로 내려오니 노란 유채꽃밭이 눈에 들어왔다. 이것도 관광용으로 일부러 심은 듯 제철이 지난 이 계절까지 남겨 놓고 관광객들로 하여금 카메라를 꺼내게 했다. 유채밭이 망쳐질까 봐 눈요기와 촬영용으로 포토존을 따라 구획해 놓았다.

공항으로 가는 길에 해녀박물관에도 잠시 들렀다. 제주 사람들은 해녀라는 말을 쓰지 않고 잠녀(潛女) 또는 잠수(潛嫂)라고 부르고 제주 사투리로는 '좀녀'라고 한다고 한다. 해녀는 일제가 '좀녀'를 비하해서 부른 것이라는 설명이다. 제주 토박이로 그곳에 살면서 제주의 역사와 문화와 제주 사람들의 애환을 문학작품으로 천착해 온 소설가 현기영(玄基榮)은 창비에서 펴낸 장편소설 『바람 타는 섬』에서 해녀 대신 좀녀라는 이름을 고집스레 썼었다. 그때는 어색했는데 이제야 작가의 마음을 알 것 같았다.

문득 제주 출신 부모를 둔 재일교포 작가 김석범(金石範)이 일본에서 펴낸 장편소설 『화산도(火山島)』가 떠올랐다. 1976년부터 일본에서 일본어 잡지 『문학계』에 일본어로 연재된 그의 소설은 1988년 실천문학사에서 이호철(李浩哲)과 김석희(金石禧)의 공역으로 한글 출판이 이뤄졌다. 이 책은 4·3 사건을 제대로 들춰내기 어려운 해방 이후 근년까지의 엄혹한 국내 상황과 이념 공방 탓인지 모르겠지만 국내에서는 제대로 빛을 보지 못했다. 내가 그 출판사를 운영하는 신문사 동기의 부탁을 받아 일본 출장길에 현지 동아일보사 특파원의 도움 아래 일본어판 『화산도』 원본(1부) 5권을 어렵사리 들여와 건네준 적이 있었다. 그 후 그 책이 번역돼 나왔는지 뒷사정은 알지 못한 채 한참 동안 그 일을 잊고 있었다.

그런데 어느 날 도봉산 등산을 갔다가 내려오는 길목에 있는 헌책방에서 가게 앞 길바닥에 쌓아 놓고 팔던 헌책 더미 속에서 그 책을 발견했다. 무슨 파지처럼 권당 오백 원, 천 원에 팔리는 책 더미 속에서 단돈 5천 원에 5권으로 된 번역본 전집을 사 온 씁쓰레한 기억이 있다. 그 책은 지금도 내 서가에 고스란히 꽂혀 있고 가끔 생각날 때면 한 번씩 펼쳐서 보다가 말다가 하고 있다.

원작 『화산도』는 일본에서도 1997년에야 전 7권으로 완간되었고, 실천문학사 판은 서장과 종장을 제외한 전체 27장 가운데 12장까지만 옮긴 것이었다. 현기영의 『바람 타는 섬』이나 김석범의 『화산도』는 모두 제주 섬사람들이 그동안 살아온 신산한 삶의 내력을 글로나마 뭍사람들에게 전하고 있다.

제주 해녀박물관에 전시된 장비와 작업도구, 좀녀들을 바다로 태워 나르던 뗏목이나 사진 자료 등은 1930년대 일제 치하에서 일제와 거기에 기생하면서 같은 민족, 이웃 마을 사람들의 피와 땀을 착취하는 이들에 맞서 온몸으로 저항했던 제주 해녀들의 항일 운동을 생생하게 보여 주고 있었다. 박물관 벽에 걸린 데스마스크에는 좀녀들이 썼음 직한 "다음 생에 또 좀녀로 태어날 운명이라면 차라리 소로 환생하기를 바라노라"라는 글귀도 보였다. 제주를 단지 '아름다운 제주'로 미봉하는 관광 행정이나 4·3이나 해녀들의 투쟁 활동을 단편적인 이념의 잣대로 재단하는 일부 뭍사람들과 정치 지도자들의 행태에 생각이 이르자 일순 가슴 밑바닥에 슬픔 같은 통증이 일었다.

공항 가는 길은 사방에 어둠이 짙게 깔려 있었다. 제주공항에 도착해서 밤 비행기를 타는 것으로 3박 4일 동안의 제주 일정은 끝났다. 끝난다는 것은 아쉬운 일이지만 지내 온 날을 생각하면 꿈만 같아서 흐뭇했다. 그런데 호사다마라고 난감한 일이 생겼다. 우리가 내려야 할 김포공항에 안개가 짙게 끼어서 이·착륙을 하지 못한다는 것. 우리 비행기는 상황이 바뀌지 않는 한 김포공항 대신 인천공항으로 가야 한다는 것이었다.

다들 조금씩은 불안한 표정들이었다. 인천공항이라고 괜찮을까? 거기다 사는 곳이 대부분 서울이라서 밤늦은 시간에 인천에 내려 주면 한밤중에 집에 들어가는 일도 걱정이 아닐 수 없었다. 비행기가 제주공항을 떠난 후 인천공항에 다가가자 인천은 괜찮겠지 하면서도 비행기가 완전히 착륙할 때까지는 마음을 놓지 못했다.

비행기가 인천공항에 도착한 후 항공사와 협의가 됐는지 여행사에서 귀가 교통편을 챙겨 주었다. 밤늦은 시간인지라 서로 잘 가라는 인사도 제대로 못 나눈 채 각자도생, 집으로 가는 버스 편을 찾아 뛰었다. 다행히 내가 사는 곳에서 가까운 신림동 서울대학교 정문이 종점인 공항버스 막차가 있어서 올라탔다. 집에 도착하니 거의 자정이었다. 하마터면 3박 4일 여정이 4박 5일이 될 뻔했다.

무등산(無等山)

# 오월에 찾은 광주, 그리고 무등산 흑수정 석봉들

(2012년 5월 12일)

저 무등산은 안다/ 여기 태어난 자/ 여기 있는 자/ 여기 떠난 자/ 그 누구 할 것 없이/ 그들 모두의 아버지인 무등산은 안다/ … / 지왕봉은 안다/ 인왕봉은 안다/ 천왕봉은 안다/ 무등의 천·지·인은 안다/ 그리하여 그 밑/ 서석대 입석대/ 저쪽 규봉의 광석대 벼랑 바위 풀은 안다/(후략)

_고은의 시 「광주여, 빛고을이여」 중에서

2012년 5월 12일 아침, 한국출판인회의 산악회가 주관하는 무등산 산행에 편승했다. 집결 장소인 합정역 8번 출구에 대기하고 있던 관광버스에 올랐다. 모두 35명. 이번에는 아내와 함께였다. 이 산악회와 무연한 사람은 우리 내외 둘뿐인 것 같았다. 나로서는 지난해 여름 이후 이 모임에 네 번째 끼어들기라 그렇게 데면데면하지는 않았는데 집사람은 처음이라선지 그렇지 않은 것 같았다.

한출 산악회의 이번 산행은 당초 1박 2일 일정의 제주도 한라산 등산과 올레길 걷기로 계획한 것인데, 사정이 여의치 않아 무등산으로 행선지를 바꾼 것이라 했다. 내게는 오히려 잘된 일이었다. 내심 반가웠다. 김태진 회장이 권유하기 이전에 마음속으로는 이미 동행을 생각하고 있었고 아내에게도 바람을 잡았었다. 아내는 이런저런 이유로 주저하고 있었는데 김 회장의 권유가 주효했던지 별 저항(?) 없이 따라나섰다.

한동안 나는 매년 한두 차례씩은 무등산에 올랐었다. 두 번은 아내와 둘이서 갔고, 집사람도 좋은 기억으로 묻어 두고 있었던 것 같았다. 내게는 몇 번을 올라도 성에 차지 않은 산이다. 온 산이 연록으로 물들고 골짜기 곳곳에 예쁜 철쭉꽃이 무더기무더기 피어오른 늦봄 초여름이건, 아니면 만산홍엽 다 지고 메마른 갈대숲이 키를 재며 서걱대는 늦가을이건.

무등산을 마지막 오른 것이 재작년 가을. 내가 함께하고 있는 매주 금요일의 아차산 등산 멤버들과 다녀온 것이 가장 최근의 일이다. 이제는 무등산을 이전처럼 자주 가기란 쉽지가 않다. 힘도 들고 함께할 사람들도 점점 줄어든 탓이다.

5월, 그동안 계절의 여왕 5월은 우리에게 생동과 희망의 언어였다. 녹음(綠陰)과 방초(芳草)가 성하(盛夏)를 이루고, 메이퀸을 뽑고, 5월의 신부를 꿈꾸고…. 그러나 영랑 김윤식이 말한 찬란한 5월은 비극의 언어가 되어 버렸다. '그때 그 일'이 있기 반세기 전 영랑이 「모란이 피기까지는」에서 예언한 대로.

누군가 그랬었다. 광주의 5월은 웃어도 울음이 되어 버린다고. 그래서 5월 광주를 떠올리면 가슴이 늘 먹먹해진다. 진압군의 작전명이 '화려한 휴가'라니, 모국어를 이렇게 모독해도 되는가. 그래서 5월의 광주에서는, 그리고 그 광주의 5월은 아직도 현재진행형이다.

> 오월은 바람처럼 그렇게/ 오월은 풀잎처럼 그렇게/ 서정적으로 오지 않았다/ 오월은 왔다/ 비수를 품은 밤으로
>
> _김남주 시 「바람에 지는 풀잎으로 오월을 노래하지 말아라」 중에서

그대는 우선 지나가는 아무에게나/ 금남로로 가는 길을 물어 한동안 이 길을 걸어도 좋네/ 이 길은 정면으로 보이는 무등의 모습과 함께/ 스스로 이 땅의 사랑과 희망의 거름이라 믿어 온/ 이곳 빛고을 사람들이 그들의 목숨과 함께 닦아 온/ 사랑하는 오월의 길이라네/ 그때 그대는 이 길 위에서/ 몇 분의 기도와 묵념과 한국 근세사의/ 한 뜨거운 상념의 시간을 지녀도 좋을 것이네/

그리고 다시 눈을 들어 길 정면의 무등을 바라보면/ 지금은 늙어버린 한 시시한 북도 사내/ 갈메 빛 등성이라고 얘기했듯이/ 여름 녘엔 칡넝쿨과 돌기둥이 지어미 지아비의/ 사랑 모습으로 얽혀진 상봉을 볼 것이네

_곽재구 시「다산초당 가는 길」중에서

새벽잠을 설쳤는데도 이런저런 상념 때문인지 흔들리는 남도행 차중에서도 눈을 붙이지 못했다. 이른 아침 7시 반쯤 서울을 출발한 전세버스는 오전 11시 조금 지나 광주광역시에 접한 호남고속도로 동광주 톨게이트에 진입했다. 고속도로 양쪽 연변에 전개되는 야산에 드문드문 끼어 있는 오동나무들이 보라색 꽃을 피워 내고 있었다.

해마다 이맘때쯤이면 오동꽃이 피어나기 때문에 그 보라색 꽃을 보노라면 '아, 이제 광주 시내에 가까이 왔구나' 하는 편안하고 익숙한 느낌이 들곤 했다. 잎사귀가 커서 늘 큰 그늘을 만들어 주었던 어릴 적 시골집 울타리에 서 있던 오동나무. 그 나무에 달빛이 서성이면 그 퍼져 나가는 꽃향기에 젖은 그늘은 더욱 그윽했었지. 마음은 속절없이 어린 시절을 더듬고 있었다.

고속도로를 빠져나오자 먼발치에 국립 5·18 민주묘지가 눈에 들어왔다. 당일 산행이라 그곳에 갈 수 없어 조금은 죄스러웠다. 힐끗 눈인사만

하는 것으로 대신했다. 버스는 메타세쿼이아 가로수길이 이어지는 담양 쪽으로 접어들었다. 5·18을 주제로 한 영화 〈화려한 휴가〉에 나오는 그 가로수길. 그 길섶에는 보라색 맥문동 꽃 무더기가 화사하게 꽃밭을 이루고 있었다.

우리는 그 메타세쿼이아 길을 지나 우리나라의 대표적인 자연 정원인 소쇄원 근처에서 무등산 원효사 입구 방향으로 들어섰다. 길이 좁은 데다 구불구불한 산길이다. 드라이브라면 운치가 있겠지만 대형 버스가 진입하기에는 버거웠다. 우리는 이미 무등산 산록에 접어든 것이다.

광주의 남동쪽에 우뚝 솟아 있는 무등산은 해발 1,187미터. 평야 지대에 자리한 산치고는 결코 낮지 않다. 무등산은 이 지역의 진산으로 삼국시대 이래 백성의 숭배와 사랑을 받았다는 사실이 기록으로 남아 있다. 그만큼 이름도 많고 해석도 분분하다.

비할 데 없이 높은 산, 또는 등급을 매길 수 없는 산이라는 뜻을 지닌 무등산. 광주와 담양군·화순군의 경계에 있다. 무악(武岳)·무진악(武珍岳)·서석산(瑞石山)·입석산(立石山)이라고도 불렸다. 1972년 5월 22일 도립공원으로 지정되었다.

나와는 개인적인 친분이 있는 박선홍(朴墡洪) 전 광주상공회의소 부회장은 그의 저서 『무등산』에서 무등산의 이름은 백제 이전까지는 무돌이 또는 무당산, 통일신라 때는 무진악 또는 무악으로 부르다가 고려 때부터 서석산이라는 별칭과 함께 무등산으로 불렀다고 썼다. 평생을 무등산 보호 운동에 바치다시피 한 그는 미수(米壽)를 눈앞에 둔 지금도 무등산 지킴이 일을 마다하지 않고 있다. 100년 광주 역사와 무등산의 산증인으로 1989년 '무등산보호단체협의회'를 창설했고, 2001년 '무등산공유화재단'을 설립한 광주 지역 환경운동의 대부로 불리고 있는 이다.

나주평야가 내려다보이는 무등산 자락에는 명승과 고적이 많다. 또 무등산 일대에서는 김덕령(金德齡) 장군을 비롯한 많은 선열과 지사(志士), 문인, 예술가, 정치인 등이 배출되었다. 일제하 3·1운동 이후 최대 항일운동으로 평가되는 1929년 11월 3일의 광주학생운동을 일으킨 원동력도 바로 이 무등산의 정기에서 비롯된 게 아니었을까.

산행은 당초 계획한 것보다 1시간가량 지연된 12시쯤 시작했다. 부상을 염려한 박 총무의 배려와 시범으로 몸풀기부터 먼저하고. 등산은 내가 이전에 다녔던 꼬막재 길 대신 2~3년 전 개설된 무등산 옛길 2구간을 택했다. 나로서도 이 길은 처음이다. 이정표가 잘 되어 있고 산객의 왕래가 많으니 걱정할 일은 없을 듯했다.

원효사 일주문 앞 주차장에서부터 시작되는 옛길 2구간은 서석대·입석대까지 이어지는, 옛사람들이 오르던 길이다. 한때 이 도로의 일부가 군사작전도로로 이용됨으로써 한동안 민간인의 출입이 통제되기도 했다. 이 길이 다시 열린 것은 광주 사람들의 무등산에 대한 사랑과 자부심에 적잖이 힘입었을 것이다. 그들이 잃어버린 이 옛길을 복원해서 새 길을 열고 사라졌던 옛이야기들을 찾아 그 길에 풀어놓은 것이다.

옛길은 우리가 하산할 때 거쳐 왔던 꼬막재~서석대 쪽 길과는 달리 제법 키가 큰 나무숲과 산죽들이 그늘을 만들어 주어 뙤약볕을 피할 수 있었고, 흙길인 데다 그다지 가파르지 않아 등산 초보자라도 걷기에 크게 무리가 되지는 않을 듯싶었다.

등산로 초입에는 무등산 공원사무소 이름으로 '옛길 2구간 이용 시 협조 사항'을 게시해 놓았다. 500년 역사 길이 자연 그대로의 원형을 유지될 수 있도록 하자는 내용으로, 길 훼손을 막기 위해 스틱 사용을 자제해

줄 것, 그리고 이곳에 서식하고 있는 조류 등 동물을 배려하는 뜻에서 조용히 걷자는 것 등이다. 길을 오르는 사람들이 자연을 살리면서 최소한 그 시간만큼이라도 오감을 열어 자연과 하나가 되었으면 하는 깊은 뜻을 관공서의 문법이 아닌 자연을 사랑하는 사람의 어법으로 담아 놓았다.

이 옛길에 들어서 맨 먼저 나타난 팻말은 '무아지경의 길'이다. "이 길은 새소리·바람소리·물소리만 있어 마음으로 걷는 길입니다. 오감으로 느껴 보십시오."

예향 남도의 아취가 한껏 묻어나는 멋있는 문구였다. 허나 주말이어서 등산객이 많다 보니 자연의 소리가 아닌 사람들 떠드는 소리도 간간이 섞여 나왔다. 하지만 소나무와 참나무, 그리고 무성한 산죽과 온갖 봄 풀꽃들이 청초하게 빛나는 초여름의 무등산 옛길에는 사람의 소리보다는 자연의 소리가, 가끔은 이름을 모르는 새소리들이 가까이서 멀리서 섞여 들려와 말 그대로 무아지경의 길이 되어 주었다. 거기다 지금까지 길이 평탄했던 것으로 미루어 앞길도 쉽지 않을까 안도하는 마음이 들기까지 했다.

이런 길이 옛날부터 돌에서 철을 만들었다는 '제철(製鐵) 유적지'가 있는 곳까지 이어졌다. 그곳부터는 생각했던 것과는 달리 길이 조금 가팔라지면서 등에 땀이 슬슬 나기 시작했다. 제철 유적지 조금 위쪽에 '주검동(鑄劍洞) 유적'이라는 안내판이 나타났다. 충장공 김덕령(金德齡) 장군이 임진왜란 때 이곳 원효사 계곡에서 칼과 활을 만들었던 곳으로 의병 활동과 거병에 필요한 군수물자를 보급하고 무술을 연마했던 곳이라는 설명이 곁들여 있었다. 광주 시내에서 원효사에 이르는 도중의 충효동은 충장공의 출생지로 부근 산기슭에 그의 충효와 의열을 기리는 충장사(忠莊祠)가 자리하고 있다.

주검동 유적지를 지나면 옛날 나무꾼들이 숯을 나르고 군부대가 물품을 운반하던 산중 길, 물통거리를 만난다. 제법 너른 산중 길은 치마바위까지 비교적 완만하게 이어졌다. 치마바위는 글자 그대로 여인의 통치마 자락처럼 주위가 꽤 널찍해서 20~30명이 둘러앉아도 되게 생겼다. 선두 그룹은 벌써 그곳에 당도하여 간식을 먹고 있었다. 시간상으로도 낮 1시가 다 되었으니 시장기가 들 만도 했다. 엎어진 김에 쉰다고 했던가? 당초 예정으로는 입석대 부근에서 중식을 하는 것으로 되어 있었지만 여기서 아예 점심을 때우고 가자는 제안이 세를 얻으면서 계획을 수정할 수밖에 없었다. 다만 올라가야 할 길이 아직 많이 남아 있고 오르막도 점차 심해질 터이므로 술 마시는 것은 자제하는 조건으로.

한자리에 둘러앉아 식사를 하다 보면 여기저기서 재미있는 얘기도 나오고 실없는 소리도 들리기 마련. 그 와중에서 사계절출판사의 강맑실 대표가 "신소리 집어치워라"고 말문을 닫게 한 뒤 우스갯소리 한 자락 하겠다고 나섰다. "지금 울고 있는 새가 무슨 새인 줄 아느냐"는 이야기였다. 이 옛길에 들어서면서부터 가까이에서인 듯 멀리서인 듯 새 울음소리가 들려오긴 했지만, 건성으로 들은 데다 가방끈이 짧은 나로서는 알 리가 없었다. '검은등뻐꾸기'란다. 얼핏 '홀딱 뻐꾸, 홀딱 뻐꾸'로 들리지만, 그 울음소리가 경상도, 제주도, 전라도 등 지역에 따라 버전이 다 다르다면서 새 울음소리를 버전에 따라 달리 흉내를 냈다.

검은등뻐꾸기는 옛날 한 스님이 공부를 게을리하다가 죽은 뒤 새로 환생했는데 전날을 뉘우쳐 모든 상념과 잡념을 홀딱 벗고 공부하여 해탈하게 해 달라고 운다는 전설을 가진 새란다.

그래서 듣는 사람에 따라 그 소리도 다 다를 터. 불자에게는 '빡빡 깎고 빡빡 깎고' 또는 '머리 깎고 머리 깎고'로 들릴 수 있고, 신불자에게는 '카드 꺾고 카드 꺾고'로도 들릴 수 있겠지. '홀딱 벗고 홀딱 벗고'에 가까운 강 사장의 새소리 흉내는 누가 새인지 사람인지 헷갈리게 할 정도로 더 진짜처럼 들려서 좌중의 온갖 잡소리·신소리를 압도해 버렸다.

시장한 김에 배 속을 급히 채우고 나서 다시 오르막길을 타려고 하니 다리에 힘이 들어가고 숨도 가빠지기 시작했다. 발걸음이 느려진 대신 주변을 둘러볼 기회는 더 많아졌다. 꽃이 다 떨어지고 새 잎이 돋아난 떨기나무 밑에는 생김새는 별 모양과 비슷한데 피어나는 자리에 따라 흰색, 하늘색, 연분홍색, 연보라색 등으로 색깔이 달라지는 예쁜 꽃들이 은

하수를 뿌려 놓은 듯 풀꽃 무더기를 이루고 있었다. 처음엔 이름을 몰랐는데 누군가가 꽃마리란다. 꽃마리. 옛적 군대 다녀온 사람들의 기억 속에 남아 있는 건빵 속의 별사탕 모양의 꽃마리가 옛길 풀숲 곳곳에 지천으로 피어 있었다.

반 시간 가까이 이어지는 산길은 갑자기 가팔라져서 가쁜 숨을 몰아쉬게 했다. 한동안 온갖 관목과 산죽들로 가려졌던 시야는 옛 군부대 보급로를 만나서면서 탁 트인 하늘과 만났다. 그러나 그것도 잠시, 그 보급로가 끝나는 지점에 무등산의 절경 서석대가 손에 잡힐 듯 눈에 들어오면서 길은 다시 가파른 고갯길로 이어졌다.

서석대 간이 안내소에서 보이는 풍경. 옛 군부대 이전 복원지를 지나 중봉으로 가는 길을 걷고 있는 사람들이 깨알처럼 작게 보였다. 10분 남짓 숨을 헐떡이면서 깔딱고개를 더 오르니 '하늘이 열리는 곳'이란 이정표가 나타났다. 산 아래쪽으로는 안개에 잠긴 광주 시내 풍경이 어슴푸레 시야에 들어왔다.

길은 다시 천왕봉까지 난 임시도로를 만난다. 그곳에 서석대 안내소가 있고, 중봉·누에봉·장불재·서석대 방향으로 갈 수 있는 오거리가 나타난다. 우리는 꼬막재 쪽으로 내려가야 했기 때문에 서석대 쪽 길을 취했다. 그곳에서 서석대까지는 500여 미터. 햇살에 반짝거리는 주상절리(柱狀節理. 암괴나 지층에 있는 기둥 모양의 절리가 지표에 수직으로 형성되어 있는 형태) 지대가 병풍처럼 늘어선 풍광에 저절로 탄성이 나온다.

서석대 전망대에서 숨을 고르고 나서 다시 200여 미터쯤 오르면 마침내 옛길 2구간 종점인 서석대다. 서석대는 광주 시내 쪽에서 바라다보면 저녁 무렵 노을이 반사하여 수정처럼 빛난다고 하여 '수정 병풍'이라는 별칭을 얻을 만큼 빼어난 경관을 자랑한다. 입석대·광석대와 함께 무등산의 3대 석봉으로 꼽히는, 한반도 내륙에서 가장 규모가 큰 주상절리 지대다. 백악기에 화산활동으로 솟은 용암이 식으면서 표면에 균열이 생기고 그 틈새 사이로 물이 스며들게 되는데, 그 틈이 완전히 벌어져 지금과 같은 돌기둥이 생기게 됐다는 것. 빛고을 광주의 유래가 된 풍경이다.

다음은 입석대. 1574년 임진왜란 때의 의병장 고경명(高敬命)이 입석대에 처음 올라 본 후 쓴 무등산 산행기 「유서석록(遊瑞石錄)」에서 입석대를 두고 "네 모퉁이를 반듯하게 깎고 갈아 층층이 쌓아 올린 품이 마치 석수장이가 먹줄을 튕겨 다듬어서 포개 놓은 듯한 모양이다"라 묘사했다. 이어 "천지개벽의 창세기에 돌이 엉키어 우연히 이렇게도 괴상하게 만들어졌다고나 할까. 신공귀장(神工鬼匠)이 조화를 부려 속임수를 다한 것일까. 누가 구워 냈으며, 누가 지어 부어 만들었는지, 또 누가 갈고 누가 잘라냈단 말인가"라며 입석대의 생성 과정을 궁금해 했다.

서석대와 입석대 일대는 천연기념물 제465호로 지정되었고, '특수군사시설 설치'를 이유로 허용된 구간을 제외하고는 1966년 7월 1일 이후 민간인 출입금지구역으로 묶여 있었다. 그러다가 군사 정부의 종식과 함께 이어진 민주화 시기를 거치면서 광주 시민의 강력한 요구에 따라 1990년 4월 23일 통제에서 풀려났다. 서석대나 입석대와는 달리 정상인 천왕봉은 계속 민간인의 출입을 통제했으나, 근년 들어 일 년에 두세 차례 날짜를 정해 시민에게 개방하고 있다. 올해는 지난 4월 28일 하루 처음 열려서 광주 시민이 구름처럼 몰려왔다고 한다.

우리는 애초 무등산 옛길 2구간~서석대~입석대~증심사 쪽으로 방향을 잡았으나 저녁 먹을 식당이 꼬막재 길 초입이라서 규봉 쪽으로 돌아 내려가는 것으로 진로를 바꿨다. 은근히 잘 됐다 싶었다. 규봉 광석대의 빼어난 모습을 외지인에게 보여 주고픈 생각이 컸기 때문이다. 일행은 숱한 이야기들을 품고 있음 직한 기묘한 바위들이 하늘을 향해 임립(林立)한 서석대·입석대의 풍경에 넋이 빠진 듯했다. 그리고 다투어 사진을 찍어 댔다. 무슨 촬영 대회 방불했다.

그러나 하산 시간이 촉박해 더 이상 그곳에 오래 머무를 수는 없었다. 그렇지 않아도 시간 계산에 차질이 생겨 계획된 시간을 훨씬 넘길 것 같았기 때문이다. 그곳은 가을철에는 억새가 바람에 출렁이는 풍경이 아름답고, 겨울의 설경 또한 그만이어서 찾는 이들이 많다고 한다. 다음을 기약하고 하산을 서둘러야 했다.

입석대 아래 억새 평전 어귀에서 만난 사람 키만큼 커다란 철쭉꽃 무더기. 주위 땅바닥에는 꽃마리가 군락을 이루면서 철쭉꽃 다발을 감싸고 있어서 그 자체로 거대한 꽃다발이었다. 이렇게 크고 예쁜 꽃다발은 난생처음 보았다. 차마 눈과 발걸음을 떼기 힘든, 놓치기 어려운 사진감이었는데 시간에 쫓겨 카메라에 담지 못한 것이 내내 아쉬웠다.

이제는 하산이다. 규봉암으로 가는 길은 지공너덜을 거쳐 가야 한다.

무등산 억새평전을 지나는 '三人行'의 뒷모습. 오른쪽이 요요회의 김태진 회장, 왼쪽 둘은 필자 내외.

깜빡해서 아랫길로 들어서면 이 너덜을 놓치기 쉽다. 나도 무등산을 오르면서 근년 들어 두 차례나 겪은 터라 선두에게 꼭 지공너덜 쪽으로 가자고 부탁을 해 두었다. 그런데 이번에도 마찬가지였다. 물론 그 코스에도 너덜 길은 있었지만 지공너덜 본바탕은 아니다.

지공너덜은 장불재에서 규봉 사이에 깔려 있는 너럭바위 길. 청석 비슷한 넓은 돌들이 근 3킬로미터에 이르는 돌 바다를 이루고 있다. 인도의 승려 지공(指空) 대사에게 설법을 듣던 나옹(懶翁) 선사가 이곳에서 수도하면서 스승의 이름을 따서 지공너덜이라고 부르게 되었다고 한다. 지공 대사가 여기에 석실을 만들고 좌선 수도하면서 그 법력으로 억만 개의 돌을 깔았다고 전해 온다. 또한 지공너덜에는 한국 불교에 큰 빛을 남긴 보조국사가 송광사를 창건하기 전에 좌선했다는 석실이 있다. 보조석굴(普照石窟)이다. 이곳 말고도 무등산에는 산의 서쪽 사면에 덕산너덜이라 불리는 또 다른 너덜 길이 있다.

지공너덜을 지나친 것이 아쉬웠지만 규봉(圭峰)의 절경을 다시 볼 수 있는 것은 다행스러운 일이었다. 그러나 하산에 쫓긴 이들은 시간이 없다면서 이 좋은 경치를 눈앞에 두고도 그냥 지나치는 실수(?)를 범했다.

봉우리 높이가 950미터인 규봉. 규봉은 흙산인 무등산에서 골산(骨山)의 빼어난 아름다움을 느끼게 해 주는 곳이다. 사람에 따라서는 규봉을 무등산 제1경으로 치기도 한다. 낮 안개만 아니었다면 막힌 곳 없이 열린 화순평야의 푸른 들판을 한눈에 조감할 수 있었을 텐데.

광석대(廣石臺). 규봉암 뒤켠에 병풍처럼 둘러쳐져 있는 주상절리의 바위기둥들의 모습을 두고 부르는 이름이다. 그중 우뚝 솟은 세 개의 돌기둥이 마치 임금 앞에 나갈 때 신하가 들고 있는 홀과 흡사하다 해서 얻은 한자 이름이라고 한다.

도선국사가 이 세 개의 바위에 여래존석·관음존석·미륵존석이라는 이름을 각각 붙여서 삼존석(三尊石)이라 불렀다는데, 미륵존석에 음각한 '同福守 金棋中'은 그동안의 풍상·풍우에도 글자 식별이 어렵지 않을 만큼 파인 자리가 그대로 남아 있었다. 김기중은 인촌 김성수의 양부로 구한말 동복현감을 지냈다 한다. 사람은 죽어 이름을 남긴다는 말이 이런 뜻이었던가. 조물주의 신공(神功)을 훼손한 채 남아 있는 글씨의 흔적을 보노라니 명리(名利)만 좇는 인간의 삿되고 낮은 모습이 겹쳐 보여서 왠지 서글퍼졌다.

규봉의 비경도 멋스러웠지만 규봉을 병풍으로 하여 터 잡은 규봉암 또한 아름답기 그지없었다. 신라 의상대사가 창건했다고 전해지는 규봉암은 몇 해 전 들렀을 때와는 달리 좁은 바닥에 새로 늘어난 절집들이 좀 답답해 보였고 좋은 경관을 막고 있는 것 같아 안타까웠다. 그러나 삼존석 바위 틈새를 빠져나온 시원한 석간수는 물이 귀한 무등산에서 만난 생명수 바로 그것이었다. 물도 시원하기 이를 데 없었고 물맛 또한 특급 생수

'저리 가라'였다.

규봉 보기를 생략하고 지나친 일행을 따라가려면 경치에 취해 그곳에 더 오래 머무를 수가 없었다. 아쉬운 작별을 하고 잰걸음을 했다. 꼬막재로 이어지는 하산 길은 정비가 잘 돼 있었고 평탄했지만 오래 걷다 보니 다리에 힘이 빠져서 속도를 내기가 어려웠다. 시간도 당초 예상했던 것보다 훨씬 많이 걸린 것 같았다. 사실 무등산을 한나절에 둘러본다는 것은 무리한 일이다. 그래도 호남의 주산 무등산 아니던가.

아마 이 고장 각급 학교의 교가에 '무등산'이 들어가지 않는 데는 없을 듯하다. "높맑은 남쪽 하늘 한 가슴 안고 줄기찬 무등뫼에 희망도 크다. …" 나도 모르는 사이 고교 시절에 불렀던 모교의 교가가 입 끝에 되살아났다. 혼자 속으로 불러 보았다. 신통하게도 1절의 가사가 다 떠올랐다.

배도 좀 고파 왔다. 맛있는 저녁 자리가 기대됐지만, 서울을 출발할 때 나눠 준 떡(최근 자녀 혼사를 치른 어떤 이가 답례로 준비했다는)이 생각나서 우선 그것으로 허기를 좀 달랬다.

식사 장소에 도착한 시간은 정확히 오후 6시. 낮의 길이가 길어져서 아직 산 그림자가 내릴 시간은 아닐 만큼 환한 초저녁이었다. 앞서 당도한 일행은 벌써 자리들을 잡고 권커니 잣거니 하며 대화가 무성했다.

오늘 저녁 식사는 광주 출신인 사계절출판사의 강 대표가 쏘기로 미리 작정되어 있었다고 한다. 옛길을 오르면서 수인사하는 과정에 그가 내가 다녔던 고교의 교장 선생님(姜要翰) 막내 따님이란 사실과 아주 어릴 때부터 아버지를 따라 무등산을 수도 없이 오른 산꾼이라는 사실도 함께 알게 되었다. 유치하지만 세상 좁다는 말이 여기서도 나올 수밖에.

오늘의 메인은 무등산의 명물 토종 닭백숙에 '무등산' 막걸리, 그리고 소주파를 위해 이 고장 술인 보해잎새주까지 함께 상에 올라와 있었다.

시장하기도 했지만 닭백숙 맛이 서울에서 먹던 것과는 천양지차였다. 거기다 막걸리 맛까지. 나중에 식사 대신 나온 녹두죽도 맛이 그만이라고 여기저기서 찬사가 쏟아졌다.

호스트인 강 대표가 이 지역의 손님 접대 법식대로 부산하게 자리를 오가며 이것저것을 다 챙기면서 남도의 정을 쉬지 않고 실어 날랐다. 무한 리필 되는 술과 음식을 마다 않고 섭렵한 덕분으로 다들 입도 얼굴도 펄펄 살아났다. 아쉬운 것은 이 밤에 서울로 올라가야 한다는 사실. 지금 출발해도 자정은 넘어야 서울에 도착할 듯싶었다. 서둘러 요인(?)들의 건배사를 들었다. '한출, 한출, 산, 산, 산'이 대종이었다. 물심양면으로 애를 많이 쓴 강 대표에게도 차례가 돌아갔다. 일 년에 몇 차례 고향에 내려오지만 재작년 아버님이 타계한 뒤로는 무등산을 오르지 못했다고 했다. 아버지 생각이 너무 나서. 어쩌면 이번 등산이 아버님을 놓아 드리고 무등산과도 다시 소통할 수 있는 계기가 되어 줄 것 같다고 말했다.

귀경길은 늦은 시간이어서 비교적 원활했다. 생각 밖의 긴 산행으로 피곤한 데다 술기운이 적당히 올라 눈꺼풀이 무거워졌다. 예상했던 대로 자정이 넘어서야 서울로 돌아왔다. 무박 2일의 무등산 등산이 끝을 맺은 것이다.

# 남도 기행 곁들인 월출산 산행 낙수(落穗)

(2009년 11월 20~21일)

2009년 11월 20일, 요요회가 작년부터 별렀던 월출산 등정의 날이다. 이런저런 사정이 겹쳐서 동참자가 예상 인원에 크게 미달한 것이 아쉬웠다. 우정 출연까지 합해서 가까스로 열 명을 채웠다. 내색은 하지 않았지만 자신의 고향 산을 보여 주기 위해 지난 1년여 동안 노심초사해 왔던 문영희 이사의 서운함이 적지 않았을 것으로 짐작된다. 이럴 줄 알았더라면 지난해 바로 결행하는 것이 더 나을 뻔했다는 생각도 들었다.

당초 지난해 11월경으로 월출산 등산을 계획했던 요요회는 그해 10월 정부 산하 기구인 '진실과 화해를 위한 과거사정리위원회'(위원장 안병욱)가 1974~1975년의 동아일보 광고탄압사건(이른바 '백지광고 사태')에 대한 조사보고서를 발표하면서 정부와 동아일보 쪽에 피해를 당한 언론인들에게 사과하고 피해자들의 명예회복과 피해회복을 통해 화해를 이루는 적절한 조치를 취할 것을 권고하는 결정을 내린 데 따라 월출산 산행을 천연시켰다. 당사자인 동아투위로서는 과거사위원회 결정의 후속 대책을 마련하기 위해서는 한가롭게 원행 등산을 강행할 상황이 아니었다.

숫자가 애매하다 보니 교통편 선택부터 난감했다. 우등 고속버스 편으로 가면 비용 면에서는 좀 낫겠지만 현지 이동이 수월치 못하다는 단점이 있고, 전세버스를 대절하자니 이동 관광이 좀 수월한 대신 규모의 경제가 안 돼 개인 부담이 클 수밖에 없었다. 설왕설래를 거듭하다가 집행부에서 적절한 가격에 맞춰 버스를 대절하는 것으로 낙착되었다. 20일 아침 9시에 합정역 2번 출구에서 집결하기로 했다. 9시 정각에 개찰구를 빠져나와 출구로 나왔더니 문 이사께서 지키고 서서 지참이니 벌금부터 내라고 윽박질렀다.

그런데 자동차가 보이지 않았다. 대신 교통 지도 나온 폼으로 어깨며 가슴판에 이것저것을 줄레줄레 단 웬 늙수그레한 아저씨가, 각종 스티커가 닥지닥지 붙은 고엽제 전우회 비스름한 단체들이 흔히 타고 다니는 약간 허름한 15인승 이스타나 옆에 서 있었다. 차 안을 들여다보니 우리 일행 몇이 앉아 있었다. 이 차가 1박 2일 동안 우리가 타고 다닐 전세버스였고, 그 옆에 서 있는 사람이 우리를 안전하게 태우고 다닐 기사였다. 가슴에는 대통령 표창 모범운전자라는 휼장이 훈장처럼 붙어 있었다. 대화 중에 알게 되었지만 이 노련한(?) 기사의 나이는 73세란다. 그런데도 그다지 개운치 못한 것은 왜일까? 조수석 말고는 안전벨트가 없는 것도 좀 꺼림칙했고.

어쨌든 우리는 합정역에서 8명을 태우고 월출산이 있는 전라도 땅으로 출발했다. 버스가 출발하기 직전 동승했던 정동익 위원장이 차에서 내리더니 대신 거금을 격려금으로 쾌척하고는 우리 일행을 배웅했다. 며칠 전 친구들과 천마산을 다녀오면서 무리한 탓에 월출산 산행은 영 자신이 없다는 말과 함께. 분당에 사는 나머지 두 명은 고속도로상 죽전 버스 정류소에서 태우기로 하고. 출근시간대가 막 지났는데도 그 여파 때문인지, 아니면 금요일이라서인지 시내를 빠져나와서 경부고속도로로 들어가는 데 꽤 많은 시간이 걸렸다.

유일하게 안전벨트가 부착된 조수석은 문 이사가 차지했다. 첫 번째 문제가 그때 발생했다. 체인 스모커 문 이사에게 차내 금연을 강박하는 칠순의 기사는 강적이었다. 이 일로 둘 사이의 승강이는 서울로 돌아올 때까지 이어졌고, 그 덕분에 운전기사가 졸면 어떡하나 하는 걱정은 덜게 되었다.

우리가 맞닥뜨린 두 번째 문제는 죽전에서 접선하기로 된 2인조 분당 맨을 산전수전 다 겪었을 것 같은 이 기사님이 순간의 실수로 고속도로 상에서 놓치고 만 해프닝이었다. 하는 수 없이 수차례의 핸드폰 교신 끝에 고속도로를 빠져나와서 분당 시내로 들어가 분당 신세계 백화점 앞길에서 이 둘과 접선했다. 이러구러 시간을 보내고 다시 고속도로를 찾아드느라 30분여의 인저리 타임이 필요했다.

이명순 등산대장이 개인 사정으로 동행하지 못하게 된 데 따라 내가 대타로 임시 대장을 맡게 되었다. 뒤에 알게 된 일이지만 어부인의 회갑 모임 때문에 하는 수 없이 대오를 이탈했다는 후문. 남은 생이 편안하려면 그 정도 눈치는 있어야 할 듯.

말 탄 김에 경마 잡힌다고 고속버스로 갈 뻔한 것을 전세버스를 이용하게 됐으니 약간의 관광도 가능하지 않을까 해서 머리를 좀 쓰기로 했다. 서해안 고속도로를 타고 종점인 목포까지 가서 그곳에서 빠져나와 해남에 있는 고산(孤山) 윤선도의 고택 녹우당을 일별한 다음, 강진에 있는 다산(정약용) 유물전시관 뒤쪽 동백 숲길 올레를 20~30분 한 연후에 다산초당에 들렀다가 유홍준의 남도 답사 일번지 강진군 성전면의 무위사의 후불탱화를 보고 월출산 밑으로 가서 여장을 풀면 어떨까 하고.

이 코스는 지난여름 다산연구소가 주최한 실학 기행에서 다산(茶山) 정약용(丁若鏞)의 중형 손암(巽庵) 정약전(丁若銓)이 종명토록 유배 생활을 했던 흑산도를 나와 서울로 올라가면서 역순으로 따라다녔던 코스라 나름 자신도 있었고, 요요회 회원들에게 꼭 보여 주고 싶은 생각도 들어서 혼자서 욕심을 부려 본 것이었다. 뙤약볕이 이글거리던 지난 8월 18일 낮 1시 50분쯤 나는 그곳 강진 땅에서 김대중 전 대통령의 서거 소식을 접했었다.

그러나 어쩌랴, 시간은 우리 편이 아닌 것을. 겨울철에 접어들어 해는 짧아지고 이래저래 로스 타임이 늘어나 버스 기사가 추천한 아주 맛있다는 목포의 '정식'집까지 들르고 나니 오후 4시가 넘었다. 그러나 그의 선전과는 달리 음식 맛은 별로라는 것이 회원들의 중평이었다. 그의 말에 홀리지 말고 차라리 고창쯤의 고속도로 휴게소에서 간단히 요기하고 떠났더라면 하는 일말의 후회도 들었다. 하는 수 없이 코스를 급조정해서 녹우당과 올레 길은 포기하고 곧바로 다산초당으로 직행했다.

녹우당(綠雨堂). 고산의 4대 조부인 어초은(漁樵隱) 윤효정(尹孝貞)이 해남 연동(蓮洞)에 터를 정하면서 지었다는 15세기 중엽의 고택이다. 원래 효종이 사부였던 고산을 가까이 두기 위해 경기도 수원에 집을 지어 주었는데, 훗날 고산이 해남으로 귀향하면서 이를 보존하기 위해 수원 집의 일부를 뜯어 옮겨 온 것이라고 한다. 현재는 고산의 14대 손인 윤형식 씨가 거주하고 있다. 이 집 뒤편으로 비자나무 숲이 있는데 바람이 불 때 나는 나뭇잎 흔들리는 소리가 마치 비 오는 소리 같다 해서 녹우당이란 이름을 갖게 되었다고 한다.

사랑채 현판의 '綠雨堂'이라는 당호는 공재(恭齋) 윤두서(尹斗緖)와 절친했던 옥동(玉洞) 이서(李漵)가 쓴 것이다. 공재는 고산의 증손으로 그의 아들 윤덕희(尹德熙)의 외손자가 다산이다. 이서는 성호(星湖) 이익(李瀷)의 이복형이며 동국진체(東國眞體)의 원조다.

다산초당 왼쪽 뒤편 산자락에 있는 바윗돌에 새겨져 있는 다산의 친필 '丁石.' 정석의 丁은 다산이 자신을 드러내기 위함이 아니라 자신의 강진 유배 생활 동안 거처를 마련해 주고 저술에 전념할 수 있도록 배려해 준 강진의 부호이면서 도가 사상에 심취해 있던 윤단(尹摶)의 풍모를 옛 중국의 신선 정령위(丁令威)에 빗대어 고마움을 표시한 것이란 설이 유력하다.

집터 뒤로는 덕음산이 있고, 앞에는 벼루봉, 오른쪽에는 필봉이 자리하고 있으며, 어초은 사당, 고산 사당, 추원당이 있다. 옆 터에는 고산 선생을 비롯한 선대의 문적(文籍), 문서, 고화(古畵) 등을 고루 갖추어 놓은 고산유물관이 있다.

다산이 유배지에서 위대한 학문적 성과를 이룰 수 있었던 데에는 외가인 해남 윤씨 가문의 도움이 큰 밑거름이 되었다. 불행 중 다행으로 유배지 가까운 곳에 외가가 있어서 해남 윤씨 가전(家傳)의 서책을 손쉽게 접할 수 있었고 경제적인 뒷받침도 받을 수 있었던 것이다.

아쉬움이 컸지만 나중을 기약하고 녹우당 들르는 것은 포기했다. 곧바로 다산초당으로 향했다. 예전과 달리 가는 길이 잘 되어 있어서 바로 다산초당으로 들어설 수 있었다.

강진군 도암면 만덕리 만덕산 기슭에 자리하고 있는 귤동마을 다산초당은 18년에 이르는 다산의 강진 유배 기간 중 1808년부터 1818년까지 10년을 보낸 곳이다. 초당은 원래 글자 그대로 초가집이었는데, 1936년 무렵 무너져 없어진 것을 1957년 기와집으로 다시 복원했다. 이 초당을 본래대로 초가지붕으로 돌려놓자는 의론도 있다고 한다.

다산은 이곳에서 후학들을 가르치고 500여 권의 저서를 집필했다. 초당의 동쪽과 서쪽에 각각 동암(東庵)과 서암(西庵)을 짓고 학동들은 서암에, 다산은 동암에서 거처했다. 다산초당으로 오르다 보면 바로 왼켠에 서암이 있고, 초당 앞을 지나 오른쪽에 있는 연못을 조금 지나서 동암이 자리하고 있다. 동암과 서암 모두 1970년대에 강진군에서 복원했다. 동암을 지나 강진만 구강포가 환히 내려다보이는 곳에 천일각(天一閣)이라는 정자가 있다. 이 정자는 다산이 유배 생활을 하던 당시에는 없었다고 한다. 유배 생활을 하던 다산이 가족이 그리울 때면 이 자리에 앉아 눈앞에 펼쳐진 바다를 내려다보면서 시름에 젖기도 하고 마음을 달래기도 했다고 한다. 이 강진만을 벗어나 바다로 빠져나가면 형 손암이 유배 생활을 하고 있을 흑산도와도 일의대수(一衣帶水) 물길로 이어지기 때문에 눈앞의 바닷길을 바라보는 다산의 심금은 더욱 절절했으리라.

이 천일각에 올랐을 때 요요회의 인문학 대가 오정환 이사가 다산과 손암 사이의 애절한 형제 사랑을 이러저러한 사연들을 섞어 회원들에게 들려주자 석양빛에 물든 강진만을 바라보던 좌중은 잠시 소연해지기도

했다. 당시에는 이곳 구강포와 흑산도 사이를 왕래하는 배편이 많아 간간이 형님 소식을 들을 수도 있었고 또 인편으로 형님에게 서신을 전하기도 했다지만 오랜 유배 생활에 건강이 좋지 않았던 형님 생각에 가없는 바닷길을 내려다보며 가슴앓이했을 다산의 심사를 헤아리는 나그네의 가슴도 저려 왔다.

그러나 우리에게 그러한 상념에 오래 젖어 있을 여유가 없었다. 서산(西山) 낙일(落日). 초겨울 해는 일찍 잦아들었지만 요요회가 오래전부터 월출산 등산을 계획하면서 생각해 뒀던 무위사(無爲寺)를 들러야 했기 때문이다. 어두워져서 절 구경은 어려울 것이라는 게 중론이었지만 그래도 절이 숙소로 가는 경로에 있으니까 절문 앞에까지라도 가 봐야 되지 않겠느냐는 것도 중론이었다.

저녁 6시. 무위사 가는 길은 어둠이 깃들어 자동차 라이트가 아니면 길 분간도 쉽지 않았다. 월하리(月下里), 무위사 초입에 있는 동네 이름이다. 산문에도 이미 어둠이 찾아들었지만, 다행히 절문은 열려 있었다. 밤기운이 차기 때문에 극락보전(極樂寶殿)은 창을 다 닫힌 채 창호 틈으로 흘러나온 불빛 사이로 스님의 독경 소리만 청량하게 흘러나왔다. 우리는 스님들의 정진을 훼방하지 않으려고 발소리를 죽이면서 경내 이곳저곳을 둘러보았다. 달빛에 극락보전에 대한 설명판을 대충 읽어 보았다.

신라 진평왕 39년(617년)에 원효대사가 이곳 월출산 남쪽 기슭에 창건하여 관음사라 했다가 1555년 태감선사가 지금의 이름인 무위사로 불렀다고 한다. 극락보전은 조선 초기에 지어진 것으로 자체가 국보(제13호)란다. 무위사가 이름난 것은 후불탱화 때문. 내부의 벽화 29점은 조선 시대 최고의 걸작으로 평가되고 있는데, 그중 아미타삼존불과 수월관음도만 극락보전에 있고 나머지 벽화 28점은 훼손을 막기 위해 따로 보존각을 만들어 진열하고 있는데 관람 시간이 너무 지나 우리에게는 기회가 없었다.

1992년 여름, 식구들과 완도 보길도 여행을 마치고 귀로에 이곳에 들렀을 때는 보존각이 완성되기 직전이어서 벽 채로 뜯어내 따로 보관해 둔 이 대형 벽화들을 직접 볼 수 있었다. 떼어 놓은 지 얼마 안 돼서인지 뒷면은 거칠기 짝이 없었지만 옅은 색조에 신비스러운 기운까지 더해진 앞면의 불화들은 나 같은 문외한에게도 그 감동과 여운이 고스란히 전해져 왔다.

아쉬움을 남기고 산문을 막 돌아서는데 적막감마저 감도는 이 밤 월출산 밑 맑은 하늘가에 일엽편주 같은 초승달이 교교히 떠 있었다. 아, 오늘이 음력 10월 초나흘. 손톱만 한 조각달이 어둠 속의 우리 행로를 환히 비추고 있었다. 무위사가 있는 동네가 바로 월하리라니, 어쩌면 그리도 잘 맞는 이름일까. 신기하기까지 했다. 찬 밤기운이 옷깃에 스며들어도 오늘 밤만은 우리 모두 행복한 것 같았다.

늦은 점심 탓인지 저녁 시간이 지났지만 배는 그다지 고프지 않았다. 술이 고픈 이는 여럿 있었지만. 그래도 내일 이른 아침 산행을 위해서는 술보다는 요기를 해야 될 것 같아 영암군청 앞에 있는 식당에 들러 갈낙탕에 소주잔을 기울였다. 당초에는 짱뚱어(망둥어)탕을 먹기로 했지만, 지금은 제철이 아니어서 냉동밖에 없다는 것이었다. 갈낙탕은 갈비탕에 낙지를 넣은 것이지만 서울에서 먹어 본 것보다는 현지 맛이 오히려 더 못한 것 같아서 좀 민망했다.

술이 좀 부족하다 싶었지만 자제하고 숙소가 있는 천황사 입구 주차장 부근의 민박집으로 이동해 대강들 씻고서 잠자리에 들었다. 방 두 개를 홍정해서 작은 방 하나는 신 여사 부부에게 할애하고, 큰방 하나에 기사까지 아홉 사람이 함께 들었다. 시각이 겨우 열 시가 넘었을 뿐이고 알코올이 모자란 탓인지 쉬 잠들을 청하지 못한 것 같았다. 산 밑인 데다 민박집의 구조가 그래서인지 방바닥은 따뜻한데 웃풍이 있어서 이불 밖으로 몸이 삐져나오면 금방 한기가 느껴져서 잠이 잘 오지 않았다.

그러나 시간이 좀 지나자 이곳저곳에서 코 고는 소리도 들렸고, 잠이 오지 않은 탓인지 연신 담배를 피우느라 들락거리는 소리, 화장실 드나드는 소리, 기침 소리가 겹쳐서 났다. 깊은 잠은 애초에 글렀다 싶어서 밤새 자는 둥 마는 둥 뒤척였다.

아침 6시 기상, 6시 반 식사, 7시 등산 시작으로 예고해 두었는데 다들 5시 조금 지나자 자리를 털고 일어났다. 밖으로 나오니 아직 어둠 속이지만 하늘은 맑고 새벽 공기가 삽상했다. 새벽녘 문 밖에 나갔다 온 문 선배가 빗방울이 좀 떨어지더라고 해서 은근히 걱정했는데, 땅이 젖을 정도는 아니어서 다행이었다.

민박집에서 함께 하는 식당으로 건너가서 미리 얘기해 둔 매생이탕으로 아침을 때웠다. 매생이도 역시 제철이 아니어서 냉동을 쓴다고 한다. 전라도 서남 지방의 청정해역에서 나오는 매생이는 한겨울 두세 달밖에

나지 않는 바다에 사는 이끼의 일종으로 숙취와 간 해독에 좋은 것으로 평판이 나 있어서 요즘은 양식도 많이 한다. 하지만 찾는 사람이 갑자기 늘어나서 값은 싸지 않은 편이다.

우리 일행은 식당에 주문해 둔 도시락을 하나씩 나눠 넣고 산행에 나섰다. 먼저 탐방지원센터 앞 공터에 이르자 느닷없이 김 회장이 나더러 회원들에게 준비운동을 시키라고 지시를 내렸다. 얼떨결에 헬스 선생이 돼서 7~8분 동안 스트레칭 체조를 실시했다.

워밍업이 어느 정도 되었다 싶어 천황봉(天皇峰)을 향해 산을 오르기로 했다. 황의방 선배에게는 별도로 후미에서 월출산 산주인과 동행하도록 하라는 회장님의 특명이 내려졌다. 신체 나이 오십을 뽐내는 칠순의 황 선배가 아랫것들을 제치고 언제나 선두를 내달려 왔던 그간의 만행(?)에 미리 제동을 건 것이다.

월출산(月出山). “南州有一畵中山, 月出靑天此間(남쪽에 제일가는 그림 같은 산이 있었으니 청천에 솟아 있는 월출산이 여기로다).” 매월당 김시습이 월출산을 두고 읊조린 시다. 월출산 이웃 고을 해남 출신인 고산 윤선도를 비롯해 내로라하는 시인·묵객들이 노래해 온 산이다. 가깝게는 "달이 뜬다. 달이 뜬다. … 월출산 천황봉에 달이 뜬다"로 이어지는 국민가수 하춘화의 〈영암 아리랑〉을 낳게 한 산이기도 하다.

금강산의 한쪽을 옮겨다 놓은 듯하다 하여 예로부터 남한의 금강산이라 불릴 정도로 수려한 경관을 자랑하는 월출산. 월생산(月生山)이란 이름도 있지만, 동녘 하늘을 뚫고 둥근 달이 두둥실 떠오르면 맨 먼저 이 봉우리에 비친다 하여 조선 시대부터 월출산이라 불리기 시작했다고 한다.

천황봉을 최고봉으로 하여 도갑사·천황사·무위사 등 큰 절이 있고, 석조여래좌상·마애여래좌상·해탈문 등 국보급의 문화재를 비롯해 도선국사(道詵國師)와 왕인(王仁) 박사의 탄생 설화로도 유명한 산이다. 산등성이 골짜기마다 역사와 전설이 서려 있어 신라 말엽 불교가 성하던 때에는 이 산에 99개의 사찰이 있었다고 한다.

또 신령스러운 바위들의 고향인 월출산 바위에 새겨진 성혈(性穴)들에는 이 산과 바위에 대한 인간의 믿음의 흔적을 군데군데 찾아볼 수 있다. 이곳에서 치성을 드리면 아들을 낳는다는 속설을 좇아 기도를 드리는 부인네들이 자주 찾았던 바위들에는 알터·알바우라는 이름이 남아 있기도 하다. 또한 눈 밝은 사람은 월출산 등산길에서 남근석과 여근석을 만날 수가 있다.

월출산은 여느 산들처럼 다른 산맥과 능선이 이어지지 않고 주변에 아무런 산이 없어 마치 거대한 기암괴석의 바위산을 뚝 떼어 놓은 듯한 형상이기 때문에 장중하고 아름다운 자태를 고스란히 감상할 수 있는 보기 드문 명산이다.

전체 면적이 56.1평방킬로미터 규모 면에서는 결코 크다고는 할 수 없지만 오랜 세월 삼라만상을 다 깎아 모은 듯한 암석 지형의 악산(岳山)인

데다 여기에 적응해 난대림과 온대림이 혼생하는 독특한 생태계를 보여준다. 월출산의 주봉인 해발 809미터 천황봉은 같은 산 높이라도 바다에서부터 차올라오기 때문에 결코 만만한 높이가 아니다. 등산 코스는 서울을 떠나기 전부터 이명순 대장이 여러 가지 사정을 고려해서 천황사지에서 출발해 구름다리-통천문-천황봉에 오른 다음, 하산 길은 바람재-구정봉(705m)을 지나 향로봉(743m)-미황재 억새밭-도갑사로 내려가는 것으로 미리 정해 두었다. 초장에 바짝 치고 올라가되 내려갈 때는 시간이 다소 걸리더라도 완만한 코스를 취하자는 것이었다.

산행 지도상으로 천황봉까지는 2시간 10분, 천황사에서 도갑사까지는 3시간 20분이었다. 그러나 점심 먹는 시간에다 쉬는 시간 등 이러저러한 경우의 수를 더하면 6시간 반 정도 잡으면 된다는 계산이 나왔다. 그러나 우린 칠십 전후의 고령이고 개인차 등을 감안해 대략 7시간 넘게 걸릴 셈 치고 산길을 나섰다.

맨 먼저 닿은 곳이 천황사 터. 불타 없어진 천황사 터에는 대웅전 복원공사가 한창 진행 중이었지만 절 모습을 아직 갖추지 못해 볼거리가 별로 없었다. 천황사지를 조금 벗어나 올라서자 멀리 불그스레 동녘 하늘이 밝아 오기 시작했다. 월출산에서 바라본 일출을 담으려는 우리의 전속 촬영기사의 움직임도 바빠졌다. 월출산(月出山)에서 일출(日出)을 보다니.

시작부터 오래 뭉갤 수가 없어서 다시 구름다리 쪽을 향해서 발길을 재촉했다. 날이 점차 밝아 오자 월출산의 산세가 하나둘 드러나기 시작했다. 눈앞에 펼쳐진 것은 온통 바위 병풍들의 숲이다. 20여 년 전에도 월출산에 오른 적이 있지만 별로 생각나는 게 없었다. 그저 앞사람 뒤꽁무니만 따라서 단지 하산하기 위해 등산을 했던 탓이었으리라. 산에 올

랐으되 산을 보지 못한 것이다.

산길이 갑자기 가팔라져 숨을 헐떡이며 30~40분 올라섰더니 바위 사이에 걸어 놓은 구름다리가 나타났다. 월출산의 명물인 이 구름다리는 매봉과 사자봉을 연결하는 다리로 1978년에 처음 만들어졌으나 낡고 위험하다고 하여 이를 철거하고 2006년 5월에 새롭게 가설했다.

깎아지른 절벽 위에 놓여 있어 마치 하늘 한가운데 떠 있는 듯한 느낌이다. 다리 중간에서 내려다보는 발아래 풍경은 아찔할 정도다. 전에 왔을 때는 그저 위태로워만 보이던 출렁다리로 기억되었는데 지금은 단단히 고친 탓인지 그런 불안감은 없었다. 다리 아래로, 옆으로 전개되는 석림(石林)에 기가 막힐 따름이었다. 그래서 일행은 아무렇지도 않게 구름다리를 오가면서 이 천애의 절경을 카메라에 담느라 바빴다.

천황사에서 천황봉으로 오르는 코스는 경사가 제법 가팔랐다. 산길이 비좁은 데다 주말이어서 산행객이 많아져 좀체 진도가 나지 않았다. 인

근에서 온 등산객도 많았지만, 포항·거제·남해·서울 등 외지에서 온 이들도 적지 않았다. 진행이 더딘 만큼 산천경개 구경하기에는 그만이었다. 구름다리를 지난 뒤 사람 하나 정도 올라갈 수 있는 비좁은 철제 계단을 한참 올라가야 했다. 거의 수직에 가까워 체력 소모가 만만치 않았다.

사자봉 갈림길에서 사자봉 길 대신 주봉인 천황봉 쪽으로 향했다. 가는 길에 하늘로 통하는 문이라는 통천문의 좁은 바위 사이로 각자 허리둘레를 재 보고 빠져나오니 산길은 더욱 가팔라지고 높이 오른 만큼 기온이 차고 바람까지 일어서 한기가 느껴질 정도였다. 밤새 잠깐 스쳤던 비 때문인지 서리 때문인지 산등성이의 잔가지마다 매달린 얼음꽃이 그렇게 맑고 고울 수가 없었다.

신혼여행 가서도 둘이 함께 찍은 사진은 없다는 신 여사. 이번 산행에 반강제로 모시고 온 낭군 손을 꼬옥 잡고 아침 햇빛에 영롱하게 빛나는 환상적인 그 장관을 담아 내느라 정신줄을 놓기도 해 다수 경로층으로

부터 부러움을 샀다.

드디어 천황봉. 아침 10시가 조금 넘었다. 2시간 반 거리를 우리는 3시간 반가량 걸려서 올라왔다. 그게 무슨 대수일까. 앞사람 발부리 대신 사주의 바위 숲과 수백 폭 바위 병풍들을 둘러보고 쉬엄쉬엄 영암 월출산을 일별하고 있으니. 모로 가도 오늘 중에 서울만 가면 그만 아닌가.

운무를 헤치고 오른 천황봉 정상. 사위를 둘러보니 영암의 북쪽으로 펼쳐지는 넓은 나주평야 위에 마치 골이 파인 참꼬막을 엎어 놓은 듯한 야트막한 작은 산들의 형용이 아기자기하기까지 했다. 가을걷이가 이미 끝난 들녘은 갈색 색조 탓인지 한가로워 보이기까지 했다. 남쪽으로 눈을 돌리면 목포의 유달산이 보이고, 나주평야의 젖줄인 영산강이 굽이굽이 돌아서 다도해로 빠져나가고 있었다. 맑은 날이면 제주의 한라산도 눈에 들어온다는데 거기까지는 과욕일 터.

남도의 강산을 내려다보노라니 느닷없이 국민학교 때 익힌 노산(鷺山) 이은상(李殷相)이 작사한 〈전남도민의 노래〉가 떠올랐다.

노령의 큰 산줄기 타고 내려와
그림 같은 산과 들에 열린 고을들
오랜 전통, 빛난 문화 실린 그대로
여기서 나고 자란 정든 내 고장
뭉치자, 세우자, 힘차게 살자
이 땅은 물려받은 우리의 낙원

요즘은 엊그제 겪었던 일도 까먹기 일쑤인데 희한하게도 반백 년도 전에 뇌었던 노래 가사가 문득 떠올랐다. 남들이 들을까 저어하면서 혼잣소리로 웅얼웅얼해 보았다. 어찌 영남인인 노산이 호남의 노래를 지었을까 의아해하면서.

정상 표지석을 배경으로 기념촬영도 하고 가볍게 정상주도 한 모금씩 했다. 고향의 산인 월출산 천황봉을 눈앞에 두고도 칠순이 다 되어서야 처음 올랐다는 문 이사의 감회가 특히 남다른 것 같았다. 천황봉에서 내려다보이는 영암 천지를 살피면서 자신이 태어나 살았던 곳, 문문(文門)의 종산(宗山)·종답(宗畓)·종토(宗土)가 어디쯤일까 헤아리는 품이 더욱 그러했다.

아직 갈 길이 먼데 감상에 젖어 오래 머물 수는 없었다. 뒤에 오르는 사람들에게도 등정 기념사진을 찍을 수 있도록 자리를 내주어야 하니까. 또 가다가 적당한 곳에서 찬 도시락을 까먹어야 한다. 우리가 예정한 점심 식사 장소는 구정봉(705m) 어귀 쉼터. 거기까지 가려면 아직도 1시간 남짓은 걸어야 한다. 올라올 때보다는 길이 좀 완만하고 순해졌다. 천황봉을 지나 오르락내리락을 몇 차례 했지만 고도가 조금씩 낮아지기 때문에 특별히 힘들지는 않았다.

그러나 하산할 때 조심하라 하지 않았든가. 임시 등산대장을 맡았던 내가 사고를 치고 말았다. 흙길에 응달인 데다 약간 젖은 내리막길에서 미끄러져 완전히 한 바퀴를 돌아서 고꾸라졌다. 잠깐 사이의 일이었지만 내 몸이 공중에서 슬로비디오 화면처럼 천천히 돌았다는 느낌이 들었다. 천만다행인 것은 발아래 바윗돌을 살짝 돌아서 넘어지는 바람에 크게 다친 곳은 없었다. 한쪽 무릎에 찰과상, 다른 쪽에 가벼운 타박상을 입은 정도였다.

내 바로 앞에 가던 황 선배가 그 순간을 목도했는데, 그렇게 부드럽게 넘어질 수 없더라고 말했다. 출발하기 전의 스트레칭 덕분이었을까. 평탄해진 길이라 다소 마음을 놓은 데다 뒤처진 일행이 어디쯤 오고 있나 뒤돌아보는 순간 그만 삐끗한 것이다. 김 회장이 비상용으로 지니고 있던 정형외과용 압박 밴드 덕분에 대장 임무를 수행하는 데는 큰 문제가 없었다. 다행스럽긴 했지만, 망신이 아닐 수 없었다. 몸과 맘을 다시 추스른다고는 했지만 조금은 조심스러워진 것은 어쩔 수 없었다.

천황봉에서 약 1.5킬로미터가량 떨어진 구정봉을 향하는 길목에서 '남근석'이라 쓴 표지판을 만났다. 그러나 어디에도 남근석은 보이지 않았다. 그곳에서 약간 더 내려오니까 내가 찾던 모습이 머리 위에 나타났다. 탐방로 한가운데 우뚝 솟은 모습이 매우 남성적이었다. 표지판도 남사스러워서인지 일부러 좀 떨어진 곳에 세운 모양이다. 구정봉 가기 직전에는 베틀굴이라고 불리는 여근바위도 있다는데 예비지식이 없어서 그냥 놓치고 말았다.

마침내 구정봉 쉼터. 시간은 낮 12시가 조금 못 되었다. 아침 식사를 6시 반쯤 했으니까 이른 점심은 아니었다. 한 5분 거리에 있는 구정봉을 먼저 가 봐야 된다는 생각에서 그쪽으로 몸을 돌리는데 앞서 내려갔던 오정환 이사가 통행 금지라면서 되돌아오고 있었다. 뜻이 있으면 길이 있다던가. 때마침 우리 곁을 지나다가 우리 이야기를 듣게 된 국립공원 직원이 자기를 따라오란다. 오 이사가 표지판을 잘못 본 것이었다. 올라가기가 약간 옹색했지만 겨우 구정봉 출입구를 찾아 바위 위에 올라섰다. 9개의 웅덩이가 바위 위에 파여 있어 구정봉(九井峰)이라 불린다고 한다. 웅덩이 몇 개에는 정말 물이 차 있었다. 공원 직원의 말로는 한여름 아무리 가뭄이 들어도 이곳의 물이 마르지 않는다고 귀띔해 주었다. 주변을 잘 살펴보면 저팔계바위, 의자바위, 손오공바위 등도 찾아볼 수 있다. 이러저러한 만상을 다 품고 있는 월출산 풍경에 감탄이 절로 나올 뿐이었다.

하나 아쉬운 것은 월출산이 자랑하는 마애여래좌상(국보 제144호)을 지척에 두고도 가 보지 못한 것. 우리가 점심을 먹을 곳에서 불과 500여 미터밖에 안 되는 거리에 있지만, 등산로가 이어지지 않아 갔던 길을 되돌아 나오려면 한 시간은 족히 걸린다는 설명에 먼발치에서 바라보는 것으로 만족해야 했다. 구정봉 아래 북쪽 커다란 암벽에 조각된 높이 7미터쯤의 이 거대한 석불은 고려 시대의 것으로 그 웅장함은 물론 섬세한 기법에서도 당대 최고의 걸작으로 일컬어지고 있다. 눈을 지그시 감고 앉아서 서해 수평선을 바라보는 품은 가히 바위산 월출산의 총석림(叢石林)을 대표할 만했다.

정상 부근이라 바람도 있고 찬 기운이 감돌아 조금은 옹색했지만, 요기하는 데는 크게 불편하지 않았다. 여기저기 각처에서 찾아온 등산객이 옹기종기 둘러앉아 권커니 잣거니 하면서 욕지거리 섞인 말들로 친근감을 과시하면서 말꽃들을 피웠다. 산 인심이 언제나 그렇듯 푸짐해 처음 만난 사이인데도 금방 친해져 경계란 게 없다. 음식과 술을 나누는 일이 그야말로 다반사(茶飯事) 아니던가. 군산인가에서 왔다는, 우리 옆자리의 산객들은 전라도 명물 홍어회를 들고 와서 우리에게 돌리기도 했고, 어디선가는 술과 밥을 바꿔 먹자는 홍정(?) 소리도 들려왔다. 찬 도시락이지만 술에, 안주에, 그리고 졸지에 총무 일까지 맡게 된 신 여사가 내놓은 뜨거운 커피 덕분에 어느 정도 추위는 가셨다.

이제는 하산이다. 길이 평탄하다고는 하나 가는 거리가 만만찮아 시간 여유는 별로 없다. 게다가 노구에 험산 준령을 치느라 다리 근육과 관절에 무리가 온 회원이 하나둘 늘어나 걷기와 쉬기를 거듭했다. 우리는 일단 미왕재 갈대밭을 거쳐 도갑사 주차장까지 가야 한다.

구정봉 쉼터에서 1.3킬로미터 떨어진 미왕재는 억새밭으로 유명한 곳이다. 이로 인해 가을 월출산에서는 가장 사랑받는 곳이기도 하다. 그러나 기대가 너무 컸던 탓인지, 때가 좀 늦어서인지 아니면 피로가 쌓여서인지 큰 감흥을 받지 못했다. 그래도 이곳에서 기념사진을 찍는 군상들이 꽤 많았다.

도갑사로 향하는 구간은 매우 여유로웠다. 아픈 다리를 끌면서 군데군데 동백나무가 군락을 이룬 산길을 세 시간여 걸려 쉬며 걸으며 가다 보니 도갑사 경내가 눈 안에 들어왔다.

월출산 도갑사(道甲寺). 영암군 군서면 도갑리에 자리한 이 도량은 이곳 태생으로 전해진 신라의 고승 도선(道詵)국사가 창건해 고려 때 크게 번성했다 한다. 조선 시대에 들어서는 1456년(세조 2년) 수미(守眉)대사와 신미(信眉)대사가 중건한 적이 있으며, 성종 때인 1473년에도 중수한 바 있고, 임진란 때 불탄 것을 1776년(영조 52년)에 다시 중창해 오늘에 이르고 있다.

도갑사의 최고 자랑거리라 할 수 있는 해탈문(국보 제50호)에 이르기 전에 절 위쪽 소로에 자리한 미륵전에 들러 잠시 참배했다. 대나무들로 둘러싸인 산 언덕배기에 있는 이 절집은 미륵불을 모시는 전각 이름과는 달리 석가여래가 모셔져 있었다. 미륵전에 봉안된 석조여래좌상(보물 제89호)은 단아하고 기품이 넘치는 모습이었는데, 대좌(臺座)와 불신(佛身) 그리고 광배(光背)까지 하나의 돌로 이루어진 것이 특이했다.

도갑사를 돌아보고 나오니 오후 4시가 조금 지났다. 아침 7시부터 시작한 산행에 거의 아홉 시간이 걸린 셈이다. 예상보다 두 시간가량 더 걸렸지만 그만큼 월출산을 자세히 들여다볼 수 있지 않았을까? 그리고 모두 무탈하게 안전 하산할 수 있게 보살펴 주신 월출산 산신령과 두 해에 걸친 이 역사를 성사시켜 준 산주인한테 고마울 뿐이었다.

그런데 시간이 애매했다. 당초 계획으로는 도갑사 근처에서 영암이 자랑하는 생닭 육회를 맛보기로 했었는데, 저녁 시간으로는 너무 이르고 일행 중에 '날것'을 저어하는 이도 없지 않아 계획을 수정해야만 했다. 궁리 끝에 저녁은 영암에 가까운 나주로 이동해서 원조 '나주곰탕'을 먹기로 하고, 그사이에 남는 시간은 도갑사에서 자동차로 10여 분 거리에 있는 왕인 박사 유적지를 참관하는 데 쓰기로 했다.

왕인 박사 유적지는 왕인이 새롭게 조명되면서 1985년부터 1987년까지 영암군 군서면 동구림리 산 18번지에 박사의 자취를 복원해 놓은 곳이다. 백제인인 왕인 박사는 일본 오진(應神) 천황의 초빙을 받아 논어 10권과 천자문 1권을 가지고 일본으로 건너가 해박한 경서의 지식으로 천황의 신임을 받아 태자의 스승이 된 것으로 전해진다. 또 기술 공예를 전수하고 일본 가요의 창시 등에도 공헌함으로써 일본 황실의 스승이며 정치고문을 맡아서 일본 사람을 계몽함으로써 일본 아스카(飛鳥) 문화의 원조로 일컬어지고 있다.

구림리의 왕인 박사 유적지에는 왕인 박사 기념전시관을 비롯해 위패와 영정이 봉안된 사당, 왕인 박사가 사용한 우물인 성천(聖泉) 등이 있다는데, 우리 일행은 전시관만 한 바퀴 둘러보는 데 그쳤다. 전시관에 전시된 문물들이 기대에 못 미쳐 실망스러웠다. 일본 관광객이 이곳을 많이 찾는다는데 건축물 같은 하드웨어보다는 내용 면에서 좀 더 많이 보강해야 할 것 같다는 생각이 들었다.

전시관 관람을 마치고 산음(山陰)이 짙어 가는 월출산을 뒤로하고 저녁을 먹기로 한 나주로 이동했다. 나주곰탕이 전국적으로 이름을 얻게 되면서 본고장인 나주에도 곰탕집이 앞다투어 들어서게 되었고, 서로 자기네가 원조집이라고 주장해 외지에서 온 사람들을 헷갈리게 하는 것도 사실이다. 십수 년 전 보길도 여행을 마치고 귀로에 나주에 사는 친구의 안내로 나주곰탕을 맛있게 먹었던 기억이 있어서 그 친구에게 연락해서 원조집을 알아냈다. 나주 향교 앞에 있는 '나주곰탕 하얀집'이 바로 그 집이다.

곰탕집에 들어서려는데 회장님이 날 따로 불러낸다. 생일 케이크를 사서 올 테니 잠시 기다리라는 것. 영문을 몰랐는데 이번 월출산 산행의 최고령 윤활식 선배가 다음 주에 희수를 맞는데 오늘 나주곰탕집에서 요요회 주최로 희수연을 해드리자는 것이었다. 하긴 생일은 앞당겨서도 해 먹는다니까 의미가 있을 것 같았다. 그런데 안주로 삼을 수육은 예약하지 않으면 안 된다는 것이 가게 주인의 말씀이다. 그냥 곰탕 한 그릇으로 달랑 상 차리기가 그래서 주인장에게 통사정했다. 그랬더니 예약 손님들 몫으로 맞춰 놓은 수육을 할애해 주었다. 회장이 제과점을 수소문한 끝에 파리바케트 빵집에서 분홍색 생일 케이크를 구해 왔다.

술은 열일곱 살짜리 발렌타인 양주 두 병. 정상주로 쓰지 않고 아껴 두었던 것이다. 술은 박경희 선배가 요요회의 1박 2일 월출산행을 격려하는 차원에서 윤석봉 이사 편에 보내온 것이다. 원래 한 병은 윤 이사 몫이었다는데 요요회에 쾌척한 것이다. 윤활식 선배와 연치가 비슷하다는 박 선배께서 나중에 이 일을 아신다면 매우 흡족해하시지 않을까. 탐관(貪官)들이 탐했다는 금준미주(金樽美酒)에 옥반가효(玉盤佳肴)가 이보다 나았을까. 우리의 장도를 격려해 준 두 독지가의 성원이 고마울 뿐이다. 윤 선배의 케이크 커팅으로 시작된 조촐한 희수연은 건배사가 오가고 좋은 안주에 좋은 술로 이어졌고, 우리 모두 고된 산행의 피로를 싹 잊어버린 듯 기분 좋게 취했다.

어두운 남도 길을 되돌아서 서울로 올라올 때는 다들 적당히 취한 때문인지 안전벨트 없는 버스였지만 아무런 불안감을 느끼지 못했다. 거의 자정이 다 될 무렵 우리 모두는 무사히 귀가하는 것으로 월출산 산행의 끝점을 찍었다.

이번 요요회의 월출산 산행에는 김태진 회장, 문영희, 신정자·장호권 부부, 오정환, 윤석봉, 윤활식, 이기중, 이영록, 황의방(가나다 순) 등 회원 10명이 동참했다._동아투위 홈페이지 '회원 게시판' 2009/12/18

문백 09-12-18 19:30 실지로 본 것보다 더 많은 것을 보았습니다. 정확한 관찰에 섬세한 묘사가 한 편의 영화를 보는 듯합니다. 사찰과 다산초당에 얽힌 해박한 해설도 놀랍습니다. 날씨가 아무리 추워도 불러내서 소주 한 고뿌 하고 싶은 심정이외다.

계룡산(鷄龍山)

# 2016년 봄(春), 갑사로 가는 길

(한국출판인회의 산악회, 2016년 4월 9일)

계룡산!

한국출판인회의(한출) 산악회가 4월 산행으로 계룡산 등산을 계획하고 참가 신청 사발통문을 돌리자 내심 마음이 동했다. 계룡산에 대한 기억들이 아스라하게 되살아났기 때문이다.

반세기를 넘긴 기억의 조각들. 젊음이 팔팔하게 넘쳐나던 풋풋한 20대 대학 시절, 학교 친구들과 어울려 계룡산을 올랐던 일이 새삼스럽게 뇌리에 떠올랐다. 그 시절 등산은 요즘과 달라서 극히 일부 젊은이들의 취미생활 수준에 머물렀고, 등산복이나 등산화라고 할 것도 따로 없어 군 PX에서 흘러나온 군복 따위를 검게 물들인 작업복에다 신발 역시 물들인 군용 워커 차림이 고작이었다.

그 어느 해 초가을 아침 일찍 용산역에서 완행열차를 타고 대전역에 도착해서 역 앞의 한밭식당에서 설렁탕으로 요기를 했었다. 도심 개발의 여파로 지금은 없어진, 광화문 동아일보사 옆에 있었던 설렁탕 전문 한밭식당의 원조였다. 시내버스로 유성을 거쳐 동학사 입구까지 갔다. 사찰 경내를 둘러보고 산행을 시작했다. 장돌 돌밭이 이어지는 경사로를 따라서 올라 정상인 천황봉을 거쳐 갑사 쪽으로 내려가는 코스였던 것으로 기억된다.

날씨도 흐리고 가끔 가랑비가 오락가락하는 산길을 타고 정상에 이를 무렵에는 안개와 비가 섞여 눈앞을 분간하기 어려울 정도였다. 갑사로 내려가는 하산 길을 찾지 못해 애를 먹다가 불빛이 새어 나오는 토굴을 발견하고 그 속에서 도를 닦던 장발의 도사(?)에게 길을 물었다. 우리가 건성으로 들었든지, 지척을 분간하기 어려울 정도의 안개비 탓이었든지 산속을 이리저리 헤매다 보니 다시 토굴 앞 제자리였다. 재차 길을 물으려 드니 그 도사님, 도를 아직 덜 깨우친 탓인지 잔뜩 짜증을 냈다. 우리 일행은 다시 알려 받은 길을 따라 겨우겨우 산에서 내려왔다.

또 그 시절 어느 여름방학 무렵, 동학사 어귀 민박집에서 고교 선·후배 30~40명이 모여 밤새 통음하면서 고담준론(?)을 토해 내던 기억도 함께 떠올랐다. 요즘 식으로 말하면 엠티인 셈. 서울과 광주의 중간 지점쯤인 대전 근처의 동학사에서 만나기로 했던 것. 그때는 계룡산은 올려다만 보고 오르지는 못했던 것으로 기억된다.

그 후로도 몇 차례 계룡산 등산에 나선 바는 있었지만, 10여 년은 족히 넘은 것 같고, 칠순을 넘긴 지금은 몸이 맘을 잘 따라 주지 않으니 마음먹기가 쉽지 않았다. 그러나 지금 아니면 언제 다시 가 볼 수 있으랴 하는 생각에다, 요즘 예전 같지 않아 서행 산행을 즐기는 요요회(동아투위 등산모임)의 김태진 회장과 동행한다면 쉬엄쉬엄 올라가도 될 듯싶어서 가겠노라고 신청을 했다.

그런데 아뿔싸. 김 회장이 친조카의 결혼식이 있어서 불참한다니 여러모로 난처하게 되어 버렸다. 엎지른 물을 어찌할 것인가. 대략 난감한 상황이지만 그만큼 준비를 단단히 할 수밖에 없었다. 무릎 압박보호대부터 챙기는 등 임전 태세를 갖춰야 했다. 이른 새벽 지하철을 네 번씩이나 바꿔 타고 한 시간 남짓 걸려 출발지인 합정역에 내렸다. 역을 나오기 전에 요요회의 조강래·이명순 회원 등 두 동무를 만났다. 가까운 동행이 있다고 생각하니 마음이 좀 놓였다.

2016년 4월 9일. 이날 산행 참가자는 대전에서 합류하는 두 명을 포함해서 모두 30명. 버스는 아침 7시 정시에 집결 장소인 합정역 9번 출구 어귀에서 출발해서 한강 옆 강변도로를 타고 가다 경부고속도로로 들어섰다. 이른 시각인 데다 안개인지 미세먼지인지가 하늘을 가려서 시야 확보가 쉽지 않았다. 신임 산악회장인 유희남 물병자리 대표의 인사말을 들으면서 공식 일정을 시작했다. 출석 빈도가 불량한 덕분에 내 이름이 실명으로 불리며 감사하다는 인사치레를 듣게 되어 약간 민망하기도 했다.

주말인 데다 만화방창한 행락철이어서인지 자동차가 도로를 메우다시피 했다. 우린 버스 전용차선을 타기 때문에 평소보다 다소 밀리기는 했지만 별 어려움은 없었다. 거기다 새로 등산대장을 맡은 박철준(찰리북 대표) 사장이 차중의 무료함을 덜어 주려는 깊은 뜻에서 미리 직접 육성 녹음해 온 이상보(李相寶)의 수필집 『갑사로 가는 길』 테이프를 들려주었다. 명불허전, 산악회 총무 시절의 군더더기 없는 명 총무의 평판이 어디로 가랴. 버스 안 음향 장치 탓인지 군데군데 테이프의 말길이 끈기기는 했지만, 박 대장의 정성과 배려는 높이 살 수밖에.

고전문학자이면서 수필가인 이상보가 펴낸 『갑사로 가는 길』에는 인정과 사랑 등 긍정적인 시선이 버무려진 수필 24여 편이 담겨 있다. 이상보는 동학사에서 갑사로 이어지는 길을 걸었던 심정을 「갑사로 가는 길」에서 이렇게 풀어 냈다.

지금은 토요일 오후, 동학사엔 함박눈이 소록소록 내리고 있다. 새로 단장한 콘크리트 사찰은 솜이불을 덮은 채 잠들었는데 관광버스도 끊긴 지 오래다. 등산복 차림으로 경내에 들어선 사람은 우리 넷뿐, 허전함조차 느끼게 하는 것은 어인 일일까? 대충 절 주변을 살펴보고 갑사로 가는 길에 오른다.

(중략)

지나는 등산객의 심금을 붙잡으니, 나도 여기 며칠 동안이라도 머무르고 싶다. 허나, 날은 시나브로 어두워지려 하고 땀도 가신 지 오래여서, 다시 산허리를 타고 갑사로 내려가는 길에, 눈은 한결같이 내리고 있다.

산행 날짜가 4월 9일이어선지 심사가 조금은 편치 않았다. 박정희 유신 치하인 1975년 이날 제2차 인혁당 사건의 주모자급 8명을 사형 언도 18시간 만에 뭔가에 쫓기듯 처형시킨 '사법 살인'의 날임이 불현듯 떠올랐기 때문이다. 그해 3월 17일 내가 동료 100여 명과 함께 다니던 신문사에서 해직되어 펜과 마이크를 빼앗긴 거리의 언론인으로 나선 지 20여 일 뒤에 일어난, 신문에도 보도가 잘 되지 않아 풍편으로만 들었던 참담한 사건이었다. 이 일은 민주 정부가 들어서면서 꾸려진 과거사진상조사위원회 조사를 통해 박정희 정부가 정권 안보를 위해 날조한 사건임이 백일하에 드러났지만, 그렇다고 없었던 일이 되는 것은 아니지 않는가?

또 1주일 뒤인 4월 16일은 세월호 사건 2주년이다. 작년 봄 '유럽의 화약고' 발칸반도의 보스니아를 들렀을 때 유고 내전의 와중에서 이웃 민족들 사이의 상잔 때문에 수많은 인명이 목숨을 잃었던 현장과, 화해의 다리 모스타르를 찾았을 때의 아픈 감회가 함께 오버랩 되었다. 세월호 사건 1주년을 앞두었던 그때 그곳의 공동묘지에 씌어 있었던 "Don't Forget 1993"이 "Remember 4·16"과 겹쳐졌다.

이태가 다 되도록 아무런 진전도 없는 세월호 사건이 나흘 뒤로 다가온 총선에서는 어떤 인과관계로 연결될 것인지가. 「황무지」의 시인이 읊어 낸 시구가 아니더라도 4월은 이래저래 잔인한 달이다. 슬픔과 미안함이 미만한 세월이다. 다투어 피어나는 봄꽃들 보기가 마냥 기쁘지만은 않은 까닭이다.

우리를 태운 버스는 이런저런 상념을 함께 싣고 서울을 떠난 지 3시간여 만에 계룡인터체인지를 벗어나 동학사 방향으로 달렸다. 저 멀리 계룡산인 듯싶은 산 너울이 운무 속에 떠올라 있었다.

수필 속 계룡산은 함박눈 내리는 겨울이었지만, 우리는 벚나무 꽃비 내리는 동학사 진입로에 들어섰다. 동학사로 이어지는 길 좌우에는 심은 지 오래된 늙은 벚나무들이 임립한 가운데 벚꽃들이 창궐하고 있었다. 아쉬운 것은 인도까지 막무가내로 침범한 가게와 노점들, 그리고 거기서 뿜어 나오는 각종 부침개 따위의 음식 냄새와 호객 소리가 봄나들이 떠나올 때의 설렘을 상당 부분 까먹어 버렸다는 점이다.

다행히 동학사 경내로 들어서면서부터 이런 풍경은 완전히 자취를 감춰 버렸다. 홍살문을 지나 일주문에 이르렀다. 능이나 묘(廟), 관아의 정면에 세우는 홍살문이 사찰 입구를 지키고 있는 것은 무슨 까닭일까? 동학사가 역사 인물을 기리는 동계사(東鷄祠), 삼은각(三隱閣), 숙모전(肅慕殿) 등 세 개의 사당을 품고 있는 것과 관계가 있다고 한다.

가장 먼저 생긴 동계사는 신라 충신 박제상과 고려 개국공신 류차달을 배향하는 곳이고, 삼은각은 여말의 성리학자 목은(牧隱) 이색, 포은(圃隱) 정몽주, 야은(冶隱) 길재 등 세 은자를 기리는 사당이다. 숙모전에는 조선 세조 때 단종 복위를 꾀하다가 처형된 사육신, 그들의 시신을 수습한 김시습, 그리고 단종의 위패를 봉안하고 있다. 매년 수많은 유생과 후손이 이곳을 찾아 제사도 올리고 있다니 동학사는 사찰이라기보다는 사당(祠堂)에 가깝다는 생각이 들었다.

하루 일정의 등산이기 때문에 동학사에 오래 머무를 틈은 없었다. 시간 여유도 없었지만 초파일을 앞둔 경내에는 수많은 연등이 숲을 이루고 있어서 절집을 두루 살펴보기엔 마땅치 않았다. 겨우겨우 대웅전에 들어가 삼 배를 하고 절집들을 일별하는 것으로 절 인사를 마치고 서둘러 산길로 들어섰다.

계룡산. 대전광역시와 충남 계룡시·공주시에 걸쳐 있는 계룡산은 총면적 65.335평방킬로미터이며, 차령산맥의 연봉으로 예로부터 오악(五嶽) 중 하나인 서악(西嶽)으로 꼽혀 온 산이다. 1968년 12월 31일 지리산에 이어 두 번째로 국립공원으로 지정됐다.

백두대간에서 갈라져 나온 금남정맥의 끝부분에 위치한 계룡산은 주봉인 천황봉(天皇峰, 845m) 등 28개의 크고 작은 봉우리와 7개의 계곡으로 이뤄져 있다. 연천봉(連天峰, 739m)·삼불봉(三佛峰, 775m) 등으로 이어지는 능선이 마치 닭의 볏을 쓴 용과 같다 해서 계룡산이라 부르게 되었다고 한다.

봄 계룡산에는 야생의 벚나무 몇 그루가 드문드문 숨어서 끝물 꽃잎을 피워 내고 있을 뿐 산은 갓 피어나기 시작한 햇잎들로 산색이 바뀌고 있었고, 산기슭 여기저기에는 활짝 꽃을 피운 진달래가 두 손을 들어 상춘객을 환영하고 있었다.

동학사 입구의 극락교 오른쪽 계곡으로 들어서면서 본격적인 산행이 시작되었다. 시원한 물소리를 들으며 5분쯤 둔덕을 오르니까 통나무다리가 나왔다. 같은 돌길이었지만 예전 내가 왔을 때의 등산로와는 판이

했다. 넓적넓적한 돌을 깔고 길을 넓히는 등으로 잘 다듬어 놓아서 오르막이 가파른 것을 빼고는 그다지 힘들지 않았다.

그러나 아침 이른 시간에 떠나오는 바람에 식사를 거른 터라 행보가 쉽지 않았다. 나 같은 일행이 적지 않은 듯 여기저기서 요기를 하자는 말들이 나와서 산행을 시작한 지 1시간도 채 안 됐는데 부득이 이른 점심을 하기로 했다. 하산 지점인 갑사 쪽으로 내려가면 곧바로 이른 저녁 식사를 해야 하기 때문에 맛있는 뒤풀이를 위해서도 시간차를 두자는 것도 이유였다. 하지만 배를 채우고 산을 오르는 일 또한 부담스럽지 않을 수 없었다.

우리 일행을 다 안을 수 있는 제법 널찍한 쉼터를 찾아 점심상을 차렸다. 각자의 등산배낭을 풀자 온갖 먹거리가 쏟아져 나왔다. 밥에, 술에, 과일에 호화판 산중 식사였다. 나도 전날 밤늦게까지 아내가 지지고 볶으며 준비해 준 더덕구이며, 물외장아찌, 오징어볶음 등을 내놓고 나눠 먹었다. 맛있게들 먹어 줘서 다행이었다.

여러 가지 술로 반주 수준을 넘어선 수작까지 하다 보니 가파른 산길을 오르기가 여간 힘든 게 아니었다. 숨이 턱까지 차올랐다. 누구의 묘비명이든가, '내 이럴 줄 알았다'고 쓴 게. 이런 상태로 일단 남매탑까지 가야 했다. 숨이 차서 걸으며 쉬며 한 30분쯤 오르니 지척에 남매탑의 모습이 보였다.

오뉘탑으로도 불리는 남매탑은 오라비탑(7층 탑)과 누이탑(5층 탑)이 함께 서 있다. 이상보의 「갑사로 가는 길」은 이 남매탑에 대한 가슴 아린 전설을 소개하고 있다.

신라 선덕여왕 원년에 당승 상원대사가 이곳에서 움막을 치고 수도하

고 있었다. 어느 날 밤, 큰 범 한 마리가 움집 앞에 나타나 아가리를 벌리기 에 대사는 죽기를 각오하고 범 아가리에 걸린 인골을 뽑아 주었다. 여러 날 이 지난 뒤 그 범이 처녀 하나를 물어다 놓고 가 버렸다. 그 처녀는 경상도 김화공의 딸이었다. 대사는 김화공의 딸을 집으로 데려다주었으나 대사의 인격에 반한 처녀는 부부의 인연이 이뤄지기를 소망한다. 그러나 대사의 불심은 변하지 않았고 이에 처녀는 대사와 의남매를 맺는다. 그들은 서로 불도에 힘쓰다 서방정토로 떠난다.

이 감동적인 남매탑의 전설은 이곳을 지나는 등산객들에게 잠깐이나마 청정한 인간관계를 돌아보게 해 준다.

오뉘탑의 명월은 계룡팔경의 하나로 꼽힌다. 남매탑 바로 옆 널찍한 공터에는 미완성의 돌거북들이 놓여 있어 오가는 산객에게 잠시 쉬어갈 수 있는 의자 구실을 해 주고 있었다. 모두 12개인 이 돌거북은 오래전 신도안에 살던 오씨 성을 가진 이가 절을 복원하기 위해 주춧돌로서 마련했던 것이라고 전해진다. 우리는 일행이 다들 도착하기를 기다려 인증 사진을 찍고 나서 다시 삼불봉 쪽 산길로 올라갔다.

한 100미터쯤 올라가니 바위 절벽 아래의 돌 틈 사이에서 시원한 물이 솟아나는 자그마한 샘터가 나왔다. 이 돌샘을 지나 삼불봉 밑의 고개까지는 급한 오르막을 타야 했다. 10여 분 정도 오르니 삼불고개 사거리가 나타났고 삼불봉이 눈앞에 올려다보였다. 거기서 곧바로 금잔디고개로 내려가는 것이 순로이지만 이왕 이곳까지 올라온 김에 힘들더라도 삼불봉에 올라갔다 내려오기로 했다. 지난주 이곳을 사전 답사했다는 박 대장은 올라가는 대신 사거리에서 쉬겠노라고 해서 배낭들을 맡기고 10여 분 거리의 깔딱고개를 올랐다.

삼불봉에 올라서서 기념사진도 찍으면서 사방을 조망했다. 세 부처님을 닮았다는 삼불봉도 계룡팔경의 하나. 관음봉을 잇는 암릉·연천봉을 비롯해 남쪽에서 용이 꿈틀거리듯 내닫는 주능선이 한눈에 잡혔다. 곳곳에서 우뚝우뚝 솟아오르는 암봉들의 모습이 힘차 보였다. 야트막한 산들이 첩첩이 어깨를 겯고 있었다. 바로 발치 아래 속세의 자락마다에는 옹기종기 마을들이 그림처럼 안겨 있었다.

삼불고개에서 400미터쯤 돌밭 길을 내려가면 금잔디고개다. 이 산중에 웬 금잔디고개? 고개가 갸우뚱했지만 헬기장 표시와 함께 나무시렁으로 된 쉼터가 마련되어 있어서 잠시 다리를 쉬게 했다. 쉬어가는 김에 남은 과일들을 나눠 먹은 다음 다시 하산 길을 재촉했다.

하산이 더 어렵다 하지 않았던가. 산길은 잘 닦여 있었지만 경사가 장난이 아니어서 힘 빠진 다리를 잘 보전해야 했다. 그 와중에 주정관 총무의 무릎에 갑자기 탈이 나서 애를 먹는 춘사도 있었다. 일행은 배낭을 대신 맡아 주기도 하고, 4·13 총선 유세 중에 누군가가 해서 웃음거리가 됐던 어부바 코스프레도 하는 등으로 동료애를 발휘하면서 힘을 보태기도 했다.

가는 길에 용문폭포를 만났다. 용문폭포는 갑사구곡 가운데 하나로 가뭄이 아무리 심해도 물이 마르지 않을 정도로 수량이 풍부하다고 한다. 또 폭포를 바라보면서 소원을 빌면 소원 하나 정도는 들어준다는 속설도 함께 전해져 내려오고 있다.

폭포전망대에 이르러서 기념사진을 찍으려고 스마트폰을 막 꺼내려는 찰나 고향에 사시는 작은 누님이 전화를 걸어왔다. 순간 온몸이 긴장되었다. 누님 내외의 연세가 적지 않은 데다 자형께서 평소 건강이 좋지 않아서였다. 다행히 다른 집안일을 상의하기 위해 걸어 온 전화였다. 밤에 집에 가서 연락하기로 하고 전화를 끊었다.

계룡산을 바로 눈앞에 두고 동학사에서부터 여기까지 넘어오느라 흘린 땀을 폭포 물 떨어지는 소리로 잠시 식혀 냈다. 기다리는 일행도 있고 해서 폭포 구경은 대충하고 서둘러 길을 재촉했다.

조금 내려가니 자그마한 절집 하나가 나타났다. 갑사에 다다른 것이려니 하고 안도했더니, 갑사로 가는 길목에 있는 대성암이란다. 대성암은 임진왜란 때 승병장 영규대사와 800의승을 추모하는 암자. 근처에는 임진왜란 때 무기 대신 사용했던 죽창 모형과 함께 추모비가 세워져 있었다. 제철을 맞아 피어난 홍매화가 승병들의 넋인 양 붉게 피어 있었다. 처연한 마음을 뒤로하고 10여 분쯤 더 내려가 오늘의 최종 목적지인 갑사에 이르렀다.

예전부터 공주의 유서 깊은 두 고찰을 두고 '춘(春)마곡·추(秋)갑사'라 했다지만, 지금은 봄, 춘(春)갑사에 왔다. 어느 가을에 이곳 갑사에 다시 들를지 기약은 없지만, 고즈넉한 갑사의 봄 풍경은 굳이 가을이 아니라도 좋았다. 동학사 진입로의 어수선함과 너무 대비된 탓이리라. 이곳 대웅전 앞뜰에도 동학사에서와 마찬가지로 색색의 연등이 주렁주렁 매달려 있어 초파일이 다가오고 있음을 알려 주고 있었다.

갑사는 철 당간, 부도(승탑), 동종, 월인석보 목판 등 4점의 보물과 창건 설화를 지닌 천진보탑, 중건 설화를 안고 있는 공우탑, 그리고 갑사구곡까지 문화재가 널려 있다. 공우탑은 국내 유일의 소를 위한 탑으로 사찰 중건에 공이 컸던 소가 늙어 죽자 승려들이 그 은공을 기려 세웠다고 한다.

갑사가 배출한 영규대사는 임진왜란이 일어나자 스님들을 모아 놓고 철 당간지주에 뛰어올라 나라를 구하자고 독려했다고 한다. 갑사 주변의 대나무로 죽창을 만들고 조릿대로 화살을 만들어 왜군과 싸웠다고 하는데, 갑사 주변에는 지금도 대나무와 조릿대가 흔하고 철 당간지주도 그대로 남아 있어 그때의 역사를 되돌아볼 수 있었다.

일정이 빠듯한 터라 절집에 오래 머무를 시간은 없었다. 아쉬움을 뒤로하고, 갑사 진입로인 '오리숲길'을 역행하여 오늘의 만찬 장소로 이동했다. 오리숲길이라 해서 오리나무가 모여 있는 숲길인 줄 알았더니 십리의 절반인 2킬로미터 구간의 산책로를 일컫는 말이었다.

오리의 거리에 줄지어 늘어선 팽나무, 상수리나무 등 아름드리나무들이 길을 틔워 주고, 거기에서 피어나는 햇잎들이 따가운 봄 햇살을 가려 주며 선선한 봄바람을 선사해 주었다. 길섶에는 흐드러지게 핀 황매화가 바람 따라 흔들리고 있었다. 숲길 옆 야생화 단지에는 우산나물, 구절초, 비비추, 금낭화 등이 새순을 막 틔어 올리고 있었다.

시간은 오후 4시를 향해 달려가고 있었다. 산속에서만 얼추 다섯 시간 넘게 있었으니 삼림욕에 상춘 기분은 넉넉히 누린 셈이었다. 숲길에 취해 시간을 보내느라 뒤풀이 식당에 도착했을 때는 대부분 좌정한 상태였고 벌써 술잔들이 분주하게 왕래하고 있었다.

식당은 집행부가 손품·발품을 팔아 엄선했다는, 어느 케이블 방송의 한식 서바이벌 프로그램 우승자가 운영하는 곳이라 했다. 이 집의 자랑거리라는 고추장에 버무려 구운 더덕구이가 쌉쌀한 향을 제대로 내서 입맛을 돋우었고, 이 고장 명물인 밤을 주원료로 삼았다는 밤 맛 나는 공주 밤 막걸리가 단연 인기였다.

취흥이 올라오면서 맛깔스러운 건배사가 자천타천으로 나와 술맛을 더 돋우었다. 이정원 전임 회장(들녘출판사 대표)의 건배사는 때가 총선 철이라서인지 특히 압권이었다. 선거에 출마한 국정원 출신 후보의 선전 플래카드 '작지만 강한 남자'가 돌풍에 받침 자 하나가 찢겨 나가는 바람에 여성의 몰표로 압도적으로 당선됐다는 것. 나도 오랜만에 산행에 참가한 죄(?)로 호명을 받아 건배사 한 줄을 더 보탰다. 한출 산악회의 클래식한 구호 "한출 한출 산 산 산"을 하이 톤으로.

상경길은 버스 전용차선 덕분에 예상보다 훨씬 이른 초저녁 7시 반쯤 집에 도착했고, 걱정했던 계룡산 산행도 성공적으로 마감했다.

함께한 사람들

고홍식, 구본수, 남승미, 김남기, 남규조, 김영철, 김종길, 류희남, 문정구, 박철준, 성홍진, 유연식, 이명순, 이미정, 이승환, 이영록, 이정원, 이후억, 이종은, 이지연, 이형재, 정병규, 정해운, 조강래, 주정관, 진성민 ,채호기, 김호중, 홍순종 (총 29명)

태백산(太白山)

# 흑룡의 해 신새벽에 오른 태백산, 그리고 설원 위에서 올린 천제

(한국출판인회의 산악회, 2012년 1월 14일)

흑룡(黑龍)의 해라는 2012년 용띠 새해 벽두, 한국출판인회의 산악회를 따라 태백산 등반을 했다. 한출 산악회와는 지난해 초여름(6월 8~9일) '천상의 화원' 곰배령 산행에 이은 두 번째 걸음이었다. 폭우를 뚫고 나섰던 그때의 산행이 잊지 못할 추억으로 남았던 것이 나를 움직였다. 며칠 새 강원도에 많은 눈이 내려 내심 태백산 눈꽃 산행을 할 수 있다면 좋겠다는 생각을 해 보기는 했었다. 지금보다는 훨씬 젊은 모습이었을 스무여 해 전 두 차례에 걸쳐 다녀왔던 태백산의 추억이 오버랩 되었다. 한 번은 유일사 단풍이 그리 고왔던 가을철에, 그리고 다른 한 번은 눈꽃 세상의 한겨울에.

때맞춰 한출 산악회의 김태진 왕회장이 동행을 권려해 왔다. 언감생심에 불감청고소원(不敢請固所願)이라. 그러나 조금은 걱정이 되었다. 나이 탓이겠지만 체력도 그때만큼은 어림없고.

'크고 밝은 뫼'라는 뜻의 이름을 지닌 태백산(太白山, 1,567m). 지리산 천왕봉, 설악산 대청봉과 더불어 해돋이 산행지로 인기 높은 산이다. 이는 무엇보다 신령스러워 무속의 성지로 꼽히는 곳인 데다 강원 내륙의 고봉준령을 조망할 수 있는 산정을 지니고 있기 때문이다. 최고봉인 장군봉에 서면 물결치듯 겹을 이룬 산줄기 위로 떠오르는 일출 장관은 새해 벽두 방송·신문사들이 다투어 내놓는 단골 장면이다.

더욱이 태백산 정상에 있는 천제단(天祭壇)은 "5세 단군 구을(丘乙) 임술 원년에 태백산에 천제단을 축조하라 명하고 사자를 보내 제사를 지내게 하였다"(『桓檀古記』), "일성왕 5년 10월에 왕이 친히 태백산에 올라 천제를 올렸다"(『三國史記』), "태백산은 신라 때 북악으로 중사(中祀)의 제를 올리던 곳"(『東國輿地勝覽』) 등의 기록이 전할 정도로 예로부터 신령스럽게 받들었던 곳이다.

1월 13일 오후 3시. 다소의 불안감을 안고 1박 2일의 강원도 여행길에 나섰다. 추위와 세월을 이겨 낼 수 있을까 하는. 지난여름의 곰배령 때처럼 대절 버스는 합정역 언저리에 대기하고 있었다. 지하철역을 빠져나오는데 김 회장이 전화를 걸어 왔다. 어디쯤 오느냐고? 내가 이번 동행 여부를 애매하게 대답했기 때문에 좀 미심쩍었나 보다. 서두른다고 했는데도 겨우 약속 시간에 댈 수 있었다. 다들 일찍 와서 자리를 차지하고 있었다. 참가자가 37명이란다.

한출 산악회 회원이 아닌 인사로는 내가 거의 유일한 것 같아 좀 데면데면하기는 했다. 그래도 이정원 회장(들녘 대표) 등 지난번 곰배령 갔을 때 익은 얼굴이 여럿 나를 알아보고 환영해 주었다. 그때는 못 보았던 사계절출판사의 강맑실 사장도 함께였다. 면식은 없었지만 요요회의 조강래 대장으로부터 익히 소문을 들은 터였다. 술로는 못 당한다는 얘기도 함께.

박철준 산악회 총무(찰리북 대표)가 인원 점검을 하고 간단한 산행 설명을 한 다음 자신은 사무실 사정으로 갈 때는 동행하지 못해 죄송하다면서 태백 출신인 지원미디어 강지원 대표에게 안내를 부탁했다면서 강 사장을 소개했다. 임시 총무를 맡게 된 강 사장은 작년 8월 중국의 태백산에 원정 등산을 갔다가 자동차 전복사고로 어깨복합 골절상을 입어 석 달 동안 병원 신세를 졌다고 한다. 근 다섯 달 동안 산에 오르지 못했는데 이번에 박 총무의 강청을 받아들여 신년 태백산 천제에 참가하는 용기를 냈다고 말했다. 강 사장은 강원도 사람 특유의 강한 말투였고 유머가 넘쳐 났다. 태백 출신이어선지 태백산과 주변 지역 사정에 정통해서 어느 면에서는 좋은 길잡이가 되어 줄 것 같았다.

태백산 정상은 고원처럼 되어 있기 때문에 춥고 바람이 많이 불어 방한에 각별히 신경을 써야 한다고 미리 겁박부터 했다. 한겨울에는 머리부터 발끝까지 꽁꽁 싸매도 휘몰아치는 바람을 다 막아 내기 어려울 정도라는 것. 탁 트인 능선에서 칼날 같은 삭풍의 포효에 온몸으로 맞서야 하는데, 그 추위의 전율이 상상 이상이라고 했다. 하지만 다행히 주초보다는 기온이 올라 조금은 안심이 되었다.

그로부터 이런저런 설명을 들으면서 영동고속도로로 접어들었다. 잠깐의 휴식과 배설을 위해 이천의 덕평휴게소에 들렀다. 그런데 문제가 발생했다. 볼일들을 보고 휴게소를 막 빠져나오는데 사계절출판사의 강맑실 사장이 화장실 세면대에 지갑을 놓고 왔다는 것. 버스를 조금만 후진하면 휴게소로 되돌아갈 수 있을 것 같은데 강 사장이 한사코 그냥 가자고 우겼다. 지갑이라고 해야 카드와 현금 조금 있는데 그냥 포기하고 카드 분실 신고만 하겠다는 것. 자기는 포기가 빠른 사람이라면서. 그래서 그냥 갈 길을 가기로 했는데 다들 찜찜해 했다.

그런데 누군가가 휴게소에 연락을 해 보자고 했다. 연락해 봤자 이미 버스 떠난 뒤가 아니냐면서 포기하는 쪽의 의견이 우세했지만 밑져야 본

전이라며 이런저런 시도를 해 보았다. 이런 때 바로 스마트폰의 위력이 나타났다. 폰으로 주소와 전화번호를 찾아 연락했더니 그렇지 않아도 누군가가 지갑을 사무실에 맡겨 놨다는 것. 부정적인 기대가 기분 좋게 빗나가는 순간이었다. 서울로 되돌아오는 길에 휴게소에 들러 지갑을 찾기로 하고 찜찜했던 마음들을 다 풀었다. 세상은 아직 살 만하다면서. 게다가 휴게소가 상·하행 함께 사용하고 있어서 돌아올 때 바로 들르면 되게끔 되어 있었다.

버스가 강원도 땅을 지나오면서 고도가 점차 높아져서인지 방한복에 차중이지만 기분으로는 한기가 더 느껴지는 것 같았다. 맥주 캔이 돌면서 애향심으로 무장한 강 사장의 강원도와 태백 설명이 간헐적으로 이어졌다. 특히 이번 여행의 하이라이트라는 '태백 쇠고기 먹는 법'에 대해 설명할 때에는 그가 고향을 얼마나 사랑하는지 자부심이 잔뜩 배어 나왔다.

그의 말로는 내일 들르게 되는 고깃집이 자신의 84세 노모와 절친한 태백 유지(?) 계원이 정육점과 함께 운영하는 집이고, 사전에 특별히 부탁했기 때문에 실망하지 않을 것이라고 큰소리를 쳤다. 그러면서 칡뿌리를 먹여 기른 태백 한우 쇠고기는 48시간 숙성해야만 제맛이 나오는데, 기름장에 찍어 먹거나 파무침이나 상추에 쌈장을 넣어서 함께 먹어서는 진미를 느끼지 못한다고 주의(?)를 주기도 했다. 그럼 어떻게? 굵은 천일염 왕소금에 고기만 바로 찍어 먹어야 제맛을 느낄 수 있다는 것. 또 태백에서 태백 쇠고기 맛을 제대로 느끼려면 1인분만 시키고 계속 옆집으로 옮겨 가야 한다는 것. 추가로 주문하면 마장동 고기가 나온다는 것. 믿거나 말거나였다.

또 한 가지 특기할 만한 사항은 내일 산제 때 읽을 제문을 미리 릴리스한 것. 태백산 정상이 몹시 춥고 바람이 자심해서 그곳에 오래 머물 수 없기 때문에 제사 시간을 최대한 줄이기 위해 내일은 대강만을 읽기로 했다고 한다. 제문은 자유지성사 김종윤 대표가 작성했고, 내일 집사를 맡기로 한 이가 차중에서 전문을 미리 낭독하는 것으로 갈음했다. 글 속에서 사는 출판장이들이라 그런지 제문 역시 명문이었다.

"유세차 신묘 신축 갑술 환웅 천황께서 홍익인간의 이념으로 개국하신 지 4344년, 양력 2012년 1월 14일 한국출판인회의 산악회 일동은 삼가 주과(酒果)로써 간략히 진설하고 감히 태백산 영신지위 전에 고하나이다"로 시작된 「제천서원문(祭天誓願文)」은 "우리 출판인들에게 양서를 기획할 수 있는 동력자와 뛰어난 저자를 만나 좋은 책을 세상에 내놓게 해 주십시오. 그리하여 좋은 벗을 만나듯 좋은 책을 고를 줄 아는 많은 독자를 만나게 해 주십시오. 한 권의 책의 힘으로 수많은 사람의 마음을 활짝 열게 하여 그들로 하여금 하늘과 땅과 사람을 받아들일 수 있는 넓은 가슴을 갖게 해 주십시오"로 이어지는 절절한 소망들을 담고 있었다. 그 소망들이 하도 진솔해서 내일 천제단에서 올릴 천제에서 천지신명께서 아마도 다 들으시고 가납해 주실 것이란 생각이 들었다.

천제(天祭) 봉행은 한출 산악회가 매년 양력 1월 첫 산행 때 각자와 출판업계의 소망과 기원을 올리는 것을 전통으로 삼아 행하고 있는 중요한 행사라고 한다. 우리나라에서 천제를 봉행할 수 있는 장소는 백두산 천지, 태백산 천제단, 그리고 마니산 천제단 등 세 곳이지만 한출 산악회는 태백산에서 대부분 산제를 올려왔다고 한다.

버스는 땅거미가 짙어지기 시작할 무렵에야 9백 고지가 넘는 화방재 언저리 민박집에 도착했다. 날이 저물었지만 온 천지가 하얀 눈에 덮여 있어서 산 모양이 희미하게나마 눈에 들어왔다. 민박집 또한 임시 총무가 잘 안다는 집인데 식당을 겸하고 있었다. 각자 배정받은 숙소에 짐들을 대강 디밀어 놓고 식당으로 모였다. 원체 추위가 심한 곳이어서 화장실 변기가 터진 곳이 한두 군데가 아니란다. 그만큼 방 배정에 애를 먹었다. 김태진 회장과 나는 어른 대접에 손님 대접을 해 준다고 변기가 멀쩡한 4인실을 일단 배정받는 특혜를 누리게 되었다. 그런데 숙소 사정이 여의치 않아 나중에 4명이 함께 자는 것으로 재조정되었다.

식당에는 태백산 무공해 자연산 나물에 강된장 뚝배기 조합의 근사한 산채 정식이 우리를 기다리고 있었다. 태백 토산 돼지고기 보쌈을 안주 삼아 소주와 맥주를 주고받으면서 친교 시간을 가졌다. 술이 모자란 사람들은 자리를 계속 이어가고, 우리 동숙자들은 방으로 자리를 옮겨 밤이 이슥할 때까지 이런저런 얘기로 화기애애한 간담의 시간을 따로 가졌다. 잠을 청하려고 소등하면서부터 문제가 생겼다. 불을 끄자마자 곯아떨어진 이들도 있었는데 그중 코골이가 심한 사람이 둘이나 있어서, 밖에만 나오면 잠을 설치는 내게는 큰 고역이었다. 거의 뜬눈으로 밤을 새우다시피 해서 새벽에 출발하는 내일 산행이 걱정스러웠다.

출발 지점은 등산객이 주로 이용하는 유일사 매표소를 피해 사길령 매표소를 통과하기로 했다. 산행 코스는 화방재와 유일사 매표소 중간 길을 택해 400미터 올라가면 매표소가 나오고, 여기서 유일사 쪽에서 올라오는 유일사 쉼터(갈림길)까지 약 3킬로미터, 목적지인 천제단까지 1.7킬로미터로 잡고, 하산은 천제단부터 반재까지 2.2킬로미터, 반재부터 백단사 매표소까지 1.8킬로미터로 잡았다. 당초 계획은 아침 7시에 출발하기로 했지만 상설(賞雪) 인파가 많을 것을 우려해 30분 앞당기기로 했다. 더 일찍 떠나면 등산길에 일출을 볼 수 있을지도 모른다는 주최 측의 꼼수도 있었던 듯싶다.

아침을 먹고 출발해야 하니까 5시 반에는 움직여야 한다. 간단히 세수하고 밖으로 나오니 한기가 온몸을 엄습해 초장부터 겁이 났다. 잠을 설친 탓인지 입맛이 없어서 해장을 하는 둥 마는 둥 하고 일행을 따라나섰다. 헤드랜턴을 머리에 단 사람들이 많아 그들의 뒤를 따라 산길에 접어들었다. 옷을 많이 껴입은 덕분인지 생각보다는 춥지 않았다. 검맑은 하늘에는 별들이 무수히 떠 있었다. 날씨가 괜찮은 것 같아 다행이었다.

사길령 매표소에 이르자 산머리가 어슴푸레 모습을 드러내기 시작했다. 산객의 왕래가 뜸해서였는지 매표소에는 아직 직원이 나와 있지 않았다. 숨을 죽이며 매표소를 통과했다. 김 회장이나 나처럼 나이 든 사람은 경로 우대를 받을 수 있지만, 코스를 잘 잡은 덕분에 출판사 사장님들은 2,000원씩(30인 이상 단체는 1,500원)은 번 셈이다.

매표소에서 유일사 쉼터(갈림길)에 이르는 곳까지는 우리 말고는 등산객이 눈에 띄지 않았다. 등산로가 비교적 잘 정비돼 있었고 그다지 가파르지 않아 힘들지는 않았다. 동이 트기 시작하는지 사위가 거의 다 눈 안에 들어왔다. 첩첩이 산으로 둘러싸여 있어서 일출을 본다는 것은 불가능했다. 일출 얘기는 우리를 독려하는 차원에서 꺼낸 말이었던 모양이다.

유일사 분기점까지 경사가 제법 있었고 바닥은 눈으로 다져져 있었지만, 나뭇가지에는 눈이 거의 남아 있지 않았다. 최근 며칠 사이에는 눈이 오지 않은 듯했다. 예상했던 일이기는 하지만 유일사 갈림길을 지나면서부터 오르내리는 등산객들로 산길이 갑자기 분잡해졌다. 부지런한 산객들은 벌써 정상에 올라 일출을 보고 내려오고 있었다. 조금은 부러웠다.

유일사 갈림길에서부터 나타나기 시작한 주목나무들에 눈이 주렁주렁 매달린 장관을 머릿속에 그리며 눈꽃 산행을 기대했는데 좀 실망스럽고 아쉬웠다. 겨울 태백산 산행의 백미는 눈꽃 핀 주목(朱木)일 터인데.

장군봉으로 이어지는 능선 길 양쪽에 대형 분재처럼 잔뜩 멋을 부린 주목들이 군락을 이루면서 우리를 맞아 주었다. 지리산 칠선계곡이나 오대산 비로봉·상왕봉 길에서 만났던 주목들과는 느낌이 사뭇 달랐다. 키도 더 크고 모양도 기기묘묘했다. 멋진 주목 앞에서는 어디서나 사진 찍는 사람들로 붐볐다. 이번 산행에서는 제대로 보지 못했지만 천품(天稟)을 잃지 않는 의연한 주목나무에 탐스러운 눈꽃이 매달린 모습이란 황홀하기까지 하다. 겨울 태백산을 찾는 까닭일 터이다. '살아 천 년, 죽어 천 년'의 수식어로 잘 알려진 주목이 눈꽃과 어우러져 빚어내는 풍경이란.

현재 태백산에는 2,800여 그루의 주목이 군락을 이루고 있다고 한다. 살아 있는 것들은 한겨울에도 초록색 잎으로 무장해 생명력을 뿜어낸다. 주목은 죽은 후에도 기둥과 가지의 형태를 비교적 온전히 유지해 특유의 조형미를 만들어 낸다. 암 치료에 좋다는 속설 때문에 껍질이 벗겨져 나간 나무들도 있었다. 실제로 국내 유수의 한 대기업에서 텍솔이라는 물질을 주목에서 추출해 항암제 개발에 성공했다는 기사를 본 적도 있다. 모양을 유지하기 위해 나이가 들어 속이 비어 버린 나무들을 지탱

시키려고 콘크리트로 메운 모습들이 안쓰러워 보였다. 죽은 주목들이 산 주목들과 경쟁하듯 버티고 서 있는 모습이 많은 생각을 불러일으켰다.

목적지인 태백산 정상의 장군봉(1,567m)에 이른 것은 오전 10시쯤. 바로 그 옆에 천제단(1,566.7m)이 있었다. 장군봉 천제단이다. 천제단 주위는 사진도 찍고 주변을 둘러보고 하느라 산객들이 많아 발 디딜 틈이 별로 없었다. 천제단 안에는 키가 좀 도드라진 선돌 하나가 다른 바윗돌의 옹위를 받으며 서 있었다. 거기서 조금 아래쪽 봉우리(1,561m)에 제대로 된 원형의 천제단이 있었는데 그게 영봉(천왕단) 천제단이다. 그보다 더 낮은 곳에 야트막한 사각형의 단이 하나 더 있었다. 하단. 자리 잡고 있는 위치 때문에 그렇게 불리고 있는 게 아닐까.

해마다 10월 상순이면 살아 있는 소를 몰고 올라가 천제단에 제사를 지냈다는데, 지금은 10월 3일 개천절에 소머리만 놓고 제를 올린다고 한다. 나는 사업을 하는 처지는 아니어서 개인적인 생각 몇 가지를 기원에 섞는 것으로 대신했다. 추위와 바람 탓에 속전속결로 지낸 천제여서 제대로 들릴지 모르지만. 추위 때문에 음복도 하는 둥 마는 둥 하고 하산을 서둘렀다. 전날 차중에서 축문 전문을 미리 공표한 이유를 알 것 같았다.

영하 20도 정도는 된다는데, 다행히 걱정한 것보다는 바람이 잦아들어 견딜 만했다.

정상 바람을 덜 타는 하단 쪽에 돗자리를 깔고 제상을 차렸다. 축문은 전날 예고한 대로 2~3분으로 줄여서 읽었다. 제대로 한다면 1시간은 족히 걸릴 터이지만 20분 정도로 시간을 줄여서 제를 모셨다. 바람이 좀 자지러졌다고는 하나 추운 날씨 탓에 오래 머무를 수는 없었다. 다들 출판사를 경영하는 이들이라 사업이 잘되게 해 달라고 나름의 기원들을 올리는 것으로 짐작했다.

하산은 천제단에서 망경사를 지나 반재를 거쳐 백단사 매표소 쪽으로 잡았다. 부쇠봉(1,546.5m)을 거쳐 문수봉(1,517m)을 돌아서 당골계곡으로 가는 방법도 있지만, 점심이 늦어지기 때문에 코스를 단축하기로 했다.

태백산은 숙부의 강박 속에 비명에 간 조선 개국 초기의 비운의 주인공 단종의 애사가 얽히고설킨 곳. 골육상잔의 왕조사 한 자락이 아니겠는가. 영월에서 숨을 거둔 단종의 혼이 백마를 타고 이곳 태백산에 와서 산신이 되었다는 전설도 그중 하나다. 그 징표로 훗날 이곳 천제단 아래 단종비각(端宗碑閣)을 세웠다고 한다. 문이 잠겨 있어 다가가 볼 수는 없었지만 효봉(曉峰) 스님이 썼다는 "朝鮮國端宗大王碑"라는 탑명은 선명하게 눈에 들어왔다.

효봉 스님. 문득 1960년대 초 이호철이 쓴 동아일보 연재소설 「서울은 만원이다」의 한 장면이 떠올랐다. 1966년 효봉 스님이 입적했을 때, 도덕 높은 스님이어선지 스님의 법체에서 사리가 34과나 나왔다 해서 화제가 되었다. 비슷한 시기에 연재된 「서울은 만원이다」에서 주인공인 창녀 출신 여주인공 '미경'이 여차여차해서 자살했고 그 시신을 화장했는데, 이호철은 그녀의 화장 장면을 "그러나 미경의 몸에서 사리는 나오지 않았다"고 썼던 것으로 기억된다.

효봉 스님 생각을 잠깐 하면서 눈으로 다져진 산길을 조심조심 더듬어 내려오자 그리 크지 않은 암자가 하나 눈에 들어왔다. 망경사(望鏡寺). 절 어귀에 샘이 하나 있었다. 용샘(龍井)이란다. 망경사 입구에 있는 이 용샘은 우리나라에서 가장 높은 곳에서 솟는 샘물로, 매년 개천절에 열리는 천제인 태백제 때 제사용 물로 쓰고 있다 한다. 차갑기는 했지만 귀한 물이다 싶어 욕심껏 목을 축였다. 뜻이 좋은 물이라선지 물맛도 썩 괜찮은 것 같았다. 집에 가져갈 요량으로 용샘 물을 생수병에 하나 가득 채워 배낭 속에 챙겼다.

시간이 없어 망경사는 대충 둘러보았다. 월정사의 말사인 망경사는 신라 진덕여왕 6년(652년) 자장(慈藏)이 창건했다고 한다. 자장은 태백산 정암사(淨巖寺)에서 말년을 보내던 중 이곳에 문수보살 석상(石像)이 나타났다는 말을 듣고 암자를 지어 그 석상을 모셨다고 한다. 이후의 연혁이 전하지 않아 자세한 역사는 알 수 없다. 1950년 6·25 전쟁 때 불에 타 없어진 것을 나중에 대웅전과 용왕각을 복원했다고 하는데, 용왕각은 낙동강 발원지 중 하나라고 한다.

내려가는 길은 눈이 다져져 있어 꽤 미끄러웠다. 군데군데 '썰매나 마대 자루 등을 타고 하산하지 말라'는 경고성 펼침막이 있는 걸 보니 그런 등산객이 있는 모양이다. 하지만 주말 등산객들로 산길이 붐벼서 그렇게 할 수도 없을 것 같았다.

천제단에서 반재까지는 2.2킬로미터. 아직 겨울이 깊어 앙상한 나뭇가지에 소나무 따위가 드문드문 자리 잡고 있을 뿐 이렇다 할 볼거리는 없었다. 반재에서 백단사 쪽과 석탄박물관, 눈썰매장 쪽으로 길이 갈렸는데 우린 백단사 쪽으로 방향을 잡았다.

석탄의 고장 태백에 왔으니 석탄박물관도 한 번 들렀으면 했지만, 이 역시 시간이 없어 생략했다. 석유 에너지의 보급 확대로 석탄 산업이 사양화되면서 태백 일대의 탄광들이 속속 문을 닫게 되자 1990년대 말부터 폐광 지역에 강원랜드란 이름의 관광 카지노를 개발하기 시작하면서 이 지역에 일대 변화의 바람이 불어닥쳤다. 2000년 10월에 스몰 카지노를 개장한 데 이어 2003년 4월에는 호텔·카지노·테마파크가 일제히 문을 열게 된 것이다. 천지가 개벽을 한 것이라고나 할까. 이 일대에 양질의 석탄이 많이 매장되어 있기는 하지만 수입 석탄에 비해 채산성이 크게 떨어져 석탄공사 한 군데만 채탄을 할 수 있게 했단다. 그것도 석탄 산업 합리화라는 이름 아래 생산 보조금을 지원하면서.

1.8킬로미터라는 백단사 매표소까지의 길도 큰 어려움이 없었다. 매표소에 도착하니 오후 1시가 조금 지났다. 5시간 정도 걸릴 것이라는 산행이었는데도 일행이 많고 개인차가 있다 보니 6시간 남짓 걸린 것 같았다. 이른 새벽부터 움직여서 뱃속이 출출하긴 했으나 전날부터 세뇌된 태백 쇠고기에 대한 기대 때문에 참을 만했다. 금강산도 식후경이라는데 우린 태백산 숙제를 마치고서야 식사를 하게 된 셈이다.

태백 출신 임시 총무의 안내를 받아 그가 전날 차중에서 예고된 예의 태백 쇠고기 식당으로 이동했다. 입안엔 벌써 군침이 돌기 시작했다. 사전교육 받은 대로 핏기만 살짝 가신 고기를 천일염 왕소금에 살짝 찍어서 목구멍으로 넘겼다. 소주잔을 곁들여. 파무침과 기름소금은 제쳐두고. 허명이 아니었다. 다들 배들도 고팠지만 고기 맛이 너무 좋아 염치 불고하고 구워지기가 바쁘게 먹어 젖혔다. 1인분이 넘어서면 마장동 고기가 나온다고 지레 겁을 주었지만, 2인분은 실히 먹은 것 같았다. 혼자서만 먹은 게 집에 있는 아내에게 잠깐 미안한 생각이 들어 살짝 고기 써는 주인 아줌마한테 부탁해서 별도로 포장해 달라고 했다. 벌써 오래전의 일이지만 집사람과 함께 이곳 태백에 들렀다가 태백 쇠고기를 하도 맛있게 먹었던 기억이 있었기 때문이다.

태백산 정상에 올라 천제도 지내고, 맛있는 음식도 실컷 먹었으니 더 이상 부러울 게 없었다. 다들 적당히 취해서 버스에 몸을 싣고 눈을 감았다 떴다 하면서 서울로 향했다. 가는 길에 어제 흘렸던 지갑도 찾을 겸 해서 덕평휴게소에도 들렀다. 지갑은 약간의 돈만 빈 채 신용카드 등 나머지 것들은 고스란히 남아 있었다 한다. 습득한 사람의 인적 사항은 남겨 놓지 않았고. 애교스럽다는 생각도 들었다. 어쨌든 다행스러운 일이었다. 지갑 주인은 감사의 표시로 동행들에게 따끈따끈한 호두과자를 몇 봉지 사서 돌렸다. 가게에서 카드는 안 받고 현금이 많지 않아서 조금밖에 사지 못했노라고 미안해하기까지 했다.

이렇게 해서 1박 2일 태백산 산행을 무사히 마쳤다. 우리가 갈 무렵에 태백산에 눈이 내리지 않아 기대해 마지않았던 눈꽃을 별로 보지 못한 것이 좀 아쉬웠지만, 내 생애 처음 새해를 맞아 눈 덮인 태백산 산정에서의 천제에 동참할 수 있었다는 것은 두고두고 오래오래 좋은 기억으로 남을 것이다. 이번 태백산 천제를 주재하고 동참의 기회를 준 한국출판인회의 산악회에도 감사드린다. 한출 한출 산 산 산!

북한산(北漢山)

# 팥배나무 꽃숲 이룬 5월 북한산 비봉능선길

(2013년 5월 18일)

동아투위 요요회는 5월 정례 산행으로 북한산을 올랐다. 마침 이날이 5·18 민주화운동 33주년 기념일이라서 망월동은 몰라도 시청 광장에서 열리는 서울 기념행사에는 참석할 생각이었는데, 날짜가 겹치는 바람에 난감했지만 잠깐 고민하다가 요요회 산행에 끼기로 했다. 그 자리에 동참하지 못한 것이 못내 아쉽기는 했지만. 일부 개념 없는 부류들이 기념식장에서 부르는 〈임을 위한 행진곡〉 제창 여부를 놓고 논란을 벌이고 있고, 동아일보나 조선일보사 계열의 종편이나 보수 누리꾼들이 이미 역사적·법적으로 민주화운동으로 평가가 끝나 '5·18'을 국가 기념일로 제정하여 기념하고 있음에도 '북한군이 개입해 일으킨 폭동'이라는 따위로 '광주'를 모독하고 '5·18'을 왜곡하고 폄훼하고 있는 것이 현실이어서 더욱 그랬다.

아침 9시 반 만남의 장소인 지하철 6호선 독바위역에는 모두 11명이 모였다. 예상보다는 단출했다. 그것도 요요회 회원 5명, 새언론포럼 1명, '내친구 문순c' 카페 3명, 민족문제연구소 회원 2명 등으로 구성된 소수 정예의 다국적 연합군이었다. '부처님 오신 날' 연휴에다 행락철이 겹친 탓도 있겠지만, 이러다가 원조 요요회는 멸종될랑가 말랑가. 도도새처럼.

도도새. 아프리카 동쪽 모리셔스 섬에 살고 있던 이 새는 1505년 포르투갈인들이 이 섬에 발을 들여놓은 지 150여 년 만에 지구상에서 사라졌다. 20킬로그램 가까운 큰 몸집에 작달막한 다리, 빈약한 날개를 지닌 도도새는 포식자가 존재하지 않는 섬의 환경에 맞춰 새들에게 가장 중요한 보호 수단인 날개를 포기했다. 대신 튼튼한 두 다리와 구부러진 큰 부리, 그리고 뚱뚱한 몸집으로 땅 위의 생활에 적응했다. 그러나 인간의 남획과 외부에서 들어온 다른 종들이 도도새의 알을 먹어치우는 바람에 개체 수가 급격히 줄어들었다. 이 섬에 인간이 발을 들여놓은 지 한 세기도 안 되어 희귀종이 되어 버렸고, 1681년에는 이 섬에서 도도새의 자취를 찾을 수 없게 되었다. 괜한 기우겠지. 우리 요요회가 그 지경까지 갈라고?

북한산이라면 등산 코스가 하도 많고 계절에 따라, 일행에 따라 그때그때 느낌이 다르기 때문에 가끔 헷갈리기도 하지만 오늘 코스는 어딘가 기시감(旣視感)이 있었다. 연전에도 올랐던 불광사에서 향로봉, 비봉으로 이어지는 계곡길과 거의 비슷한 길이었기 때문이리라.

독바위 역사 맞은편 골목의 마을길을 거쳐서 불광사를 지나 바로 산길로 들어섰다. 로마에 가면 로마법을 따르랬다고 북한산 요소요소를 손금 보듯 빠삭하게 꿰고 있는 이명순 전 등산대장이 오늘은 임시 대장을 맡았다. 연휴라서 교외로 나간 사람들이 많은 까닭인지 산객이 생각보다는 많지 않아 산길이 덜 분잡했다.

시작부터 깔딱고개라서 다들 숨이 차는 모양이다. 어인 까닭인지 이 대장이 일행의 사정을 별로 안 보고 선두에서 치고 나갔다. 쉼터 비슷한 곳만 있으면 쉬어 가고자 하는 일행과는 달리.

산속은 개나리, 백목련, 진달래 등 봄꽃들이 다투어 피어 화려한 꽃 잔치를 벌이던 며칠 전과는 양상이 완연히 달라져 있었다. 봄꽃이 거의 다

떨어진 자리엔 녹음방초가 우거져 온통 초록 세상이 열렸다. 벌써 여린 열매들이 연둣빛 신록 사이로 올망졸망 자리를 잡고 있었다. 자연의 변화가 놀랍기도 하고, 무섭기도 하고.

그렇다고 초록색·연두색이 다는 아니었다. 녹음 사이사이에 빛을 발하는 새하얀 팥배나무 꽃들이 가까이 멀리 피어 있어서다. 순정한 백색의 꽃잎, 막 피어나 연하디연한 순한 초록빛 잎새의 주름이 맑은 아름다움으로 더욱 빛나고 있었다. 봉평 장터를 떠나 다음 장터로 가던 달밤 곰보 허 생원의 눈에 비친 메밀밭을 두고 소금을 뿌려 놓은 듯 하얗다고 묘사한 효석의 「메밀꽃 필 무렵」을 떠올리게 한 장면이다.

다들 팥배나무를 잘못 알아보고 이팝나문가 조팝나문가 확신이 없어 중얼중얼하는 품을 곁에서 듣고 있던 정한봄 사장이 자신 있게 팥배나무라고 교통정리를 해 주었다. 학교 때 조경을 공부했다니 굳이 스마트폰 검색이 필요 없겠다고 종결지었다. "내가 해 봐서 아는데…" 어디서 많이 들어 봤던 소리와는 달리 믿음이 쌓여서인지 이론이 나오지 않았다. 때문에 스마트폰은 팥배나무 꽃 연사용으로 쓰임새가 달라졌고 그 바람에

산행 시간은 더 길어져 대장님의 채근이 더 심해졌다.

팥배나무는 장미과에 속하는 낙엽성 활엽수. 우리나라 어느 산에 가더라도 그리 어렵지 않게 만날 수 있는 나무다. 다 자라면 키가 15미터 안팎에 이르는 교목급이다. 배꽃처럼 하얀 꽃에 그 열매가 팥알처럼 작아서 팥배나무란 이름을 얻었다고 한다. 강원도에서는 벌배나무 또는 산매자나무, 전라도에서는 물앵도나무, 평안도에서는 운향나무, 황해도에서는 물방치나무로 불리기도 하고.

그런데 우리 산하에 낳고 자란 나무와 풀과 꽃을 보고 열 가지라도 자신 있게 그 이름을 댈 수 있는 사람이 얼마나 될까? 시골에서 낳고 자라 산에서 들에서 놀던 사람이라고 크게 다르지 않을 것이다. 수능시험에 나오지 않으니까.

향림담(香林潭)이라 돌비에 쓰여 있는 약수터를 지나자 아침을 걸러 배도 술도 고프다는 이들이 하나둘 나타나기 시작했다. 이 대장도 못 이기는 척 전망 좋은 쉼터 하나를 안내해 주어 허기를 잠시 가라앉혔다.

그리고 다시 바위 등을 타고 오르는 계곡길. 이 대장이 이곳저곳을 둘

러보더니 사람 왕래도 적고 좀 쉬운 코스라면서 일행을 이끌었다. 그런데 가 보니 출입을 통제하는 금줄이 쳐져 있었다. 위반할 때에는 벌금 30만 원 미만을 부과한다는 경고문과 함께. 우린 그 경고판을 살짝 비켜서 향로봉 아래쪽 바윗길을 탔다. 경사가 가팔라 그리 쉬운 길은 아니었지만, 대장이 이끄는 대로 순순히 따를 수밖에.

비봉이 눈에 들어오는 능선 길에 접어들면서 우리 마음은 한결 푸근해졌다. 사방이 확 트인 데다가 멀리 가까이 그림처럼 이어지는 북한산, 도봉산의 연봉들이 우리를 환영하듯 팔을 벌리고 있었다.

수풀 우거진 산에는 새하얀 팥배나무 꽃만 잘난 게 아니었다. 연두색과 초록색을 머리에 인 소나무, 참나무, 오리나무, 떡갈나무, 그리고 이름을 알 수 없는 온갖 나무가 숲을 이룬 사이사이 길섶에는 제철 맞은 철쭉꽃들이 나 여기 있소 하고 흰색, 분홍색, 빨간색 등등 가지각색의 얼굴을 내밀면서 한껏 때깔을 자랑하고 있었다. 이 역시 교통 체증의 요인이 되었다. 너무 예뻐서 그냥은 지나칠 수가 없으니까 눈에도 담고, 휴대전화에도 담느라고. 나이들이 들어서인가, 전에는 무심코 지나치던 꽃들이 왜 이리 더 자주 눈에 밟히는지.

우린 사모바위 못 미처 승가사 쪽으로 내려가는 길 초입에 서서 점심 먹을 자리를 물색했다. 쓸 만한 자리는 이미 우리 차지가 못 되었다. 마침 젊은 남녀 등산객 둘이 꽤 여유 있게 자리를 차지하고 있어서 양해를 구하고 곁방을 살기로 했다. 처음엔 우리 일행이 많지 않은 줄 알았다가 꾸역꾸역 밀고 들어오자 다소 난처해하는 눈치였다. 둘이서 한적한 곳에서 오붓하게 정담을 주고받고 있었는데 불청객이 찾아든 셈이었으니, 집주인이 안방까지 내주고 사랑채로 밀려난 형국이 된 것이다. 문득 오래전 코미디프로의 단골 소재로 써먹었던 딸린 자식 많은 가난한 가장의 셋방 구하기 비애가 떠올려지는 순간이기도 했다. 집주인에게 식구 수를 속이면서 방을 구했다가 금방 들통이 나서 난감해하던.

일단 집주인(?)에게 허락을 받고 입주했으니 크게 염려할 일은 아니로되 문제는 우리가 내놓은 홍어였다. 지난달 요요회의 충북 제천 청풍명월 1박 2일 여행 때 먹고 남은 것을 한 달가량 더 삭혀 가져왔으니 아무리 산중이라 해도 그 냄새가 어디로 가겠는가. 냉장 보관을 했다지만 곰삭혀진 홍어 냄새는 본 맛을 잃지 않고 기승을 더했다.

우리에게 안방을 내준 젊은이들이 대충 식사가 끝난 것으로 알았는데, 홍어 냄새가 진동하고 열 명이 넘는 숫자라 자리 또한 떠들썩한데도 일어날 생각을 않고 버틴 것을 보면 대단한 친구들이란 생각이 들었다. 지금의 중국과는 사뭇 다르겠지만 예전에 중국인을 돼지우리에 함께 있게 하면 누가 먼저 뛰쳐나갈까 하는 해묵은 우스갯소리도 있었지, 아마.

생각난 김에 중국 얘기를 더 보태면 펄 벅(Pearl S. Buck)이 청일전쟁 이후 중국의 근대화 과정의 혼란상과 세태를 소재로 쓴 노벨 문학상 수상작『대지』(1935년 발표)에도 그런 부분이 있었던 것으로 기억된다. 주인공인 농부 왕룽 일가가 물이 귀해 물 한 바가지로 할아버지부터 손주에 이르기까지 서열순으로 같은 물에 세수를 했다는.

또 중국에 자본주의 경제가 들어오면서도 초기 단계에서 중국에 호텔업에 진출하면서 종업원 이직이 많아 애먹었다는 유럽계 기업의 경험담도 맥락을 같이한다. 중국에 호텔을 짓고 종업원을 모집했는데 며칠 못 가서 그만두더라는 것. 호텔업이라는 것이 청결이 무엇보다 중요한 만큼 매일 목욕을 하도록 했더니 목욕하는 데 익숙하지 않은 젊은이들이 당시에는 그걸 견디지 못해 이직하는 경우가 적지 않았다고 한다.

산상 오찬은 준비해 온 음식들이 무궁무진해 배불리 먹고도 또 남았다. 특히 진숙 씨가 내놓은 연어샐러드는 즉석 샐러드 바를 차려도 좋을 만큼 맛있고 푸짐해서 절반도 못 치웠다. 그녀가 보기보다 손이 훨씬 크다는 것이 중평이었고. 먹다 남은 홍어는 또 남아서 다음 달에는 튀겨져서 나올 것이라니, 벌써부터 기대가 크다. 아쉬운 것은 술 부족. 그래서 하산 길은 안심해도 되겠지만, 산을 내려간 이후에 기대를 거는 족(族)도 적지 않았다.

우린 더부룩해진 배를 안고 승가사 옆구리 길을 더듬어서 승가사 입구 약수터에 이르렀다. 그곳에서 일단 숨을 돌리고 산길 대신 절을 오가는 차량들이 이용하는 차도를 따라 구기동 쪽으로 내려가기로 했다. 길은 경사진 데다 거친 콘크리트 포장에 굴곡마저 심해서 어르신들 무릎 관절에는 부담이 될 만했다. 중도에 소방본부 대원들이 나와 마네킹을 상대로 심폐소생술을 시연하고 있었다. 덕분에 평소 건성으로만 알고 있었던 내용들을 보다 자세히 배울 수 있는 유익한 학습 기회가 되었다.

구기동 삼거리 평지에 도착한 시간이 3시 반. 6시간 가까이 산속에서 좋은 사람들과 담소하고, 아름답고 싱싱한 자연과 숨 쉬고, 맛있는 음식으로 입과 위를 즐겁게 했으니 이보다 즐거운 일이 어디 있을까. 그래도 미진해서 1차로 구기동 두부집을 거쳤고, 그래도 힘이 남은 이들은 헐리우드주막까지 섭렵했다니. 이래도 될랑가 몰라.

참석자(11인)

- 동아투위: 김태진, 이영록, 이명순. 조강래. 신정자
- 새언론포럼: 최용익
- 민족문제연구소: 정한봄, 김규호
- 내친구 문순c: 조순애, 김진숙, 조상근

관악산(冠岳山)

# 누가 조국으로 가는 길을 묻거든 눈 들어 관악을 보게 하라

## 백설부(白雪賦) 읊으며 넘은 삼성산 삼막사 능선길

(요요회 2007년 송년 산행, 2007년 12월 15일)

2007년 12월 15일. 올해도 달력 한 장 달랑 남겨 둔 12월의 셋째 토요일 아침. 일진이 좋은 날인지 개인적으로는 세 건의 송년 산행이 겹쳐 난감하던 터였다. 그것도 모이는 장소도 똑같이 서울대 정문 옆 관악산 입구 광장이고, 시간대도 엇비슷했다. 다른 팀의 눈에 띄지 않도록 주위를 살피며 요요회 일행을 찾았다.

산행 시간이 일러서인지 밤새 내린 눈 탓인지, 광장은 여느 때보다는 덜 붐볐다. 일기예보가 딱 맞아서 기분이 좋을 때도 있다. 밤새 내린 눈이 산야를 덮을 만큼 쌓여 있어서다. 광장은 나이 먹은 가슴도 설레게 할 만큼 때맞춰 내린 눈으로 설판으로 변해 있었다.

주 등산로 초입에서는 주말 산행객을 겨냥한 대선 막바지 선거 홍보전이 막 시작되고 있었다. 광장은 확성기 소리가 귀청을 때릴 정도로 커서 휴대폰 받기가 힘들 정도의 난청 지대가 되어 버렸다. 아직은 등산객보다는 자원봉사자들만이 광장을 차지하다시피 하면서 그들만의 잔치를 벌이고 있었다. 모처럼 산을 찾은 등산객들에게 그것은 소음에 지나지 않지 않을까, 오히려 감표 요인이 되지 않을까 쓸데없는 걱정도 들었다.

임학권·조강래·김양래 회원이 먼저 와있었고, 황의방 회원이 뒤따라 왔다. 눈이 내린 탓에 오히려 성원에 문제가 있지 않을까 슬며시 걱정되었다. 이명순 대장은 임응숙·신정자 회원으로부터 좀 늦는다는 전갈을 받고 마중을 나갔다고 한다. 회장께서는 중요한 가사 때문에 회식 장소로 바로 오기로 했다고 한다. 약속 시간이 20여 분이나 지났는데 더 이상은 눈에 들어오지 않았다. 출발을 서두르는데 윤석봉 회원이 먼발치에서 모습을 드러냈다, 부인과 함께. 그러면 그렇지, 열성 당원이 이 중요한 행사에 빠질 리가 있으랴. 간신히 10명을 채워 산길로 향했다.

관악산 코스에 정통한 회장께서 산행에 빠지는 바람에 졸지에 본인이 리더가 돼 버렸다. 관악산 밑에 산다는 죄로 벼락감투를 쓴 것이다. 내가 가끔 다니는 코스는 바위 능선길이지만, 모두의 안전을 고려해서 암릉길은 피하고 가급적 평탄한 코스를 택하기로 했다. 장로 회원들을 배려해서 국기봉 칼바위 능선 코스를 접고, 관악산 광폭 대로에서 시작하기로 했다.

평소 같으면 밋밋하기 짝이 없을 산길이었을 텐데, 쌓인 눈 덕분에 전후좌우가 온통 전인미답의 눈밭이어서 실크로드는 저리 가라였다. 다들 나이를 잊은 듯 감탄사를 연발하면서 소년인 듯 소녀인 듯 째지는 기분을 백설부(白雪賦)로 담아 냈다. 아직 눈길이 얼어붙지 않아 올라가는 동안에는 굳이 아이젠을 차지 않아도 될 듯싶었다.

바위 능선이 끝나는 야영장 길로 접어들어 마당바위에서 호흡을 한 번 조절하고 삼막산 능선길로 접어들었다. 한 시간 반 남짓 걷다 보니 삼막사 초입에 다다랐고, 그 순간 우리의 배꼽시계와 휴대폰 시계는 정확히 정오를 가리키고 있었다.

기온이 그리 낮지 않다고는 해도 산정이어서 겨울바람은 맵고 차가웠다. 바람을 피해 소나무밭 사이의 아늑한 곳을 찾아 배낭을 풀었다. 솔가지들을 석가래 지붕 삼아 정상주로 목을 씻고 점심 요기를 했다. 미자네와의 약속 시간인 4시까지는 버텨야 하니까. 바람은 차가워도 양지라서인지 햇볕은 따사로웠다. 솔가지에 달라붙은 눈꽃들이 물방울이 되어 머리 위에 후두둑 떨어지곤 했지만, 굳이 피할 생각들은 없는 듯했다.

매실주, 돌사과주, 모과주에 개성인삼주까지 각종 주류에, 도시락, 김밥, 컵라면, 떡, 빵까지 온갖 먹을거리에, 칡차, 원두커피, 봉지커피에 이르기까지 조그만 슈퍼 하나는 족히 차릴 만큼 다양하고 푸짐했다.

내 배낭 속에 지닌 도수 있는 술 한 병을 만지작거리다가 귀띔만 해 주었다. 안전 하산을 고려해서 이 자리에서는 꺼내지 않기로 했다. 일단 산에 가져온 음식은 산에서 다 먹어야 된다고 이명순 대장이 설법을 폈지만, 다수 회원의 총의를 업어 애써 간과한 채 각기 지참한 아이젠으로 안전장치를 하고 하산 길로 들어섰다.

낮 한 시가 조금 지나 송년 회식 장소까지 가기에는 시간이 많이 남아 예정에 없던 옵션으로 삼막사를 들르기로 했다.

안양시 만안구 석수동에 위치한 삼성산 삼막사는 연주암·염불사와 함께 관악산 3대 사찰의 하나. 신라 문무왕 17년(667년) 원효(元曉), 의상(義湘), 윤필(尹弼) 등 세 성인이 암자를 지어 정진한 것이 이 사찰의 유래이며, 삼성산이란 이름도 예서 붙여졌다고 한다.

그 후 도선국사가 불상을 모셔 관음사로 부르다 사찰이 융성해지면서 도량의 짜임이 중국 소주(韶州)의 삼막사(三邈寺)와 닮았다 하여 삼막사로 부르다가 언제부터인가 '三幕'으로 바뀌었다. 조선조에는 무학대사에 의

해 동쪽의 불암사, 서쪽의 진관사, 북쪽의 승가사와 함께 한양 남쪽의 삼막사가 비보 사찰의 하나로 그 역할을 했다. 이후 태종 때 대중창이 있었으며, 임진왜란 때 왜군이 절에 불을 질렀으나 타지 않아 뒤늦게 참회하고 절을 떠났다고 전해진다.

다른 회원들이 절집 구경을 하고 하산 코스를 알아보는 사이 일행을 대신해 법당에 들어가 수신제가·국태민안을 위해 시주하고 수 삼배를 했다. 삼막사 경내에서 700미터가량 떨어진 칠성암 옆에 남녀근석이 있다는데 시간 관계상 거기까진 들르지 못했다. 우리 일행 중에 새삼 득남 치성을 드릴 만한 이도 없었으니 뒷날을 위해 남겨 두기로 했다. 대신 삼막사를 배경으로 기념촬영 한 장으로 아쉬움을 달랬다.

중론에 따라 왔던 길로 되돌아가지 않고 안양 쪽 포장도로를 택하기로 했다. 도로에 쌓인 눈들이 햇빛을 받아 다 녹아 미끄럽지 않아 노인네들 하산 길로 그런대로 괜찮을 성싶어서다. 그러나 하산 길에도 위험은 도사리고 있었다. 겁나는 것은 미끄러운 눈길이 아니라 사람인 것을. 산길 가는 아낙들의 짐 보퉁이나 옷고름을 풀게 했다고 구전되는 이웃 관악산의 전설이 이곳 삼성산 하산 길목에서 재현되려 하고 있었다.

하산 길 내내 배낭 속에 든 술 한 병에 호시탐탐 눈독 들이고 있던 산악대장이 내 잠시 산천경개 구경하느라 지체한 사이 자그마한 너럭바위 위에 빈 술청을 차려 놓고 길목을 막고 있었으니, 그 위세에 눌려 배낭을 열지 않을 수 없었다. 북녘 땅 백두고원에서 구해 온 40도짜리 들쭉술 병마개를 따고 강술로 혀끝을 다스린 연후에야 발길을 허했다. 역시 요산요주회(樂山樂酒會)로고. 하지만 그 정글에도 질서는 아직 살아 있었다. 반 병쯤 간을 보고 나서 독성(?)을 따져 보는 과정을 거쳐야 했다. 아무런 문제가 없음을 확인한 연후에야 회장님께 상납하기로 형식상 만장일치로 결의하고 관악역 쪽으로 하산 길을 재촉했다.

우리가 도착한 곳은 경인교대 어귀. 산정에서 내려다보면서 '저 새 건물들이 뭘까' 궁금했는데, 그게 인천교대가 이곳으로 옮겨 오면서 교명도 경인교대로 바꿨다는 것. 그곳에서 막 떠나려는 평촌행 마을버스를 다중의 힘으로 세우고 탑승, 관악역에서 1호선으로 환승한 후 열 정거장을 지나 우리를 기다리고 있을 미자 씨를 만나러 노량진역에서 하차했다. 구름다리를 넘을 때쯤 시각은 오후 3시 55분. 그녀와의 약속 시간은 4시. 미자식당 문 앞에 도착한 시간은 58분. 2분 전이다. 체면이 있지 1분이라도 일찍 가면 쪽팔린다고 레스트 룸에 먼저 인사부터 드리고 정각 4시 식당에 들어섰다. 시간 관리를 이렇게 정확하게 하기도 쉽지 않을 듯하다.

의기양양하게 가게 문을 밀치고 들어섰더니 관악산에서 보지 못했던 묘령의 여인이 자리를 잡고 있지 않은가. 홍명진 회원. 그녀가 지참한 이태리산 와인 한 병으로 함께 산행 못한 허물을 상쇄하기로 합의하고 착석을 했지만 우리의 회장님은 상미불래(尙未不來)라. 이제 막 화곡동에서 출발한다니 어쩔 수 없이 한 시간은 기다려야 할 판이다. 그동안 타는 목마름을 어이 달랠꼬. 우선 목부터 축이자고 판을 시작하는데, 홀연 단신 '그분이 오셨다.' 무슨 축지법이라도 쓰셨는지 20분도 채 안 됐는데.

바야흐로 우리의 잔치가 시작되었다. 그 어간에 내년도 해외 원정 계획(중국 운남성/ 한라산 페리 여행?)도 심도 있게 논의하는 생산적인 시간도 가졌다. 영순위는 내년 4월 중 중국 윈난성 9일 코스. 관심 있으신 동투 회원들은 유념해 두었다가 시간 놓치지 말고 탑승하시기 바란다.

이렇게 요요회의 2007년 송년 산행은 두 시간 가까이 권하고 자시고 하는 사이, 주말과 연말에 맞춰 미자 씨를 찾아 몰려든 손님들의 눈총도 있고 하여 자리를 내주는 것으로 작은 마무리를 했다. 오늘 모인 열두 척의 배는 2008년 희망찬 새해를 기약하며 아쉬운 작별을 하고 저무는 선달 밤 어둠 속으로 각기 흩어졌다.

## 새해의 4자성어, 호연지기(浩然之氣)는 어떨까

(요요회 2010년 송년 산행, 2010년 12월 18일)

2010년 12월 18일 토요일. 요요회 송년 산행일이다. 아침 9시 반이 조금 안 돼 등산복을 주섬주섬 챙겨 입고 있는데 전화가 걸려 왔다. 조강래 대장 목소리였다. "왜 아직 안 오느냐"는 것이었다. 집결 시간이 10시인지 아닌지 긴가민가해서 컴퓨터를 막 켜서 확인하던 참이었다. 아뿔싸 9시 30분이구나. 내가 착각을 한 것이다. 부리나케 잰걸음으로 나갔다.

집이 가까운 것이 탈이었다. 10분 가까이 지참한 셈인데, 내가 당도하자마자 출발이란다. 되게 미안했다. 학교 앞에 사는 애들이 맨날 지각한다고 하지 않았던가. 노인들이 아침잠도 참 없다. 그 먼 데서 이렇게 시간에 대서 다들 올 수 있다니. 금방 뻔뻔해졌다.

관악산 바로 밑에 사는 죄(?)로 요요회의 관악산 산행 때면 타의 반 자의 반으로 임시 대장을 맡아 온 터여서 조금은 책임감 같은 것을 느끼는 것은 사실이다. 다른 모든 약속은 포기할 정도로.

내 불찰이지만 출발을 서두르는 바람에 일행이 몇 명인지, 누가 함께 가는지 헤아리지도 못하고 떠났는데 뒤늦게 정신을 수습해 둘러보니 회장님이 눈에 안 보인다. 그동안 참석이 뜸했던 전전 대장은 보이는데. 회장님은 해외(일본) 원정을 가셨다는 전언이었다. 요요회 송년 산행보다 더 중차대한 일이겠지 생각하고 청문은 포기했다.

또 하나 섭섭한 것은 지난달 강화 혈구산 산행에 동참했다는 그 많은 여성 회원들이 보이지 않았다. 임 여사, 이 여사와 캐나다 친구분, 조 대장 어부인 박 여사, 신 여사 등등. 중요한 가사를 비롯해 강추위에 눈까지 내려 몇 분은 산행을 포기했다는 후문이었다. 혈구산 산행이 물이 좋았다는 소문이어서 내심 기대했는데, 그때가 아마도 썰물이었던가 보다. 이번 관악산 산행에는 신 여사 혼자 고군분투했다(뒷풀이 때 홍 여사가 동석해 줘서 그나마 홍일점은 면했다).

면면을 볼 수 없어 아쉬운 것과 함께 혹여 혹한기 산중 보급에 차질이 생길까 노심초사했지만 지나고 보니 기우였다. 일행은 모두 11명. 윤활식, 문영희, 윤석봉, 임학권, 이부영, 오정환, 김양래, 이영록, 조강래, 이명순, 신정자. 나중에 고급 프랑스산 와인 1병을 들고 송년회 장소에 나타난 홍명진 회원까지 합하면 열둘인 셈이다. 평년 수준은 넘는 참여율이었다. 송년 산행인 데다 오랜만에 '미자네'를 만날 수 있다는 기대감도 참석률을 올리는 데 일조했을 터였다.

날씨는 생각보다 춥지 않았고 겨울 햇살도 아쉽지 않을 만큼 내리비쳤다. 등산로 입구는 엊그제 내린 눈이 등산객의 발길에 다져져서 약간은 미끄러웠지만 조금만 신경 쓰면 문제 될 것이 없었다. 이틀 전까지만 해도 서울의 최저기온이 영하 12도를 넘나드는 갑작스런 강추위로 체감온도가 영하 20도에 이르고 눈도 제법 많이 내릴 것이라고 날씨 캐스터들이 호들갑을 떨었는데. 그 여파인지 다들 차림은 어지간한 설산·빙산도 섭렵할 수 있을 정도의 방한복에 아이젠 등을 지참했다.

겨울날치고는 아직 이른 시간인데 등산로는 초입부터 등산객들로 성시였다. 휴일이라곤 하나 우리 조선 사람들 참 대단하다는 생각이 절로 든다. 미끄러울지도 모르니까 안전 산행을 하자는 중론에 따라 좀 편한 길을 잡기로 했다. 아이젠을 해야 된다는 축도 있었지만 일단 갈 수 있는 데까지 가 보기로 했다. 필요한 사람은 각자 알아서 하기로 하고.

비교적 편안한 제1야영장 길을 택했지만 약간은 깔딱고개여서 더운 숨이 나오는 곳이다. 거기다 추울까 봐 옷들을 많이 껴입은 상태다. 오르막길로 들어서자마자 쉬어 가자는 소리가 나오기 시작했다. 산길이 힘든 것보다는 배낭 속에서 출렁대는 월매아줌마 때문일 터였다. 짐짓 모른 척하고 마당바위까지 밀고 나갔다. 그곳이 양지바르고 전망도 좋고 널찍하니까.

마당바위에 올라서니 눈앞이 탁 트이고, 맞은편 관악산 연주대 전경이 한눈에 들어왔다. 사실 우리가 오르는 산은 흔히들 관악산이라고 잘못 불리지만 실은 삼성산 줄기다. 마당바위에서 가장 쓸 만한 자리를 잡고 배낭들을 풀었다. 아침부터 배낭 속 요지를 차지하고 들어앉아 있던 '월매' 두 병을 꺼내서 목들을 축이고 일어섰다. 그 자리가 맘에 들었는지 올라갔다 내려오는 길에 그곳에서 점심 요기를 하자는 소리들이 나왔다. 그건 나중에 보자 하고 자리를 수습하고 일어섰다. 그런데 '산꾼'들은 올라간 길로는 다시 안 내려오려는 나쁜(?) 버릇이 있다.

제1야영장을 지나 이제부터는 삼성산 삼막사로 가는 능선 길이다. 군데군데 오르막 내리막은 있지만 비교적 평탄한 길이다. 우리 일단이 한 줄로 서서 걸어가다시피 하니 다른 등산객들이 끼어들 생각을 못했다. 이 정도라면 어지간한 작전을 치러도 될 성싶은 병력이었다. 드디어 저 발아래로 멀쩡한 산자락을 깎아 조성한 경인교대 건물이 흉물스럽게 내려다보이는 정상급 너럭바위에 도달했다. 경인교대는 원래 인천교대의 후신인데 역내에 교대가 없는 경기도가 땅을 제공하면서 교명을 경인교대로 바꿨다는 후문이다.

시계는 오전 11시 40분. 사는 곳에 따라서는 이른 아침부터 움직인 사람들도 있을 테니까 시장할 때도 되었다. 그런데 너럭바위에는 등산객들의 발길로 쌓인 눈이 다져져 있어서 미끄럽기 때문에 식사 장소로는 적당하지가 못했다. 그렇다고 간식을 했던 1야영장 쪽 마당바위로 되내려갈 수는 없었다. 장소 헌팅에 나선 임 이사가 쓸 만한 곳을 찾았다고 일행을 불렀다.

발아래 쪽은 낭떠러지이지만 사위 경관이 제법 괜찮고 작은 음악회 정도는 열 수 있는 무대처럼 되어 있어 제법 아늑한 곳이었다. 이 코스를 비교적 자주 다녔지만 내 눈에는 들어오지 않았던 장소였다. 과음만 피한다면 이 겨울에 이만한 데 찾기가 어려울 것이라는 중론으로 각자 발밑을 유의하기로 하고 자리를 폈다.

배낭에서들 미주·가효가 쏟아져 나왔다. 물이 안 좋다고 실망했던 것이 기우였음을 증명하고도 남았다. 이날 가장 주목을 받은 물목은 요요회의 살림꾼 신 여사가 낭군 몰래 들고나온 미국 켄터키산 핸드메이드 스트레이트 버번위스키 1병. 미국 사는 딸네들 보러 갔다가 귀로에 수입해 온 것이라는데 이름하여 Maker's Mark. 듣도 보도 못한 술인데 병 생긴 것도 우악스러워서 술꾼들 주눅 들게 하기에 족했다.

윤활식 선배의 건배 선창으로 동아투위 요요회 대신 "호연지기(浩然之氣) 요요회(樂樂會)"를 합창하고 1시간여 동안 배낭 털기를 했다. 겨울 산이라 과음은 금물이라는 데 합의하고 양주 반병 정도는 남겨서 하산할 때 처리하기로 했다. 이 술 말고도 요요회 산행 때마다 사돈댁 복분자주로 우리를 홀려 왔던 오 이사가 이날은 복분자주 대신 집에서만 20년 묵은 열두살 짜리 양주 1병을 들고 와 호주가들을 즐겁게 해 주었다.

무대가 그럴듯해 식후 조 가수와 오 가수에게 일창을 강권했으나 끝내 사양하는 바람에 산상 음악회는 무산되었다. 특히 조 가수는 지난달 강화 혈구산에서 명가수 어부인에게 노래로 밀린 충격에서 아직 깨어나지 못한 탓인지 초봄 무논 속에 들어 있는 논우렁이처럼 입을 꾹 닫아 버려 좌중에게 큰 아쉬움을 주었다. 이날 산중 화두 중 하나는 나이가 들어갈수록 부부 사이가 마침 근자의 한미관계를 닮아 일방통행이 심화되어 간다는 것. 사모님들, 제발 남편들 기 좀 살려 줍시다!

그래도 다행인 것은 하산 길 삼거리 야외무대에서 펼쳐진 '7080' 가객들의 추억의 노래들을 잠깐 들을 수 있는 행운을 만난 것이다. 이 가객들은 매주 토요일이면 낮 1시부터 3시까지 어김없이 통기타를 들고 이 자리에 나와서 그 당시 유행했던 추억의 노래들을 들려주고 있다고 한다. 대부분 중년을 넘긴 객석의 관중과 호흡을 맞추는 자원봉사를 수년째 해 오고 있다는 것이다. 우리 일행은 산중의 추위를 녹여 주는 7080의 가요들을 선 채로 감상하면서 점심 때 남겨 두었던 양주 반병을 다찌노미(선술집) 식으로 홀짝거리다가 그 자리를 벗어났다.

쉬엄쉬엄 걸어 내려와서 아침에 출발했던 관악산 광장에 당도하니 시계탑 시계는 3시를 조금 넘어섰다. 송년회 장소인 노량진 수산시장 안 미자식당까지는 버스로 30~40분이면 갈 수 있다. 아직 술이 고픈 시간은 아니지만 그래도 맛있는 해산물과 소주 생각에 입안에 벌써 군침이 고인다. 이부영 회원은 저녁 다른 일정 때문에 미자네에 동참을 못한다면서 수산시장 바로 앞에서 발길을 돌렸다. 그의 폭 큰 시국담을 계속 들을 수 없어서 아쉬웠다.

아무튼 2010년 요요회의 송년 산행은 미끄러운 눈길에서도 참가자 모두가 누구 하나 넘어진 이 없이 무탈하게 산행을 마친 데 이어, 미자네에서의 맛있는 저녁 자리를 끝으로 내년을 기약했다. 이 자리의 건배 구호도 역시 "호.연.지.기.요.요.회."였다.

이참에 우리 요요회도 '호연지기(浩然之氣)'를 새해의 사자성어로 삼으면 어떨까. 호연지기는 폐(肺)·비(脾)·간(肝)·신(腎) 등 네 장(腸)에서 나오는 기(氣)를 뜻하는 말로 맹자가 처음 설파한 것으로 알려져 있다. 하늘과 땅 사이에 가득 찬 바르고 강한 큰 원기로, 도의에 뿌리박고 공명정대하여 조금도 부끄러울 바 없는 도덕적 용기를 말한 것이라고 하니 우리 요요회가 내년에 끌고 갈 산행 지표로 삼아도 큰 무리는 없을 듯하다. 마침 《교수신문》이 올해의 사자성어로 '장두노미(藏頭露尾)'를 선정했다고 하니, 우리 식으로 새해의 말을 엮어 보는 것이 어떨까.

'장두노미'는 쫓기던 타조가 머리를 덤불 속에 처박고서 꼬리는 미처 숨기지 못한 채 쩔쩔매는 모습을 뜻한 말이라고 한다. 무슨 사안이 생길 때마다 진실을 감추기에 급급하지만, 거짓의 실마리는 이내 만천하에 다 드러난다는 점을 꼬집은 것이라는 해석이다. 정부가 국민을 설득하고 의혹을 해소하려는 노력은 하지 않고 문제를 덮고 진실을 덮기에 급급해 온 데 대한 따끔한 질책이리라.

날짐승이지만 꿩도 타조와 비슷한 행태를 보인다. '춘치자명(春雉自鳴)', 따뜻한 봄날 춘흥을 못 이긴 꿩이 스스로 운다는 풀이로 꽤 운치 있어 보이는 말처럼 들리지만, 그 울음소리가 사냥꾼의 표적이 될 것임은 알지 못하는 미욱함을 뜻하는 말이다. 꿩의 또 다른 습성은 도망가다가도 꼬리는 내어놓은 채 머리만 처박는 것이다. 그런데도 개체 수가 급격히 늘고 있으니 알다가도 모를 일이다.

트위터 공간에서 활동하는 트위터리안들도 올해의 사자성어를 뽑았다고 하는데, 이 성어들 중에는 정부나 여당에 대한 풍자가 담긴 것들이 많았다고 한다. 그중 눈에 띄는 것이 '명이 짧아야 서로에게 이익이 된다'

는 뜻의 '명박상득(命薄相得)', 연평도 포격 사태 당시 보온병을 포탄이라고 착각한 여당 대표를 꼬집은 '보온상수', 이명박 대통령이 언급했다는 "지금은 곤란하다 조금만 기다려 달라"를 사자성어로 만든 '지곤조기' 등이 눈길을 끌었다고 한다.

호연지기 요요회! 신묘(辛卯)년 토끼해, 지혜롭고 기민한 토끼처럼 노익장을 뽐내면서 명산들을 내달리는 요요회의 새해를 그려 본다.

요요회 만세!

## 강추위 속에 넘은 관악산 칼바위 능선

(요요회 2011년 송년 산행, 2011년 12월 17일)

2011년 12월 17일. 동아투위 요요회의 올 마지막 산행 날이다. 송년을 겸한. 날씨가 걱정이었다. 주중까지만 해도 그런대로 괜찮았는데 산행 당일 기온이 뚝 떨어졌다. 올겨울 들어 가장 추운 영하 10도 안팎이란다. 지공 도사들에게는 무리가 될 만한 추위였다. 한파 예보에 참석이 저조하지 않을까 은근히 걱정되었다.

출발 시간은 아침 9시 반. 집합 장소인 관악산 시계탑 언저리에 모인 사람은 12명. 평시 수준은 된 셈이다. 30분 이상 일찍 도착한 이는 갑작스런 추위에 발을 동동 구르면서 출발을 재촉했다. 하지만 참석 통보를 해온 이들을 다 기다리다 보니 20여 분가량 출발이 늦춰졌다. 바람이 많이 불지 않아 견딜 만했지만 한 자리에 오래 서 있기엔 추운 날씨였다.

참석자는 요요회의 김태진 회장과 황의방·문영희·윤석봉·임학권·김양래·이영록·이명순·조강래·신정자 회원, '내친구 문순c' 카페의 2명(조순애, 김진숙) 등 산행 동행자 12명에다, 뒤풀이에 참석한 3명(이정희 여사, 정한봄, 유진아)을 넣으면 15명인 셈이다.

요요회의 패셔니스트로 정평이 나 있는 문영희 회원은 집합 시간을 넘겨 나타났지만, 스포트라이트를 한 몸에 받았다. 이유인즉 바로 전날 동아투위가 제기한 '100인 손배소' 공판 방청을 마치고 이어진 송년 모임 때 '내친구 문순c' 카페에서 선사한 베이지색 목도리를 두르고 나와서다. 게다가 누군가(제1 응원자인 딸 아닐까)의 코디를 받았는지 '동아투위' 네 글자를 은색으로 수놓은 면을 제대로 보이도록 돌려 매서 카메라 세례를 받는 등 동행한 문순c 친구들에게 생색을 톡톡히 냈다. 그 말고도 같은 목도리를 두른 이들이 여럿 있었지만, 코디 하나가 그를 군계일학(群鷄一鶴)으로 만들어 준 것이다.

강추위이라지만 주말이라서 등산객이 생각보다 많았다. 우리는 붐비는 주등산로를 피해 산객들이 뜸한 편인 삼막사 능선길을 산행 코스로 잡았다. 강원도나 전라도 쪽에 눈이 자주 내린 것과는 달리 중부지방은 아직 눈 맛을 보지 못한 덕분에 길이 미끄럽지는 않았다. 대신 겨울 가뭄 탓에 산길에는 흙먼지가 폴폴 일었다. 일기예보에 겁먹고 잔뜩 껴입은 옷이 좀 거추장스러워 겉옷을 벗었다 입었다를 반복해야 하는 일이 번거로웠을 뿐 산행에는 별 어려움이 없었다.

관악문화관 앞을 지나 맨발공원이 끝나는 곳에서 짧은 깔딱고개를 넘어 곧바로 능선길로 들어섰다. 등산로가 참 예쁘다는 탄성이 여러 입에서 흘러나왔다. 바위산으로 악명 높은 관악산에 대한 선입견 탓일 게다, 아마. 삼막사 능선은 관악산으로 불리지만 정확하게 말하면 삼성산에 속한다.

30분 남짓 걸어서 첫 번째 봉우리를 만났다. 크고 작은 바위들로 둘러

싼 국기봉을 배경으로 한껏 폼을 잡고 단체 인증 사진을 찍으면서 일단 숨을 돌렸다. 구름 한 점 없이 차고 맑은 겨울 하늘이 파랗게 깔려 있어 선지 국기봉 위에 펄럭이는 태극기가 더욱 추워 보였다.

추위도 가시게 할 겸 윤석봉 회원이 내놓은 탱자 술을 입산주 삼아 한 모금씩 돌렸다. 진한 탱자 향기가 산 공기에 섞여 돌아다녔다. 효창동 술 도가는 무슨 화수분인가? 연전에 '오마이뉴스' 초청으로 강화도 마니산 등산을 갔다가 들렀던 '오마이스쿨' 뒤뜰의 탱자나무를 서리해서 담갔다는 탱자주가 아직도 남아있다니. 많이 마시면 산행에 지장이 있을까 봐 다른 일로 함께 산행하지 못한 효창 도가 여사장이 여분의 술은 점심 뒤풀이 자리로 직접 가져오기로 했단다.

능선길이 좋은 것은 오르내림이 심하지 않아 산행이 편한 데다 사방이 트여 있어서 세상을 다 조망할 수 있다는 점일 것이다. 산행 방향을 기준으로 왼쪽으로는 서울대 캠퍼스를 멀리서 가까이서 조감할 수 있고, 오른쪽으로는 삼성산 한 자락 끝을 점령한 난곡 지역의 아파트군을 내려다볼 수가 있다.

현재의 서울대 캠퍼스 자리는 원래는 골프장이 있었던 곳이다. 그 골프장을 경기도 기흥 쪽으로 옮겨 가게 하고, 서울 시내와 수원 등지에 산재해 있던 서울대의 단과대학들을 이곳에 한데 모아 캠퍼스를 조성했다. 그동안 학교 건물들을 부단하게 지어 나가는 바람에 지금은 아파트촌을 방불할 정도로 건물들이 들어차 있어서 초기의 모습과는 크게 달라졌다. 당시만 해도 한참 외졌던 이곳에 서울대가 터를 잡게 된 데에 나름대로 여러 이유가 있었겠지만, 학생 데모를 막기 위한 꼼수라는 소문이 파다했었다.

난곡 지역은 경기도 광주와 함께 1960~70년대 청계천 무허가 판자촌 지역의 연쇄 화재 때 그곳 이재민의 대부분을 분산 이주시켰던, 가난한 서울살이 서민의 숱한 애환이 서린 땅이다. 많은 재개발단지가 그러했듯이 지역도 뒤에 대규모 아파트 단지로 변모하는 과정에서 아파트를 지니기 버거운 많은 원주민이 떠남으로써 지금은 주민 구성이 크게 바뀌었다고 한다.

아무리 능선길이라 하지만 계속 평탄한 것은 아니다. 비단길 같은 올레길이 이어지다가도 쉽지 않은 난코스가 나타나기도 한다. 이 코스에서 가장 어렵다는 칼바위가 그렇다. '위험 지역이므로 우회하라'는 경고판이 붙어 있는 곳이다. 그런 만큼 도전하고 싶은 욕망을 불러일으키기도 한다. 산사람들에겐. 산길을 안내하는 입장에서는 내심 안전한 길을 권하고 싶지만 젊음은 이를 용납하지 않은 모양이다.

산행하는 품이 등산에 꽤 이력이 났을 듯하다고 짐작했던 문순c 카페의 조순애 씨가 칼바위를 직접 넘겠다고 나섰다. 그것도 시장바구니 같은 짐보따리 하나를 껴안고. 바로 그때 순간적으로 나이를 잊은 듯 우리의 회장님께서 "나도 한번 해 보겠다"면서 가지고 있던 스틱을 뒷사람에

게 넘겼다. 다들 말렸지만 누가 그 고집을 꺾을 수 있으랴. 걱정스러워하는 대원들의 눈총을 뒤로하고 도전에 나섰다. 그런데 거기까지였다. 칼바위 쪽으로 치고 올라가던 순애 씨가 갑자기 짐보따리를 우리 쪽으로 던졌다. 어르신 걱정 때문에 도전을 포기하고 타월을 던진 듯싶었다. 다들 안도의 한숨과 함께 각본에 없는 칼바위 해프닝은 끝났다.

그러나 여기서 끝난 것이 아니다. 칼바위보다는 덜하지만, 또 한 곳 바위를 감싸 안고 돌아서 올라가야 하는 데가 나타났다. 여기에도 우회해서 철사다리로 가면 안전한 길이 있기는 하지만, 그다지 어렵지 않아 바로 치고 가려는 이들이 나타났다. 이 바람에 대오가 일시 흐트러졌고, 그 와중에 한 사람의 종적이 묘연해졌다.

앞서갔을 것이라는 쪽과 뒤에 처졌을 것이라는 두 가지 설이 팽팽해 전임과 현임 등산대장이 실종자를 찾으러 다시 내려갔다. 그런데 정작 당사자는 일행보다 먼저 도착해서 여유롭게 간식을 하고 있었고, 수색조는 시간이 꽤 흘렀는데도 감감무소식이었다. 휴대폰으로 연락을 시도했지만 무용지물. 산중이라선지 휴대폰은 속 터지게 터지지를 않았다. 대열을 벗어난 동행자를 찾아 나섰던 전·현 대장이 한참 지나서야 간식 장소에 합류하면서 두 번째 해프닝도 끝났다.

헬기장 근처 양지바른 곳에 자리한 어느 집안의 산소 옆자리 아늑한 곳에서 좀 송구했지만 배낭을 풀었다. 식사는 하산해서 제대로 하는 것으로 미리 정했기 때문에 간단히 요기만 하려 했는데 배낭에서 나온 음식이며 술들이 만만치가 않았다. 시작했으니 끝을 봐야 하지 않겠는가.

거의 점심 식사 수준의 간식 잔치를 하고 다시 일어섰다. 오후 3시 뒤풀이 시간에 맞추려면 한 고개는 더 넘어야 하니까. 얼마 동안 내려갔다가 다시 올라가는 코스다.

그런데 문제가 생겼다. 윤석봉 회원이 다리에 쥐가 나서다. 전에도 그런 일이 있어서 조심한다고는 했다는데 재발한 것이다. 누가 말했던가. "나는 쥐가 싫다." 전문가 수준의 침술 실력이 있는 이명순 동아투위 위원장이 급히 손을 써서 비상사태를 수습했다.

돌발 상황으로 시간이 다소 지체됐다. 그래서 이동은 서서히 하되 대신 코스를 약간 줄이기로 했다. 삼막사로 이어지는 장군봉(412m)을 돌아 내려가려던 당초 계획을 바꿔 철쭉동산 쪽으로 길을 튼 것이다. 내려가는 길에 우리는 이 산중에, 이 겨울에 때아닌 토목공사가 벌어지고 있는 현장과 만났다.

관악산 폭포수 계곡 정비 사업. 홍수에 대비한다는 명목 아래 시행되고 있는 이 사업은 멀쩡한 계곡을 파헤쳐 물길인지 산중 도로인지를 만들고 있었다. 여름철이면 인근의 많은 시민, 대부분 '99퍼센트'에 들 서민이 돈 많이 안 들이면서 탁족도 하고 물놀이도 하는 방식으로 그들 나름의 피서를 해 왔던 계곡이다.

자연을 자연 그대로 놔두는 것이 가장 좋은 자연보호라고 했던가. 말도 많았던 4대강 사업이 이 산중에서도 재연되고 있지 않나 하면서 다들 실색을 했다. 그중에서도 잘못을 보면 참지 못하는 윤석봉 기자, 다리에는 쥐가 나더라도 그 바른 입에는 쥐가 나는 법이 없다. 공사를 담당하고 있는 관할 구청에 가서 한번 따져 봐야 하지 않느냐고 애꿎은 산 밑 동네 주민들만 나무랐다. 속내 좁은 연작(燕雀)들이 대붕(大鵬)의 깊은 뜻을 어찌 헤아릴 수 있을 것인가.

"누가 조국으로 가는 길을 묻거든 눈 들어 관악을 보게 하라"(정희성의 시 「여기 타오르는 빛의 성전이」), 느닷없이 서울대 출신 정 시인의 시 구절이 떠올랐다. 서울대학교가 캠퍼스 통합을 추진하면서 관악골프장 부지를 캠퍼스 터로 확보하고 1971년 4월 2일 관악 종합캠퍼스 기공식을 개최하던 자리에서 그가 발표한 축시이다. 그가 말한 '관악'은 서울대학교였다. 그럼 이렇게 파헤쳐지고 있는 '관악산'의 미래는?

산행 거리에 비해서는 꽤 많은 시간을 산중에서 보낸 일행은 예정 시간을 넘겨서야 회식 장소인 '배바우'에 도착했다. 신림역 2번 출구 GS25 골목, '배바우' 어귀에는 오늘 산행에는 동참하지 못한 떡집 사장 문순c의 정한봄 님이 마중 나와 우리를 지하 1층에 있는 식당으로 안내했다. 이 집은 부부로 만난 전라도(해남) 남자와 경상도 여자가 차린 맛깔스런 토속 우리 음식을 합리적인 가격에 내놓는 곳이라고 한다. 명함에 "배바우—햇살이 차린 밥상, Slow City & Slow Food"라 적혀 있을 정도로 신토불이 우리 맛을 모토로 내걸고 있는 맛집이다. 정 사장이 자신 있게 강추한 곳이다.

이 집을 거쳐 간 이들이 방명처럼 휘갈겨 놓은 글귀와 글씨들로 도배된 식당 안쪽 벽도 식객들의 눈길을 끌었다. 이정희(효창동 도가 주인과 이름이 같은), 유시민이라는 이름도 보였다. 정한봄이라는 이름도 몇 군데 끼어 있어서 그와도 무연하지 않은 집 같아 궁금했지만 더 이상 묻지는 않았다.

회식은 이정희 여사가 지참한 추가 탱자주를 입주로 시작해서 집주인의 고향에서 직송해 온 해남 막걸리에, 한사코 소주만을 고집하는 소주파 때문에 아침이슬에게도 자리를 내주었다. 각자 취향대로 권하거니 자시거니 하느라 술잔이 무시로 왔다 갔다 했다. 일이 바빠 휴일에도 시간을 잘 못 낸다는 문순c의 로마 병정 유진아 씨도 뒤늦게 자리에 합류했다.

식단은 산해(山海)의 진미(珍味). 먼저 살짝 데친 꼬막이 테이블마다 한 접시씩 가득 나왔고, 산낙지·옥돔구이·홍어전 따위의 바다 음식과 고사리·숙주·더덕나물을 모듬으로 담아 내놓았다. 가짓수는 여느 음식점보다 많지 않은데 맛과 정갈함으로는 그 윗길일 것 같았다. 특히 홍어전은 서울에선 쉽게 만날 수 없는 남도 음식. 그 톡 쏘는 맛이 일품이었다. 아쉬운 것은 우리가 자리를 파하기 이전에 목포에서 싱싱한 홍어가 오기로 돼 있다고 장담했었는데, 상경 길에 차질이 생겼는지 오늘 중에는 오지 못한다는 것. 그 바람에 해남산 탁주 소비가 줄게 됐다. 홍어는 삶은 돼지고기에 묵은김치를 함께 감아 먹는 삼합을 안주 삼아 마시는 막걸리 맛이 그만인데 입맛만 다시고 숙제로 남겨 뒀다. 해물 다시로 밑간을 한 시래기 국물에 밥을 말아먹는 맛도 괜찮았다.

술잔이 왔다 갔다 하는 사이 볼일 있는 사람들이 하나둘 빠져나가면서 요요회의 송년 회식은 저녁 시간이 다 될 때까지 이어졌다.

산행기를 끄적거리는 사이 마침 《교수신문》이 올해의 사자성어로 '엄이도종(掩耳盜鐘)'을 선정했다는 보도가 나왔다. '귀를 막고 종을 훔친다'는 뜻으로 제가 듣지 않으면 남도 못 듣는다고 생각하는 어리석음을 꼬집는 중국 송나라 때 주희(朱熹)의 말이란다. 지난 2010년에는 '장두노미(藏頭露尾)'가 선정됐었는데. 아무리 머리를 감춘다 해도 꼬리가 드러나 있는데 진실이 덮어질 수 있을까 하는.

학덕 높은 교수님들이 작금의 세태를 적나라하게 일갈·풍자하며 쏘아대는 일침이 가는 해를 앞둔 생각 있는 이들에게는 아프고 씁쓸한 여운으로 남을 듯싶다.

## '요요 관악탁족도(樂樂 冠岳濯足圖)'
### _창랑지수(滄浪之水)에서 벌인 유상곡수연(流觴曲水宴)

(요요회 관악산 탁족 산행, 2011년 8월 20일)

2011년 8월 20일, 8월 셋째 주 토요일. 동아투위 요요회의 정기 산행날이다. 지난해 거의 같은 시기에 있었던 관악산 팔봉 아래 무너미계곡에서의 탁족(濯足) 행사가 괜찮은 기억으로 남아 있었던지, 다수 회원이 관악산행에 찬성표를 던졌다.

집결 장소인 서울대 정문 옆 관악산 주차장 시계탑 언저리는, 24일 실시하는 초등학교 무상급식 문제를 놓고 시행하는 주민투표 찬반 캠페인으로 다소 어수선했다. 서울시장이 제안한 이 주민투표에 대부분의 등산객은 속내를 드러내지 않은 채 무심한 듯 지나쳤다. 그중 한 등산객은 투표 독려 전단지를 나눠 주고 있던 찬성 측 운동원에게 "왜 괜한 일을 만들어서 쓸데없이 돈과 인력 낭비를 하게 하느냐"고 호통치기도 했다.

집결 시간인 9시 반을 조금 넘겨서 산행을 시작했다. 참석자는 모두 12명. 요요회의 김태진 회장을 비롯해 황의방, 문영희, 윤석봉, 이영록, 조강래, 신정자, 그리고 홍명진 회원과 부군(민경천) 등 9인에다 KBS의 정현조 심의위원, 지난달 춘천 금병산 산행 때 동행했던 '내친구 문순c' 카페 2인(강소영, 김진숙)이 함께했다. 이날 산행에 앞서 방배동에서 유명 떡집을 운영하는 정한봄 사장이 일부러 집결 장소에 들러 흑임자 인절미 박스를 넘겨 주고 갔다. 지난번 춘천 행사 때도 일행 모두에게 떡 부조를 해준 통 큰 사장님이다. '내친구 문순c' 카페 회원인 그가 다른 일정 때문에 탁족 모임에 동참하지 못한 점은 아쉬웠다.

산행은 물 구경도 할 겸 지난해와 마찬가지로 서울대학교를 끼고 도는 도림천 계곡길을 택하기로 했다. 지난주까지만 해도 많은 비가 내렸는데 개천엔 생각보다 물이 많지 않았다. 관악산은 그 이름이 말해 주듯 원래 암석이 많아 빗물이 땅속으로 스며들지 않고 개천으로 흘러내려 버리기 때문에 금방 건천이 되는 악산(岳山)이다.

오늘은 서울과 중부지방에 오전 한때 '빗방울', 그리고 오후 늦게 비가 좀 올 것이라는 기상예보가 있었지만, 등산이나 계곡 물놀이 하는 데 큰 어려움은 없을 듯싶었다. 오히려 날씨가 무덥지 않은 것이 탁족하기엔 거시기하지 않을까 하는 생각이 들 정도였다. 반백일 가까이 전국을 돌며 지긋지긋하게 내렸던 비를 생각하면 모처럼 갠 날을 만난 셈이다.

도림천 옆 호수공원을 지나 계곡길을 계속 걸어 올라가는데 후미에 있던 김 회장이 행로를 바꿔 산길로 가자고 우리를 유혹했다. 능선길에다 숲이 우거지고 등산객이 많이 다니지 않는 호젓한 데이트코스라는 것이 이유였다. 계곡길을 따라 물 구경 하면서 올라가자는 여론이 우세했지만 회장님의 뜻을 꺾을 수가 없어 산길로 방향을 틀었다.

산길은 잔솔이 우거져 솔향기가 그득하고 떡갈나무, 상수리, 도토리나무, 오리나무는 기본이고, 산초나무에 노간주나무(학명은 주니퍼)까지 어우러져 있어 그야말로 피톤치드가 팍팍 우러나는 삼림욕장이었다. 약간 오르막인 데다 군데군데 바위를 타기도 하고 좁은 바위 사이에서 자신의 허리 사이즈를 재어야만 빠져나올 수 있는 좁은 통로들이 나타났다. 그곳을 지나니 능선길 양쪽에 전개된 관악산과 삼성산의 경개를 한눈에 조망할 수 있어서 더없이 좋을 수가 없는 산길이 이어졌다. 어른 말을 들으면 꿈에도 떡을 먹는다고 했던가? 맞는 말인 것도 같고 아닌 것 같기도 하다. 열녀암을 거쳐 우리가 거쳐 온 모자로 끝자락에서 삼막사 길을 버리고 연주암 방향의 제4야영장 가는 길을 취했다. 탁족 놀이가 오늘의 목표였으니까.

30여 분간의 삼림욕을 가외로 즐기는 바람에 그만큼 먹고 마시는 즐거움이 늦춰질 수밖에 없었다. 제4야영장을 거쳐 폭포 부근에서 약간의 휴식을 취했다. 그곳에서 학소대 능선 쪽으로 방향을 틀어 평탄한 길이 이어지는 실버로드에서 숨을 고르고 다시 마지막 깔딱고개를 올라 학소대 능선에 이르렀다. 발아래 계곡으로 내려가면 오늘의 목적지다. 예정 시간보다 1시간가량 늦은 낮 1시. 요요회의 점심시간과 딱 맞는 시간에 우리는 '그곳'에 이르렀다.

관악산 팔봉 능선이 올려다보이는 무너미계곡에는 산객의 발길이 뜸한 편이었다. 계곡은 인간의 손을 덜 타서인지 지난여름 600밀리미터의 물 폭탄에도 끄떡없이 멀쩡하게 살아 있었다. 먼저 자리 잡은 등산객들도 드문드문 보였지만, 우리 일행이 쉴 만한 곳은 굳이 장소 헌팅이 필요치 않을 만큼 남아 있었다.

'금강산도 식후경(食後景)'을 뒤집은 우리는 서둘러 상을 차렸다. 배낭에서는 저녁을 건너뛰어도 좋을 만큼 온갖 음식과 반찬과 술이 푸짐하게 흘러나왔다. 잔을 들어 '동 아 투 위 요 요 회'를 로우 톤으로 먼저 제창했다. 하나 아쉬운 것은 우리 산하의 온갖 열매를 갖은 술로 변신시켜 요요회에 상납(?)해 온 이정희 도가의 술이 이날로 동이 났다는 사실. 집안에 남은 마지막 술을 지참하고 혼자 산행에 참여했다는 부군 윤석봉 회원이 전해 준 슬픈 이야기였다. 그러나 웬 걱정이람. 요술쟁이 이 여사가 상황을 얼마든지 역전시켜줄 텐데.

민생고가 어느 정도 해결되었으니까 이제는 탁족 놀이에 들어갈 시간이다. 탁족은 원래 옛 선비들 사이에서 정통적인 피서법의 하나로 행해져 왔던 세시풍속의 하나. 무더운 여름날 산간 계곡을 찾아 물에 발을 담그고 더위를 쫓았다. 몸을 노출하기를 꺼렸던 선비들은 이렇게 발만 물에 살짝 담근 방식으로 더위를 피했다. 특히 발바닥에는 온몸의 신경이 집중되어 있기 때문에 발만 물에 담가도 온몸이 저절로 시원해진다. 또한 흐르는 물은 몸의 기(氣)가 흐르는 길을 자극해 주므로 건강에도 좋다고 한다. 음식이나 기구로 더위를 쫓는 것이 아니라 자연 속에서 더위를 잊는 탁족은 그네들다운 피서법이라 할 것이다.

탁족이라는 말은 『맹자(孟子)』의 "창랑의 물이 맑음이여, 나의 갓끈을 씻으리라. 창랑의 물이 흐림이여, 나의 발을 씻으리라(滄浪之水淸兮 可以濯吾纓 滄浪之水濁兮 可以濯吾足)"라는 구절에서 취한 것으로 알려져 있다. 물의 맑음과 흐림이 그러하듯 인간의 행과 불행은 스스로의 처신 방법과 인격 수양에 달려 있다는 뜻일 터이다.

그래서인지 예로부터 탁족은 많은 문사와 화백에게 글과 그림에 좋은 소재가 되어 왔다. 탁족을 소재로 한 그림으로는 이경윤의 〈고사탁족도(高士濯足圖)〉, 이정의 〈노옹탁족도(老翁濯足圖)〉, 최북의 〈고사탁족도(高士濯足圖)〉, 작가 미상의 〈고승탁족도(高僧濯足圖)〉 등이 인구(人口)에 회자(膾炙)되고 있다.

산유(山遊)를 하면서 탁족을 하는 일은 한여름 무더위에서 벗어나 보려는 선비들만의 고상한 아취라기보다는 서민 사이에서 오래전부터 자연 발생적으로 행해져 왔던 소박하고 건강한 피서법이라 할 것이다. 탁족과 달리 집안에서 대야에 물을 떠놓고 발을 담그는 것이 세족(洗足)이다.

장마 뒤끝이라 계곡물은 소리를 내며 흐를 정도로 많았다. 선비(?) 체면에 벗어 젖힐 수는 없었고 아쉬운 대로 무릎까지만 바지를 걷어 올리고 주위의 바윗돌에 몸을 의탁한 채 세상 돌아가는 얘기들을 주고받으면서 남은 술을 돌렸다. 외기가 낮아서인지 물은 발이 시릴 정도로 차갑지는 않았다. 나이를 먹어 가면 어린이가 된다고 했던가. 물장난을 하다 보니 동심으로 돌아가는 듯싶은지, 문영희 회원의 제안으로 흐르는 계류에서 술잔 돌리기 장난이 시작되었다. 관악산 무너미계곡에도 포석정(鮑石亭)이 생긴 것이다.

경주 남산 서쪽에 만들어 놓은 포석정은 원래 신라 시대에 유상곡수연(流觴曲水宴)을 행하던 곳으로 알려져 있다. 유상곡수는 음력 삼월 초사흘 삼짇날에 술잔을 물에 띄워 두고, 왕과 귀빈을 비롯한 참석자가 물길을 따라 앉아서 술잔이 돌아오기 전에 시를 짓던 놀이. 물길의 흐름에 따라 물이 뱅뱅 돌거나, 물의 양이나 띄우는 잔의 형태, 술잔 속에 담긴 술의 양에 따라 잔이 흐르는 시간이 일정하지 않다고 한다. 이 유상곡수연은 중국이나 일본에서도 있었으나, 지금껏 그 자취가 남아 있는 곳은 경주 포석정이 유일하다고 한다. 이렇듯 포석정은 당대인의 풍류와 기상을 엿볼 수 있는 장소이기도 하지만, 최근에는 연회를 행하던 장소라기보다는 나라의 의식이 행해졌던 곳이라는 설이 더 힘을 받고 있다 한다.

또 학자들은 후백제의 견훤이 포석정에 군사들을 이끌고 침입한 것이 포석정이 연회를 행하던 곳으로 불리게 된 것과 다소 연관이 있다고 추측하고 있는데, 김부식의 『삼국사기』에는 927년 신라 제55대 경애왕이 포석정에서 후백제의 견훤군이 쳐들어온 것도 모르고 비빈·종척과 더불어 즐겁게 놀고 있다가(王與妃嬪宗戚 遊鮑石亭宴娛 不覺賊兵至) 참변을 당한 곳으로 기록되어 있다(『삼국사기』 권 제12, 8장 앞쪽, 「신라본기」 12 경애왕).

이후 견훤은 김부(경순왕)를 왕위에 앉히고 왕의 아우들을 볼모로 데려감으로써 신라가 다시 일어설 기력을 잃게 만들었고, 신라는 그 후 10년도 못 되어 고려에 항복하고 말았다. 신라 천년의 종말이 바로 포석정과 무관하지 않음을 엿보게 한 사실이다.

무너미계곡에서 행해진 산중 유상곡수연도 물 흐름에 대한 우리의 연구 부족과 종이컵에 채우는 술의 양 등 과학적 기초가 부실한 탓에 수차의 전복과 침수 등으로 여의치는 못했으나 경애왕의 경우만큼 참담하지는 않았고, 그냥 유쾌한 한때가 되었다.

도끼자루 썩는 줄 모르고 산과 계곡에서 7시간여를 보내고 나니 벌써 오후 4시가 지났다. 하산은 아침에 올라왔던 학소대 능선길 대신 무너미고개를 넘어 제4야영장을 거쳐 아카시아 동산 옆 서울대로 들어가는 샛길을 택했다. 전에는 이 길이 개구멍이었지만 등산객의 출입이 하도 무상해서 정식 통로로 내주게 된 곳이다.

뒤풀이는 낙성대역 부근 전주집에서 소맥에, 요즘 같은 증권시장 폭락장세와 달리 상종가를 치고 있는 삼겹살구이를 안주로 하고, 전주에서 직송해 왔다는 우리콩 콩나물국밥 반탕으로 저녁까지 때웠다. 산에서들 푸짐하게 먹고 내려와서 음식 들어갈 배가 없을 줄 알았는데, 착한 안주에 좋은 맴버들 덕분인지 잘도 들어갔다.

지난번에 이어 우리와 동행했던 '내친구 문순c' 카페의 김진숙 관리자가 카페 내에서 등산모임 결성을 구상하고 있다고 살짝 귀띔해 주었다. 이름은 '더부살이'로 잠정하고 있다고. 요요회에 더부살이하겠다는 취지라는데, 매번 떡이랑 술·과일·반찬 등 먹거리를 푸짐하게 준비해 온 품으로 보거나 활발한 카페 활동으로 미루어 요요회가 오히려 더부살이를 하게 되는 것은 아닐지 살짝 걱정되기도 했다.

내달 9월에는 이날 산행 중에 논의된 대로 인천 앞바다에 있는 무의도 산행이 될 듯싶다. 무의도에는 호룡곡산(虎龍谷山, 244m), 국사봉(237m) 같은 높지는 않지만 바다 위에 떠 있는 예쁜 산이 몇 개 있다는 것이 조강래 대장의 설명이다. 서해의 알프스라 불릴 만큼 기암절벽의 비경과 절경을 감상할 수 있다는 무의도. 요요회가 요산요해회(樂山樂海會)로 잠시 변신하는 시간이 되어 줄 것으로 기대된다.

마니산(摩尼山)

# 기해 신년 벽두에 오른 마니산, 참성단(塹星壇) 천제(天祭)

(금요산악회, 2019년 1월 4일)

2019년 1월 초 4일. 상의동우회 금요산악회는 황금돼지띠 기해년을 맞아 새해의 기운을 듬뿍 받기 위해 강화도 마니산 참성단 산행에 나섰다. 금요산악회는 최근 몇 년 동안 강원도 태백산을 새해 첫 산행지로 삼아 눈꽃 산행을 다녀왔었다. 올해 마니산으로 장소를 바꾼 데는 강원도 태백까지 장거리 운전을 해야 하는 문제도 있고, 또 긴 겨울 가뭄 탓에 눈 구경이 쉽지 않아 산행의 묘미도 떨어지리라는 이유도 있었다.

마니산은 풍수상으로 기가 솟는 생기처(生氣處)일 뿐만 아니라 역사적으로도 기의 발원지로 알려진 곳. 마니산 정상이 위치상 남쪽 한라산과 겨레의 영산으로 숭모하는 북쪽 백두산까지의 거리가 같고, 백두산과 태백산의 정기가 마식령산맥을 통해 잠룡(潛龍)으로 한강을 건너 강화에 이르고, 한남정맥을 통해 소용돌이치는 손돌목을 건너 다시 용기(湧起)하여 강화의 고려산·혈구산·진강산을 차례로 이어가다 그 남쪽 끝 마니산에 이르러 용맥(龍脈)의 정기가 뭉쳐진 곳이라고 한다.

『단군세기(檀君世紀)』에는 "단군 51년 이곳 마니산에 삼랑성과 더불어 제천단(祭天壇)을 쌓고, 3년 후인 단군 54년 단군께서 친히 천제를 올리시니 마침내 하늘이 열리고 천기가 솟아 배달겨레의 기운이 사해를 떨치게 되었다"고 쓰여 있다.

손돌목(孫乭項). 전라도 진도에 명량대첩의 울돌목(鬱陶項)이 있다면 강화에는 손돌목이 있다. 충무공 이순신의 수군이 12척의 전선으로 명량해전에서 승전가를 불렀던 울돌목처럼, 손돌목의 거친 물살과 섬의 사방이 성채처럼 되어 있는 강화도 천연의 지세 덕분에 몽골족의 침략으로부터 39년 동안이나 고려를 지켜 냈다.

경기도 김포시 대곶면 신안리 지역에 있는 손돌목은 해로의 목(項). 지형상 바다로 돌출해 있는 이 지역과 대안(對岸)의 강화도 광성보(廣城堡) 사이가 좁은 여울의 형태를 이루고 있어서 밀물 때면 이곳을 흐르는 해류가 급류를 이룬다. 당시 고려의 조정은 몽골군이 파죽지세로 강토를 짓밟으면서 쳐들어오자 백성을 버리고 이곳으로 도망쳐서 수도로 삼고 강도(江都)로 불렀다. 나라의 모든 군사가 왕을 지키느라고 이곳에 묶여 있는 사이 몽골군은 전국을 휩쓸며 강산과 백성을 유린했다.

이처럼 강화도가 천혜의 군사적 요충이라는 사실 때문에 말을 타고 천하를 호령하며 중원 대륙을 초토화시킨 몽골족은 바다에 익숙지 못한 공수증(恐水症)으로 해전은 엄두를 내지 못한 채 한 세대가 넘도록 고려로부터 항복을 받아내지 못했던 것이다.

항몽(抗蒙) 역사의 자취가 지금도 강화산성에 그대로 남아 있다. 원나라에 항복하는 조건 중 하나로 강화 섬을 나오기 전에 고려가 쌓아 올렸던 강화산성을 헐어야 한다는 몽골의 트라우마와 콤플렉스가.

그동안 강화도는 몇 차례 들러 전등사, 교동도, 마니산, 석모도 해명산 등등 이곳저곳을 가 보았지만, 등산으로는 10년이 넘는다. 물론 박근혜 대통령 탄핵을 위한 촛불시위가 한창이었던 2016년 12월 출판인회의 산악회를 따라나선 강화산성 둘레길 탐방, 그리고 2018년 9월 상의동우회 주관으로 성공회 강화성전, 고려궁지, 통일전망대, 교동도, 교동향교, 강화역사박물관, 강화자연사박물관 등이 포함된 역사문화기행을 다녀온 적은 있지만.

2008년 10월, "모든 시민은 기자다"라는 슬로건 아래 독자가 기자로 참여하는 새로운 형태의 언론을 추구해 온 오마이뉴스의 오연호 대표가 1975년 군사 정부의 동아일보 광고 탄압 사건 때 해직된 기자 모임인 동아투위의 해직 언론인 30여 명을 강화도 불은면 신현리 폐교를 임대해서 전년도에 문을 연 오마이스쿨에 초청했을 때 등산 팀에 끼어 마니산을 오른 이후로는 처음인 셈이다. 당시 우리는 여름이 한참 지난 초가을이었는데도 함허동천에서 마니산 능선까지 약 1.6킬로미터의 가파른 바위 능선길을 비지땀 줄줄 흘리면서 힘들게 올랐던 기억이 있다.

이번 금요산악회의 마니산 산행에 동참한 회원은 모두 여덟 명. 신주현 회원과 김완배 회원이 여느 때처럼 운전의 수고를 해 주었다. 강남(안재두, 이영록, 이현석, 김완배)과 강북(이석주, 이인수, 최선규, 신주현)으로 나뉘어 4명씩 분승해서 각기 아침 8시 반쯤 서울의 옥수역과 잠원역 갓길에서 출발했다. 10시 조금 못 돼서 강남팀이 산행 기점인 함허동천 식당 근처 주차장에 먼저 도착했다. 강북팀은 중간에 김포공항역 부근에서 최선규 회원을 태워 오기로 해서 약간 더디 도착했다.

날씨가 좀 흐리긴 했으나 걱정했던 만큼 춥지 않아 다행이었다. 이번에도 우리 일행은 함허동천 계곡을 끼고 오르는 능선길을 탔다. 매표소 아저씨가 그 길이 경치도 좋고 완만한 편이라고 추천을 해서였다. 계곡 입구에는 함허동천 야영장이 꽤 넓게 자리 잡고 있었다. 봄·여름철이라면 수련생이나 캠핑을 즐기는 사람들로 꽤 북적일 터인데, 지금은 때가 아니어서인지 좀 황량했다. 5개의 야영장 말고도 취사장, 체력단련장, 극기훈련장, 팔각정, 샤워장 등 각종 부대시설이 제대로 갖추어져 있었다.

함허동천(涵虛洞天). 함허동천 계곡은 조선 전기의 승려 기화(己和)가 마니산 정수사(精修寺)를 중수하고 이곳에서 수도를 했다 해서 그의 당호(堂號)인 함허를 따서 붙인 이름이라고 한다. 마니산 서쪽 기슭에 펼쳐져 있는 계곡에는 빼어난 산세를 끼고 곳곳에 덩치 큰 바위들이 널려 있다. 한여름 우기 때면 이 바위들을 넘나들며 흘러내리는 물줄기가 장관을 이룬다. 특히 계곡 한켠에 폭이 200미터에 달하는 암반이 넓게 펼쳐져 있어 마니산의 절경 중 하나로 꼽힌다. 계곡의 너럭바위에는 함허 스님이 썼다는 '涵虛洞天' 네 글자가 남아 있는데, '구름 한 점 없이 맑은 하늘에 잠겨 있는 곳'이라는 뜻이다. 우리는 계곡 대신 능선을 탔기 때문에 함허의 글씨를 만나볼 수는 없었다.

산행은 함허동천 계곡 능선을 넘어서 참성단까지 올랐다가 계곡 반대편 능선을 타고 정수사 쪽으로 하산해서 주차장으로 오는 걸로 했다. 단군로 쪽으로 하산하면 우리가 차를 두고 온 곳과는 정반대 쪽이기 때문이다. 계획은 등산길 안내서에 나오는 대로 3시간 정도 산행을 하고 나서 최근에 연륙이 된 석모도로 건너가서 보문사 넘어 새로 개발된 해수 노천온탕에서 족욕을 하고 돌아오는 것이었다. 그리고 코스도 1004계단 길은 피하기로 했다. 무릎에 부담이 많이 된다는 이유에서다.

그러나 세상사 어디 맘먹은 대로 될까? 늑대 피하려다 범 만난다는 말도 있지 않은가. 쌓인 눈이 없는 만큼 산행은 덜 힘들었다. 그러나 세월에 장사 없다고 쉽지 않은 산길이었다. 그도 그럴 것이 다들 지공을 넘거나 팔십을 눈앞에 두고 있으니. 오랜 겨울 가뭄 탓에 산길엔 먼지가 풀썩거렸다. 한여름 녹음철이라면 계곡 경치가 근사할 텐데. 날씨까지 좀 흐리고 연무가 끼어 있어서 원근을 구분하기가 어려웠고 섬 주변의 서해 바다 풍경도 가물가물했다.

참성단으로 가는 능선의 바윗길에는 쇠말뚝을 박고 밧줄을 걸어 놓았지만 한가하게 바다 경치를 즐길 여유를 주지 않았다. 칼날 같은 벼랑 위에 건너뛰기에는 약간 멀고 기어가기에는 자칫 틈새 사이로 떨어질 것 같은 곳이 연이어 나타났기 때문이다.

평일이라 그런지 등산객의 왕래는 뜸했다. 그러나 참성단 바로 밑 헬기장에 이르자 일단의 등산복 차림들이 헬기장을 점거하고 산제를 지내고 있었다. 한 건설회사의 임직원들 50여 명이 발 디딜 틈도 없이 자리를 꽉 메운 채 신년 기받이 시산제를 하고 있었다.

그곳을 조금 지나니 마니산 정상 팻말이 나타났다. "마니산 472.1m" 그곳에서 따로 또 함께 인증 샷을 찍고 건너 쪽 참성단으로 올라갔다. 10년여 전 마니산 등산 때에는 출입을 통제해서 참성단까지 올라가지 못한 아쉬움을 이번에야 달랠 수 있게 되었다.

인천 강화군 화도면 마니산 산상에 있는 참성단(塹星壇)은 상고 시대 단군이 쌓았다고 세전되어 온 단군의 제천지(祭天地). 1964년 사적 제136호로 지정됐는데 면적은 5,593평방미터이며, 상단 방형(方形) 한 변 길이는 1.98미터, 하단 원형의 지름은 4.5미터이다. 자연석들에 의지하여 둥글게 쌓은 하원단(下圓壇)과 네모반듯하게 쌓은 상방단(上方壇)의 이중으로 구성되어 있고, 상방단 동쪽 면에는 21계단의 돌층계로 이루어져 있다. 자연의 산석(山石)을 다듬어 돌과 돌 사이의 사춤에 아무 접착제도 바르지 않고도 반듯하고 납작하게 계단을 쌓아 올렸다. 1639년(인조 17년)과 1700년(숙종 26년)에 중수했다.

마니산에 참성단을 쌓아 하늘에 제사를 지내게 된 것은 마니산이 그만큼 정결하고 장엄하기 때문이다. 강도(江都, 江華)는 그 생김새가 보여 주듯 마니(摩利)·혈구(穴口) 등 하늘과의 인연이 깊을 뿐만 아니라 문물도 발달하여 천하의 요새로서 오랫동안 한 나라의 수도 노릇을 할 수 있었다.

또 개국신화(開國神話)의 등장인물인 우사(雨師)와 운사(雲師)도 마니산과 밀접한 관계가 있다고 전해지는데, 이들은 환웅(桓雄)의 권속이므로 결국 단군이 참성단을 설치하여 하늘에 제사 지낸 뜻을 헤아려 볼 수 있다. 또한 방(方)과 원(圓)은 천지의 의형(擬形)이며 조화가 모두 거기서 일어나는 것으로 옛날 사상들을 설명하고 있는데, 참성단의 원과 방은 이러한 철학을 바탕에 두고 설치된 것이라고 여겨진다.

시간은 오후 1시를 넘어섰다. 올라오는 데에만 3시간을 쓴 것이다. 그만큼 우리의 산행 실력이 줄어든 것이다. 시장기가 확 번져 왔다. 서둘러 남들처럼 약식으로 제상을 차리고 각자의 새해 소망을 담아 산제를 지냈다. 특별히 제수를 준비한 것도 아니어서 배낭에 간식으로 준비했던 떡이며 김밥, 사과, 귤 등에 강화도에 입도하면서 사 온 강화 인삼 막걸리를 제주로 올렸다. 간이 산제를 마치고 음복을 했다. 강화 인삼 물이 섞였을 강화 인삼 막걸리가 그렇게 맛있을 수가 없었다.

참성단 주위를 둘러보다 보니까 아주 잘생긴 나무 한 그루가 서 있었다. 강화의 해풍 속에 오랫동안 마니산을 지켜 온 나무일 터였다. 그 옆에 나무의 내력을 설명해 주는 표지판이 서 있었다. “강화 참성단 소사나무. 천연기념물 제502호. 높이 4.8m. 수령 150년 추정.” 그러고 보니 수년 전 다른 산악회에 끼어 강화도를 배 타고 건너서 올랐던 석모도 해명산 능선길에서 군락을 이루어 산길을 지키던 나무들과 같은 수종이었다. 목질이 단단한 데다 잎새를 잔뜩 달고 있었다. 자잘한 잎이 햇살에 비추어 반짝였던 기억이 있다. 반가워서 소사나무를 모델로 또 인증 샷을 찍었다.

이제는 산을 내려가야 할 시간. 하산 코스를 다시 조정했다. 더딘 산행으로 시간을 많이 썼기 때문에 당초 계획했던 정수사 쪽으로 내려가는 대신 좀 더 쉽게 여겨지는 단군로를 택하기로 했다. 수년 전 아내와 한번 가 보았던 정수사를 잠깐 들렀더라면 좋았을 텐데 조금 아쉬웠다. 계곡 옆으로 난 비좁은 산길 때문에 맞은편에서 차가 나타나지 않을까 무지 신경 써서 운전하느라 아름다운 계곡 풍경을 제대로 살펴보지 못한 기억이 남아있어서다.

정수사(淨水寺). 인천광역시 강화군 화도면 사기리 마니산 동쪽에 자리한 천년 고찰 정수사는 보문사·전등사와 함께 강화의 3대 고찰이다. 639년(신라 선덕여왕 8년) 회정선사가 창건하여 정수사(精修寺)라 했던 것을 1423년(세종 5년) 함허대사가 중창하면서 법당 서쪽에 맑고 깨끗한 물이 흘러나오는 것을 보고 이름을 정수사(淨水寺)로 바꾸었다. 법당(보물 제161호)의 후면 공포는 건축 당시의 세부 건축 형식을 가장 잘 보여 주고 있고, 꽃 문살의 독특한 아름다움으로 이름나 있다. 1957년 법당을 보수 공사하던 중 1688년(숙종 15년) 수리 당시의 상량문이 발견되었는데, 이 상량문에 이 도량이 1423년에 중창한 것으로 되어 있다.

정수사 주변 숲속은 잎과 꽃이 피는 시기가 서로 달라 이별초라고도 부르는 상사화의 자생지역. 이곳의 상사화는 분홍색의 꽃이 아니라 노란색을 띠고 있는데, 학술적으로 연구 가치가 높아 특별 보호 대상으로 지정하여 관리하고 있다고 한다.

절은 본래 만조가 되면 섬으로 변하던 곳이었으나 동서로 제방을 쌓아 육지가 되었다고 한다. 절 마당에서 내려다보면 장쾌하게 펼쳐져 있는 서해 바다가 한눈에 들어오는 전망 좋은 절이다.

눈에 들어오는 건 아담한 대웅보전뿐인데, 주변의 산세와 조화를 이루어 고상한 분위기를 자아낸다. 경내에는 보물 제161호로 지정된 대웅전을 비롯해 삼성각, 요사채 등이 있다. 중요문화재로는 대웅보전의 본존불 왼쪽에 모셔진 지장보살상, 1848년 무렵 조성된 아미타불 후불·지장·칠성탱화, 그리고 삼성각에 1878년에 조성한 칠성·독성·산신탱화 등등이 있다.

대웅보전은 세종 5년(1423년)에 중창했다. 본래는 정면 3칸, 측면 3칸인데, 전면에 별도로 측면 1칸에 해당하는 툇마루가 있다는 것이 매우 특이하다. 전체적으로는 측면 4칸 집이 되는 셈인데, 그 한 칸은 후대에 증축된 것으로 짐작되고 있다.

대웅보전의 전면 중앙 출입문인 사분합문에는 화병 속에 가득 담긴 모란과 연꽃이 조각되어 있다. 소담스런 목단이 몽실몽실 피어오르듯 화려하고 아름답고, 잘 조각된 목단 줄기들이 창살의 역할을 하고 있는데, 꽃병은 청자와 진사 도자기이며 네 개의 꽃병 문양이 모두 다르다. 요사채 뒤 장독대 옆으로 난 산길을 따라 100미터쯤 산 쪽으로 올라가면 양지바른 곳에 함허 스님의 부도가 있다.

포기한 것은 정수사만이 아니었다. 시간이 많지 않아서 석모도로 건너가 해수 족욕을 하는 것도, 아쉽지만 그만두어야 했다. 그곳에 들어갔다 나오면 서울로 되돌아가는 길이 퇴근 시간과 겹쳐 어려울 것이라는 중론에 따라 강화도를 벗어나 서울로 가는 방향의 김포 해안가에 있는 목욕탕에 들러 씻고 저녁을 먹기로 했다.

하산 길은 바뀐 계획대로 비교적 쉬워 보이는 단군등산로를 택했다. 372계단 길만 내려가면 비교적 평이한 산길로 이어지기 때문에 하산 시간을 단축시킬 수 있는 이점도 있어서다. 허기를 달래기 위해서라도 준비해 온 점심과 간식을 먹어야 했다. 372계단을 지나 나무 패널로 된 쉼터에서 바다가 바라보이는 쪽에 자리를 펴고 차디찬 김밥과 떡 등 그리고 제주로 쓰고 남은 인삼 막걸리로 배를 채웠다. 강화 바닷바람 속에서 찬 음식으로 속을 채웠지만, 햇볕을 바로 받고 있어서 그런대로 견딜 만했다. 낮시간이라 해무가 거의 걷힌 서해 바다와 그 위에 떠 있는 섬들이 햇빛에 반사되어 겨울 강화도의 화폭 위를 적셔 주고 있었다.

나름의 한 끼를 마치고 하산을 서둘렀다. 바위 능선을 타고 오를 때 비하면 절반의 힘도 들지 않은 것 같았다. 그러나 약간의 지체도 있었다. 오랜만에 징발(?)된 김포 사람이 다리 근육에 가벼운 마비가 와서 이를 추스르느라고 시간을 좀 더 써야 했다. 그 사이에 눈치 빠른 두 기사는 아침 출발지에 두었던 자동차를 끌고 오기 위해 서둘러 하산해 시간을 단축시켜 줬다. 대단히 미안하고 고마운 일이었다.

강화도 초지대교 건너에 있는 김포 약암 홍염천탕에 들러 하루 종일 뒤집어쓴 산 먼지와 마른 땀을 씻어 내면서 하루를 마감했다. 나이 먹어감을 실감하면서. 저녁은 온천탕에서 가까운 김포한탄강이라는 민물 매운탕 집에서 수제비를 넣은 메기 매운탕에 막걸리와 맥주를 섞어 마셨다. 다들 만족해하는 눈치였다.

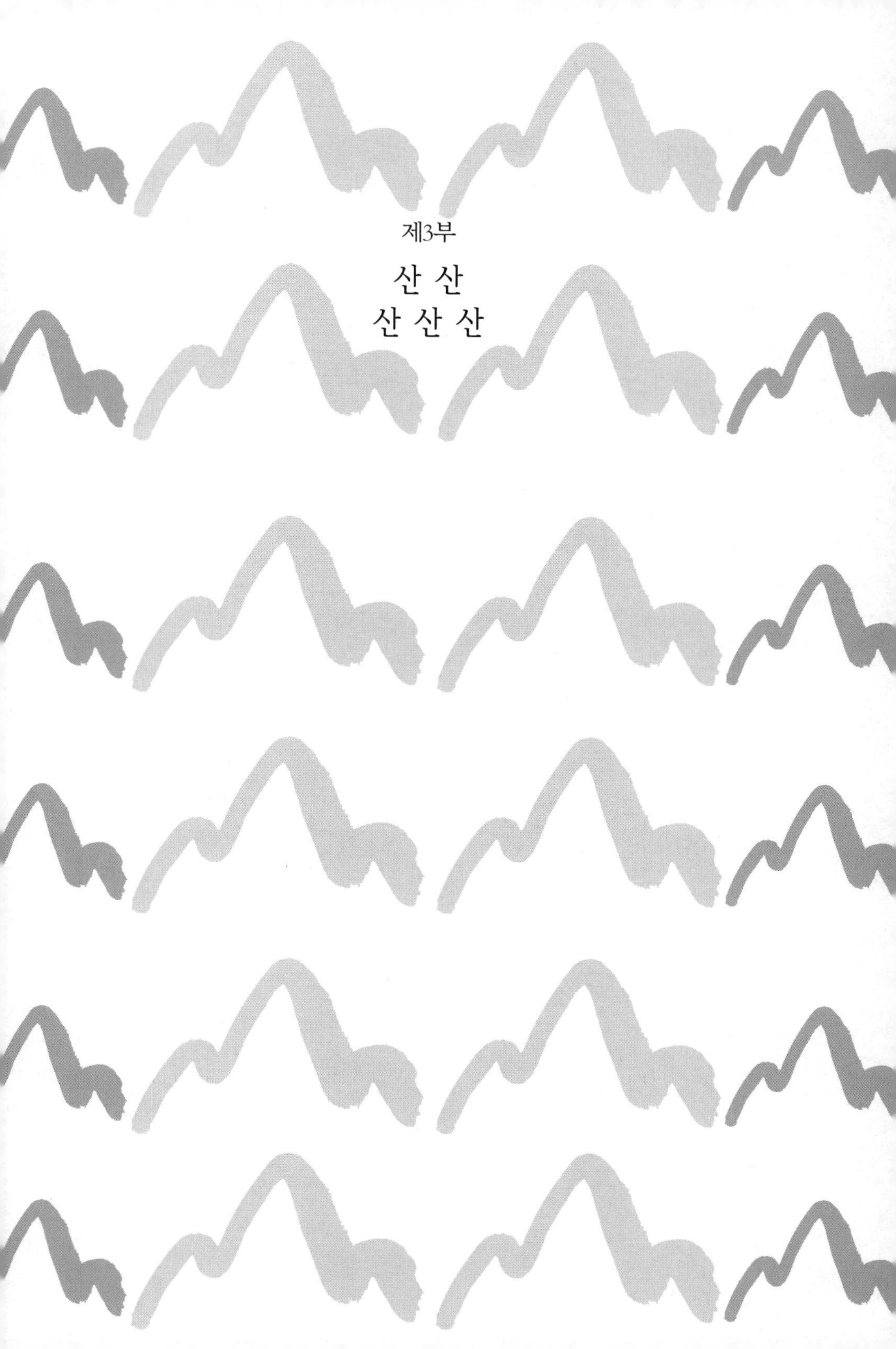

제3부

# 산 산
# 산 산 산

구룡산(九龍山)·대모산(大母山)

## 폭우 뚫고 구룡산·대모산을 종행하다
(2009년 6월 20일)

2009년 6월 20일 새벽 6시. 무망한 일이지만 비가 오나 안 오나 창밖을 내다봤다. 집 앞 관악산 주차장을 오가는 사람들이 드문드문 보였다. 우산을 쓴 이들이 더러 있었지만 어젯밤 일기예보처럼 폭우·돌풍 수준은 아니었다. 내심 실망(?)을 하면서 비가 더 세차게 왔으면 하고 바랐다. 밤새 감기·몸살로 잠을 설쳤기 때문에 오늘 산엘 안 갈 수 있는 핑계거리를 만들고 싶었기 때문이다. 며칠 전부터 컨디션이 별로였는데, 어제 다른 팀들과 아차산 등산을 하고 밤에 후배네 결혼식까지 참석하는 등 무리를 한 것이 탈이었다.

시간이 지나면서 빗방울이 조금 전보다 굵어진 것 같았다. '비야 오너라, 오너라' 속으로 부채질하면서 미적거리다 보니 8시가 넘었다. 수서양단(首鼠兩端). 고민을 계속하다 결국은 가는 쪽으로 마음을 바꿨다. 이틀 전 회장님의 당부가 더 부담이 되었던 모양이다. "부인 꼭 모시고 오라"는. 집사람은 그럴 형편이 아니었다. 막내딸 부부가 피치 못할 일로 6살 아이를 우리 집에 대려다 놔서 자의반 타의반으로 손주를 볼모삼다 보니 스스로도 볼모가 되었기 때문이다.

어쨌든 출발해야 할 시각을 지나쳐 버렸다. 부랴부랴 배낭을 챙겨 집을 나섰지만 시간은 이미 8점 반을 지났다. 한 10여 분쯤 늦을 생각을 했는데 약속 시간을 훌쩍 넘겨 버리고 만 것이다. 시간은 날 기다려 주지 않았지만 요요회 멤버들은 날 기다리고 있었다.

아주 멋쩍은 환영을 받으면서 일행에 합류했다. 그런데 내 예상보다 많은 사람이 나왔다. 나까지 해서 딱 한 두름이 채워졌다. 이 노인네들, 정신이 있는 건지 없는 건지. 서울 중부 지방에 폭우에 강풍이 몰아친다고 날씨 캐스터들이 밤새 외쳐 댔는데도 말이다.

금방 그칠 비는 아니었다. 학술진흥재단과 KOTRA 뒤편 철책 사이를 통해 구룡산 초입에 들어섰다. 대요요회가 월례 산행 코스를 구룡산과 대모산 종주로 잡다니. 좀 아닌 것 같다는 생각을 하면서 산행을 시작했다. 오늘 지각한 벌로 산행기는 이 아무개가 쓰라는 회장님의 지엄한 분부가 내려졌다. 동네 뒷산을 오르면서 산행기를 올리는 것은 대요요회의 체면이 아니라고 갖은 요설로 손사래 발사래를 다 쳐 봤지만 요지부동, 속수무책이었다.

내심으로는 이번 산행 코스에 불만도 없지 않았다. 바로 지난주 3박 4일의 지리산을 종주했다고 기염을 흘린 요요회 실세들이 기실은 그때 무리한 몸들을 풀려고 부러 동네 야산을 월례 산행지로 잡지 않았나 하는.

아무튼 구룡산(九龍山)이라. 서울 서초구 염곡동과 강남구 개포동 터에 자리한 구룡산은 모두 아홉 개의 자잘한 계곡으로 이루어져 있는 해발 306미터의 야트막한 산이다. 구룡산은 옛날 옛적 한 임신한 아낙이 용 열 마리가 하늘로 승천하는 것을 보고 놀라 소리를 지르는 바람에 한 마리는 땅에 떨어져 죽고 아홉 마리만 하늘로 올라가 구룡산이라 불리게 되었다는 믿거나 말거나 하는 얘기가 전해 내려오는 산이다. 하늘에 오르지 못한 나머지 한 마리가 떨어진 자리가 양재천(良才川)이 되었다는 전설이 있다. 비록 하늘은 오르지 못했어도 인간계에 좋은 선물, 도심 안 자연하천이 되었다는 뜻인 모양이다.

이 구룡산과 관련해서는 원래 이 산 기슭에 세종대왕릉(英陵)이 있었으나 1469년(예종 1년)에 여주로 천장(遷葬)했다고 한다. 또 현대적 기상관측이 시작된 일제 시대인 을축년(1925년) 대홍수 때 이곳 구룡산에 127.4 밀리미터의 강우량이 관측되었다는 기록도 전해진다.

등산길에는 우리 말고는 아예 인적이 없었다. 제 정신 가진 사람이면 이 날씨에 산을 오를까? 평소 같았으면 강남 지역의 허파 노릇을 톡톡히 하고 있는 이 산에, 사람들로 메워졌을 이 길이 이 순간만은 우리 요요회가 점거하고 있다는 사실이 신기할 정도였다. 문 이사의 제안에 따라 본격 산행에 앞서 조 껍데기 술로 우선 목부터 축였다. 빗방울이 점차 굵어지자 너도 나도 배낭에 방수 커버를 씌우고 비옷을 챙기기 시작했다. 보는 사람이 없다면 "명정(酩酊) 40년"(樹州 卞榮魯) 한량들처럼 굳이 빨가벗고 소의 등을 타지 않더라도 벗은 몸으로 산길을 걷는 것도 괜찮겠다는 생각이 들 정도로 한적한 빗속의 산길이었다, 적어도 대모산 정상 부근의 헬기장까지는.

비며 안개가 사주를 둘러싸기 때문에 신갈나무, 리기다소나무, 아카시나무, 물박달나무 등만 눈에 들어오는 수해 속을 질척거리면서 길이 이어진 곳으로만 따라 걸었다. 마른 날이라면 먼지가 풀풀 났을 법한 산길이 발바닥에 착 달라붙어 그런대로 걸을 만했다. 아쉬운 것은 맑은 날씨라면 서울의 강남을 두루 조망할 수 있을 텐데, 그렇지 못한 점이었다.

더하여 아쉬운 것은 산복 능선을 따라 산길 거의 끝까지 이어지는 철제 울타리와 철조망으로 이뤄진 이중 차단 장애물이었다. 십 수 년 전 이문동에 있었던 한 국가기관이 발아래 이곳 헌인릉 쪽에 터를 잡으면서 새로 생겨난 구조물이다. 시계를 완전히 가리는 바는 아니지만 마음대로 드나들 수 없게 된 것이 멀쩡한 산을 갈라놓은 것 같아 마음이 편치 못했다.

빗길에 힘이 더 들어가서 그런지 우습게 보이던 동네 뒷산도 그렇게 쉬운 것만은 아니었다. 대모산 정상 부근의 헬기장에 올라서자 비로소 처음으로 '사람(他人)' 둘을 만났다. 수서 쪽에서 올라온 등산객이었다. 외부 사람을 만난 김에 일단 일동기념촬영을 하고, 잠시 한숨을 돌린 연후에 다시 길을 재촉했다.

대모산이라. 높이 293미터(동판에는 291.6m로 씌어 있다)의 대모산은 강남구의 개포동, 수서동, 자곡동, 세곡동, 내곡동 등을 아우르고 있다. 원래의 산 이름은 대고산(大姑山, 큰할매산)이었다는데, 조선조 세종이 산 뒤쪽에 아버지 태종(이방원)과 태종비 원경황후 민씨의 능인 헌릉을 쓰고 나서부터 대모산(大母山)으로 부르게 되었다는 설이 있다. 헌릉 바로 옆에 있는 인릉(제23대 순조와 그의 비 순원왕후 김씨의 능)과 함께 헌인릉으로 부른다.

산세는 물론 지세에 밝은 이 대장의 지휘 아래 요요회의 우중 강행군은 계속되었다. 수서역까지는 모두 세 시간 정도 소요될 것이란다. 비는 계속 내리고, 설(舌)·설(說)에 관한 한 절륜한 역전의 문 기자의 시국담도 끝없이 이어졌다.

길은 생각보다 쉽지 않았다. 너무 쉽게 생각한 탓에 오히려 힘든 길이 된 것 같았다. 그래서 지리산보다 어렵다는 엄살 섞인 소리도 섞여 나왔다. 아무렴 지리산에 비길까. 간식은 어디서 하느냐는 소리도 나왔다. 그만큼 힘들다는 소리다. '동네 야산'이라는 말은 아무래도 내려놓아야 될 듯싶었다. 이 대장은 미리 점지해 놓은 데가 있는지 쉬어 가자는 소리에도 반응하지 않고 밀고 나갔다.

드디어 약속의 땅이 나타났다. 대모산 삼각점. 대모산 정상 부근 표고 291.58미터에 있는 이 삼각점은 1910년 6월 서울 지역의 토지조사 사업을 위해 설치한 8개의 삼각점 중 하나. 현재도 모든 측량의 기준점으로 애용되고 있다는 국가 주요시설이라고 올 4월 강남구청에서 확실하게 표지석을 묻어 놓았다.

빗속이라 좀 어설프긴 해도 불편한 대로 배낭을 잠시 풀 수는 있었다. 각자 가져온 온갖 술이며 안주며가 너무 푸짐해서 점심 못 먹을까 걱정이 될 정도였다. 비 때문에 좌정을 할 수는 없어서 스탠드바가 저절로 만들어졌다. 이날 이 바의 최고 주종은 이 대장이 밀조한 럼 앤 콕. 권커니 잣거니 하다 보니 술에 취한 것인지 비에 취한 것인지 다들 다리가 휘청거렸다. 아직도 한 시간 이상은 더 걸어야 되는데. 또 이 자리에는 반가운 불청객이 하나 있어서 합이 열 하나가 되었다. 어디서 나타났는지 겁 대가리 없는 한국종 다람쥐 한 마리가 같이 추렴을 하잔다. 맘씨 좋은 이 대장은 땅콩 접시를 엎어 통째로 그 불청객에게 접대하였으니.

어쨌든 세 시간이면 된다는 산행이 네 시간을 꼭 채워서 정각 2시에야 산길을 벗어났다. 네 시간을 채운 데는 산속에서 적어도 네 시간은 있어야 우리 몸이 새것으로 바뀐다는 회장님의 강변도 나름 작용했다. 그런 가운데서도 비가 내린 탓인지 몰라도 누수 현상이 엿보였다. 요요회 산행 날씨가 전에 없이 비 내리는 날이 많아졌다는 어느 비주류 이사의 지적이 그것이다. "회장의 도력(道力)이 떨어진 것 아니냐." 어딘지 역모의 기미가 스멀스멀 피어나는 것 같아 이를 고변해야 할지 말지 조심스럽다.

가락동 수산시장 안 이 대장이 미리 점찍어 둔 횟집에서 오후 3시부터 시작된 점심은 5시가 넘어서야 일단 끝이 났다. 동네 뒷산 산길이 하루걸음이 된 셈이다. 횟집에서 설왕설래 말들은 많았지만 수확이라면 올 11

월에는 지난해 불발에 그쳤던 영암 월출산 등산을 하고 세발낙지를 먹기로 한 것이다.

구룡산·대모산 종행 참가자

김태진 회장, 임응숙, 황의방, 문영희, 윤석봉+1, 이영록, 조강래, 이명순, 신정자 (10인)

(2009년 6월 21일, 동아투위 홈페이지 '회원게시판')

빗방울 09-07-12 10:08

글 쓰신 분 제가 잘 아는 분이시네요^^. 오래-ㅅ만에 들렀다가 글 중에 내 이름이 나와서 깜짝 깜짝. 내 이름 빗방울이거든요. 제 취미도 산길 쏘다니는 것이라 잘 읽고 두루 소식 접하고 갑니다. 건강하십시오.

금병산(錦屛山)

# 동아투위와 '내친구 문순 c'의 행복한 동행

(2011년 7월 16일)

2011년 7월 16일 토요일 새벽. 쏟아지는 빗소리에 선잠을 깼다. 20여 일 계속된 장마가 며칠째 중부권을 맴돌면서 물 폭탄을 퍼부은 데다 이날도 기상예보는 심상하지가 않았다. 등산을 할 수나 있을까. 비가 많이 온다면 등산 대신 오랜만에 버스를 타고 춘천 주변 명소를 빗속에 돌아다니는 것도 괜찮을 성싶기는 했다. 강원도에 대한 추억은 누구나 한두 가지씩은 갖고 있을 터이니까.

또 요요회가 언제 비가 온다고, 또 눈이 온다고 산행을 거른 적이 있었던가. 우리끼리라면 산행을 강행할 수도 있지만, '문순c들'과의 동행이라는데 신경이 쓰인 것은 사실이었다. 어쨌든 등산 갈 채비를 했다. 비 맞을 각오를 하고 우의며 우비를 챙겼다. 일단 우리 일행을 태워 줄 전세버스가 떠나기로 한 지점까지는 시간에 대어서 가야 하니까.

또 한 치 앞 일을 누가 알아? 딱 일주일 전인 지난 토요일 한국출판인회의 산악회에 꼽사리 끼어서 강원도 인제의 내린천 거센 물길을 더듬어 '천상의 꽃밭' 곰배령을 다녀올 때도 그랬었으니까. 그날 우리는 밤새도록 퍼부어 대던 폭우 때문에 산행을 포기할까도 했었는데, 곰배령 진입로인 강선마을로 가는 산길에 들어서자 비가 개기 시작했다. 문제는 무슨 수로 그새 불어난 계곡물을 건널 것인가였다. 요행히 개울을 건넌다 해도 그 사이 비가 다시 내려 개울물이 더 불어난다면 꼼짝없이 오도 가도 못하고 산중에 갇히거나 TV에서나 보던 119 신세를 져야 할 판이었다. 십 수 년 동안 개천 어귀에서 쉼터를 운영하는 주인아주머니의 "내 경험상으로 비가 더 이상은 오지 않을 것 같다"는 예언(?)에 그 영험을 믿기로 하고 무사히 다녀온 일도 있지 않았던가. 그때 무리를 해서라도 그곳에 갔다 오지 않았더라면 두고두고 후회될 뻔했다.

만남의 장소인 지하철 2호선 종합운동장역 1번 출구에 도착한 것은 약속 시간인 아침 8시 조금 전이었다. 노견에는 이 우중에도 우리 말고도 길 나서는 사람들이 많은지 관광버스들이 겹겹으로 늘어서 있었다. 그런 만큼 우리가 타고 갈 버스를 찾아내기가 쉽지 않았다. 나중에 들은 얘기로는 탄천변에 주차해야 할 차들이 불어나는 개천물을 피해 이곳으로 대피한 것이라는 것이다.

우리가 타고 갈 버스에는 빈자리가 별로 없을 정도로 많은 사람이 이미 와 있었다. 폭우 경보를 무시한 겁 없는 사람들이었다. 그래도 지참자는 있는 법. 오기로 한 이들을 기다리고 점검을 마치느라 예정 시간을 넘긴 8시 20분쯤에야 출발했다.

오늘 동참자는 요요회 회원을 주축으로 한 동아투위 쪽에서 19명—윤활식, 김태진, 임응숙, 황의방, 문영희, 임학권, 성유보, 이영록, 김양래, 신정자. 부부 참가자 4쌍—윤석봉(+이정희), 이명순(+홍경숙), 조강래(+박정희), 홍명진(+남편). 그리고 KBS의 정현조 심의위원이 지난달에 이어 함께했다.

스무 명쯤 되는 '내친구 문순c' 카페 분들이 우리와 동행했고, 춘천에서 현지 합류한 이들까지 합치면 50~60명에 이르는 대부대였다. (이 분들의 관등성명을 잘 몰라 명단은 약하기로 했으니 양해바랍니다.)

차중에서는 카페지기들이 진행을 도맡았다. 온갖 간식을 푸짐하게 마련해 와 나눠 주는 수고도 그들 차지였다. 갖은 고명을 버물어 만든 맛있는 떡, 방울토마토, 바나나, 초콜릿, 생수 등등 술 빼고는 없는 것이 없었다. 떡은 카페 회원이기도 한 방배동 유명 떡집 사장님이 가져온 것으로, 원재료는 고집스레 국산을 쓰는 것으로 알려졌다. 그분이 직접 차 안에서 간식들을 일일이 나눠 주기까지 했다. 이러니 우리 요요회가 할 일이라곤 없었다.

버스가 오늘 산행 목적지인 금병산(錦屛山, 해발 652m) 등산로 입구에 이르기까지 한 시간여 달리는 동안 이따금 빗방울이 듣기는 했지만 걱정할 정도의 양은 아니었다. 산머리에 걸려 있는 물먹은 구름과 비안개들로 미루어 그쳐 가는 비일 거라는 희망 섞인 전망을 해 보았다. 춘천으로 이어지는 고속도로 연변의 산들은 안개인지 구름인지에 첩첩으로 둘러싸여 그 자체가 아름다운 산수화의 연작 마당 같았다. 우리 일행을 태운 버스가 경춘가도가 아닌 새로 난 고속도로를 탔기 때문에 연변의 대성리며 강촌 따위와 바로 만날 수가 없어서 젊은 날의 추억을 떠올릴 빌미는 찾기 어려웠다.

버스는 9시 40분쯤 우리 일행을 등산로 입구에 내려 줬다. 등산 대신 춘천 주변을 둘러보는 옵션도 있었기 때문에 그 쪽을 택한 이들을 버스에 남기고 주력은 산을 오르기로 했다.

금병산. 춘천시 신동면과 동내면·동산면 3개 면 경계에 있는 이 산은 춘천시에서 남쪽으로 8킬로미터 떨어진 곳에 우뚝 솟아 있다. 사계절 중 겨울의 설경이 가장 좋고, 가을에는 낙엽이 무릎까지 빠질 정도로 수목

이 울창하다고 한다.

정상에 이르는 등산로는 여럿 있었다. 산길마다 김유정(金裕貞)의 작품 이름에서 빌려 동백꽃길, 산골나그네길, 만무방길, 금 따는 콩밭길, 봄봄 길 따위의 이름을 붙여 놓았다. 다소 작위적인 데가 없지 않아 보였지만, 1930년대 문명을 떨쳤던 금병산 밑 실레마을 출신 소설가 김유정을 자랑스러워하고 기리려 하는 마음을 엿볼 수 있었다. 왕성한 작품 활동을 하는 중에도 끊임없이 병마에 시달려왔던 김유정은 1937년 어느 봄날 그 쓸쓸하고 짧았던 생을 마감했다.

우리는 원창고개에서 산행을 시작해서 정상에 오른 다음 동백꽃길을 거쳐 김유정 문학촌이 있는 실레마을 쪽으로 하산하기로 했다. 표지판에 적힌 것으로는 세 시간거리가 채 안 되는 산행이었다. 다행히 비는 멎었다. 비는 개었지만 긴 장마로 온 산야가 습기로 가득 차 있어서 조금만 움직여도 온몸이 금방 땀에 절었다. 비구름 때문에 해가 비치지 않은 것이 그나마 다행이었다.

산길에는 잣나무, 소나무, 낙엽송, 신갈나무, 생강나무, 물푸레나무,

뽕나무, 박달나무 등이 머리에 빗물을 잔뜩 인 채 울창한 숲을 이루고 있었다. 산야에는 개화 시기가 지나 꽃은 지고 없었지만, 푸른 이파리를 자랑하는 온갖 야생화가 물기를 잔뜩 머금은 채 풀꽃 세상을 이루고 있었다. 제철을 만난 원추리들만이 듬성듬성 풀숲에 섞여서 주황색 꽃을 짙게 피워 내고 있었다. 규모로야 비교할 수 없겠지만 지난주에 다녀왔던 점봉산 곰배령에 결코 못지않은 다종다양한 야생화들이 군락을 이루고 있었다.

우리가 택한 산길은 오르막이 그다지 가파르지 않은 데다 육산이어서 비교적 순하다는 느낌을 주었다. 그러나 일행 중에는 등산을 자주 하지 않았던 이들도 끼어 있어서 선두와 후미 사이에는 꽤 간격이 벌어지기도 했다. 가다 쉬다를 되풀이하면서 한 시간여 오르자 정상이 나타났다. 금병산 정상에는 정상 표지석 둘레에 꽤 넓은 쉼터를 만들어 놓았다. 맑은 날이라면 전망대 구실도 해 춘천 시내를 한눈에 내려다 볼 수도 있을 텐데 안개와 구름이 사방의 시야를 다 가려버려 아쉬움이 컸다.

우리는 이곳 정상 쉼터에서 정상주와 함께 간식 먹는 시간을 갖기로 했다. 각자 배낭 속에 있는 것들을 꺼냈다. 김밥과 샌드위치, 모씨가 미국 여행길에 사 들고 왔다는 위스키에 뽕주(오디술)·막걸리 등속의 주류에 칠면조 육포, 임연수어 구이가 안주로 나왔다. 이 산중에서 임연수어 구이라니. 후식으로는 긴 장마와 폭우로 비싸졌다는데도 수박, 토마토, 참외 등이 지천으로 쏟아져 나왔다. 이것만으로도 거의 정식 수준의 상차림은 되었다. 우리와 처음 동행한 문순c들은 우리의 간식 상차림에 다소 놀라는 눈치였다. 하산 후 점심 메인으로 잡아 놓은 춘천의 명물 막국수와 녹두전, 막걸리 맛이 떨어질까 하는 기우(杞憂)에서였을 것으로 짐작은 하지만.

술기운 탓인지 이런저런 얘깃거리로 자리가 화기애애해지기 시작했다. 하지만 이곳에서 더 오래 지체할 수는 없었다. 너무 여유를 부리면서 올라오는 바람에 시간을 꽤 많이 써 버린 탓이다. 낮 1시로 예정한 점심 식사 장소에 도착하려면 하산을 서둘러야 했다. 거기다 등산 중에도 오락가락 하던 빗방울이 다시 굵어지기 시작했다.

하산은 시간을 단축하기 위해 동백꽃길을 타고 가기로 했다. 동백꽃. 이곳의 동백은 주로 남해안이나 남쪽 섬 지역에 자생하는, 붉은 꽃을 피우는 동백과는 다른 것이었다. 노란색 꽃을 피우는 생강나무를 이곳에서는 동백나무라고 부르고 있었다. 실제로 생강나무에 매달린 이름표를 보아도 남도에서 자라는 동백나무와는 전혀 달랐다. 생강나무는 녹나무과로 이른 봄 산속에서 가장 먼저 노란색 꽃을 틔운다. 꽃이 피어날 때 짙은 향내를 뿜어내고, 잎이나 가지를 꺾으면 생강 냄새가 나기 때문에 생강나무로도 불리기도 한다고 한다. 산수유와 비슷한 시기에 꽃이 피는데다 꽃 모양도 산수유와 거의 비슷하기 때문에 가끔 헷갈리는 꽃이기도 하다. 생강나무는 꽃을 피우는 줄기 끝이 녹색인데 비해 산수유나무는 갈색이다. 고등학교 때 배운 김유정의 단편소설 「동백꽃」의 동백이 바로 이 생강나무를 뜻한다고 하니, 그동안 남녘땅에서 피고 자란 붉은 동백꽃으로 잘못 알고 있었던 것을 수정해야 할 판이었다.

하산 길에는 우산을 써야 할 정도로 제법 많은 비가 쏟아졌다. 하지만 내리막길인데다 산길이 비교적 평탄하고 넓어서 큰 어려움은 없었다. 김유정 문학촌이 있는 실레마을로 가는 길에는 재미있는 길 안내판이 여럿 눈에 들어왔다. '들병이들 넘어오던 눈웃음길', '도련님이 이쁜이와 만나던 수작골길', '응오가 자기 논의 벼 훔치던 수아리길', '응칠이가 송이 따먹던 송림길', '근식이가 자기 집 솥 훔치던 한숨길' 등과 같은. 이 가운데서도 "김유정의 소설에는 19살 들병이들이 먹고 살기 위해 남편과 함께 인제나 홍천에서 이 산길을 통해 마을에 들어와 잠시 머물다 떠나는 이야기가 여럿 있다"는 해설이 곁들여진 '들병이들 넘어오던 눈웃음길'이

특히 산 나그네의 마음을 무겁게 했다.

들병장수라고도 불리는 들병이는 병에다 술을 가지고 다니면서 파는 여인네를 말한다. 남편이 있지만 벌이가 시원치 않아 먹고 살기 위해 들병장수로 나서서 술을 팔기도 하고, 경우에 따라서는 몸을 파는 경우도 있다고 한다. 김유정의 작품 「봄봄」, 「동백꽃」, 「안해」 등에 들병이가 등장하곤 한다. 민초의 삶의 애환이 서려 있는 슬픈 이야기여서 가슴이 잠시 먹먹해지기도 했다. 순간 눈앞이 좀 침침해진 것은 흐르는 빗물 탓일까, 아니면 눈물 때문일까.

이런저런 상념에 잠기면서 한 시간 남짓 산길을 거의 다 내려올 무렵 옥수수, 감자, 콩, 고구마, 고추나무 따위가 서로 키를 재면서 자라고 있는 밭고랑들이 나타났다. 김유정이 태어나고 그의 소설의 배경이 되는 실레마을에 당도한 것이다. 금병산에 둘러싸인 마을의 모습이 마치 떡시루 같다 하여 실레마을이라 한다고 한다.

마을 이름에서도 그 시절 간난 속에 살아온 민초의 모습이 떠올려졌다. 동시에 10년여 전 북한 땅을 찾았을 때 량강도 대홍단군에서 마주쳤던 증산(甑山)이라는 산 이름이 문득 생각났다. 떡시루 모양을 하고 있다해서 그렇게 불렀다는데 이곳 금병산 자락에서도 비슷한 이름을 마주 하다니. 헐벗고 배를 곯던 시절, 얼마나 배가 고팠으면 먼 산을 올려다보면서 떡시루를 떠올렸을까. 대홍단 일대는 지금은 대규모 감자 재배 단지로 변모해 북한의 주된 식량 공급지가 되고 있다 한다.

김유정 문학촌은 실레마을 바로 그 어귀에 자리 잡고 있었다. 문학촌 안에는 김유정의 생가를 복원해 놓고 전시관, 정자, 연못, 동상, 외양간, 디딜방아간 등의 시설을 갖춰 놓았다. 연중 김유정 추모제, 세미나 등 각종 문학 행사가 개최되고 있다고 한다. 이곳에 머무를 시간이 많지 않아서 문학촌 내부는 진짜 번갯불에 콩 볶아 먹듯 수박 겉핥기식으로 둘러보고 한참 전부터 우리를 기다리고 있을 버스 쪽으로 다가갔다. 「봄봄」·「동백꽃」의 못된 마름 '욕필'이나 점순이, 들병이들, 그리고 「금 따는 콩밭」의 수재나 영식이들을 만나 보는 것은 훗날을 기약하기로 하고.

시간은 오후 1시 20분. 우리가 산행을 시작한 원창고개에서 실레마을까지 두세 시간 걸리는 것으로 되어 있는 산길을 우리 일행은 빗길이라고는 해도 네 시간 가까이 걸려 마친 셈이다.

실레 마을에서 식사 장소까지 가는 데에도 30분 가까이나 걸렸다. 춘천 외곽 소양강댐 방향에 접해 있는 '원조 샘밭 막국수'가 그곳이다. 춘천에서 제일 잘하는 집이라면 막국수 집으로는 대한민국에서 최고의 맛집이란 뜻이 아니겠는가. 결코 허명(虛名)이 아니었다. 밥 때가 많이 지나 시장한 탓도 있었겠지만 춘천 막걸리에 녹두빈대떡·삼겹돼지편육은 찰떡궁합이었고, 메인으로 나온 막국수는 정말 별미였다. 오래전부터 서울의 지하철 교대역 부근에 분점을 내놓고 있다고 하니 한 번쯤 찾아볼 일이다. 그곳에서 부어라 마셔라 하고 싶은 마음이 굴뚝같았지만 다음 일정 때문에 자리를 접어야 했다. 술꾼들로서는 아쉬움이 컸을 터이다.

아쉬움을 뒤로하고 버스 편으로 강원도 도청 청사로 이동했다. 최문순 도지사가 입구에서 우리 일행을 반갑게 맞아 주었다. 토요일 일과 후라고는 하지만 최근 평창 동계올림픽 유치 성공 뒤처리 등 할 일이 많을 텐데도 시간을 내어준 것에 다들 고마워했다. 도청 휴게실로 안내를 받은 우리 앞에는 당초 생각지도 못했던 음악회가 기다리고 있었다.

간단한 다과까지 차려진 휴게소 정면에는 '이병욱과 어울림' 초청 '정론직필 동아투위와 함께하는 내친구 문순c의 행복한 동행'이라는 걸개

그림이 걸려 있었다. 우리를 위한 매우 뜻있는 자리였다. 실내악단 '이병욱과 어울림'을 이끌고 있는 이병욱은 '우리 전통음악을 바탕으로 서구적 양식을 수용하여 이 시대에 우리스러운 새로운 음악을 창출하겠다'는 뜻에서 부인과 아들, 며느리 등 1가족 4인의 예인들로 가족악단을 만들어 활동하고 있다.

아들 이영섭의 대금 독주 〈청성곡〉으로 문을 연 음악회는 며느리 김복음의 〈거문고 산조〉, 부인 황경애의 장구와 이병욱 본인의 기타 연주로 일궈 낸 '우리 민요 환상곡'으로 이어졌다. 자신이 직접 곡을 쓰고 노래한 〈검정 고무신〉, 〈오, 금강산〉, 〈가시버시〉, 〈이 땅이 좋아라〉는 가사의 내용도 좋았지만 육순을 넘겼음에도 여전히 청징함을 잃지 않은 목소리가 문외한의 귀에도 깊은 울림으로 남았다. 특히 모진 시련 속에서도 이 땅을 꿋꿋하게 지켜 온 명주실처럼 질긴 우리 어머니들의 애환을 그린 〈검정 고무신〉의 노랫말이 가슴을 쳤다.

천년을 벼르어 이룬 첫날 밤/ 나갔다 오리란 그 한 말씀/창문 밖에는 바람소리와/ 시베리아 모진 바람소리/ 오직 이 밤을 지키는 것은/ 그대 오도록 꺼지지 않은 촛불 하나/ 아 아 울음 한 번 크게 울지 못한/ 가슴이 저리도 곱게 허무는가_민용태 시

비 오는 토요일 오후, 2시간 가까이 이어진 음악회는 평창 동계올림픽 개최지가 최종 확정되던 날 밤 방송인 출신 임병걸 시인이 즉석에서 쓴 시를 이병욱에게 보내와 스스로 작곡했다는 〈펼쳐라 평창의 꿈〉을 앙코르곡으로 들려주면서 끝났다.

〈펼쳐라 평창의 꿈〉은 문외한의 귀로는 조용필의 〈한오백년〉, 주병선의 〈칠갑산〉을 시작으로 하여 송창식의 〈고래사냥〉으로 마무리한 듯한 우리의 한과 꿈을 잘 버물린 맛깔스런 노래로 들렸다. 음악회는 이병욱이 이날을 기억할 수 있도록 2011년 7월 16일자 사인이 담긴, 2007년 사라예보 평화축제 초청공연 기념 '동서가 어우러지는 이병욱과 어울림' 음반을 참석자들에게 선물로 나눠 주는 것으로 끝났다.

그러나 이것이 끝이 아니었다. 이어지는 마무리 대화의 시간이 또 남아 있었다. 하지만 청중들은 대화보다는 노래가 더 고팠던 모양이었다. 어떻게 소문이 났는지 요요회의 대표가수 조강래를 불러내 노래를 청했다. 사양하기를 거듭하던 조 가수가 끝내 거절을 못해 일어서서 〈내 마음의 강물〉을 멋들어지게 불러 젖혔다. 노래 자체가 긴 데다 분위기 탓인지 중간에 가사를 까먹기도 했다. 나이 탓도 있겠지.

여기서 또 끝이 아니었다. 이번에는 조 가수의 부인 박정희 여사를 불러 세웠다. 누군가 첩자(?)가 있음이 분명했다. 이들 부부는 자타가 인정하는, 우열을 가리기 힘들 만한 가인들이었다. 박 여사는 조 가수와는 색조가 다른 노래를 가사 한 줄 틀리지 않고 잘 불러냈다. 이를 두고 자웅(雌雄)을 겨룬다고 하는 것이리라. 다들 입을 다물지 못했다. 말은 안 하지만 부러운 눈치가 역력했다. 하지만 이들의 절창은 새로운 가수의 출현을 봉쇄해 버리는 독약으로 작용했다. 문순c 카페 쪽에도 숨은 가수들이 많을 텐데 그들을 불러내지 못한 게 아쉬웠다.

그러나 여기가 아주 끝은 아니었다. 청중들은 자기들 속에 카메오처럼 섞여 있던, 이 고장 출신 명 테너 설루파를 향해 우레와 같은 박수로 노래를 청했다. 불감청(不敢請) 고소원(固所願)이라 했던가. 최 지사도 감히 그런 청을 못하고 있었다는데 청중평가단(?)이 그를 불러 세운 것이다. 청중들의 특청에 그가 일어섰다. 촛불의 힘이 산성(山城)을 무너뜨린 현장이었다. 사실은 좀 무리한 부탁일 터였다. 음향 시설이 제대로 갖춰지지 않은 휴게실에서, 그것도 반주 없이 노래를 부른다는 것은 전문 음악인인 그로서는 쉽지 않은 일일 것이다. 그는 일어서서 청중들의 귀에 비교적 친숙한 〈오 솔레 미오〉, 〈돌아오라 소렌토로〉, 아리아 〈공주는 잠 못 이루고〉' 등 3곡을 간주 부분은 생략한 채 무반주로 들려주는 깜짝 공연을 선사했다.

요요회가 생긴 이래 이렇게 입 호강, 귀 호사를 한 적이 있었던가. 요요회 회원은 물론 동행한 문순c 카페 회원 모두 행복에 겨운 나머지 너나 없이 입들이 귀 끝에 걸렸다. 진한 감동과 기쁨을 만끽한 요요회와 문순c 카페는 '행복한 동행'이 이것으로 끝나는 것이 아니라는 데 동의하는 한편 새로운 모색을 하자는 데 합의하고 이날의 일정을 모두 마무리했다. 특히 이번 행사는 '내친구 문순c' 카페 측의 치밀한 준비와 헌신적인 봉사로 조금의 차질도 없이 완벽하게 치러졌다. 카페지기를 비롯한 회원 모두에게 감사할 따름이다.

일행은 최 지사의 배웅을 받으며 서울로 되돌아가는 버스에 몸을 실었다. "Still falls the rain!"(Edith Sitwell). 차창 밖에는 아직도 비가 내리고 있었다.

실미도(實尾島)

# 비극의 섬 '실미도'에 바치는 진혼곡 〈봄날은 간다〉

(2011년 10월 29일)

2011년 10월 29일. 매달 세 번째 토요일 월례 산행 모임을 해 온 동아투위 요요회는 이번 달에는 회원들의 여러 사정을 고려해서 마지막 토요일로 날짜를 바꿔 인천 앞바다에 떠 있는 무의도(舞衣島)로 행선지를 잡았다.

아침 6시 반. 늦잠을 잘까 봐 걱정했는데 알람이 울리기 전에 일어났다. 무의도 가는 방법에 여러 설이 있기 때문에 마음을 놓지 못해서다. 창밖을 내려다보았다. 광장 쪽에는 우산을 쓰고 다니는 사람들이 드문드문 보였다. 어젯밤 일기예보는 분명 서울과 중부 지방에 비가 올 거라는 얘기는 없었는데. 그래도 아침 예보로는 비가 오전까지만 오락가락하다가 서해 쪽부터 갤 거라는 희망적인 속보를 내놓았다.

초행길이라 연구 검토를 거듭한 끝에 최단 경로로 잡아 시내버스 한 번 타고, 지하철 한 번 갈아타고 해서 1차 집결 장소인 김포공항역에 도착했다. 이곳에서 인천 용유역 가는 8시 59분발 임시기차를 타야 한다. 아침 8시 반이 채 안 됐다. 겁먹고 너무 일찍 나왔나. 아무도 보이지 않았다. 조금 있으니까 윤활식 선배 모습이 보였다.

서울역, 김포공항역, 인천공항역을 지나 용유임시역까지 가는 주말 등산열차는 올해는 이번 달 30일까지만 운행한다. 출발지에 따라서는 네댓 번의 교통편을 바꿔 타야 하고, 타고 내리고 갈아타는 시간을 감안해야 하기 때문에 고도의 계산 작업이 필요하다. 오죽했으면 충청도 서산 땅에 똬리를 틀고 사는 윤 여사 내외가 스스로 '어리어리한 두 사람'이라고 몸을 한껏 낮추면서 "서울역에서 만나 공항철도역에 같이 가실 똑똑한 분"을 찾는 구인광고까지 냈을까. 이런저런 사정으로 동참이 끝내 불발되기는 했지만. 요즘에는 어리어리하다는 말보다 어리버리하다가 더 일반적으로 쓰이고 있기는 하다. 주최 측에서는 이미 동아투위 위원들 대부분을 이 카테고리에 속하는 것으로 재단해 버렸으니(비분강개하는 분 제외) 유구무언이다.

어리버리한 사람들이 많다 보니 조 대장 모바일 폰에 불이 날 수밖에. 그중에는 한 시간 앞서 출발하는 기차를 타고 한 시간 일찍 목적지인 용유역에 도착해서 친절하게도 우리 일행 숫자대로 무의도 일대 관광지도를 챙겨서 나눠 주는 서비스를 자청하기도 했고, 또 어떤 이는 시간 계산을 너무 에누리 없이 한 탓으로 우리가 타고 갈 기차를 놓쳐서 인천공항역에서 마을버스를 타고 무의도로 들어가는 잠진도 선착장으로 바로 가서 우리 일행과 극적으로 조우하기도 했다.

최종적으로 확인된 산행 참가자는 딱 스무 명. 요요회에서는 윤활식·임응숙·황의방·문영희·임학권·오정환·이영록·이명순·조강래·신정자 회원과 윤석봉·이종대·홍명진 회원 내외, 그리고 '내친구 문순c' 카페의 정한봄·허용무·강소영·김진숙 씨 등 4인이다. 김태진 회장은 중요한 집안일 때문에 불참을 알려 왔다고 한다.

잠진도는 원래는 용유도 바로 앞의 섬이었는데 지금은 용유도와 연륙되어 있다. 무의도로 가려면 그곳 선착장에서 배를 타고 건너가야 한다.

승객뿐만 만아니라 자동차까지 태워 갈 수 있는 중대형 페리다. 무의도는 그야말로 지척(咫尺)인데 사람 태우랴, 관광버스·승합차·승용차 따위의 자동차들을 싣느라 승선 시간이 훨씬 더 걸렸다. 배가 궁둥이 한 번 돌렸을 뿐인데 싱겁게도 내리란다. 배 주위에는 갈매기 떼가 끼룩끼룩, 꺼이꺼이 하면서 떠돌았다. 승선자들이 던져 준 새우깡 따위를 받아먹으려고 몰려든 것이다. 느닷없지만 문득 『광장』(최인훈)의 이명준 생각이 떠올랐다.

『광장』의 주인공 이명준, 남과 북 모두를 체험하고 실망한 그는 월북해서 만난 무용수 은혜를 통해 삶에 대한 집착을 갖게 되었으나 헤어지게 된다. 한국전쟁 와중에서 인민군으로 참전했던 명준은 낙동강 전투에 배치되었다가 간호병으로 자원한 은혜와 다시 만난다. 재회 속 은혜는 명준의 아이를 임신했음을 말하고 헤어져 가는 중 그녀는 세상을 떠났다. 그 후 명준은 포로가 되어 남쪽도 북쪽도 아닌 중립국을 선택한다. 명준은 중립국으로 가는 배 위를 떠도는 갈매기를 은혜와 딸의 환영으로 보고 바다에 뛰어들어 자살을 한다. 무의도 앞바다를 떠도는 저 갈매기 속에 명준이 보았을 그 갈매기의 후예도 한 마리쯤 끼어 있지 않을까 생뚱맞은 상상을 해 보았다.

오늘의 산행 목적지는 무의도의 호룡곡산(虎龍谷山)과 국사봉을 잇는 6킬로미터 능선길. 시간이 허락한다면 현대사의 현장 실미도(實尾島)도 둘러볼 참이었다.

무의도. 그 외양이 마치 춤추는 무희의 모습 같다고 하여 붙여진 이름이라 한다. 이 섬의 주산인 호룡곡산은 수도권 등산객이 즐겨 찾는 섬 산행지. 간단한 바다 여행을 겸해 당일로 다녀올 수 있는 데다 큰 무리 없이 한나절로 산행이 가능하기 때문이다. 해발 246미터인 호룡곡산은 섬 산으로는 만만찮은 높이다. 무의도 북서쪽 머리에 매달리듯 위치한 실미도가 영화로 유명해지면서 여행을 겸해 이 산을 찾는 이들이 크게 늘었다고 한다.

호룡곡산 등산을 하려면 선착장에서 나와 다시 버스를 타고 이동해야 한다. 주말인 데다 용유임시역 가는 기차 운행이 내일로 끝나기 때문에서인지 사람들이 붐벼 마을 청년회가 운영하는 버스 타는 곳에는 긴 줄이 생겼다. 그래서 생각한 것이 차편 대신 바로 산길로 접어들기로 한 것. 당산을 지나 국사봉(236m) 쪽으로 가는 것으로 방향을 틀었다. 그 대신 호룡곡산은 일정에서 빼기로 하고. 오늘 산행에서는 이곳을 여러 차례 왔다는 임학권 회원이 임시등산대장을 맡았다.

바로 산길로 접어드니 색색으로 단풍 든 잡목 숲이 이어졌다. 산길은 새벽녘에 잠깐 내린 비 덕분에 먼지도 가시고 물에 젖은 낙엽에서 나는 향이 더 진한 것 같았다. 당산을 넘어서자 좁은 포장도로가 나타났다. 이른바 실미고개다. 국사봉 가는 등산로 입구다. 발치 아래 자그마한 섬과 이어지는 넓은 모래사장이 갯벌 밭과 함께 나타났다. 실미도란다.

선두에서 설왕설래가 이어지더니 국사봉 쪽이 아닌 실미도 쪽으로 또 방향을 틀기로 했다고 한다. 산행이 부담스러운 몇몇 회원의 사정을 배려한 결정이었다. 당초 계획했던 등산을 할 수 없어 좀 실망스럽긴 했지만 실미도에 한 번 가 본다는 것도 뜻이 있을 것 같았다.

자동차들이 오가는 콘크리트길을 피해 산길로 들어섰다. 길이 제대로 닦여 있지 않은 데다 잡목이 얼키설키 우거져서 앞으로 나아가기가 힘들었다. 이정표 따위도 있을 리 없었다. 하는 수 없이 남의 밭둑을 타고 넘어갔다. 1968년 1월 21일 청와대를 습격하기 위해 서울 세검정까지 침입한, 김신조를 비롯한 북한 인민군 특수부대 124부대 소속 31명이 이런 길을 타 넘고 다니지 않았을까.

낯선 침입자들을 발견한 개들이 우악스레 짖어 댔다. 거기다 밭일을 하던 웬 할머니가 말인지 욕설인지 알아들을 수 없는 목소리로 고래고래 소리를 질러 댔다. 나중에 알아봤더니 '길도 아닌 남의 밭에 왜 들어오느냐. 이전에도 이런 사람들이 밭에 심어 놓은 무며 고구마 따위를 서리해 갔다'는 것이다. 그 연장선상에서 우리에게 잔뜩 화가 나 있었던 구순이 넘었다는 이 할머니, 이종대 회원의 부인이 가지고 있던 연양갱으로 가까스로 노인을 달랬다. 이가 없어도 쉬이 먹을 수 있다면서 싫다는 걸 억지로 쥐어 줬다. 정치는 여자가 하는 것이 맞나?

문제의 밭고랑을 빠져나오니 다시 처음의 찻길과 만나게 되었다. 괜히 헛돈 셈이다. 바로 눈앞이 실미도 유원지였다. 섬과 섬 사이에 모래로 둑을 쌓아 놓고 입구에만 징검다리를 놓아서 사람들이 출입할 수 있게 되어 있었다. 마을 청년회에서 입장료로 2,000원씩 받고 있었다. 경로우대도 없느냐고 우겨서 반값으로 해결을 보고 모래둑길을 거쳐 섬으로 들어갔다. 갯벌 밭에서는 재미 삼아 게나 바지락 따위를 잡고 캐는 관광객들이 꽤 있었다. 입장료를 받고는 있었지만 섬은 관리와는 거리가 멀게 거의 방치하다시피 하고 있었다. 온통 쓰레기 천지였다. 의열남(義烈男) 윤석봉 회원이 분통을 터뜨렸다. 2,000원이나 내고 쓰레기나 구경하라는 거냐고.

낮 1시. 점심때가 좀 지나 시장하기도 해 일단 식사 장소를 물색했다. 그렇게 개운한 곳이 안 보였지만 아쉬운 대로 햇볕을 피할 수 있는 아카시 덤불 그늘 사이에 밥상을 차렸다. 이종대 회원이 식사하기 전에 이름도 명예도 없이 스러져 간 실미도의 원혼들을 위해 의식을 올리자고 제

안하면서, 낮고 무거운 음률로 〈봄날은 간다〉를 읊조리듯 노래했다. 백설희나 장사익풍(風)도 아니고 자우림류(流)는 더더욱 아닌 이종대 조(調)의 가락으로.

> 연분홍 치마가 봄바람에 휘날리더라.
> 오늘도 옷고름 씹어가며, 산제비 넘나드는 성황당 길에
> 꽃이 피면 같이 웃고, 꽃이 지면 같이 울던
> 알뜰한 그 맹세에 봄날은 간다.

이종대. 지난 10월 2일 열린 '제4회 연예인협회 연주분과 주최 전국 아마추어 음악인 경연대회' 아코디언 부문에서 최고상인 '금상'을 수상한, 전혀 어리버리하지 않은 고희(古稀)의 신인이다. 유감인 것은 이날 아코디언을 지참하지 않아 생목을 악기 삼아 〈봄날은 간다〉를 연주한 것이다. 이런 철지난 유행가에도 숙연해질 수 있는 것은, 그것이 죽은 자에게 바치는 진혼곡(鎭魂曲)에 다름 아니었기 때문이다. 우연찮게 실미도를 만난

요요회 회원들의 심금이 바로 그렇지 않았을까.

실미도 사건. 박정희 정부는 1968년 1월의 김신조 등 북한 특수공작원의 청와대 습격 사건에 대한 보복으로 평양의 주석궁을 습격하기로 하고, 같은 해 4월 31명의 청년을 모아 실미도 부대를 창설했다. 정식 명칭은 '2325전대 209파견대.' 1968년 4월에 창설됐다 해서 '684부대'로 불리기도 했다. 이들을 이곳 실미도에 격리·수용하여 지옥 훈련을 시켰다. 전과자와 민간인으로 꾸려진 대원들은 3년 4개월 동안 가혹한 훈련과 비인간적인 대우를 받으면서 출동 명령만을 기다리고 있었다.

그러다가 1970년대 초 남북 간 화해 분위기가 조성되면서 북파 임무가 취소됐고, 이들의 존재 자체가 외부에 공개될 것을 우려한 정부는 이들 모두를 사살하라는 명령을 내린 것으로 전해졌다. 이를 알아차린 훈련병 24명(원래 31명이었으나 훈련 과정에서 7명은 사망했다고 한다)은 1971년 8월 23일 기간사병 18명을 살해하고 인천에서 버스를 빼앗아 타고 서울로 향했다. 이들은 서울 대방동 유한양행 앞에서 총격전 끝에 수류탄을 터뜨려 4명을 제외하고 모두 사망했다.

당시 신문사 사회부에서 사건 담당 기자로 일했던 나는 서울시경 캡의 지시로 사건의 마지막 현장인 노량진역 부근의 유한양행 앞으로 급히 달려갔다. 내가 현장에 도착했을 때는 상황은 이미 종료되어 있었다. 군경이 바리케이드로 현장 접근을 막고 있었고, 언론사 취재진이 대거 몰려왔지만 취재 자체는 원천적으로 봉쇄되었다. 이 때문에 '실미도 사건'은 기자로서의 무력감을 절감해야 했던 기억으로만 내게 남아 있다. 당시의 언론 보도는 대부분 정부 쪽의 일방적인 발표에만 의존했다. 그래서 처음에는 북한의 '무장공비' 소행으로 발표되기도 했을 정도였다.

실미도 사건의 진상은 684부대의 훈련병들이 겪은 실상을 파헤친 백동호의 소설 『실미도』(1999)와 이 소설을 바탕으로 만든 강우석(康祐碩) 감독의 동명 영화 〈실미도〉(2003년 12월 개봉)를 통해 세상에 알려지면서 일부가 드러나기 시작했다. 영화 〈실미도〉는 개봉과 동시에 흥행에 크게 성공했으나, 일부 유족들로부터 영화 내용이 사실을 왜곡했다는 이유로 상영 중지 요구를 받기도 했다. 또한 우익 단체는 영화에 〈적기가(赤旗歌)〉가 네 차례 등장한 점을 두고 대한민국 정부를 부정하고 반국가단체의 활동을 찬양·고무하기 위한 의도라고 주장하면서 강 감독을 국가보안법 위반혐의로 고소하기도 했다. 재판부에서는 유족들의 주장에 대해 명예훼손이 아니라는 판결이 내려졌고, 지상파 TV 방송에서는 〈적기가〉의 해당 음악 부분을 대체 처리하여 방송했다.

'사실(현실)'과 '영화'를 동일시함으로써 문제가 되는 사례는 우리 주위에서 종종 볼 수 있다. 최근에도 광주 인화학원의 장애인 성폭행 사건이 사회문제로 비화하면서 이 문제를 소설의 소재로 삼았던 공지영의 소설 『도가니』가 사실을 왜곡했다면서 사법 처리를 주장하고 나선 여당 쪽 인사의 발언도 비근한 예이다. '소설'과 '사실'을 분간하지 못한 데서 빚어진 촌극이라 할 것이다.

실미도 사건은 영화 상영을 계기로 한때 국민적 관심사의 하나로 부각되었으나 이내 잠잠해졌다. 그러다가 2005년 9월부터 시작된 군 과거사 조사에 실미도 사건을 포함시킴으로써 684부대의 창설 배경과 주체, 훈련병 모집과 훈련 과정에서의 탈법·불법적 인권 유린 실태, 훈련병의 신원 확인과 유해 발굴 등 진상에 접근하려는 노력이 진행되기도 했다.

이종대 회원이 죽은 자에 대한 묵념을 겸한 노래를 마치자 좌중은 젖은 가슴을 내려놓고 민생고 해결에 들어섰다. 저마다 준비해 온 밥이며 떡, 갖은 전에 소고기·족발·오리고기 등속의 술안주들이 함께 쏟아져 나왔다. 시작할 땐 이 많은 음식을 누가 다 먹을까 걱정이 됐지만 자리가 파할 때쯤 거의 다 동이 나고 말았다. 외려 술이 부족할 지경.

막걸리·매실주에 비장의 와인(오정환)과 양주(이명순) 등등 주종이 다양했지만, 특히 효창동 이정희 도가에서 내온 다섯 살배기 송순주 6병이 술꾼들을 즐겁게 해 주었다. 이 여사 내외가 강릉 바닷가 해송 밭에서 은밀히 채취한 어린 솔잎을 넣고 직접 담가 5년이나 숙성시켰다는 명주(銘酒)다. 지난번 산행 때 이 도가에 술이 떨어졌다는 유언비어가 나돌았었는데, 이를 잠재우기라도 할 요량으로 이날 대량 반출해 낸 것. 부자 망해도 3년 먹을 것은 있다고 했는데, 이 도가의 술 창고에 술 마를 날이 있을까.

떡집 사장 정한봄이 직접 버너에 불을 펴 끓여 낸 라면도 입가심으로는 그만이었다. 거기에 잠진도 선착장에서 사 온 싱싱한 생굴을 잔뜩 곁들여 넣었으니 술국으로도 손색이 없었다.

배도 부르고 술도 어느 정도 마셨으니 소화도 시킬 겸 산책이나 할까 하고 일어섰더니, 홍명진 회원의 부군 민 선생이 실미도 북파 공작 부대원들이 훈련받았던 현장을 안내하겠다고 해서 따라나섰다. 영화 〈실미도〉의 촬영 현장이기도 하다는데, 사격장·숙소 등 훈련 시설물들은 오래전에 없애 버렸고 영화 세트장도 다 치워 버려 지금은 흔적조차 찾기 어렵다고 귀띔해 주었다.

현장 답사에 나선 이는 딱 절반인 10명이었다. 술 좋아하고 말 잘하는 사람들은 계속 소통을 하도록 남겨 두기로 하고. 앞서가던 윤활식 선배가 나에게 손짓을 하면서 시커먼 물체를 가리켰다. 죽은 돌고래 새끼였

다. 파도에 쓸려 들어왔다 빠져나가지 못하고 긴 시간 사투한 듯 살은 찢기고 속뼈가 다 드러나 있었다. 어미 손을 놓친 새끼 고래와 조국이 실미도에 버린 무명의 젊은이들이 묘하게 대비되었다. 국가가 기억마저 지워버린 실미도의 북파 공작원들 처지를 떠올리게 한 슬픈 현장이었다.

부대가 있었다는 곳은 섬의 반대쪽이었다. 육지 쪽에서는 전혀 보이지 않게 완벽하게 가려진 곳이었다. 모래사장으로 이뤄진 조그마한 해변이 뒤쪽 야산의 기암괴석들과 함께 배치되어 있어서 경관만으로는 그럴듯하게 보였으나 이곳에도 예외 없이 온갖 쓰레기들이 널려 있었다. 직선을 그으면 중국 칭다오로 이어진다는 망망대해 바닷길이 눈앞에 열려 있었다. 그곳에 이르는 좁은 산길에는 이 가을을 조상하듯 마지막 단풍들이 핏빛처럼 검붉게 물들어 가면서 처연한 아름다움을 빚어내고 있었다. 역사의 진실이 아직 완전하게 가려지지 않고 있는 현장이 관광지라는 이름으로 사람들을 끌어들이고 있다는 아이러니 같은 현실에 돌아오는 길은 내내 마음이 무거웠다.

아차산(峨嵯山)

# 춘설(春雪) 얼어붙은 아차산 둘레길 걸으며

## 온달과 평강공주의 애달픈 사랑 노래에 가슴 젖고

(2013년 2월 16일)

2013년 2월 16일, 동아투위 등산모임 요요회는 서울 근교의 아차산에 올랐다. 아차산은 금요산악회라는 이름으로 매주 금요일이면 옛날 직장 동료들과 연중 오르는 산이어서 자연스레 내가 일일 등산대장을 맡게 되었다. 부대장은 주민 대표인 신 여사가 맡기로 하고.

거창한 산 이름에 비해 높지도 빼어나지도 않지만 정상 높이가 300미터가 채 안 돼(287m) 오르기에도 편하고, 시내를 에워싸고 있는 모든 산과 시가지를 한눈에 조망할 수 있다. 높이에 비해 산자락이 꽤 넓어 굽이치는 한강수와 강변의 경관을 내려다볼 수 있어서 사람들이 많이 찾는 산이다.

아차산의 한자 표기는 阿嵯山, 峨嵯山, 阿且山 등으로 혼용되고 있다. 표지판도 통일되어 있지 않아 헷갈린다. 문헌상으로는 『삼국사기』에는 '阿且'와 '阿旦'의 두 가지 표기가, 그리고 조선 시대에 씌어진 『고려사』에 '峨嵯'가 처음으로 나타난다고 한다. 조선 시대에는 봉화산을 포함하여 망우리 공동묘지 지역과 용마봉 일대를 아울러 아차산으로 불렀던 것으로 추정하고 있다. 특히 이성계의 휘(諱)가 '단(旦)'이기 때문에 이 글자를 그대로 쓸 수가 없어서 旦 자와 모양이 비슷한 且(차) 자로 고쳤다는 얘기도 있다.

아침 10시. 우리는 광나루역에서 만났다. 역 구내는 주말인 데다 혹한에서 벗어난 탓인지 등산객들로 붐볐다. 인원 수 체크가 힘들 정도였다. 떡집 아저씨 정한봄 사장이 마지막으로 지하철 출구에 나타났다. 모두 17명. 생각보다 많은 인원이 산행에 가담했다. 정 사장의 배낭이 무거워 보이는 품으로 보아 오늘도 세상에서 가장 맛있는 떡을 요요회에 보시할 모양이라 지레 짐작들을 했다. 예상은 금방 적중했다. 등산로 초입 쉼터에서 정 사장이 짐도 덜 겸 배낭을 풀고 아리랑 브랜드 순국산 원료만을 쓴 검은 참깨 떡을 열일곱 명 전원에게 한 팩씩 돌렸다.

당초 등산 시간을 좀 늘려 볼 요량으로 우회로를 택할 생각이었는데 올해 산수(傘壽)를 맞으신 윤 선배와 노익장 황 선배가 앞장서 올라가 버린 바람에 평소 내가 다니던 길로 갈 수밖에 없었다.

산길은 그동안 내린 눈이 녹았다 얼었다 하는 사이 다시 내린 눈이 덧씌워져 눈과 얼음이 뒤섞여 조금은 미끄러웠다. 능선길로 접어들면서부터는 아이젠을 차기로 했다. 그냥 가겠다는 사람도 있었지만. 이날 등산에서 엉덩방아를 찐 이가 도합 세 명. 그것도 같은 사람이 똑같이 두 번씩. 낮은 산이라고 얕잡아 본 건지 입산주가 과했든지. 그래도 다친 사람은 없어서 다행이었다.

전날 저녁부터 바람이 많이 불 것이라는 예보가 있었지만 아침이 되면서 바람이 잦아든 모양인지 날씨가 생각보다는 춥지 않았다. 능선에 올라서자 먼발치에 얼음 풀린 한강물이 맑은 날씨에 반짝반짝 빛나고 있었다. 아무리 혹독한 추위인들 입춘 지나고 우수가 눈앞인데, 다가오는

봄기운을 무슨 수로 막을 건가.

우리는 주능선길로 올라가는 대신 한강이 내려다보이는 둘레길로 들어섰다. 중간에 다시 합쳐지기는 하지만. 아파트와 빌딩군이 밀집해 있는 도심 쪽보다는 등산객이 덜 붐비는 데다 탁 트인 한강을 한눈에 조망할 수 있는 쪽이 더 낫지 않겠나 하고.

둘레길을 따라 삼십여 분 걷다가 만난 대성암에 들러서 잠시 숨을 돌렸다. 바로 발치 아래 한강이 내려다보였다. 조그마한 암자이긴 하지만 천 년을 훨씬 넘긴 나름대로 유서를 간직하고 있는 절이다. 신라 진덕왕 원년(647년) 의상대사가 창건한 절로 처음엔 범굴사(梵窟寺)로 불렸다고 한다. 지금의 대성암이란 이름은 고려 우왕 원년(1375년)에 나옹화상이 중창하면서 얻은 이름이다. 대성암 뒤편의 바위에는 자연적으로 생긴 석굴이 하나 있는데, 이곳은 의상대사의 도량으로 알려져 있다. 이 암혈(岩穴) 때문에 범굴사라는 절 이름이 붙은 것으로 생각된다.

암굴 바닥 샘에는 석간수인지 뭔지 물이 가득 넘쳐났지만 절집과는 무관한 등산객들을 다 감당하기가 버거웠는지 출입문을 자물쇠로 잠가 놓았다. 목을 축일 요량으로 주위를 둘러보았지만 갈증을 풀어 줄 불심은 없어 보였다. 믿거나 말거나이지만 의상대사가 이곳에서 수도하고 있을 때 매일 바위 사이에서 천공미(天供米)가 쏟아져 나온 덕분으로 많은 대중에게 공양을 할 수 있었다고 한다. 그러나 공양을 짓는 이가 더 많은 공양미를 얻을 수 있을까 해서 구멍을 더 크게 뚫자 쌀뜨물과 타 버린 쌀 서너 섬이 나오다가 이내 멎어 버렸다고 한다.

대성암을 일별하고 나서 우리는 한강이 계속 내려다보이는 둘레길을 따라 돌아 눈과 얼음이 뒤섞인 산길을 조심스레 지쳐 나갔다. 어디서 입산주를 마실 것인가 궁금해하는 이들이 적지 않았지만 못 들은 체 일행을 이끌고 미리 생각해 둔 간식 장소까지 걷기를 계속했다. 한강 큰 줄기를 한눈에 내려다볼 수 있는 전망 좋은 자리여서 금요산악회 멤버들이 오래전부터 찜해 두고 쉬어 가는 자리다. 열일곱이 둘러앉기에는 다소 비좁았지만 엉덩이만 약간 들썩이면 좌정하기에 별 어려움이 없었다. 한강을 바라보는 앞쪽이 완전히 트여 있어 바람결이 지나가는 길인 데다 겨울의 끝자락 추위가 남아 있어서인지 다소 춥게 느껴졌다.

완공을 눈앞에 두고 있는 암사대교가 한강을 세로로 질러 걸쳐져 보이고, 강안 양쪽 강변도로에는 휴일 나들이에 나선 자동차 행렬이 속도를 못 느낄 정도로 한가롭게 흘러가고 있었다.

짐은 덜고 배는 채우고. 누이 좋고 매부 좋고. 윈윈이 별건가. 그 많은 술이며 떡·과일·김밥 같은 음식들을 다 어떻게 할 것인가 걱정되기도 했다. 간식이 아니라 정식 수준을 넘는 분량이었다. 하지만 요요회의 산행 경험상 이것이 한 번도 문제된 적은 없었다. 문제는 하산까지 걸리는 시간이 얼마 되지 않아 미리 점심 장소로 예약해 놓은 맛집 음식의 맛이 떨어지지 않을까 하는 것이었다.

인총이 많은 만큼 배낭에서 꺼내 놓은 술의 종류도 다양했다. 적은 양일지라도 이 술 저 술 섞어 마시게 되면 취기 때문에 하산이 좀 부담스러울 텐데 하는 걱정이 살짝 들었다. 최 선생이 내놓은 비장의 위스키가 이런 걱정을 더해 줬다. 하산 길에 엉덩방아를 찧는 일이 속출하게 된 까닭이 되지 않았을까.

먹고 마시며 소통하다 보니 이러구러 시간이 꽤 많이 흘러갔다. 식당 측과 약속한 낮 1시가 벌써 넘었다. 하는 수 없이 식당에 연락해서 한 시간 이상 늦어지겠다고 알려 줬다. 막 상을 차리기 시작하고 있던 참이라고 했다.

갈 길을 재촉하여 다시 20여 분 걷자 아차산 제4보루가 나타났다. 재작년인가 소형 포클레인을 동원해 터전을 새로 닦고 로프웨이를 통해 돌무더기를 날라 와서 석축 복원 작업을 하는 것을 내 눈으로 직접 목격한 터여서 일행들과도 함께 둘러보기로 했다.

아차산은 삼국 시대부터 군사적 요충지였다. 백제는 고구려의 남진에 대비해 아차산성(사적 제234호)을 축성했다. 산성의 둘레는 약 1킬로미터, 평균 높이는 약 10미터, 지금도 그 흔적이 많이 남아 있다. 고구려는 장수왕이 직접 한강 하류의 남쪽에 있었던 백제의 왕성을 함락시킨 후 개로왕을 사로잡아 이곳 아차산성에서 죽였다고도 한다.

한강 하류를 장악한 신라에게도 아차산은 고구려를 공격하는 전진기지였다. 이러한 신라의 야망을 꺾기 위해 전쟁에 나섰던 고구려의 온달 장군이 신라군이 쏜 화살에 맞아 전사한 곳도 이곳 아차산성이다. 병사들이 아무리 들어 옮기려 해도 꿈쩍 않던 온달 장군의 관이 평강 공주가 위로의 말을 건네자 비로소 움직였다는 얘기가 전설처럼 전해진다.

바보로 놀림 받던 온달은 평원왕의 딸 울보 공주 평강에게서 학문과 무예를 배운 뒤 사냥 대회에서 혜성처럼 등장해 1등을 한 뒤 북주(北周)의 침공을 물리쳐 일약 고구려의 영웅으로 떠올랐다. 온 고구려의 화제였을 바보 온달과 평강 공주의 사랑이 이곳 아차산성에서 막을 내린 것이다. 그래서 아차산에는 온달과 평강 공주의 전설이 서린 곳이 많다. 온달 장군이 물을 마셨다는 온달샘, 온달 장군의 주먹바위, 남편의 죽음을 슬퍼하며 울고 있는 평강 공주 바위 등이 그것이다.

산성은 지금 눈밭에 갇혀 무심하기만 한데 온달장군의 주검을 거두기 위하여 천 리 길을 달려온 고구려 평강 공주의 슬픈 사랑의 노래는 천 년이 훨씬 지난 지금도 한강을 따라 눈물이 되어 흐르면서 산길 걷는 나그네의 흉금을 적시고 있었다.

아차산성 자체는 한수 남쪽을 살피고 한강을 출입하는 선박을 통제하기에는 안성맞춤이었지만 북서쪽의 육로를 통한 남침에는 취약했다. 그래서 아차산 줄기를 따라 양쪽 평야 지대로 뻗은 지금의 중곡동 쪽 중랑

천 방향과 그 반대편인 광장동 쪽에 있던 크고 작은 산봉우리에 방위를 목적으로 보루(堡壘)들을 배치했다고 한다. 고구려의 '산성(山城) 안의 산성'인 '보루' 중 흔적이 남아 있는 것이 21개나 된다고 한다. 제4보루도 그중 하나이다.

새로 복원하여 단장한 제4보루 터에는 그동안 겹쳐 내린 눈이 강추위에 녹지 않고 그대로 다져져 작은 평원을 이루고 있었고, 군데군데 양지바른 쪽에는 등산객들이 옹기종기 둘러앉아 숨을 돌리고 있었다.

우리는 그곳에 더 오래 지체할 시간이 없어서 제4보루를 지나 긴 고랑 계곡 갈림길 입구 표지판 앞에서 오른쪽으로 내려가는 아치울 쪽 계곡 길을 잠깐 내려다만 보고 길을 재촉했다. 아치울은 생전의 박완서 선생이 만년에 문필작업을 했던 곳으로 많이 알려진 곳인데, 아치울에서는 구리시 주최로 매년 온달 장군 추모제가 열린다고 한다. 박 선생은 이곳에 먼저 터를 잡았던 재야 한국사학자 이이화 선생에 이끌려 아치울로 들어오게 되었다고 한다.

가파른 오르막길을 기다시피 넘어서자 사방이 탁 트인 헬기장이 나타났다. 이곳에서 20분 정도면 용마산 정상을 다녀올 수 있다. 당초 산행 시간을 더 늘려 볼 욕심으로 그곳을 거쳐 올 생각이었지만 이 역시 시간이 없어서 생략하기로 하고, 사가정으로 내려가는 갈림길에서 사가정길로 접어들었다. 직진하면 망우산 공원 쪽으로 갈 수 있지만 오늘의 등산 코스에서는 처음부터 제쳐 두었다.

망우산 공원은 예전의 '망우리 공동묘지'다. 지금은 길을 정비하고 말끔하게 단장해서 으스스한 분위기는 없어졌고, 무덤 사이사이로 산책하는 인파도 많아 '사색의 길'이라는 이름까지 얻게 된 곳이다. 망우산 공원으로 가는 길섶에서는 우리가 익히 알고 있는 선각자·예술가들의 무덤을 만날 수 있다. 죽산 조봉암, 만해 한용운, 위창 오세창, 호암 문일평, 소파 방정환, 송촌 지석영. …「세월이 가면」의 시인 박인환 묘도 그곳에 있다. 한국 현대사와 한국 문학사 공부를 덤으로 할 수 있는 길이다. 길은 넓고 평탄해 걷기에는 편하지만 망우산 관리소까지 한 시간쯤은 더 걸리기 때문에 아쉽지만 이 역시 숙제로 남겨 두기로 하고 우리는 사가정역 쪽으로 방향을 튼 것이다.

사가정(四佳亭). 서울 지하철 7호선에 사가정역이 있는 것은 알아도 무슨 뜻인지 알고 있는 사람은 많지 않다. 사가정 역사에 가도 이를 설명해 주는 표지판은 눈에 들어오지 않는다. 사가정역이나 사가정길은 아차산 한강 건너 고원강촌(몽촌토성)에 살았던 조선조 세종~성종 때 활동한 문신 서거정(徐居正)의 아호 사가정에서 유래되었다고 한다. 서거정은 북송 때 학자 정호의 시 가운데 "사계절의 멋진 흥취, 인간과 함께하네(四時佳興與人同)"라는 구절에서 따온 '사가(四佳)'를 정자의 이름으로 하고 이를 자신의 호로 썼다고 한다.

사람들 모두가 자기가 있어야 할 곳에 편히 거처하면서 삶을 즐겁게 꾸려 가는 세상을 꿈꾼다는 것이다. 서거정은 사계절이 각자 소임을 다 한 뒤에 물러나는 것처럼 자신도 나라에 공을 세우면 은둔하여 여생을 유유자적하게 보내겠다는 뜻을 정자 이름에 담았다고 한다.

문장과 글씨에 능한 서거정은 성리학(性理學)을 비롯하여 천문·지리·의약 등에 정통해 『경국대전』, 『동국통감』, 『동국여지승람』 등의 편찬에 참여했으며, 왕명을 받아 『향약집성방』을 국역(國譯)했다. 문집으로는 『사가집(四佳集)』이 있고, 『동인시화(東人詩話)』, 『동문선(東文選)』, 『필원잡기(筆苑雜記)』 등의 저서가 있다. 그는 45년간 여섯 왕을 섬기면서 육조(六曹)의 판서를 두루 지내는 등 평생을 양지에서 보냄으로써 동문수학했던 생육신의 한 사람 김시습과는 다른 삶을 살았다.

우리 일행은 가끔가끔 얼음 풀린 한강에 눈길을 주느라 빙설 어우러진 둘레길에서 미끄러지고 넘어지기도 했다. 또 산천경개를 두루 섭렵하고 정식 못지않은 간식을 나눠 먹느라 사가정역 어귀에 있는 맛집 '어사랑' 도착 시간은 예정보다 두 시간 가까이 늦어졌다. 보통 세 시간이면 되는 산행이 다섯 시간 가까이 걸린 것이다. 산행 시작 때 요요회의 김태진 회장이 "산속에서 네 시간 이상은 머물러야 숲에서 뿜어 나오는 피톤치드를 제대로 들이마시면서 산림욕다운 산림욕을 할 수 있다"더니 말이 씨가 되고 말았다.

그 바람에 점심 맛없을까 하는 걱정은 기우가 되었다. 하산 시각이 늦어진 만큼 속이 좀 출출해진 데다 음식도 맛이 있고 주고받는 얘기들도 맛깔이 나서 또 두 시간이 어느새 훌쩍 흘러갔다.

어떻게 해서인지 문순c들이 이명순 동아투위 위원장 귀빠진 날을 알

아 가지고 생일 케이크를 따로 준비했다. 2월 16일. 같은 날 북녘에서는 죽은 위원장의 생일 축하 행사로 요란하다는데, 남녘 땅 아차산 밑에서는 조촐하지만 만정이 듬뿍 담긴 이 위원장의 생일 파티가 요요회, 새언론포럼, 문순c 카페 등 세 모임 합동으로 열렸다.

우린 젊은 문순c들이 어르신들 건강 생각해서 골랐다는 녹차가 섞인 생일 케이크에 나이만큼의 촛불을 세우고 폭죽 두 발을 터뜨리며 함께 생일을 축하했다. 요요회 대표 가수 조 대장의 축가가 빠질 수 없었다. 더하여 지난해 봄 춘천 오봉산 시산제 때 깜짝 가수로 데뷔한 윤 선배께서 주위의 강권에 못 이겨 아일랜드 민요 〈Oh, Danny Boy〉를 원음으로 화답하는 것으로 축하 자리를 뜻있게 해 주었다.

이 자리에서는 다음 달 16일에 있을 요요회의 시산제 계획도 확정되었다. 세 모임 공동으로 하되 장소는 북한산 삼천사계곡으로 일단 정하고, 제수를 분담하는 일까지 협의를 마친 연후에 요요회의 2013년 2월의 산행 일정을 일단 끝막음했다.

참석자(17인)

- 동아투위: 윤활식, 김태진, 황의방, 김양래, 이영록, 이명순, 조강래, 신정자
- 새언론포럼: 김기담, 최용익, 현상윤, 한상완
- 문순c 카페: 정한봄, 허용무, 조순애, 김진숙, 임경효

도익 13-02-25 12:16

그저 등산하기 편한 한강변의 산으로만 알고 무심히 넘었는데, 아차산 능선과 골짜기에 숨은 내력을 이제에서야 조금 감을 잡았습니다. 이 산행기로 2월 산행은 역사 기행이고 맛 기행이고 봄맞이 기행으로 남을 것입니다. 본인도 모르고 지나가려던 생일이었는데, 분명 돌잔치 이후 최대의 생일 잔치였습니다. 모든 분들께 감사드립니다.

정한봄-꿈꾸는자유… 13-02-27 00:21

언제부터인가 일상의 생활 속에 설렘으로 기다려지는 날이 생겼습니다. 매월 셋째 주 토요일. 일 년 중 많지 않은 산행을 등산과 술퍼로 끝냈는데 동아투위 선생님들과의 산행은 짠한 감동을 보너스로 받고 있습니다. 이번 아차산행은 설렘의 속내라 할 수 있는 뒤풀이에서 트럼펫 연주로만 듣던 〈대니 보이〉를 난생 처음 생음악으로 들려주신 윤활식 선생님, 언젠가 독창회를 꼭 하셔야 할 조강래 선생님의 감동 어린 명창, 이명순 선생님의 돌잔치 이후 최대의 생일 잔치였다는 새빨간 거짓 말씀 등 즐거운 특별 보너스를 덤으로 받았습니다.

정말 가지 않았으면 아차 할 뻔하였습니다. 이 잔잔한 사건들에 평범한 산행으로 생각했던 아차산행을 역사 기행으로 승화시켜 주신 이영록 선생님의 산행기. 이 모두 선생님들 함께하여 주신 감동이라 생각됩니다. 함께하여 주신 선생

님 감사합니다. 존경합니다. 건강하신 모습 내내 뵙기를 진심으로 소원합니다.

허용무 13-02-27 10:30

서울의 야트막한 뒷동산인 줄 알았던 아차산. 하지만 그 세월 속에 많은 역사가 있는 지금도 그 역사의 한 페이지를 써 가는 산이었네요. 선생님의 산행 후기를 읽어 본 후 역사책을 본 느낌입니다. 그리고 산행 후 선생님들과 같이한 뒤풀이 자리 또한 오감을 모두 만족한 자리였고 선생님들과 같이하여서인지 행복하였습니다. 감사합니다.

비봉산(飛鳳山)

# 비봉산, 그리고 벚꽃 만개한 청풍호 둘레길에서의 1박 2일 힐링

(2013년 4월 20~21일)

동아투위 등산모임 요요회는 2013년 4월 행사로 작년 연말 이후 별러 온 산 좋고 물 맑고 봄꽃으로 환한 청풍명월의 고장 제천에서 1박 2일 남부럽지 않은 힐링의 기회를 갖기로 했다.

일정은 첫째 날인 20일(토) 일찌감치 서울을 빠져나가 청풍 정방사(淨芳寺) 자드락 둘레길을 걷고, 청풍호 관광유람선에 올라 선상에서 청풍호반의 풍광을 일별하고, 숙소에 배낭을 푼 다음 민물장어를 주제로 한 화려한 만찬 파티를 갖고, 다음날인 21일(일) 오전 청풍 비봉산 산행을 마친 연후에 서울로 되돌아오는 것으로 짜여졌다. 그동안 요요회 활동을 음양으로 성원해 온 '내친구 문순c' 카페의 '아리랑 우리떡' 정한봄 사장의 주도 아래 몇 달 전부터 면밀하게 꾸려 온 회심의 작품이다.

아침 8시. 지하철 2·3호선 교대역 14번 출구. 모두 15명이 SUV 카 2대로 분승해 출발했다. 오늘 혼사를 치르는 동아투위 위원이 2명이나 되어서 하객으로 참석하느라 참가가 저조할 것으로 생각되었지만 올 사람은 거의 다 온 것 같았다. 우산을 써야 할 정도로 세우(細雨)비가 추적추적 내렸다. 예보상으로는 5밀리미터 내외의 비가 오겠지만 야외활동에는 별 지장은 없겠다고 안심을 시켜 주었기에 크게 개의치 않았다.

차량 운전은 문순c 카페의 정 사장과 허용무 'ID 마을 이장'이 수고해 주었다. 정 사장이 운전하는 1호차는 양재동 농협 하나로마트에 잠깐 들러 추가 장보기를 했다. 홍어회를 사기 위해. 미리 보아 둔 장보기 물목에는 분명 홍어회가 들어 있었다는데 손을 타서 사라졌다는 것. 집사람이 제주 여행에 동행했다고. 그 대신 맛이 좋더라는 품평만 남겼다던가.

아무튼 우리는 봄비 내리는 경부고속도로를 통해 신갈에서 일단 영동고속도로로 진입했다. 휴일이 시작된 데다 비 소식도 별로여선지 경부고속도로 진입로는 행락 차량으로 크게 붐볐다. 다시 중부내부고속도로로 바꿔 탔는데 여기서부터는 왕래하는 차량이 뜸해졌다. 박달재터널 가까이에 이르렀을 때는 도로 양쪽 산자락에 눈꽃이 하얗게 피어 장관을 이루고 있었다. 산간 지대라 높은 데다 기온이 낮아 밤새 비가 눈으로 바뀌었던 모양이다. 4월이 다 지나가는데 눈이라니. 비는 여행에 지장을 줄 정도는 아니지만 계속 내렸다. 아무래도 기상청이 실수를 한 것 같았다. 금봉이의 눈물이련가.

20일은 봄비가 내려 곡식을 기름지게 한다는 봄의 마지막 절기인 '곡우(穀雨).' 상층의 찬 공기가 남하하면서 강원 영서와 충청·경북 등 산간 지역을 중심으로 눈이 내렸고, 특히 고도가 높은 지역일수록 기온이 낮아 비가 눈으로 바뀐 경우가 많았다는 기상청 측의 설명이다. 개화 철을 맞은 과수 농부들의 시름이 클 것 같았다.

고속도로를 빠져나온 우리는 벚나무 가로수길을 통해 제천 쪽으로 들어섰다. 타이밍이 절묘하게 제천시에서는 어제(19일)부터 내일(21일)까지 벚꽃 축제를 벌인다 한다. 전장 13킬로미터에 이른다는 벚꽃길 터널을 통해 금월봉 휴게소부터 먼저 들렀다. 휴게소보다는 기암괴석이 어우러

진 금월봉을 둘러보고 행로를 조정해야 해서이다.

금월봉은 초대형 수반 위에 차려 놓은 거석 수석 전시장을 방불했다. 1993년 이곳에서 시멘트 제조용 점토를 캐내다 발견한 기암과 괴석 무더기. 그 모양새가 금강산 1만 2천 봉을 닮았다 해서 '작은 금강산'으로 불리기도 한다는 것. 지어낸 이야기겠지만 안내판에는 "금월봉은 바라만 보아도 소원이 이루어지는 신령스런 바위산이라는 전설이 있다"라고 씌어 있었다.

〈태조 왕건〉, 〈명성황후〉, 〈이제마〉, 〈장길산〉 등의 영화나 드라마 촬영 장소로도 활용되었다 한다. 금월봉 바로 코앞에 휴게소 가게들이 어지럽게 자리들을 차지하고 있어서 좋은 경관을 되레 망치고 있는 것 같았다.

날씨만 좋으면 다는 아니더라도 일부 구간만이라도 벚꽃길을 걸어 봤으면 했지만 비도 내리고 배고파 못살겠다는 원성이 높아 일정을 급조정하기로 했다. 출발 시각이 일러 새벽 기상에 대부분 아침을 걸렀을 터라 금방 합의에 이르렀다. 일정상으로는 금수산 정방사를 먼저 둘러본 다음에 야외에서 준비해 온 점심을 하기로 했지만, 정방사는 식후경(食後景)으로 일정을 뒤바꾼 것이다.

문순c들이 사전 답사해 찜해 둔 전망 좋은 간이 정자(많은 비는 아니지만 가랑비에 옷 젖어서는 아니 되겠기에 비를 피할 수 있는) 아래서 밥 판을 벌이기로 했다. 문순c네가 준비한 맛있는 찐밥과 기본 반찬에다 각자 배낭에서 꺼낸 반찬들을 펼쳐 놓고 둘러앉으니 웬만한 인사동 한정식 집 한 차례 식탁은 차리고도 남을 정도가 되었다.

온갖 미식에 갖은 주효로 포식하고 나니 정방사로 이어지는 자드락길 걷기가 부담스러워졌다. 사오십 분은 좋이 걸리는 산길이라는데. 자동차를 타고 가도 되지만 명색이 요산요수의 등산모임인 요요회의 체면도 있고 해서 편도만이라도 걷기로 했다. 자드락길은 '나지막한 산기슭의 비탈진 땅에 난 좁은 길'이라는 순우리말.

제천 청풍호 자드락길은 내륙의 푸른 바다인 청풍호 주변과 아름다운 산이 어우러져 있는 수려한 자연경관을 보면서 걷는 7개 코스 59킬로미터로 조성되어 있다고 한다. 청풍면 교리 만남의 광장에서 출발하는 자드락길은 구간별로 작은 동산길, 정방사길, 얼음골 생태길, 녹색마을길, 옥순봉길, 괴곡성벽길, 약초길 등으로 나뉘는, 제천의 역사와 관광자원을 활용해 조성한 '살아 있는 자연박물관'인 셈이다.

우리가 섭렵한(?) 정방사길(1.6km)은 능강교에서 출발해 정방사를 지나 다시 능강교로 돌아오는 코스. 해발고도 1,016미터의 금수산 자락 신선봉 능선에 있는 정방사는 속리산 법주사의 말사. 신라 문무왕 2년(662년) 의상대사가 도를 얻은 후 절을 짓기 위해 던진 지팡이가 지금의 자리에 꽂혔다는 전설이 있다. 절의 법당 앞마당에서 청풍호(충주호)와 주변의 산들이 시원스럽게 펼쳐지고 비봉산, 금수산, 청풍호, 월악산 백두대간 능선이 한눈에 어우러지는 것이 장관이라는데 안개에 휩싸여 심안(心眼)을 동원하는 수밖에 없었다. 정방사로 오르는 자드락길 주변 경개와 작지만 예쁜 절집이 품고 있는 풍광에 취해 2시 30분으로 예약해 둔 청풍호 유람선 관광시간에 댈 수가 없게 되었다.

오후 3시가 거의 다 되어서야 유람선 선착장에 도착했는데 주말 행락객이 많아 다음 배 예약이 여의치 않다고 해서 일순 난감해졌다. 뜻이 있으면 길이 있다 하지 않았는가. 유람선 측과 교섭 끝에 가까스로 4시 출발하는 막배로 제천의 청풍과 단양의 장회를 왕복할 수 있는 승선 기회를 잡았다.

시간이 늦춰지는 바람에 날씨가 점차 개어 전망은 오히려 나을 듯싶었다. 승선까지는 한 시간 가까이 여유가 생겨 선착장 바닥에 쪼그리고 앉아서 아침에 챙겨 온 홍어회를 풀어 놓고 배에 오를 때까지 소주·막걸리로 소통하는 시간을 가졌다. 배가 들어오는 바람에 먹다 남은 홍어회 따위를 주섬주섬 챙겨서 유람선 안에서 마저 해치웠다. 홍어 냄새 때문에 일부 다른 승객들의 항의를 받았는지 유람선측이 경고를 날렸지만, 증거를 인멸한 뒤라서 무탈하게 넘어갔다.

충주호는 충북 충주·제천·단양에 걸쳐 있는 인공 호수. 지난 1985년에 만들어졌고 총 면적이 97평방킬로미터에 이른다. 1시간 20분 동안 단양팔경 중 하나인 구담봉(龜潭峯), 옥순봉(玉筍峯) 등 충주호 일대 절경들을 눈에 담고 나서 하선했다. 구담봉은 기암절벽이 거북이를 닮았다고 해서, 옥순봉은 '봉우리가 희고 푸른 대나무순 모양을 하고 있다' 해서 이런 이름을 얻었다고 한다.

유람선 관광을 마치고 제천 벚꽃길을 끝까지 달려 충주 경내로 들어

옥순대교에서 바라본 옥순봉

섰다. 지방도로로는 더 이상 퇴로가 없는 막다른 곳, 청정지대 공이리에 도착했다. 지금은 폐교가 된 충주시 살미면 공이리 서성초교 공이분교. 오늘 우리가 묵을 곳이다. 마을 공동체 '월악산 공이동'이 운영하고 있다. 민족문제연구소의 기획실장을 지낸 서우영 씨가 '공이동'의 대표로 활동하고 있다. 농사꾼으로 변신한 서씨 부부가 6년 전부터 정성 들여 가꿔 온 터전이다. 오늘 잠자리와 식사 준비는 서 대표들의 헌신과 수고가 있어서 가능했다.

'월악산 공이동'은 알음알음 뜻 고운 70여 가구 소농들이 함께 가꾸고 만들어 온 작은 마을이란다. 큰 농사꾼은 없지만 대부분 육순을 넘긴 할아버지·할머니들이 텃밭에서 가꾼 곶감, 취나물, 찰옥수수, 감자, 고구마, 양파, 들기름, 고춧가루 등 진짜 무공해 친환경 먹을거리 가운데 대처에 나가 사는 자식들에게 보내 주고 남은 것을 내다팔고 있다고 한다.

1박 2일의 하이라이트는 만찬. 선발대와 '공이동 사람들'이 먼저 손을 써서 폐교 교실을 개조한 온돌방에 전기를 연결해서 방을 덥히고, 별채

김홍도 〈병진화첩〉 중 옥순봉(호암미술관 소장)

식당 밖에서는 민물장어 바비큐 준비가 한창이었다. 당초에는 멧돼지 바비큐를 생각했지만 시기적으로 맞춤하기가 쉽지 않아 품목을 바꿨다고 한다. 술안주로는 민물장어 외에도 홍어삼합과 양송이버섯이 갖은 야채와 함께 올랐다. 밑반찬으로는 묵은 배추김치에 갓김치, 양파김치, 콜라비 깍두기에 딸기와 방울도마도도 한자리를 차지했다.

주류로는 서울에서부터 박스 채 실려 온 막걸리·소주·맥주에, 집에서만 20년을 묵었다는 중국술 우량예(五糧液,중국 명주로 쌀, 수수, 옥수수, 찹쌀, 밀 등 다섯 가지를 원료로 한 명나라 초기부터 생산하기 시작한 600년 역사의 백주), 문순c의 조순애 씨가 참석 못해 죄송하다고 건넸다는 12살짜리 어린 발렌타인 위스키 한 병, 같은 문순c의 '마을이장'이 내놓은 문배주와 같은 독한 술들도 취기를 한껏 올려 주었다. 이번으로 요요회 산행이 두 번째가 되는 동아투위 신임 김종철 위원장이 어부인이 하사한 칠레산 고급 와인을 내놓아 여성 참가자들의 입을 즐겁게 해 주었다.

갖은 술에 온갖 산해진미를 실컷 섭렵하는 바람에 다들 곡기에는 염이 없는 듯했다. 대화와 소통이 어느 정도 이루어지고 취기가 오르자 가무가 급한 사람들이 줄을 섰다. 참석자 전원 개창 모드가 되는 바람에 잘난 사람 못난 사람 없이 한 곡조씩은 뽑아 냈다. 좌장격인 팔순의 윤활식 선배에서부터 문순c의 젊은 피들에 이르기까지 1인의 이탈도 없이. 심산유곡에 갇힌 터라 한두 옥타브 올려 고성방가를 해도 시비하거나 방해받을 사람이 없었다. 만찬장은 금방 반주 없는 생음악 노래방이 되었다. 그렇다고 질서가 무너진 해방구는 아니었다. 1인 1곡이라선지(물론 예외 없는 법칙은 없다) 스스로 대표곡(?)을 고르느라 곡목 선정은 물론이고 노래 솜씨에 잔뜩 신경을 쓰는 눈치들이었다.

심사평을 할 수 있는 경지는 못 되므로 그냥 곡목만 늘어놓아 보자. 어떤 음색으로 무슨 색깔의 노래를 불렀는지 기록은 남겨야 할 듯해서다. 가수가 누구였는지 궁금하면 '5백원?'

| | | |
|---|---|---|
| 그리운 금강산 | 내 마음 저 깊은 곳에 | J |
| 오월의 노래 | 그날이 오면 | 광야에서 |
| 한계령 | 선운사 | 백마강 |
| 품바타령 | 목동 | 오, 대니 보이 |
| 보고 싶은 얼굴 | 바우고개 | 아침이슬 |
| 내 사랑 내 곁에 | 섬 집 아기 | 꿈꾸는 백마강 |
| 어머니 | 가는 세월 | |

말은 고상하게, 노래는 준수하게. 밤 10시 반이 넘어서까지 계속된 고담(高談)·준가(峻歌)의 시간은 1부가 파한 뒤에도 자정을 넘어 신새벽까지

이어졌다. 밤은 깊어 가고 하늘은 아직도 흐려 평소 같으면 만나 볼 수 있었을 산골 밤하늘의 별들의 잔치는 꿈속에서나 볼 수 있었다.

21일 새벽. 코골이들 속에서 자다 깨다를 거듭하다가 잠결에 예쁜 새소리에 눈이 저절로 떠졌다. 시간은 아직 6시도 채 안 됐는데 창밖 나뭇가지에 이름 모를 새들이 찾아와 아침 인사를 하고 있었다. 산중이라서 아침이 더 빠른가. 창밖이 환해진 걸로 보아 오늘은 날이 완전 개었나 보다. 제재소 같은 곳에서 기계톱으로 나무를 타는 듯한 소리가 들렸다. 참 부지런들 하기도 하다. 나중에 보니까 건너편 복숭아밭에 농약을 뿌리는 분무기 소리였다.

아침 7시. 주말이라서 아무래도 귀경길이 붐비리라는 생각에서 이른 아침을 먹고 일정상의 비봉산 등산을 위해 자동차로 30여 분 달려 산행 기점인 대류리에 도착했다.

비봉산(飛鳳山). 봉황이 나는 형상이라 해서 비봉산이라 부르기도 하고, 어느 곳에서 산세를 바라보더라도 한 마리의 매가 날아가는 것처럼 보여 매봉이라고 부르기도 한단다. 청풍호에 둘러싸여 있어 산에서의 조망이 시원하고 아름답다. 해발 531미터로 높지 않은 데다 월악산·금수산 등 주변의 명산에 가려 정상에서 펼쳐지는 기막힌 전망에 비해 그리 널리 알려진 산은 아니다.

이정표에 정상까지 1.8킬로미터로 되어 있고 야트막한 산이라서 '그까이꺼' 하면서 가벼운 마음으로 산행을 시작했다. 게다가 민물장어를 주제로 한 근사한 만찬으로 에너지도 넉넉히 충전했겠다. 사전 답사팀이 마을 아주머니로부터 정상까지 사오십 분이면 된다는 말까지 들었다고 하니 어려울 게 별로 없을 듯했다.

그런데 그게 아니었다. 산길은 경사가 심한 데다 아래쪽은 낭떠러지였다. 거기다 어제 하루 종일 내린 비가 황토로 된 산길을 질펀하게 만들어 놔 빙판길이나 다름없었다. 행여 미끄러져 넘어질까 봐 조심조심하면서 발길을 옮겨야 했다. 등산로 바로 옆에는 정상까지 왕복하는 모노레일이 있어서 이를 이용하는 사람들도 많았다. 모노레일 타고 산천경개를 구경하면서 정상 전망대로 올라가는 사람들이 부럽기까지 했다. 우리도 모노레일을 타 보려고 시도를 해 보았지만 주말이라 예약이 차서 기회가 없었다고 한다.

정상 남쪽에는 패러글라이딩 활공장도 있다고 한다. 봉황이 나는 모양새라는 비봉산 이름을 작명한 옛사람의 선견이 예사롭지 않게 여겨졌다. 패러글라이더들에겐 눈 아래 전개되는 전망뿐만 아니라 상승기류가 알맞아 최고의 활공장으로 알려져 있다고 한다.

미끄럼 때문에 최대한 신경을 쓰면서 길섶 나뭇가지들에 의지해 가파른 길을 가까스로 올랐다. 힘은 들었지만 다행히 문제는 생기지 않았다. 정상에 올라서니 10시 반. 9시경 산을 오르기 시작했으니까 예정보다 2배 가까운 시간이 걸린 셈이다. 동네 아주머니 말만 듣고 우리가 너무 안이하게 생각한 것이다.

문득 조선과 청국 간의 백두산 정계(定界) 고사가 생각났다. 청의 관리들의 계략에 넘어가 산등성이까지 오르는 것이 힘들다고 하인을 대신 보내 경계 말뚝을 박아 놓고 청의 뜻대로 국경을 정했다는 이조 숙종조의 접반사 참판 박권(朴權)과 함경감사 이선부(李善溥)의 모럴헤저드. 뒤늦게 이 사실을 알게 된 그 지역 백성이 두 벼슬아치를 곤장으로 다스려야 한다고 해서 그곳 지명에 곤장덕이라는 이름이 붙게 되었다고 한다. 지나친 낙관이 가끔은 쓴잔이 되어 돌아온다는 것을 우리는 역사와 현실에서 수없이 배우고 있다.

좀 우습게 생각하고 산을 오르느라 낭패감이 컸지만 정상에 오르고서야 오를 만한 가치가 있었구나 하는 까닭을 찾아냈다. 해발 531미터에 지나지 않은 산꼭대기가 이렇게 높고 전망이 좋은지를. 비봉산은 단양 쪽에서 흘러온 남한강 물줄기와 충주댐이 가둔 물이 구석구석 스며들어 산을 감싸고 있어 거대한 호수 한가운데 떠 있는 섬이었다.

정상에서 조망하는 청풍호는 사방팔방 막힘없이 이어지고 있었다. 수많은 산줄기가 비 갠 뒤의 연무 속에서 겹겹이 서로를 껴안고 터 잡고 있었다. 남쪽으로는 월악산 영봉과 주흘산·박달산이, 북쪽으로 작성산·금수산이, 그리고 동쪽의 소백산 비로봉까지. 그리고 골마다 들어찬 물길은 유람선이 일으키는 물보라에 가뭇없이 흔들리고 있었다.

정상까지 오르는 데 당초 예상보다 시간을 많이 썼기 때문에 정상주를 나눠 마시고 증명사진을 찍고 하산을 서둘렀다. 올라왔던 대류리 길을 버리고 산길이 좀 더 순하고 거리도 1.4킬로미터로 더 짧다는 정보에 따라 연곡리 길을 취하기로 했다. 가파르기는 올 때와 별로 다를 바 없었지만 남향인 데다 시간이 흘러 젖은 길도 좀 말라서 걱정은 덜했다. 그러나 하산 길이기 때문에 더욱 조심해야 했다. 선행 학습을 한 터라서 몇 사람이 흙바닥에 한두 번 미끄럼을 탄 것 말고는 별 탈 없이 연곡리 찻길과 만났다.

다시 차를 되돌려 숙소가 있는 공이리 분교 자리로 가서 점심을 먹었다. 준비해 온 음식들이 많이 남아서였다. 그래도 남은 음식들과 푸성귀들은 알뜰한 줌마씨들이 포장해서 재분배해 주기까지 했다. 또 공이동 공동체에서 길러서 말린 가지와 호박 말랭이 한 자루씩과 제천 사과 한 봉지씩을 덤으로 챙겨서 귀경길에 올랐다. 이번 청풍호 둘레길 1박 2일이벤트가 성공할 수 있었던 것은 계획 단계에서부터 실행에 이르기까지 온 정성을 다 쏟아 부은 정한봄 사장의 노고가 절대적이었다. 치사의 말씀은 후일로 미루기로 하자.

예상했던 대로 서울에 가까워오자 길이 많이 막혔다. 청풍호반에서 보냈던 꿈같던 1박 2일은 이렇게 흘러갔고, 우리는 다시 풍진 세상으로 돌아왔다. 힐링이 별건가. 그곳에서의 이틀 동안 우리가 만난 청풍명월의 산천이며, 좋은 사람들과의 만남이 참가자 모두에게 아름다운 기억으로 오래오래 남았으면 좋겠다.

참가자(15인)

- 동아투위: 김태진, 윤활식, 황의방, 문영희, 김종철, 이영록, 이명순, 조강래(+1), 신정자
- 문순c 카페: 정한봄, 허용무, 강소영, 김진숙
- 새언론포럼: 최용익

도익 13-05-03 11:12

요요회가 오랜만에 서울을 벗어나서 청풍명월의 고장의 봄기운을 만끽했습니다. 기획, 로케이션, 연출, 진행 등 모든 것이 잘 맞아떨어진 나들이였습니다. 우리가 다녀온 고장의 지명 정도만 알고 떠난 여행이었는데, 늘 그러하듯이 여행기를 읽고 나서야 내가 스쳐 지나간 여정이 일목요연하게 머릿속에 정리가 되었습니다. 잘 읽었습니다.

진숙v풀이 13-05-06 00:34

제가 불러 드리려고 했던 노래는 지난달 SBS 음악 오디션 프로그램인 K팝스타에서 우승한 악동뮤지션이 부른 곡 중 〈외국인의 고백〉이라는 밝은 노래인데 연습을 많이 못해, 약 일주일 전 모처에서 있었던 사전 심사(깜짝 심사위원: 정한봄 사장+마을이장+강소영)에서 낮은 점수를 받은 그 노래(?)를 조금 불러 드리게 되었습니다. (〈외국인의 고백〉은 다음 기회에.)

또한 문순c 카페 회원들이 왜 그동안 노래를 하지 않았는지, 왜 노래 시간이 되면 밖으로 나가 주위를 배회하고 있었는지 이번 전원 노래 부르기 시간을 계기로 아주 잘 이해를 하셨으리라 생각합니다.

그리고 비봉산 산행 코스 선택 시 실제 사전 답사하지 않은 부분 매우 죄송합니다. 무사히 산행을 마쳐 주신 모든 분들께 고마운 마음 한가득 보내 드립니다. 그리고 곤장은 마음으로 맞겠습니다. (한대! 두 대!.... ㅠㅠ..)

선생님 글 잘 읽었습니다♥

정한봄 13-05-06 11:40

이번 1박 2일의 핵심 일정은

첫째, 남제천 인터체인지에서 청풍호에 이르는 벚꽃길

둘째, 정방사에서 관망하는 달력의 그림 같은 정경

셋째, 숙소에서 느낄 수 있는 밤하늘의 소낙비 같은 별빛

넷째, 비봉산에서 조망되는 육지 속의 바다와 섬 천하가 내 발밑에~~

그런데 벚꽃 길을 제외하고는 많은 아쉬움을 남겼고 날씨 탓하기에는 작년 12월 19일 이후 하늘을 두려워하지 않기로 한 제가 하늘을 다스리지 못한 능력의 한계를 느꼈고 역시 대자연의 변화무쌍에 자그마해진 저를 보았습니다.

이영록 선생님, 인사동 한정식 못지않다고 하신 점심 차림이지만 빗방울이

오락가락하는 싸늘한 날씨에 따듯한 국물이라도 준비했어야 했는데 하는 자책부터 시작하여 부족함이 많은 청풍명월행이지 않았나 싶어 많이 송구스럽습니다.

야심만만하게 준비한 민물장어만찬은 장어를 굽기 위한 숯불이 늦어지고 홍어삼합은 빨리되는 바람에 결과적으로 홍삼합이 고가의 장어를 남기게 하는 역할을 하였고 야외에 나오면 조리와 설거지 부문은 남성 담당이 관례인데 젊은 일꾼 부족으로 신정자·박정희 선생님 두 분께서 너무 수고를 많이 하여 주심도 아쉬운 부분이었습니다. 다음 다시 기회를 주신다면 젊은 남성 일꾼을 많이 확보하여 그런 부분을 잘 하도록 하겠습니다.

이번 1박 2일의 숨겨 논 야심작은 숙소에서의 소낙비 같은 밤하늘 별빛이었습니다. 공이동 밤하늘 별빛이야말로 숙소 환경의 다소 불편한 점을 상쇄하고도 남음이 있을 것이라 생각하였고 이번 여행의 숨겨 논 보석이었는데 이 역시 하늘을 다스리지 못한 능력의 한계가 아쉬움을 더하였습니다.

다음 날 비봉산행은 역시 산 밑에서 놀기에 능한 제가 산 등반 과정을 선행하지 못하고 산 밑의 식당에서 전형적인 시골 분들의 이야기 "별거 아녀! 금방 올라가 옛날에 나뭇짐 해 가지고 다니던 곳이여!" 아! 그런 줄만 알았지요. 그래도 조금 힘드셔도 올라만 가시면 천하 비경이 기다리고 있으니 용서가 되겠지 하였는데 아! 무심한 날씨여! 말 안 듣는 하늘이여! 아무튼 여러 선생님 힘들게 해 드려서 지면을 통해 송구스러운 말씀 다시 한 번 드립니다.

정한봄(민족문제연구소 강남서초지부장) 13-05-06 11:41

귀경길은 사실 피로가 몰려 걱정을 많이 하면서 출발하였는데 기우였습니다. 졸음을 참기 위해 첫 휴게소를 들르고 출발하면서부터 김종철 위원장님 말씀이 정한봄이를 2052년(이때 제 나이 98세) 동투위 위원장 후보로 추천하시겠다고 하여 정신을 번쩍 나게 하시더니 이야기 진행 중에 가능성이 조금 엿보였는지 잘

하면 무려 22년을 감형(?) 2030년에 후보로 추천할 수도 있다 하시어 그 기대감에 피로와 졸림이 한꺼번에 해결되는 청량제가 되었습니다.

덕분에 정체가 된 길도 지루함이 없이 마무리할 수 있었고 저도 욕심이 있어 2052년 동투위 위원장 후보에 추천하여 주시면 기꺼이 응낙할 것임을 알려 드립니다. 부디 건강하시어 2030년 정한봄을 동투위 위원장 후보로 추천하여 주실 것을 앙망하나이다.

아쉽고 불편하신 점이 많았음에도 끝까지 즐거운 마음으로 함께 하여 주신 선생님들께 깊은 감사를 드리며 선생님들과 함께할 수 있음에 더없는 보람과 축복이라 생각됩니다. 언제나 즐거움만 앞세우기 쉬운 산행을 역사적 의미를 더해 문학적 가치로 승화시키시는 이영록 선생님의 후기 덕분에 이번 1박 2일 부족한 점이 많았음에도 면죄부를 받은 것 같아 다시 한 번 감사드립니다.

**감악산**(紺嶽山)

# 장준하 선생 38주기 추모식 참석하고 8월 땡볕 아래 오른 감악산

(2013년 8월 17일)

2013년 8월 17일. 동아투위 등산모임 요요회의 8월 산행지는 일찌감치 파주시 적성면 설마리의 감악산(紺嶽山)으로 정해졌다. 요요회의 월례 산행은 셋째 토요일이다. 그런데 이날, 1975년 3월의 동아투위 발족 전부터 성원을 아끼지 않았던 고 장준하 선생의 38주기 추모식이 감악산과 가까운 파주 탄현면 성동리 장준하공원에서 열리기 때문에 추모 행사에 참석한 후 곧바로 감악산 등산을 하는 것으로 의견이 모아진 것이다.

그동안 추모식은 선생의 묘소가 있었던 경기도 포천 천주교묘지에서 행해 왔었다. 그러다가 큰 비로 묘지가 훼손되는 등 여러 곡절을 겪으면서 지난해 통일동산이 마주보이는 이곳 파주 땅에 장준하공원을 조성하고 이장하면서 추모 행사 장소가 이곳으로 바뀌게 되었다.

동아투위 발족 날짜가 1975년 3월 17일. 동아투위는 이후 38년 넘게 매달 17일에 모임을 가져 왔다. 선생은 동아투위 발족 다섯 달 뒤인 8월 17일 의문의 죽음을 맞았다. 그동안 모임 날짜가 겹치는 바람에 개별적으로는 몰라도 동아투위 차원에서의 추모 모임 참석은 어려웠다. 그런데 올해는 17일이 토요일이어서 동아 투위 월례 모임은 주말을 피해 19일

월요일로 순연되었고, 요요회 월례산행 날짜가 마침 이날이어서 추모식을 마치고 오후 등산을 하기로 한 것.

선생의 서거일 17일도 그러하지만, 선생과 동아투위 사이의 인연은 예사롭지 않은 데가 있는 것 같다. 맏며느님인 신정자 씨가 동아투위 위원이다. 선생은 회사에서 쫓겨나 졸지에 백수가 된 신 위원을 며느리로 맞아들였다. 뒤늦게 알려진 사실이지만 장남의 결혼식 축의금을 '길거리의 언론인'이 된 해직 기자들의 생계에 보태라고 몽땅 내놓았다. 당신도 그렇게 어렵게 지내시면서. 장남 장호권 선생은 공·사석에서 자칭·타칭 동아투위의 사위로 불리고 있고 본인도 그다지 싫어하는 눈치는 아닌 듯하다.

아침 9시 조금 넘어 예고한 대로 추모 행사에 가는 이들의 교통 편의를 위해 주최 측에서 마련한 관광버스 2대가 2호선 합정역 1번 출구에 대기

장준하 선생 추모식에 참석한 미망인 김희숙 여사(가운데)와 요요회의 젊은 문순c들

하고 있었다. 장호권 선생이 버스 언저리에서 탑승자들을 맞고 있었다. 추모식에도 참석하고 산행도 해야 하기 때문에 차림이 좀 신경 쓰였다. 가급적 덜 튀는 등산복 차림에 배낭을 멨다. 복장 상태가 불량해 좀 겸연쩍었지만 주최 측에 양해를 구했다. 장 서방(우리는 평소 3인칭이지만 장호권 선생을 친숙하게 그렇게 부르기도 한다)은 되레 행사 준비와 마무리 때문에 부인 신 여사가 산행에 동행 못함을 더 미안해했다. 버스 안에는 동아투위 회원 말고도 낯익은 이들이 꽤 많았다.

추모식장인 장준하공원에 도착하자 벌써 많은 인사들이 와 있었다. 수일째 폭염이 계속된 데다 행사 시작 시간이 무더워지기 시작하는 낮 11시여서 무척 더울 것으로 짐작했었는데 생각보다는 견딜 만했다. 하늘에는 두터운 구름이 햇볕 가림막을 해 주었고 산바람도 약간 있어서 다행이었다. 선생께서 포천 약사봉 등반에 올랐던 그 마지막 산행의 날도 무척이나 무더웠다는데.

추모식은 사단법인 장준하기념사업회가 주최하고 장준하특별법제정 시민행동이 주관했다. 유광언 기념사업회 회장이 추모공원의 조성, 헌정과 선생의 사인 규명을 위한 유해의 재감식 과정 등 그동안의 경과를 보고하면서, 앞으로 장준하특별법의 제정에 진력하여 암살 사건의 모든 진실을 밝혀 내겠다고 다짐하는 인사를 했다. 이부영 기념사업회 명예이사장과 장준하특별법제정 시민행동 공동대표를 맡고 있는 이해학 목사도 추모사를 통해 특별법 제정 결의를 거듭 다졌다. 이인재 파주시장은 국비 지원을 받지 못한다면 시 자체 예산을 들여서라도 장준하기념관을 건립하겠노라는 의지를 피력했고.

유족을 대표해서 장호권 선생이 선친의 사인 규명을 위한 재감식 때문에 유해를 다시 드러내는 불효를 저지를 수밖에 없었던, 당시의 참담해 마지 않았던 심경과 지난 3월 말 장준하선생 겨레장을 마친 후 많은 이들의 만류에도 불구하고 10여 일 동안 죄인의 마음으로 시묘(侍墓)살이를 한 소회를 털어놓을 때는 장내가 한때 숙연해졌다.

요요회 일행은 추모식을 마친 후 묘소에 참배하고 주최 측이 제공한 도시락으로 점심 요기를 한 다음, 그 길로 산행 목적지인 감악산 쪽으로 이동했다. 산행에 동행한 사람은 요요회를 주축으로 새언론포럼, 민족문제연구소, 내친구 문순c, 한국출판인회의 산악회 회원 등 모두 15명.

감악산은 경기도 파주시 적성면, 양주시 남면, 연천군 전곡읍에 걸쳐 있다. 한북정맥의 한강봉과 지맥을 이룬다. 가평의 화악산, 개성의 송악산, 안양의 관악산, 포천의 운악산과 더불어 경기 5악의 하나. 춘추로 국가에서 제를 지냈던 산이다. 날씨 맑은 날 정상에 오르면 임진강과 개성의 송악산 등을 조망할 수 있다고 한다.

바위 사이로 검은빛과 푸른빛이 동시에 쏟아져 나온다 하여 감악산, 즉 감색 바위산이라 불렀다. 파주 인근에서 가장 높은 산으로 폭포, 계곡, 암벽 등이 발달하여 산세가 험한 만큼 수려함을 뽐낸다. 임꺽정(林巨正)이 관군의 추격을 피해 숨어 있었다는 임꺽정굴과 임꺽정봉도 있다. 감악산 일대는 한국전쟁 당시 치열한 격전지였으며, 영국군 참전 기념비도 이곳 설마계곡 입구에 있다.

세 대의 차량에 분승해 감악산 범륜사 입구에 도착한 것이 낮 2시. 범륜사를 대충 둘러보고 산길을 더듬어 갔다. 태고종인 절집은 생각했던 것보다 소박해 우리의 발길을 오래 붙들지는 못했다.

그 사이 날씨도 덥고 식사를 금방 해서 배가 불러 산을 오르기도 힘들텐데 요산(樂山)은 생략하고 요수(樂水) 쪽으로 방향을 바꿔 계곡에서 탁족(濯足)을 하자는 의견이 분출했다. 하지만 감악산 정상주는 마셔야 하지 않느냐는 의견이 더 우세했다. 산행 시작 전에 어디에서든 발대식은 해야 되지 않는가 하는 일부의 요구가 나왔다. 입산 행사를 하자는 얘기.

다소 어설프고 불편한 대로 등산로 초입에 입산주 마실 자리를 급조했다. 여기저기서 술병들이 나오고 안주거리도 쏟아졌다. 술안주 중에서도 안성에 내려가 농사를 짓고 있는 임학권 회원이 지참한 토종닭 백숙이 단연 인기였다. 대단한 정성이 아닐 수 없었다. 술 종류는 산행에 지장이 있을 것이라는 이유로 알코올 도수를 기준으로 통제했다. 이 중 센 놈은 정상주로 쓰기로 하고.

2시 40분쯤 본대는 계곡파 두 사람만 산 아래 두고 산행에 나섰다. 범륜사 입구에서 시작해서 만남의 숲~구름재~약수터~고릴라바위~감악정~감악산 정상(감악산비)을 왕복하는 코스다.

등산로 역시 더위가 극에 이를 한낮이었지만 구름이 짙게 내려앉아 있는 데다 소나무, 잣나무, 상수리, 도토리 등 온갖 큰키나무와 떨기나무들이 어우러져 한 숲을 이루고 있는 산속이어선지 날씨 형편은 걱정했던 것보다는 괜찮았다. 휴일인데도 서울 근교의 여느 산보다는 등산객이 드물었다. 여기저기에 굵은 다래넝쿨이 걸쳐 있는 것으로 보아 속세를 아직 덜 탄 청정한 산임을 알 수 있었다. 군데군데 '명상의 숲'이라 이름 지어 놓은 쉼터들이 자리하고 있었다. 피톤치드가 잔뜩 뿜어 나올 것 같았다. 시간이 있으면 좀 쉬었다 가도 좋을 텐데, 아쉽지만 나중을 기약하고 그냥 지나쳤다.

또 숯을 구웠던 흔적들을 보전하고 있는 숯가마 터와 그 내력을 설명한 표지판이 곳곳에 눈에 띄었다. 지금부터 사오십 년 전까지만 해도 생업으로 숯을 굽는 사람들이 적지 않았다고 전해지는 것으로 보아 당시 민초들의 삶의 한 단면을 엿볼 수 있었다. 그만큼 주변에 숯의 원자재가 되는 참나무 군락이 폭넓게 자리했음도. 가난하던 시절 산민들은 참나무가 많은 이 산에 들어와 화전을 일구고 숯가마를 만들어 숯을 구워 민가에 내다팔았던 것.

산 중턱쯤에는 비교적 평탄한 밭 터 비슷한 곳도 있었다. 예전 화전을 일구었던 묵은 밭의 흔적이었다. 농터를 갖지 못했던 농민들은 산속으로 들어와 땅에 불을 질러 초목을 태운 자리에 밭을 일구었을 터이다. 그 뒤에 정부가 무허가 화전을 정리하는 바람에 삶의 터전을 잃고 이곳을 떠나야 했던 화전민의 애환이 서려 있는 곳이다.

올라가는 도중에 갈림길이 나왔다. 정상으로 바로 올라가는 길과 임꺽정봉을 거쳐서 정상에 이르는 길로 갈라지는 곳이다. 감악산 산세에 밝은 중명출판사의 홍 대표가 자세한 설명을 해 주었지만 시간이 늦었으니 바로 올라가자는 쪽이 대세였다. 임꺽정봉은 먼발치에서 바라만보기로 하고.

숲이 해를 가려 준다고는 해도 염천의 오후 무더위에 장사가 있을 수 없었다. 더위 때문에 쉬엄쉬엄 올라가다 보니 감악산비가 있는 정상에 올랐을 때는 오후 5시가 넘어 뉘엿뉘엿 해가 기울기 시작했다. 해발 675미터 정상에 넓은 하늘을 배경으로 우뚝 서 있는 감악산비 앞에서 증명사진 몇 컷을 찍었다.

이 빗돌을 두고 그 유래에 대해 말들이 많다고 한다. 비석의 글자가 모두 마모되었다 해서 몰자비(沒字碑)로 불리는 것을 비롯해서 설인귀(薛仁貴)사적비, 빗돌대왕비, 비뚤대왕비 등 여러 이름으로 부르고 있다. 1982년 이 비를 조사한 동국대 학술조사단은 그 형태가 북한산 진흥왕 순수비(巡狩碑)와 흡사한 것으로 보아 제5의 진흥왕 순수비가 아닐까 추정하기도 했다는데, 아직 정설은 없는 듯하다. 그래서 무난하게 감악산비로 부르고 있는 모양이다.

오르면서 배낭들을 내려놓았던 정상 바로 아래 팔각정으로 되돌아왔다. 그곳에 정상주가 기다리고 있으니까. 도수 센 놈이 나올 차례다. 한출산악회의 일본어 번역 작가 정창열 회원이 가져온 위스키부터 먼저 개봉했다. 비장한 각종 주류가 쏟아져 나왔지만 안주가 좀 모자라다 싶었다. 하지만 저녁 회식에 기대를 걸고 대신 남은 과일들로 안주를 삼아 술잔들을 털어 냈다.

뒤풀이 회식 문제를 논의한 끝에 법원리(파주시) 초개탕 집으로 정했다. 고향이 그쪽인 문순c의 조순애 회원이 강력 추천한 곳이다. 여태껏 초개탕이 뭔지 모르고 지내 왔는데 오늘 처음 맛을 보게 될 모양이었다. 닭이나 꿩고기가 들어간다 해서 초계탕으로 생각했는데 초개탕(醋芥湯)이 맞는 말이란다. 식초(醋)와 겨자(芥)로 만든 육수를 사용한다 해서 그렇게 부른다는 것.

입맛부터 먼저 다시고 하산을 재촉했다. 당초 임꺽정봉을 돌아서 하산하기로 했는데 시간도 많지 않고 다리들이 풀려서 생략하자는 데 다들 이의가 없었다. 그래서 올라왔던 길을 되짚어서 내려가기로 했다. 바로 눈앞에 깎아지른 듯이 서 있는 봉우리가 임꺽정봉이란다. 조선 명종조 황해도 구월산에서 활약했다는 의적 임꺽정의 고향이 양주 불곡산 근처였다 하니 양주와 한양 쪽으로 산길을 탄다면 자연스레 이 감악산 지맥을 통했을 터이니 임꺽정굴이나 임꺽정봉도 그저 허투루 부르는 이름은 아닐 듯하다. 임꺽정봉 발 아래로 원당저수지가 내려다보였다.

하산 길을 거의 다 내려오자 올라갈 때 보아 두었던 명상의 숲이 다시 나타났다. 좀 늦어지더라도 발 좀 뻗고 잠시 쉬어 가자는 제의가 나와 잠깐 쉬기로 했다. 인체공학을 살려서 만들어 놓은 듯한 나무 의자에 몸을 눕히니 그렇게 편할 수가 없었다.

하산을 재촉하는데 이번에는 뜻밖에도 정 사장이 나서서 요즘 시집이 팔리지 않아 걱정이라는 언론 보도를 꺼냈다. 10대들은 거의 시집을 사 보지 않고, 되레 50대 남성층이 시집을 더 많이 사본다는 것. 그러면서 자신은 지금도 시 20수 정도는 거뜬히 암송할 수 있노라고 털어놓았다. 호젓한 산길을 걷노라니 시심이 절로 발동하는 모양이었다. 불감청 고소원이라. 좌중이 청하자 기다렸다는 듯이 시 대신 황진이를 주제로 한 시조 두 수를 맛깔스레 읊었다. 떡만 잘 만드는 줄 알았더니.

이러구러 늑장을 좀 부리느라 하산 길이 길어졌다. 산중이라 땅거미가 더 빨리 짙어지기 시작했다. 산행을 시작했던 범륜사 입구에 도착하니 7시가 넘었다. 법원리까지는 자동차로 그다지 멀지 않다 하니 올 때처럼 차량을 나눠 타고 네비게이터가 시키는 대로 법원리 초개탕 집을 찾았다. 규모가 제법 큰 근사한 집이었다.

그런데 아뿔싸. 식당 문이 닫혀 있었다. 오늘 준비한 재료가 동나서 더 이상 영업을 하지 않는다는 안내문만 걸려 있었다. 주말 휴일인데, 또 저녁 8시가 채 안 됐는데 문을 닫다니. 경기가 좋은 것인지 알다가도 모를 일이었다. 다들 난감해져서 망연히 서 있는데, 그 집에서 200미터 거리에 오리구이집이 있다는 표지판이 눈에 들어왔다. "닭 대신 오리다" 하고 자동차를 조금 움직여 그 식당으로 갔다. 그런데 그곳도 문이 닫혀 있었다.

날은 어두워지고 이러다 저녁 굶는 게 아닌지 살짝 걱정이 됐다. 이번에는 동아투위의 김종철 위원장이 나섰다. 자기 동네 일산 호수공원 근처에 냉면도 팔고 꿩 초개탕을 잘하는 집이 있다면서 그 집을 추천했다. 우리 일행이 서울로 돌아가는 길목인 데다 그곳은 늦게까지도 영업을 할 것이라는 얘기였다. 졸지에 닭이 오리가 되었다가 꿩으로 바뀐 것이다.

밤길을 달려 김 위원장이 추천한 평양냉면 전문점 '옥류담'(옥류관이 아니다)을 찾아 들어갔다. 다행히 손님들이 좀 있어서 안도했다. 시간은 저녁 8시 반이 지났다. 배도 고프고 시간도 많지 않아 서둘러 술과 음식을 주문했다. 꿩 초개탕에 냉면, 만둣국 등을 인원 수만큼 시켰다. 나중에 모자라 추가하기까지. 시장이 반찬이어선지 음식 맛있다는 찬사가 여기저기서 나왔다. 집이 먼 사람도 있고 해서 아쉽지만 10시 반 조금 넘어서 자리를 털고 일어났다.

참석자(15인)

김태진, 황의방, 김종철, 임학권, 이영록, 조강래, 박래부, 정현조, 정한봄, 정만순, 조순애, 김진숙, 임경호, 홍순종, 정창열

인릉산(仁陵山)

# 인릉산 둘레길에서 불러 보는 〈과수원 길〉

(2016년 5월 9일)

2016년 5월 9일. 5월로 들어서면서 산야에는 들꽃들이 피고 지기를 거듭하고 있다. 개나리·진달래가 앞을 다투며 피었고, 뒤따라 산벚꽃·철쭉꽃이 피고 졌다. 그 사이 겨우내 헐벗었던 나무들도 연녹색 봄옷으로 갈아입으면서 산속은 온통 초록 세상이다.

내가 이태 전 이곳으로 이사 와서부터 자주 오르내리고 있는 인릉산(仁陵山) 둘레길도 예외가 아니다. 인릉산은 경기도 성남시 수정구 고등동과 서울시 서초구 내곡동의 경계를 이루는 높이 326.5미터의 야트막한 산이다. 양재와 성남을 잇는 헌릉로 안쪽에 있는 헌인릉 가운데 순조의 능인 인릉의 조산(朝山)이 되는 데서 유래된 이름이라고 한다. 지금은 상큼한 녹음 사이로 키 높이를 자랑하는 나이 든 아카시나무들이 벗은 가지 위에 무더기로 꽃을 피우면서 향긋한 꽃냄새를 뿜어내고 있다. 그 사이사이 뒤따라 피어난 찔레꽃의 그윽한 향기는 콧속을 간지럽힌다.

바람 따라 흘러 퍼지는 아카시아 꽃향기를 음미하다 나도 모르게 동요〈과수원길〉이 저절로 흥얼거려졌다. 그런데 가사가 제대로 이어지지가 않았다. 역시 세월은 어쩔 수가 없나 보다. 기억력에 한계가 왔음일까? 퍼즐 맞추듯 몇 차례 도돌이표를 거듭 그리다가 간신히 가사를 완성했지만 이내 뒤죽박죽이다.

동구 밖 과수원길 아카시아 꽃이 활짝 폈네.
하얀 꽃 이파리 눈송이처럼 날리네.
향긋한 꽃냄새가 실바람 타고 솔 솔.
둘이서 말이 없네, 얼굴 마주보며 쌩긋.
아카시아 꽃 하얗게 핀 먼 옛날의 과수원길.

산길에는 딱히 과수원이라 하긴 뭣해도 조그마한 매실 농원이 하나 있어서 달포 전만 해도 매화꽃이 봄바람에 흩날렸었고, 그 또한 눈송이 같았었지. 낙화가 농원의 벌거벗은 바닥 흙을 이불자락처럼 덮다시피 했으니까. 그런데 매화꽃만 보았지 열매 맺는 철이 한참 지날 때까지 매화 열매, 매실은 거의 찾아보기 어려웠다. 땅주인이 과수 농사에는 염이 없이 개발 소식만 기다리고 있음은 아닐까 지레 짐작을 해 보았다.

그런데 뜬금없이 그리그의 〈솔베이지의 노래〉가 겹쳐졌다. 구슬픈 가락으로.

그 겨울이 지나 또 봄은 가고 또 봄은 가고
그 여름날이 가면 더 세월이 간다 세월이 간다
아! 그러나 그대는 내 님일세 내 님일세
내 정성을 다하여 늘 고대하노라 늘 고대하노라 아!

그 풍성한 복을 참 많이 받고 참 많이 받고
오! 우리 하느님 늘 보호하소서 늘 보호하소서

쓸쓸하게 홀로 늘 고대함 그 몇 해인가

아! 나는 그리노라 널 찾아가노라 널 찾아가노라 아!

우리에게 『인형의 집』으로 더 친숙한 노르웨이의 대문호 입센의 극시 「페르귄트」. 이 페르귄트를 바탕으로 동시대 같은 노르웨이 사람 그리그가 작곡한 같은 이름의 〈페르귄트〉. 몰락한 지주의 아들인 페르귄트는 어머니의 간절한 소원에도 불구하고 집안을 다시 일으킬 생각은 하지 않고 공상에만 빠져 살았다. 애인 솔베이지를 버린 채 마을 결혼식에서 임자가 있는 신부를 빼돌려 산속에 숨어 버린다. 그러나 금방 싫증이 나서 산중을 돌아다니다가 산속 마왕에게 붙잡혔다가 가까스로 도망친다. 다시 마을로 돌아온 페르귄트는 어머니의 죽음을 맞고 또다시 모험을 찾아 바다로 떠난다.

모로코와 아라비아 등지를 전전하며 부자가 됐다가 거지가 되기도 하는 파란만장한 삶을 이어 가던 페르귄트는 마지막으로 신대륙 아메리카로 건너가 캘리포니아에서 금광을 발견해 큰 부자가 된다. 그러나 나이가 들어 향수를 이기지 못한 나머지 전 재산을 배에 싣고 귀국길에 올랐지만, 육지를 바로 눈앞에 두고 폭풍우를 만나 난파선에서 목숨만 간신히 보전한다.

페르귄트가 집에 돌아갔을 때 그곳에는 옛 연인 솔베이지가 그를 기다리고 있었다. 페르귄트는 그녀를 안고 "당신의 사랑이 나를 구원해 주었소"라고 말한 뒤 그녀의 무릎을 베고 그의 삶을 마감한다. 꿈을 그리면서 헤매던 몽상가 페르귄트가 기쁨과 슬픔이 얽힌 오랜 여정을 마치고 지친 늙은 몸으로 고향으로 돌아와 백발이 다 된 솔베이지의 무릎에 엎드려 그녀의 노래를 들으며 평화스런 죽음을 맞게 된다는 줄거리이다.

솔베이지와 페르귄트의 슬픈 이야기를 생각하다 문득 〈과수원길〉 속의 '둘이서'는 그 후 어떻게 되었을까 궁금해졌다. 박화목(朴和穆) 시인의 그 '둘'은 이제 이 세상 사람들은 아니겠지만. 그 둘의 사연은 페르귄트와 솔베이지의 그것과는 결이 다른 아카시아 꽃잎 같은 사랑이 아니었을까? 이기적인 페르귄트에 이타적으로만 조응했던 솔베이지의 절절한 사랑과는 달리, 애틋한 마음으로 눅진한 사랑을 해내지 않았을까. 슬픔보다는 기쁨이 잔잔하게 흐르는. 즉흥적이다 못해 인스턴트 사랑이 넘쳐나는 요즘 세상에도 이런 사랑이 있을까 하는 데까지 생각이 이른다. 애잔하고 아련한 사랑 말이다. 나이 먹은 탓이겠지. 옛날의 사랑법으로 오늘의 연애법을 말하다니.

이런저런 상념 속에 아카시아 꽃잎 난분분 날리는 인릉산 숲길을 한참 돌아서 나오니 어느덧 속세가 눈앞을 가로막고 서 있었다. 둘레길 막다른 곳에 펼쳐지는 능안말과 홍씨마을의 담장 안쪽에는 노란색, 빨간색, 분홍색 등등 가지각색의 장미꽃이 계절의 여왕 5월의 꽃 잔치를 준비하고 있었다. 그리고 그 너머 새로 둥우리를 튼 우리 보금자리에는 따사로운 봄볕을 등에 이고 화분에 물을 주며 봄꽃을 키우는, 사철 발 벗은 아내가 있을 터이다. 그곳이 차마 꿈엔들 잊힐 리야! 아카시아 꽃 하얗게 핀 따뜻한 봄날은 떠나온 고향을 떠올리는 향수를 자아내면서 이렇게 지나가나 보다.

**강화산성**(江華山城)

# 고려의 숨결 느껴지는 고려궁지(高麗宮址)와 강화산성 길

(한국출판인회의 산악회, 2016년 12월 10일)

2016년 12월 10일. 한국출판인회의 산악회(한출 산악회)가 송년 산행으로 강화도의 '고려 성곽길' 탐방을 한다고 해서 따라나섰다. 강화산성이라니? 역사 공부가 얕은 데다 견문도 모자라 강화 그곳에 고려 적의 성곽이 어땠었는지는 생각 못했다. 호기심에 손을 들고 참가했다. 정인지(鄭麟趾)가 펴냈다는 『고려사(高麗史)』를 새삼 공부할 엄두는 내지 못하고, 아쉬운 대로 백과사전을 일별하는 것으로 면무식을 하기로 했다.

한출 산악회 산행에 가끔 동참했지만 대개 하루·이틀쯤 숙박하거나 장시간 산행을 하는 프로그램들이 많아서 내게는 이제 힘에 부치는 운신인 데다 출발 시간이 이른 아침 7시가 보통이어서 집에서 거기(합정역 9번 출구)까지 가려면 새벽 5시쯤에는 깨야 하기 때문에 자주 참석하지는 못했다. 그러나 이번에는 아침 8시 출발에 세 시간 정도 걸리는 산행이라고 해서 좀 만만하게 생각한 데다 강화산성이라니까!

출발 시간에 맞춰 일찍 집을 나선다고는 했으나 겨우 빠듯하게 집결지에 도착했다. 대부분 아는 얼굴들이라 반가웠고, 동아투위의 요요회도 한출 산악회 창립 초대 회장을 지냈던 김태진 선배를 비롯해서(그래서 그들은 그를 왕 회장이라 부른다) 조강래·신정자 씨 등 4명이나 참석해서 어색하지 않았다.

강화 고려 성곽길은 고려의 고종 때 몽고의 침입에 대비해서 세운 산성을 감도는 둘레길로 많은 유적지를 품고 있어서 역사 탐방길로 인기가 있는 곳이라는데 나는 왜 여직 몰랐을까?

사적 제132호인 강화산성(江華山城)은 인천광역시 강화군 강화읍 국화리 산3번지에 있다. 고려가 대몽 항쟁을 위해서 고려 고종 19년(1232년) 당시의 실권자인 최우(崔瑀)의 주도 아래 도읍을 개경(개성)에서 강화로 옮기고 궁궐을 지으면서 성도 함께 쌓았다. 최우는 고려 최씨 무신정권의 첫 번째 지도자 최충헌(崔忠獻)의 아들로 부친의 사후부터 고려 고종 49년(1262년)까지 30년 동안 고려의 국정을 장악했다.

산성은 개성의 성곽과 비슷하게 내성·중성·외성으로 이루어져 있었는데, 이 중 내성에 해당하는 것이 현재의 강화산성이다. 성 주위의 길이는 7,122미터이며, 4개의 대문과 4개의 암문(暗門), 2개의 수문(水門), 그리고 2개의 성문장청(城門將廳)으로 되어 있다. 남문은 안파루(晏波樓), 북문은 진송루(鎭松樓), 동문은 망한루(望漢樓), 서문은 첨화루(瞻華樓)로 불렸다.

김포를 지나 강화로 이어지는 강화대교를 건넜다. 예보상으로는 날씨가 추워질 거라 했는데, 예상보다는 괜찮았다. 오늘 저녁 광화문 7차 촛불에도 참여할 요량으로 추위에 대비해 단단히 차리고 나왔더니 좀 덥게 느껴졌다. 껴입은 옷들이 거추장스럽기까지 했다.

합정역에서 한 시간 남짓 버스를 타고 달려 우리가 내린 곳은 산성의 동문이 자리한 강화 성곽길 진입로 어귀. 주유소에 딸린 간이 휴게소 부근이다. 강화도 둘레길 1번과 15번이 각기 여기서부터 시작된다. 강화도 주민인 강맑실 사계절출판사 사장이 미리 나와서 우리 일행을 반겨 주었다. 강 사장은 본토박이는 아니지만 오래전에 이곳에 터를 잡아 살아 온 이다. 오늘 성곽길을 안내해 주기로 미리 작정이 돼 있었던 모양이다.

인문학적 소양이 남다른 강 사장이 안내를 맡았으니 오늘 여행은 벌써 시작으로 절반은 성공한 셈. 강 사장과 산악회 박철준 등산대장이 뭔가 한동안 승강이를 했다. 나중에 공개된 내용인즉슨 오늘 산행 뒤풀이 비용을 강 사장이 쏜다고 해서 생긴 사달이었다. 결국 강 사장 뜻을 따르기로 하고, 참가비에서 남은 돈으로는 참가자들에게 선물을 하는 것으로 낙착 봤다.

동문 부근 허물어진 성벽 근처에는 민가들이 들어서 있어 성 안인지 바깥인지 구분이 잘 안 되었는데, 마을을 지나면서는 성벽이 원형을 보이고 있었다. 성벽이 있었던 자리 안쪽에는 600년을 넘긴 수령을 자랑하는 큰 키의 고목나무가 눈에 들어왔다. 그곳에 강화 유수부 관아와 행궁이 있었다고 한다. 병인양요(丙寅洋擾, 1866) 때 프랑스군이 점령하는 과정에서 불타 버렸던 성문을 2000년대에 들어와서 고증을 거쳐 복원한 것이 현재의 모습이라고 한다. 이 고목만은 강화의 아프고 슬픈 역사를 알고 있을 듯했다.

성벽은 무너져 허물어졌지만 강화 남문에는 망한루(望漢樓)라는 현판이 높다랗게 걸려 있었다. 망한루. 중국(한나라) 바라기라는 뜻인가. 사전에 공부가 안 되어 있어서 대충 짐작만 하고 성곽길로 들어섰다. 오늘 탐방은 동문에서 시작해서 북문~서문~남문 순으로 이어 가기로 했다. 역순으로 갈 수도 있지만 가이드를 맡은 강 사장이 가자는 대로 이 길을 타기로 했다. 서두르면 두 시간이면 되는 거리지만, 느린 걸음으로 가도 세 시간이면 종착점인 점심 식사 장소에 이를 것이라고 일행을 안심시켰다.

안내 지도에 그려진 행로를 대충 눈에 담고 길을 나섰다. 시골 마을 뒷산 둔덕 같은 야트막한 언덕길을 잠깐 오르니 금방 성곽길에 닿았다. 강화 섬을 전체적으로 조망할 수 있는 아름다운 산성길이었지만 사방이 바다로 둘러싸여 있는 데다 전형적인 겨울날씨 탓으로 시계가 흐려 눈앞에 전개되는 풍광이 성에 차지는 않았다. 여기저기 성곽길을 복원하고 정비한 흔적이 보였지만 조금씩 무너진 산성이 예스러워 보여서 더 좋았다.

성곽길을 올라서는데 무슨 웅웅거리는 소리가 들렸다. 북쪽의 대남 방송 스피커에서 나오는 것이라 했다. 이곳이 북측과 바로 마주한 곳이라는 사실을 잠깐 잊고 있었다. 얕은 바닷물을 사이에 두고 그 건너가 지금은 북한 땅 개풍군이고, 거기서 조금 북쪽으로 올라가면 고려의 왕도였던 개성(開京)이다.

고려 중기에는 이곳 강화도를 강도(江都)라 했는데, 서도(평양)·북경(개성)과 강도를 함께 삼도(三都)라 부르기도 했다. 『동국이상국집(東國李相國集)』·『백운소설(白雲小說)』·『국선생전(麴先生傳)』 등을 펴냈던 이규보(李奎報)의 문학관을 이은 고려 후기의 문장가 최자(崔滋)는 그의 시부(詩賦) 「삼도부(三都賦)」에서 "서도는 음란으로 망했고, 북경은 사치로 유리(流離)했으며, 강도는 풍속이 순후한 덕의 터전으로 만년을 이어도 태평할 것이다"라는 기원을 담아 이곳 강화를 묘사했다. 『보한집(補閑集)』의 작자로 더 알려진 최자는 고려 중기의 문신 이인로(李仁老)의 시화집 『파한집(破閑集)』을 차용해 '속파한집(續破閑集)'으로 이름 붙였다가 후에 이를 '보한집'으로 개명했다.

몽골군은 침략 초기부터 지호지간(指呼之間)인 바다를 넘어오지 못해

고려를 완전히 지배하지 못했다. 강화의 지리적 이점이 크게 작용한 것. 말을 타고 대초원을 달리는 뭍 생활에 익숙한 몽골군에게는 바다 건너에 있는 강화 땅이 먹기에 쉽지 않은 계륵(鷄肋) 같은 존재였을 것이다. 당시 최씨로 대표되는 고려 무신정권이 권력을 독점했으나 정국 운영은 민심에서 완전히 이탈하지 않았던지 개경에서 이곳 강도로 수도를 옮긴 뒤에도 민심이 따라준 데 힘입어 1231년부터 1259년까지 30년 가까이 몽골에 대항할 수 있었다. 섬 건너 고려 본지는 근 한 세대에 걸친 여몽(麗蒙)전쟁으로 피폐되고 초토화되었지만 강화만은 끄떡없었다. 고려 조정은 1260년 몽골과 화친하고(실제로는 굴복하고) 개경으로 환도할 때까지 불안전하게나마 고려 국정을 이어 갈 수 있었다. 개경으로 환도하면서 몽골의 요구로 황폐화시킨 이 산성이 지금의 모습을 되찾은 것은 왕조가 조선으로 바뀐 지 한참 후인 숙종조 무렵이었다.

우리 일행은 일단 북문 진송루에 모여 전체 인증사진을 찍었다. "김치", "치즈", "하이야" 사진 찍는 이의 선창에 따라 여러 가지 포즈를 취하면서 여러 컷의 사진을 찍고 나서 갈 길을 다시 이어 갔다. '하이야(下~野)'는 요즘 전국에서, 특히 광화문 촛불시위에서 인기 있는 최신 유행 언어상품이다.

동문을 지나 서문으로 이어지는 등성이 길은 한적한 소나무 숲길이었다. 여름 같았으면 탐방객이나 삼림욕 하는 이들이 꽤 있었을 법한데 한겨울이어선지 사람 그림자를 볼 수가 없었다. 그런데 일군의 중·장년 일행이 우리 앞에 나타났다. " 좋은 하루 되세요!" 밝게 인사를 하면서. 평소 같았으면 이런 인사가 너무 형식적이고 영어식인 것 같아서 마음에 와 닿지 않아 좀 불편했는데 이날은 그렇지 않았다. 그들의 손에는 하나같이 쓰레기봉투나 집게가 들려 있었다. 성곽 주변 산길의 쓰레기를 치우고 둘레길도 걷는 동호회인 것 같았다. 왠지 허접한 산길인데 깔끔히 정리가 돼 있더라니. 문득 촛불집회 뒷자리를 정리하는 '청소 촛불들'이 생각났다. 이들의 노고에 힘입어 아름다운 산길이 가능한 게 아니었을까? 서문 첨화루 부근은 동문 망한루나 북문 진송루에 비하면 터도 넓고 정비도 잘 되어 있었다.

이곳 서문에서 숨을 좀 길게 쉬고 목도 축인 다음 남문 쪽으로 이동했다. 이제 해도 중천에 떠서 햇살이 제법 따뜻해진 느낌이었다. 산성인지 둘레길인지 구분이 잘 안 되는 마을길이 나타났다. 병사들을 훈련시켰다는 연무장을 곁눈질하고, 그 옆에 있는 두 개의 수문을 스쳐 오르막길로 올라섰다. 서문에서 남문으로 가는 성곽길이다. 가는 방향이 바뀌는

바람에 조금 전까지 중천에 떠 있던 해는 자취를 감추어 버리고 응달이 제법 짙게 드리워졌다. 좀 차가운 기가 돌았다. 간밤에 눈이 내렸는지 눈이 녹지 않은 듯 희끗희끗한 게 꽤 미끄러워 보였다. 이곳 주민인 강 사장의 말로는 전날 강화 지역에 반시간 남짓 강한 우박이 쏟아졌다고 한다. 이 구간이 응달이어서 녹지 않고 얼어붙은 것이다. 능선길이 오르막인 데다 계단도 많아 조심조심 걸음을 뗄 수밖에 없었다. 엉금엉금 기어갔지만 아뿔싸! 미끄러져 나뒹굴고 말았다. 다행히 처박히지는 않았지만 조금 민망스러웠다.

조심조심 계단을 기어가듯 오른 끝에 남장대에 이르렀다. 남장대에 올라서서 사위를 둘러보니 강화 섬 일대가 눈 안에 다 들어왔고 강 건너 북녘 땅도 지척이었다. 이곳에서 인증 사진을 한 장 더 찍고 나서 하산 길로 들어섰다.

눈앞에 남문인 안파루가 보였다. 조선 숙종 37년(1711년) 건립했다는 안파루는 1955년 5월 호우로 붕괴되었던 것을 1975년 문루와 성곽 일부를 복원하면서 바깥쪽 문루에 당시 국무총리였던 김종필의 글씨로 된 강도남문(江都南門)이라는 현판을 걸었다. 역사의 평가에 따라 달라지기 일쑤인 조형물들의 운명을 보노라면 저 글씨가 원상대로 계속 남아 있을지? 문득 박정희와 박근혜와 관련된 많은 흔적이 시민의 손에 의해 철거되거나 훼손되고 있는 작금의 현실이 떠올랐다.

세 시간여 걸린 강화산성 둘레길 탐방을 모두 마치고 나서 기대되는 뒤풀이 오찬장으로 옮겨 갈 차례다. 장소는 갑진호. 고깃배 이름이기도 하다. 강화 바닷가 한적한 횟집으로 한출 산악회가 강화에 오면 들른다는 곳으로 갑진호 선장이 강화 바다에서 직접 잡아 온 자연산 숭어 전문집이다. 둘레길에서는 미처 정상주도 마시지 못해 아쉬워했던 일행들은 술도 배도 고팠던지 정신없이 주거니 받거니 포식을 했다. 서울로 되돌아가는 버스에 오르기 전에 집행부가 마련한 강화 특산물 '순무' 김치 한 병씩을 선물로 받아 챙겼다.

오후 4시 조금 넘어서 아침 출발 장소인 합정역에서 일행들과 헤어지고 나서 요요회 네 명만 따로 함께, 광화문 7차 촛불시위에 참가하기 위해 지하철을 탔다. 신촌역쯤을 지날 무렵 나와 신문사 입사 동기인 반디북카페의 이종욱 씨로부터 전화가 걸려왔다. 지금 광화문 나가는 길인데 어디서 만날까 하고.

일행들과 시청역에서 지하철을 내린 다음 이종욱 씨를 만나 함께 광화문 촛불 현장에 합류했다. 그곳에서 오늘 함께 산행을 했던 도서출판 중명의 홍순종 사장 일행을 조우했다. 현직 교사라는 지인 부부와 함께였다. 몇 해 전 회갑을 지냈다는 그는 주말이면 촛불집회에 개근하는 것으로 소문이 난 열혈 청년(?)이다.

우리 일행은 촛불들이 넘쳐나는 광장 주위를 한참 왔다 갔다 하면서 상황을 지켜보다가 추위도 녹일 겸 근처 요요회 단골집인 '새참과 끼니'에 들러서 간단히 요기하고 헤어지는 것으로 강화산성 탐방에 마침표를 찍었다. 어깨에 멘 등산 배낭이 순무 김치 병 무게가 더해져서 꽤 묵직했다.

제4부

# 자유 언론 실천의 염원을 담은 언론단체 합동 시산제(始山祭)

**관악산**(冠岳山)

## 황사 사이로 찾아 나선 봄 이야기

(요요회 2011년 시산제, 2011년 3월 9일)

2011년 3월 9일. 동아투위 요요회의 2011년 시산제는 시기적으로도 다소 늦은 데다 세월이 하수상한 탓이어선지 나라 안팎으로 어수선한 가운데 치러졌다.

지난 삼동 내내 우리를 몸서리치게 했던 구제역 난리가 후유증을 양산하고 있는 와중에 도미노처럼 이어지고 있는 북아프리카에서의 민주화 열풍은 그 행로를 가늠하기 어려울 지경의 안개 속이고, 일본 도호쿠 지역을 중심으로 일어난 대지진과 함께 밀어닥친 상상을 초월한 쓰나미, 또 그 후폭풍에 따른 후쿠시마의 원전 사고에서 비롯된 방사능 유출의 위험성이 최고조에 달해 우리 모두를 정신 못 차리게 하는 때였다.

설상가상이랄까. 우리의 산행 날엔 올 들어 첫 황사주의보까지 겹쳐 내려졌다. 중국 땅 황하의 누런 모래 먼지가 내몽골 부근에서 발달한 저기압의 영향으로 연무와 섞이면서 서울, 특히 관악산 언저리 하늘은 마치 회색 장막을 쳐놓은 듯 뿌연 먼지가 온종일 시야를 가렸다. 기상청은 이날 서울 지역 황사 수준의 척도가 되고 있는 관악산의 미세먼지 농도가 한때 경보 수준에 근접한 723마이크로그램 퍼 세제곱미터(μg/m³)라고 밝혔다.

지금 우리 눈앞에 펼쳐지고 있는 인간계와 자연계의 현상들을 접하면서 봄이 와도 새들이 울지 않는다는 미국의 생물학자 레이첼 카슨(Rachel Carson)이 50년 전 세상에 내보낸 경고장을 지금 우리가 받고 있는 것은 아닌지 섬뜩한 생각까지 든다. 1962년 출판된 카슨의 『침묵의 봄(Silent Spring)』은 벌레를 잡기 위해 뿌린 DDT가 먹이사슬을 파괴하는 바람에 봄을 알리는 새소리가 사라져 버린, 그래서 죽음처럼 고요한 자연의 침묵을 그려 낸 명저로 미국 환경운동의 기폭제가 되었다.

하지만 '봄이 봄 같지 않게(胡地無花草 春來不似春)' 어수선한 틈에도 봄은 우리 곁에 가까이 와 희망을 얘기하고 있다. 그래야 우리가 꾸민 시산제 행사도 의미를 갖게 될 터이니까. 황사를 뒤집어 쓴 소나무에도 물이 오르기 시작했고, 봄 꿩들이 푸드득 날갯짓을 하고 짝을 찾아 날기 시작한 것을 보면, 그리고 가뭄 속에서도 자하동천 계곡 바위 밑 응달진 곳에 남아 있는 얼음장 아래 실낱처럼 흐르고 있는 물소리를 듣노라면 절망만 하고 있을 순 없지 않은가.

그 희망을 묻기 위해 요요회 회원들은 약속 시간인 아침 9시 반, 과천역 매표소 어귀에서 만났다. 초청 인사까지 합치면 모두 18인. 평소 수준을 훨씬 넘는 인원이었다. 출발이 좀 늦어졌다. 지난번 요요회 월례 모임에 처음 참석했던 고준환 회원이 나타나지 않아서였다. 제수 가운데 한 가지를 맡겠다고 자청까지 했던 터라 그냥 출발할 수가 없었다. 집결 시간을 10시로 착각했다는 것이다. 하마터면 관악산 산신령님이 이번 산제에서는 사과를 못 드실 뻔했다면서 다들 웃음으로 양해하기로 했다. 요요회 입장에서는 초짜 수습 회원이라는 점도 감안되었다.

이날 시산제에 쓸 제수 중 중요한 물목인 제사떡과 돼지머리는 지난번 월례 점심 미팅에서 대강 정한 대로 전임·현임 등산대장이 구입에서 운

송까지를 전담키로 했었다. 이명순 전임 대장은 오래전부터 이 일을 도맡다시피 해 왔기 때문에 동투 위원장이라는 현관을 무시하고 전관예우키로 했고, 한겨울에도 철을 모르고 반소매 차림 등산을 마다않는 연부역강의 장골 조강래 대장에게 통돼지 한 마린들 문제가 될까.

산행은 과천향교 입구에서부터 시작되었다. 잘 아는 대로 향교는 공자를 비롯한 여러 성현께 제사를 지내고 지방민의 교육과 교화를 위해 세운 국립 교육기관이다. 과천향교는 조선 태조 7년(1398년)에 처음 지어졌고 숙종 16년(1690년)에 과천 서이면에서 이곳 중앙동으로 옮겨 왔다. 1944년에 시흥·안양·과천향교를 통합해 시흥향교로 불리다가 1996년에 과천향교로 복원되었다.

일행은 향교 앞 등산로에 게시된 관악산 지도를 숙지한 다음 숨을 고르고 본격적으로 산행을 시작했다. 젊은 시절의 트라우마 때문에 관악산 등산엔 늘 열등감을 갖고 있다는 임응숙 회원이 이를 넘어서겠다는 듯 마음을 다잡고 일찌감치 선두에서 치고 나갔다.

양지바른 데다 군데군데 돌계단으로 이어지는 이 산길은 다른 코스보다 좀 짧은 편이다. 하지만 다들 만만찮은 고령들이라 서행을 원칙으로 삼기로 했다. 좁은 산길이라 발 빠른 산꾼들에게는 우리 일행이 좀 걸리적거렸겠지만. 연주암·연주대로 이어지는 등산길 왼켠 물 마른 자하동천 계곡에는 심산유곡 못지않게 우람한 바윗돌들이 울을 치고 있어서 꽤나 깊은 산속에 들어온 듯한 느낌을 주었다.

월례 모임에서 계획한 시산제 장소는 연주대 아래 너른 절터였다. 지금 같은 속도라면 한 시간 이상은 좋이 걸릴 듯했다. 그런데 갑자기 연주샘 쪽으로 행로가 바뀌었다. 계획은 변경하라고 있다던가. 등산로 초입부터 좀 널찍한 자리만 나타나면 시산제 장소로 굳히려는 음모들이 있어

왔기에 예상 못한 바 아니었다. 힘들게 꼭 그 높은 곳까지 가서 산제를 올려야 하느냐는 의견이 대세였다. 다들 내색은 안 했지만 찬동하는 눈치가 역력했다.

물은 없고 녹슨 표지판만 남아 있는 연주샘 터를 지나면서 요요회의 지관들이 바빠졌다. 임산배수·남향받이에 관악산 최고봉 629미터 연주대가 올려다 보이고 갈수기라 물은 말랐어도 꽤 깊은 계곡이 내려다보이는 곳에 그럴듯한 자리를 찾아냈다. 바로 뒤쪽에는 잡인의 손길이 범접 못할 만큼 우람한 수 겹의 바위 바람벽이 오랜 풍상에 다듬어진 마애불처럼 떡 버티고 있어서 가히 명당이라 할 만했다. 주등산로가 아니어서 행객도 별로 없었다. 내년 시산제 장소까지 염두에 두자는 이까지도 나올 정도였다. 전세대란이 산중이라고 비켜 가겠느냐, 미리 찜해 두자는 소리였다.

11시 반. 이제는 제상을 차릴 차례였다. 시속이 다 다른 탓에 홍동백서(紅東白西), 조율시이(棗栗柿梨), 두동미서(頭東尾西), 좌포우혜(左脯右醯) 등등 진설 문제로 잠시 설왕설래가 있었다. 정성이면 되는 것이지 무얼 어디에 올리고 내리는 것이 무에 그리 중요할까. 나름 성심껏 준비한 산해의 떡과 포와 과일 등으로 진설을 마친 다음 김태진 제주의 주관 아래 향을 피운 다음 술을 올렸다. 이어 왕년의 명아나 홍명진 회원이 2011년 요요회의 시산제문을 읽어 내려갔다.

얼었던 땅이 풀리고 훈훈한 바람이 불어 봄빛이 뚜렷합니다. 그러나 사람들은 올 봄을 걱정 속에 맞이하고 있습니다. 지난겨울 정부는 구제역 확산을 막지 못해 300만이 넘는 생령들을 땅에 묻었습니다. 언 땅이 녹으면서 그 침출수가 흐르고 악취가 코를 찌릅니다. 사람들은 이제 먹을 물을 걱정할 지경이 되었는데도 자기들이 한 짓을 참회하지 않습니다. 저희들은 먼저 땅에 묻힌 생령의 원한을 위로합니다. 어찌 한 가치의 향과 한 잔의 술로써 그 원통함을 달랠 수 있겠습니까마는 다시는 이런 끔찍한 일이 벌어지지 않기를 바라는 서원을 천지신명께 드리고자 합니다.

우리 동아투위는 지난 1월, 국가를 상대로 낸 손해배상 청구소송에서 부당한 판결을 받았습니다. 담당 재판부는 1975년 유신 정권의 중앙정보부가 동아일보사에 부당한 압력을 넣어 우리들을 강제로 해직하게 한 사실이 인정되고 또 그에 대한 배상 책임도 성립하지만 소멸 시효가 지났기 때문에 국가는 배상하지 않아도 된다고 판결했습니다. 이는 국가는 자신이 저지른 불법행위에 대해서는 소멸 시효를 주장할 수 없다는 기왕의 여러 판례에 어긋나는 판결입니다. 1심에 참가했던 동아투위 위원 102명은 전원 항소했습니다. 아무쪼록 항소심에서는 국가의 소멸 시효 주장을 배척하여 온전한 명예의 회복과 함께 정당한 배상이 이루어지도록 정당한 판결이 내려지기를 기대합니다.

저희들의 몸이 이렇게 건강하고 마음이 편해지는 것은 산이 큰 덕을 베푸신 까닭입니다. 저희들이 언제나 산의 고마움을 잊지 않도록 일깨워 주시고 안전하게 올랐다가 안전하게 내려오도록 보살펴 주십시오. 산에 사는 나무와 풀과 움직이는 생명들을 다치지 않게 조심하고 물과 땅을 더럽히지 않게 경책하여 주십시오. 회원 각자의 건강과 집안이 태안하기를 기원하오며 요요회와 동아자유언론 수호투쟁위원회가 하는 일이 성취되기를 기원합니다.

단기 4344년 신묘년 3월 19일 춘분절에, 관악산에서 요요회 회장 김태진과 회원 일동은 맑은 술과 간단한 음식을 차려 절하며 기원합니다.

이 제문은 열흘 전 중국 선전(深圳)에서 있은 손녀딸 돌잔치에 참석하느라 이번 산행에 불참한 오정환 회원이 출국 전날 밤 작성하여 이메일로 보내 온 것이다. 여행 준비로 분잡한 중에도 뜻깊은 제문을 상재해 준 데 대해 요요회 일동은 고마운 마음을 덧붙였다.

산제를 마치고 음복의 시간. 다들 기다려 온 순간이다. 하지만 하산 길이 만만치 않을 터이므로 과음은 자제하자는 분위기여서 양껏 먹고 적당히 마신 뒤 자리를 털고 일어섰다. 기상청 예보가 틀리지 않아 산정에서부터 부연 황사가 엄습해 오고 있었다.

내려가는 길은 올라오던 길 대신 용마능선을 타고 과천교회 쪽 길을 택했다. 거리가 더 멀더라도 경사가 있는 돌밭 길보다는 능선길이 더 수월할 듯싶어서였다. 돌이 적은 대신 길이 메마른 데다 왕모래·마사토가 깔려 있어서 조심하지 않으면 미끄럼을 타기 십상이었다. 윤석봉 회원이 첫 번째 희생자가 되었다. 카메라를 매고 채증의 수고를 함께해야 했기 때문에 미끄러져서 등산바지가 흙모래 투성이가 되었다. 반면 재작년 수리산에서의 경험 탓에선지 윤활식 선배님의 발걸음은 극히 조심스러워 보였다. 하지만 연세를 잊으신 듯 발길이 가벼워 젊은(?) 후배들보다 산을 더 잘 탔다.

그러나 임 여사가 등산길에 선두를 지키느라 힘을 너무 많이 써 버린 탓인지 하산에 다소 어려움을 겪었다. 원전 공포가 도사리고 있는 후쿠시마의 하늘 아래에만 결사대가 있는 게 아니다. 관악산 용마능선 길 위에도 5인의 결사대가 있었다. 문영희 회원과 그의 안산 팬 남녀 각 1인과 김태진 회장이 바로 그들이다. 조강래 대장의 진두지휘 아래 이들이 서로 엄호하고 제휴한 덕분으로 임 여사도 뒤탈 없이 등산을 마쳤다. 이젠 관악산에 대한 정신적 외상에서 벗어날 수 있게 되지 않았을까.

길이 완만한 대신 코스가 길어서인지 올라갈 때는 두 시간여 걸리던 길이 하산에는 그 두 배 가까운 시간이 걸렸다. 이래서 하산이 더 어렵다는 말이 나온 것 아닌가. 아무리 아니라고 우겨도 다리가 풀리면 하산 길에서는 평지에서도 레임 덕이 올 수 있다. 접시 물에도 빠져 죽고, 평지 풍파라는 말이 왜 있겠는가. 뭐든 얕잡아 보았다가는 큰 코 다친다는 말이 불변의 진리임을 아는 이는 다 안다.

뒤풀이는 과천교회 인근 주공 1단지 주택가에 있는 호프&치킨 집에서 인도산 위스키와 생맥주 칵테일로 시작했다. 이 위스키는 효창동 이정희 여사가 인도 여행길에 공수해온 것. 시산제에 동참 못한 이 여사가 우리의 하산 시간에 맞춰 이 귀한 술을 대동하고 서울에서 과천까지 와서 뒤풀이에 합석했다. 또 한 사람, 조양진 회원이 방외 인사들과의 등산을 마치고 우리 쪽에 합류했고, 정환봄 아리랑떡 사장과 문순c 김진숙 씨도 동참해 모두 18인이 되었다.

술이 있으니 노래가 빠질 수 없다. 이날 가장 많은 수고를 해 준 요요회의 대표 가수 조강래 대장이 활약할 시간이다. 본인은 극구 고사했지만 다중의 성화에 못 이겨 일어섰다. 박화목의 〈망향〉을 맛깔나게 읊조려 모두의 심금을 울렸고, 스마트폰으로 동시녹음을 하는 광팬들도 있었다. 여기에 질세라 오늘 힘든 산행을 가볍게 마친 임 여사가 자진하여 이은상의 〈그리워〉를 소프라노 톤으로 응수함으로써 좌중을 놀라게 했다. 두 노래 다 정지용의 시 「고향」을 개작한 것을 채동선이 작곡한 것으로 같은 뿌리를 지닌 꽤 격조 있는 노래라는 것이 조 가수의 설명이다. 임 여사의 열창과 기염은 다른 가수의 출현을 차단시키는 부작용도 낳았다.

황사 속에서 생동하는 봄을 찾아 나선 요요회의 2011년 시산제 산행은 과천 땅에 어둠이 깔리기 시작할 무렵 파했다.

산행 참석자

김태진 회장, 윤활식, 임응숙, 문영희, 고준환, 윤석봉과 부인 이정희 여사, 이기중, 김동현, 이영록, 조강래, 이명순, 신정자, 조양진, 홍명진과 그 부군, 정환봄, 김진숙

오봉산(五峰山)

# 동아투위 결성 37주년 기념 언론단체 합동 시산제

(2012년 3월 17일)

2012년 3월 17일. 동아자유언론수호투쟁위원회(동아투위)가 발족한 지 37년째 되는 날이다. 동아투위는 매년 이날 정례적으로 기념행사를 해 왔다. 이번에는 23일에 있을 동아투위가 국가를 상대로 한 손해배상 청구소송 항소심 선고 공판이 끝난 직후에 기념 모임을 갖기로 했다. 그러나 동아투위 등산모임인 요요회로서는 이날이 매달 세 번째 토요일마다 시행하는 정기 산행일. 시기적으로 맞아떨어져서 시산제를 겸하기로 했다.

장소는 강원도 춘천시 북산면과 화천군 간동면에 걸쳐 있는 오봉산(五峰山, 779m). 거기다 이번 시산제는 동아투위 37주년을 맞아 새언론포럼 등산회와 한국PD연합회 등산회, '내친구 문순c' 카페가 함께하기로 했기 때문에 의미가 더 컸다.

날짜는 오래전에 정해졌는데, 산행 당일 전국적으로 비가 온다는 예보가 주초부터 나와 있어서 주최하는 입장에서는 노심초사하지 않을 수 없었다. 더구나 산행지가 출발지 서울과는 꽤 거리가 있는 데다 참가 신청자도 평시보다 많고 시산제를 지내기에는 다소 버거운 산이어서 신경이 더 쓰였다.

그러나 다행이었다. 전날부터 내리기 시작했던 비가 산행 당일 아침에는 개기 시작할 거라는 고마운 예보가 뒤늦게 나왔다. 산행 기점인 오봉산 기슭 배후령 고갯길 정상에 도착했을 때는 비도 그치고 금방 해가 나올 것 같았다. 아무래도 오늘 이분들, 다 복 받은 사람들인가 보다.

일행을 태운 관광버스는 인원 점검 때문에 예고한 시간보다 30여 분 늦은 8시 30분 지나서 서울시청 옆 한국프레스센터 앞을 출발했다. 만석에 가까운 43명을 태우고. 멀리 강원도 용평에서 따로 출발해 산행 시작 장소인 배후령 마루에서 합류하기로 한 윤석봉 회원 내외를 합치면 모두 45명에 이르는 대부대다. 용평에서 삼동을 보내고 있는 윤 회원은 이날 시산제를 위해 대관령 황태덕장에서 말린 최고급 북어포를 제물로 지참하기로 미리 약속했었다.

집 나서는 시간이 일러서 아침 식사가 변변치 못할 것에 대비해 문순c 카페 쪽에서 김밥 한 줄과 '대한민국에서 제일 맛있다'는 순수 국산 재료의 흑임자떡 한 곽씩을 인원수대로 배분해 주었다. 떡은 카페 회원인 정한봄 아리랑떡 사장이 제공한 것. 문순c 카페 측은 오늘 산제에 올릴 찰진 팥떡 세 시루와 돼지머리도 자청해 맡아 가져왔다. 가장 중요한 이동수단은 PD연합회 측이 주선을 했고. 연합회 측은 산행을 마치고 귀경길에 동아투위가 쏘기로 한 뒤풀이 식대도 선수를 쳐 내는 바람에 요요회 노인들(?)을 무안하게 만들었다.

차중에서 일용할 양식과 함께 마음의 양식이 될 책자 한 권씩이 배부되었다. 요요회 김태진 회장이 대표로 있는 다섯수레 출판사가 바로 이 날짜로 개정 증보해서 펴낸 『한국언론 바로보기 100년』(송건호·최민지·박지동·윤덕한·손석춘 공저)을 시산제 선물로 내놓은 것. 이 책의 초판은 2000년 3월 17일 동아투위 결성 25돌 때 나왔었다. 이번에 초판 이후 전개된 상황들을 담아 '언론 권력과 언론 민주화' 부분을 대폭 보완했다고 한다. 시산제에 책을 선물한 것은 드문 일일 터이다.

아침 요기도 하고 선물로 받은 책자도 뒤적거리며 담소를 나누는 사이 버스는 오전 10시 조금 넘어 배후령 고갯마루에 도착했다. 미리 기별이 닿았는지 강원도 최 도백께서 공사다망한 중에도 직접 나와 우리 일행을 일일이 맞아 주었다. 또 제주로 쓰라고 강원도산 막걸리 '소양강'을 상자 째로 기증해 술 모자랄까 걱정 많았던 주당들을 안심시켰다. 무릇 선정을 베풀고 백성을 편안하게 해 주는 것이 목민관의 노릇이 아니던가.

우리 일행은 10시 10분쯤 최 지사의 배웅을 받으며 오봉산 등산길에 올랐다. 오봉산은 이름에 걸맞게 비로봉, 보현봉, 문수봉, 관음봉, 나한봉 등 다섯 개의 봉우리가 기암괴석들이 임립한 암릉 위에 절묘하게 이어 솟아 있고, 봉우리의 이름들이 암시하듯 산자락에는 천년 고찰 '청평사'를 품고 있다. 또 그 앞으로는 아름다운 소양호가 그림인 듯 펼쳐져 있고.

배후령에서 시작하는 산길은 안내 책자에 나온 대로 바로 깔딱고개로 되어 있어서 만만치가 않았다. 거기다 북쪽 사면이어서 군데군데 잔설이 아직 남아 있었고 얼어붙은 곳도 있어서 꽤 미끄러웠다. 드문드문 설치되어 있는 로프에 몸을 의지한 채 한 발 두 발 옮겨 가야만 하는 곳도 자주 나타났다. 일행이 많은 데다 길이 미끄러운 탓으로 발길을 천천히 옮겨야 했기 때문에 오히려 힘은 덜 들었다. 한 20여 분 가파른 오르막길을 지나니 능선길이 나왔다.

오봉산의 산색은 춘삼월이라고는 하나 봄 날씨와는 아직 거리가 멀었다. 파릇파릇 연두색으로 돋아나는 새잎 대신 골짜기에 남은 잔설들에

섞인 숲의 나무들은 무채색 톤 일색이었다. 오봉 오르는 능선 양쪽으로는 낭떠러지가 무명 치마폭처럼 강팍하게 펼쳐져 있어 약간의 현기증이 날 듯했지만 예전에 비해 로프와 난간 등으로 등산로 정비가 비교적 잘 돼 있어서 큰 어려움 없이 암릉 산행의 맛을 느낄 수 있었다.

그러나 방심은 금물. 깎아 세운 듯 절벽 바위에 세워진 '진혼비' 하나가 잠시 우리를 긴장시켰다. "사랑하는 산을 통하여 극복의지를 키우다 여기 산화하니 진혼하노라. 1989.9.3." 아마도 이곳에서 사고를 당한 산 동무를 생각하는 벗들이 아픈 마음을 여기에 담아 올려 놓은 모양이었다.

그곳을 조금 지나니 바위 위에 수령을 짐작키 어려운 노송 한 그루가 외롭게 서 있는 모습이 눈에 들어왔다.

> 오봉산 꼭대기 에루화 돌배나무는/ 가지가지 꺾어도 에루화 모양만 나누나./ 에헤요 어허야 영산홍록의 봄바람/ (중략)/ 오봉산 꼭대기 홀로 섰는 노송/ 남근 광풍을 못 이겨 에루화 반춤만 춘다.

우리 산하에 오봉산으로 불리는 산이 한둘이 아니지만 경기민요 〈오봉산 타령〉에 나오는 오봉산이 혹 예 아닐까.

조경사가 부러 빚어 놓은 양 노송의 자세는 심히 불안정하고 위태위태해 보였다. 바위틈에 뿌리를 내리며 모진 풍상을 다 겪어 온 그 세월의 주름이 의연해 보이기까지 했다.

친절하게도 바위 중간에 '청솔바위'라고 이름표를 새겨 놓았다. 그것이 옥에 티처럼 분위기를 오히려 망쳐 놓은 것 같았다. 지나가던 PD연합회의 누군가가 사극의 한 배경으로 딱 좋을 것 같은데 그놈의 이름표가 사진 버리겠다고 한 마디 거들었다. 피(직업)는 못 속인다고 했던가. 장소

헌팅에 늘 애먹는 프로의식이 발동한 순간이었다.

일행이 많다 보면 앞서 가는 사람, 뒤처진 사람이 나오기 마련. 또 이른 아침부터 움직였기 때문에 힘들기도 하고 시장하기도 했다. 어디 적당한 곳에 자리를 펴고 판(시산제)을 벌이자는 소리들이 여기저기서 나왔다. 그러나 능선 바윗길이 험한 데다 우리 모두를 받아 줄 수 있는 장소가 마땅치 않았다. 또 제를 지내고 나면 음복도 해야 한다. 그러다 보면 하산 길이 위태로울 수 있어서 산행을 책임지고 있는 조강래 등산대장이 안전한 곳이 나타날 때까지는 힘들어도 계속 밀고 나가자고 일행을 달랬다.

그럭저럭 두세 시간 쯤 걷다 보니 하산 길이 나왔다. 들머리인 배후령에서 오르는 길이 오르막 경사를 보인 것과는 반대로 하산 길은 내리막 경사가 자심했다. 대부분 잔돌과 마사토로 되어 있어서 발밑을 각별히 조심해야만 했다. 도중에 홈통처럼 생긴 좁은 바위 사이로 빠져나가야 하는 곳이 나왔다. 군데군데 발을 디딜 수 있게끔 철근 꺽쇠를 박아 놓았

지만 미끄러운 데다 짧은 다리로는 내딛기가 쉽지 않아 애들을 먹었다. 거기다 허리 사이즈에 따라서는 빠져나오기가 힘들어서 모처럼 비만 테스트를 해 본다면서 우스갯소리들을 하기도 했다. 그곳을 조금 벗어나자 저 멀리 소양호가 모습을 살짝 드러냈다. “아, 하산 종점, 청평사가 멀지 않았구나” 하고 안도하는 소리들이 들렸다. 그러나 아직이었다. 급경사의 내리막길은 지겨울 만큼 길게 이어졌다. 다리가 풀리기 시작했기 때문에 더욱 조심하지 않으면 안 되었다.

시간은 오후 2시를 넘겨 배꼽시계가 멈춰 버린 지도 한참 지나 버렸다. 시산제 장소 헌팅을 특명 받은 선발대들이 그럴싸한 자리를 잡아 놓고 기다리고 있었다. 청평사 적멸보궁 근처 개울가 터였다. 그러나 장소가 문제가 아니었다. 제물을 여럿이 나눠 가져오기로 했고, 또 긴 산행이 부담되는 이들도 있기 때문에 다들 도착할 때까지 기다려야 했다.

2시 40분쯤 되어서야 시산제 자리에 모두 모였다. 인원 점검을 해 보니 올 사람은 다 왔다. 초반 얼음길에 나부러지거나 자갈길에 미끄러지기도 했지만 표 나게 다친 이는 없었다. 시산제 간다고 우습게 생각하고 끼었다가 예상치 못한 긴 산행에 지친 기색들이 역력했지만 역경 속에서도 완주했다는 기쁨도 함께 묻어났다. 사고 없이 무탈하게 내려온 우리 모두에게 박수를.

힘도 빠지고 배도 고팠기 때문에 서둘러 산제를 지내기로 했다. 동아투위의 녹색 '자유언론' 깃발을 바윗돌 전면에 붙여 걸고 진설을 해 나갔다. 두서는 좀 없었지만. 그리고 독축 차례. 합동 시산제 형식이기 때문에 동아투위, 새언론포럼, PD연합회 순으로 각기 제문을 읽어 나갔다. 동아투위의 제문은 목청 좋고 결기 넘친 새언론포럼의 김기만 회원이 맡아 주었고, 새언론포럼의 박래부 회장과 PD연합회의 황대준 회장의 독축이 이어졌다. 같은 생각을 갖고 있는 뜻 좋은 사람들과의 만남이어선지 제문 내용은 대동소이했다.

이 정부 들어 정권을 비판하는 뉴스에 대한 내부 검열이 상시화되다시피 하면서 이에 저항하는 MBC, KBS, YTN 등의 언론인들에 대한 해직과 대규모 징계 사태가 빈발하고 있는 것이 작금의 언론 현실이다. 이번 합동 시산제는 이들 언론인들이 이에 맞서 정권 말 사상 초유의 연쇄 파업을 벌이고 있는 데 대한 자유언론실천을 위한 연대의 뜻도 함께 담겨 있었다. '문백'이 초 잡은 동아투위의 시산제문도 같은 맥락으로 이어지고 있다.

지금 차가운 시멘트 바닥에서 밤샘을 거듭하며 자유언론 실천을 위해 투쟁하는 MBC, KBS, YTN 3개 방송사와 부산일보, 국민일보, 연합뉴스 등 참 언론인들을 지켜 주시고 그들의 외침이 실현되도록 용기를 북돋아 주소서.

다음 주에 판결이 날 동아투위 손해배상 청구소송에서 승리하여 다시는 이 땅에 자유언론을 압살하는 무리가 발붙이지 못하도록 힘을 보태 주소서.

이번 4월에 치러지는 총선에서 부정과 부패, 독점과 차별이 무릎 꿇고 성장과 균형, 공평과 화합이 승리할 수 있도록 도와주소서.

북한 동포들이 굶주림에서 풀려날 수 있는 길을 열어 주시고, 나라의 통일을 앞당겨서 강대국들이 넘볼 수 없는 튼튼한 나라, 살기 좋은 나라가 되도록 이끌어 주소서.

산에는 문이 없어 오는 사람 막지 않고 가는 사람 잡지 않습니다. 산은 또한 덕이 높아 아름다운 숲을 가꿔 지친 새를 쉬게 합니다. 우리들도 이 같은 산을 배워서 이웃을 아끼고 산천을 깨끗이 지키도록 깨우쳐 주소서.

올해도 산을 무사히 오르고 내리도록 지켜 주시고 산에서 우정과 희망과 보람을 찾도록 가르쳐 주소서.

이날 시산제 자리에서는 현재 파업 중인 KBS 새 노조를 격려하기 위해 3월 26일 오후 2시에 파업 현장을 찾아 격려·지원하기로 뜻을 모았다.

오후 4시. 산중이라서 산 그림자가 일찍 짙어지기 시작했다. 평탄한 길이긴 하지만 하산을 서둘러야 했다. 가는 길에 청평사도 한 번 돌아보고. 시산제를 올린 계곡 위쪽 근접이 쉽지 않은 바위 기슭에 적멸보궁이 있어 눈 밝은 몇은 그곳에 들러보기도 했다. 오대산 등 다른 곳에서 만난 적멸보궁보다는 규모가 작고 다소 쇄락해 보였지만 다락바위 위에 올라앉은 보궁의 모습이 좀 고풍스럽고 뭔가 색다르다는 느낌을 주었다.

잠깐 둘러본 청평사였지만 예전보다 절집이 늘어나고 진입로를 넓혀 사람 때를 훨씬 더 많이 탄 듯했다. 시간이 없어서 두루 돌아보지 못하고 떠나 아쉬움이 남았다. 청평사 입구의 매표소 쪽으로 내려가는데, 저 멀리로 소양호 선착장 가는 길이 눈에 들어왔다. 도로 정비를 마친 지 얼마 되지 않은 듯 깔끔해 보였다. 오늘 여행 계획에는 들어 있지 않으므로 다음을 기약할 수밖에 없었다.

가는 길에 구송(九松)폭포를 만났다. 이 봄 가뭄 중에도 폭포 물은 시원스레 흘러내리고 있었다. 폭포수가 아홉 가지의 청아한 소리를 내면서 떨어진다 하여 구성(九聲)폭포라고도 부른다. 소나무나 폭포 소리에서 이름을 얻은 모양이었다. 주차장에 도착하니 저녁 6시가 넘었다. 꼬박 일고여덟 시간을 산속에서 보낸 셈이다.

그냥 서울로 되돌아가기가 아쉬워 춘천의 명물 닭갈비에 한잔을 더 하기로 의견이 모아졌다. 연합회 쪽의 춘천 출신 아무개가 자신 있게 추천해서 들어간 집인데 그다지 맵지 않으면서도 맛이 좋아 한 시간 남짓 기분 좋게 소주잔들을 부딪치고 일어섰다.

이제는 서울까지 한숨 눈을 붙이면 되겠구나 했는데, 그게 아니었다. 문순c 카페의 젊은이들이 가만있지를 않았다. 차중 노래판을 벌인 것이다. 정작 자신들은 쏙 빠진 채 한물 간(?) 노인들만 골라 불러내서 우세를 시켰다. 그러나 노래책 없이도 가사들을 용케 틀리지 않고 열창들을 했다. 그 바람에 깊은 산속 떨기나무(灌木)에서나 겨우 웅얼거리던 음치도 민가의 큰 나무에 옮겨 앉아(喬遷) 노래를 부르는 무모함을 보일 기회도 생겼다.

아무래도 이날의 백미는 동아투위의 맏형님인 팔순의 노신사 윤활식 선배가 부른 제임스 블랜드 작사·작곡의 〈내 고향으로 날 보내 주(Carry Me Back to Old Virginny)〉. 실향민이기도 한 그가 깊은 울림으로 부른 노래는 모든 이를 감동시키면서 차중의 갈채를 흠뻑 받았다. 60여 년 전 중학교 2학년 때 학교에서 배웠다는 이 노래를 음정, 박자, 가사 하나 틀리지 않고 완벽하게 해석해 낸 것이다. 오늘 산중에서도 연세를 잊은 듯 조금도 흐트러짐 없이 앞서거니 뒤서거니 하면서 산길을 오르내리시더니. 저런 자세가 나올 수 있을까. 부러움을 넘어서 존경스럽기까지 했다.

오늘 합동 시산제 일정은 버스가 서울 시내로 들어오면서 김태진 회장이 YS 정부 시절 끝내 무산되고 말았던 동아 해직자들의 원상회복 협상과 관련한 비사를 소개하는 것으로 마침표를 찍었다. 김 회장은 당시 동아투위 위원장을 맡고 있었다.

참석자(3인은 중복)

- 동아투위(17인): 김태진 회장, 윤활식, 황의방, 문영희, 윤석봉, 조양진, 김동현, 김양래, 이영록, 이명순, 조강래, 홍명진 회원과 신정자 회원 내외
- 새언론포럼(6인): 박래부 회장, 김기담, 최용익, 김병수, 현상윤, 김기만
- 한국PD연합회(12인): 황대준 회장(KBS), 현상윤(KBS), 양승동(KBS), 최상재(SBS), 송영재(SBS), 오기현(SBS), 김병수(EBS), 김력균(OBS), 김인중(OBS), 백민섭(OBS), 장세종(OBS), 김광선 PD연합회정책국장
- 내친구 문순c 카페(8인): 조순애(그레이스), 강소영(올리브나무), 허용무(마을이장)+지인(원창호), 정한봄, 김진숙(풀이), 유진아(리버럴유), 조상근(조티)
- 한국출판인회의산악회(4인): 김태진(다섯수레), 이수용(수문출판사), 김종윤(자유지성), 이종은(역사디딤돌)

# 북한산 삼천사골에서 자유언론 실천 다짐

(2013년 언론 관련 단체 합동 시산제, 2013년 3월 16일)

동아투위 등산모임 요요회는 3월 16일 북한산 삼천사골에서 2013년 시산제를 지냈다. 이번 행사는 작년 강원도 춘천 오봉산에서 언론 관련 단체 합동으로 열린 이후 두 번째다. 올 시산제에는 동아투위 요요회, 전국언론노동조합, 한국PD연합회, 민주언론시민연합, 새언론포럼, 뉴스타파, 내친구 문순c 카페 등 7개 단체에서 60명 가까운 회원이 참여했다.

시산제 장소까지는 구기동 이북 5도청 어귀에서 출발하여 승가사 계곡을 거쳐 응봉 능선을 올려다보면서 삼천사골로 이어지는 산길을 택하기로 했다. 산제에 쓰일 제물 운반 수고를 자청한 이들이나 산행이 여의치 않은 이들은 구파발 쪽에서 바로 시산제 장소로 오도록 했다. 삼천사까지 차량 통행이 가능하고, 그곳에서 산제를 지내는 곳까지는 걸어서 이삼십 분이면 닿을 수 있는 거리이기 때문이다.

아침 9시 30분. 택일을 잘한 것인지 날씨는 제철답게 나무랄 데 없이 화창했다. 산행 출발지인 구기동 파출소 언저리로 반가운 얼굴들이 속속 모여 들었다. 작년에 비해 참가 단체도 늘어나고 참가 인사도 크게 불어나 다들 기분이 좋아서인지 상기된 표정들이 역력했다. 인원 파악에만 반시간 넘게 걸렸다. 오늘 산행을 책임지기로 한 요요회 조강래 산행대장은 인원 수 헤아리느라 등산 시작도 하기 전부터 진땀을 뺐다. 모임이 커진 데다 낯선 얼굴들이 많아 전에 없이 명찰까지 달아야 했다.

10시가 넘어서야 겨우 출발을 할 수 있었다. 자연보호탑을 거쳐서 승가사 계곡으로 진입했다. 등산로 옆 계곡에는 엊그제 내린 봄비에 눈얼음 녹아내린 물이 합수해서인지 수량이 제법 넉넉하고 물도 맑았다.

승가사 쪽과 대남문 쪽으로 갈라지는 승가사 계곡 입구 쉼터에서 인원 정리를 겸해 일단 휴식을 취했다. 근 30년 전 아이들 데리고 등산 다니면서 이곳에서 물놀이하던 일이 떠올랐다. 지금은 물에 들어가지 못하도록 군데군데 금줄을 쳐 놨지만. 그 아이들이 지금은 그때 내 나이를 넘어 결혼해서 애도 낳고 사는데. 바로 엊그제 같은데 세월이 이렇게 흘렀나.

잠깐 숨을 돌리고 승가사 쪽으로 이동했다. 쉼터가 또 나왔다. 정자나무처럼 큰 키를 자랑하는 교목이 넓은 그늘을 내려 주고 있는 곳이다. 먼저 도착한 이들 중에는 거기 탁자에 앉아 아침 일찍 집 나서느라 걸렀던 모닝커피를 한 모금씩 나눠 마시면서 커피 호객을 하고 있었다. 그 시절 이 자리에서 빈대떡을 팔던 할머니 생각도 났다. 하산 길에 이곳에 들러 빈대떡을 시켜 놓고 소주 한두 잔 걸치면서 미진한 산정을 나누노라면 그리도 마음이 느긋해지고 기분이 좋았었는데…. 하얀 머리 때문에 더 푸근하고 좋은 인상을 주었던 그 할머니, 지금 어느 하늘 아래에 계실까 잠시 상념에 젖었다. 아무래도 오늘은 인원 구성도 다양하고 하고 싶은 얘기들도 많아 쉬어 가는 일이 더 잦을 듯했다.

자리를 털고 일어나서 약간 가파른 계곡길을 올라 승가사 바로 아래 대형 약수터에 이르렀다. 일찍 나선 사람들은 그곳에서 벌써 약수 물을 퍼 올려 목을 축이고 있었다. 바로 곁에 승가사가 있지만 들를 생각들은 없는 것 같았다. 혼자서 본대를 잠깐 빠져나와 절을 들러서 가기로 했다. 오랫동안 와 보지 않아서 궁금하기도 해서다. 전에는 그런 생각을 못했었는데 계단이 왜 그리 많은지. 백팔 계단을 몇 번을 오르고도 남을 정도였다. 나이 탓인가, 제법 숨이 차올랐다. 예전 같지 않았다. 일행들에 다시 합류하려면 서둘러야 했기 때문에 마음이 좀 바쁜 탓도 있었겠지만.

승가사(僧伽寺)는 대한불교조계종 직할교구 본사인 조계사(曹溪寺)의 말사. 신라 경덕왕 15년(756년)에 창건됐다. 당나라 고종 때 장안의 천복사(薦福寺)에서 대중을 교화하면서 생불(生佛)로 지칭되었던 승가(僧伽)를 사모하는 뜻에서 승가사라고 이름 지었다 한다.

절 창건 이후 여러 차례의 중건과 중수를 거쳤으나 6·25 전쟁 당시 대부분 소실되었다. 1957년 비구니 도명(道明)이 중창에 나서 대웅전과 영산전, 약사전 등의 당우를 갖추었다. 절의 규모는 크지 않지만 좁고 가파른 지형을 적절히 이용해 절집들을 잘 배치했다.

절 위쪽 서북방 100미터 지점 암벽에 부각된 거대한 마애석가여래좌상(보물 제215호)과 약사전에 모신 약사여래의 영험, 그리고 약수의 효험 등은 이 절을 기도처로 더 유명하게 만들었다. 시간이 없어 마애석불까지는 오르지 못하고 먼발치에서 합장만 하고 돌아섰다.

승가사를 일별하고 일행을 뒤좇아 갔다. 사모바위 쪽으로. 오르막이 심한 데다 본대와 만나려고 잰걸음을 하다 보니 숨이 턱까지 차올랐다. 사모바위에 다다르자 일행의 모습이 눈에 들어왔다. 바로 출발을 하려던 참이었다.

사모바위. 그 이름에 대해서는 두 가지 설이 있다. 관복의 일부인 사모(紗帽)와 비슷해서라는 설과, 청나라로 끌려갔던 여인을 기다리다 바위가 되었다는 설이다. 설득력은 떨어지지만 스토리는 뒤쪽이 더 있다. 조선

인조 때 병자호란이 일어나자 남자는 사랑하는 여인을 두고 전쟁터로 떠났다. 요행히 살아서 고향에 돌아왔지만 사랑하던 여인은 청나라로 끌려가서 돌아오지 않았다. 당시 청나라로 끌려갔던 여인들은 대부분 풀려났지만 고향으로 돌아가지 못했다. 대신 환향녀(還鄕女)라는 낙인이 찍힌 채 북한산 자락 지금의 홍은동 지역에 모여 살았다. 나라님 잘못 만난 민초의 서글픈 현장이다. 남자는 여인을 찾으려고 온 동네를 샅샅이 뒤졌지만 허사였다. 남자는 날마다 북한산에 올라가 그녀가 돌아오기를 기다리다 그 자리에 선 채 바위가 되었다고 한다.

능선에 올라서면 비봉이 바로 눈앞에 들어온다. 진흥왕순수비(眞興王巡狩碑)가 서 있었던 자리다. 북한산 진흥왕순수비는 신라 제24대 진흥왕(재위 540~576)이 한강 유역을 순수한 것을 기념하여 북한산에 세운 비다. 국보 제3호. 보존을 위해서 지금은 국립중앙박물관으로 옮겨져서 선사고대관 신라실에서 관람객을 맞고 있다. 당초 순수비가 서 있던 자리에는 대신 유지비(遺址碑)를 세워 놓았다. 힘들게 비봉에 올라가도 진짜를 볼 수 없어서 늘 허망하곤 했었지.

앞발치의 비봉은 건성으로 쳐다보며 시산제 장소인 삼천사 계곡길로 접어들었다. 원래 이곳에는 군부대가 있어서 한때는 일반인의 출입을 통제했었으나 부대를 내보내고 지금은 자유롭게 다닐 수 있게 되었다. 딴 길보다는 왕래가 뜸해 한적한 편이다.

삼천사골로 접어드는 입구에서 반가운 얼굴을 만났다. 신학림 전 언노련 위원장. 삼천사 쪽에서 올라왔다고 한다. 우리 일행이 길을 놓칠까 봐 갈림길에서 길 안내를 하고 있었다. 전문 산악인 저리 가라 할 산꾼인 신 위원장은 당일 산행에 어울리지 않은 커다란 배낭을 메고 있었다. 아마 배낭 속을 들여다보면 3박 4일은 좋이 비박을 해도 될 만한 온갖 장비와 물자가 들어 있을 터였다. 자신보다 산행에 서툰 동행들을 위한 나름의 배려다.

평소 보학이나 인맥 연구에도 조예가 깊은 신 위원장은 산 사정에 대해서도 훤하게 꿰고 있었다. 이곳 삼천사골에 생태환경을 재는 바로미터가 되는 생물종이 서식하고 있지만 인간들의 훼손을 막기 위해 기사로 쓰지 않았다고 귀띔해 주었다. 그리고 아직은 괜찮지만 5월쯤 되면 산새들이 산란하기 때문에 큰 소리로 떠들거나 노래를 부르는 일은 삼가야 한다고 일러 줬다.

계곡길은 내리막이 좀 심해 발밑에 신경을 쓰지 않으면 안 된다. 낙엽에 덮여 있다고 해도 그 속에는 군데군데 얼음이 남아 있어서 자칫 실수를 할 수 있기 때문이다. 일행이 많은 데다 쉬어 가는 시간이 많아 시산제 장소에는 낮 1시가 다 되어서야 도착했다. 예정 시각보다 1시간가량 늦어진 것.

당초 고지한 대로 '삼천사 1.4km'라 씌어 있는 이정표 밑에 '탐방로 없

음' 표시 바로 오른쪽 위가 미리 찜해 둔 시산제 터였다. 부대 막사가 있던 자리였던지 바닥에 콘크리트를 친 꽤 넓고 양지바른 곳이었다.

먼저 도착한 일행들이 동아투위의 '자유언론' 깃발과 언론노조의 기치를 이어 붙인 비탈 아래서 돗자리를 깔고 진설을 하는 등 산제 차림에 분주했다. 특히 올해는 젊은(?) '문순c'들이 떡과 고기, 과일 등 주요 제물 준비는 물론 울력까지 도맡다시피 해 고맙고도 미안했다. 제수의 규모며 차림이 지난해보다 훨씬 풍성하고 참석자들의 결기 또한 하늘을 찌를 듯하여 북한산 산신령님이 흡족해하실 것 같았다. 어디선가 봄 꿩 우는 소리가 들려왔다. 물가 샛노란 산수유 꽃은 벌써 봄을 맞고 있었다. 아직 진달래 꽃망울은 터지지 않았지만 봄이 오긴 왔나 보다.

시산제는 요요회의 김태진 회장 집전 아래 초헌, 아헌, 종헌 순으로 착착 진행되었다. 이어서 각 단체들이 준비한 제문을 낭독했다.

요요회의 산신제문은 이명순 동아투위 위원장의 뒤를 이어 올 3월부터 위원장을 맡은 김종철 신임 위원장이 읽었다. 제문 작성은 올해도 문백

오정환 위원이 맡아 주었다. 운신이 쉽지 않아 산행에는 참여하지 못했지만 모든 언론 종사자를 경책(警責)하는 내용으로 일관한 제문은 참례자 모두를 숙연하게 했다.

"언론이 앞장서서 국민들에게 진실을 알리고 올바로 판단할 수 있도록 언론 본연의 책임을 다해야 한다. 언론이 진실을 묵살하거나 말을 해야 할 때 침묵하면 그 사회는 불신과 증오를 키우다가 스스로 무너지는 위기를 맞게 된다. 더구나 나라의 지도자들이 자기들만이 애국심을 독점한 양 잘못된 소신과 판단을 국민들에게 강요하고 있는데도 언론이 팔짱을 끼고 있으면 나라의 장래가 암울해질 것이다"라고 토로하고, "그동안의 산행을 통해 산에는 오르막과 내리막이 있으며 정상에 오르면 반드시 내려 올 수밖에 없다는 것을 체험을 통해 배웠다. 산에는 또 벽이 없어서 동서남북이 다 통하고 이리저리 새 길을 내도 군말이 없다는 것도 알았다. 자유언론도 이 같은 산의 덕을 닮아야 한다. 오르막길에 있는 사람들에게는 그들이 지치지 않도록 용기를 북돋아 주고, 정상에서 있는 사람들에게는 그들이 교만해지지 않도록 경종을 울려 주어야 된다. 또한 갈 길이 막히면 여러 사람들이 지혜를 모아 새 길을 찾도록 도와주어야 한다"고 강조했다.

'새언론 포럼'의 박래부 회장은 산제문을 통해 "말과 글을 평생의 업으로 삼은 저희들이 산을 오르는 이유는, 세월과 풍상에 고개 숙이지 않는 산의 기개와 작고 약한 것을 품어 살리는 산의 바름을 배우고자 함이다. 백성의 소리와 마음을 세상에 바르게 알리자면, 그 어떤 시련에도 굴하지 않는 기개, 그 어떤 유혹에도 흔들리지 않는 바름이 가장 중요한 덕목이라 믿기 때문이다"라고 밝히고, "이 자리에는 박정희 군사정권 치하에서 질식한 언론을 되살리려 일평생 고난의 길을 감내한 '동아투위'의 해직 언론인들, 그 뒤를 좇아 언론이 권력과 자본의 종이 되는 것을 막기 위해 싸워 온 언론노조, 피디협회, 기자협회의 회원들, 이명박 정권, 박근혜 정권하에서 입을 틀어 막힌 기성 언론을 대신해 국민의 바른 소리를 전하고자 분투하는 '뉴스타파'의 주역들이 함께하고 있다. 그리고 바른 언론을 갈구하는 정의로운 시민들도 함께 하고 있다"면서 '새언론포럼' 회원들은 이들과 함께 힘을 모아 이 땅의 언론을 바르게 세우겠다고 다짐했다.

한국 PD연합회의 양승동 회장은 "올 한 해 방송이 오로지 시청자만을 두려워하고 재미와 감동, 위안과 용기를 줄 수 있도록 굽어 살펴 주시고, PD들의 자율성과 독립성이 지켜지고, 화합과 사랑이 가득하여 우리 사회의 성숙한 민주주의가 이루어질 수 있도록 뜻 모아 기원하오니 부디 큰 결실 맺을 수 있도록 보우하여 줄 것"을 북한산 산신령께 간구했다.

전국언론노조 강성남 위원장은 제문을 통해 "권력자보다는 약자의 소리에 더 귀 기울이고자 하며, 부자보다는 가난한 사람의 편에 더 가까이 가고자 할 뿐이며, 현상보다는 그 속에 감춰진 사실과 진실을 좇고자 할 뿐이다"라고 다짐하고, "새해에도 꿋꿋이 버틸 수 있게 여기모인 우리 언론 일꾼들이 서로를 격려하며 용기 낼 수 있게 하여 주시고 그 용기로 힘껏 싸워 참 언론의 기치를 높이 치켜들어 만방에 고할 수 있는 힘을 달라"고 소망했다.

산제는 참석자와 참여 단체가 늘어난 까닭으로 시간이 길어졌다. 이어 음복을 겸한 늦은 점심 식사가 시작됐다. 자(子) 왈(曰) 식불언(食不言)이라 했다지만, 말과 글로 먹고 살아왔던 사람들의 입이 먹는 일에만 소용되랴. 식사와 담소를 나누면서 각자 자기소개와 함께 여러 소회를 털어놓고 하다 보니 어느새 오후 3시가 지났다. 말미에는 몇 가지 광고 말씀도 이어졌다.

'미디어 오늘' 사장을 맡고 있는 새언론포럼의 이완기 회원이 조만간 자신의 사장 임기가 끝난다면서 향후 인터넷 언론시장의 경쟁 심화에 대응하여 미디어 오늘이 확고하게 자리 잡을 수 있도록 사랑해 달라는 부탁을 했다. 자신의 컴퓨터 'My page' 앞쪽에 미디어 오늘을 넣어 주심은 물론 주위 분들이 이 일에 많이 동참할 수 있도록 권유해 달라는 등으로 미디어 오늘에 대한 깊은 애정을 드러냈다.

장준하 선생 의문사진상규명위원회 위원장을 맡고 있는 동아투위 이부영 위원은 이날 참석한 장준하 선생 장남 장호권 씨를 대신하여 3월 23일부터 3월 말까지 이어지는 유골감식결과 국민보고대회를 비롯해 추모문화제와 발인제, 안장제 등 장 선생과 관련한 일련의 행사에 대한 안내와 함께 뜻있는 인사들의 많은 동참을 바란다고 말했다.

또 이 자리에서는 동아투위 신임 김 위원장이 18일 열리는 동아투위 38주년 기념행사로 동아일보사 앞에서 열기로 한 기자회견에 많은 관심과 성원을 부탁했다. 원래는 1975년 3월 17일 자유언론 실천을 요구하며 철야농성을 하다 술에 취한 폭도들에 의해 강제 축출된 날을 잊지 않기 위해 해마다 이날 기념행사를 해 왔지만 올해는 일요일이어서 하루 뒤에 행사를 갖기로 했다. 김 위원장은 또 작년 11월부터 '미디어 오늘'에 연재됐던 동아투위 위원들의 수기 「동아투위, 유신을 말하다」가 3월 말께 단행본으로 발간된다는 소식과 함께 출판기념회를 개최할 예정으로 있으니 많은 관심을 가져 달라는 부탁의 말씀도 있었다.

우리는 시산제 장소 주변을 정리하고 하산을 서둘렀다. 오늘 합동 시산제 행사의 막내뻘인 언론노조 쪽에서 자기들이 쏠 요량으로 뒤풀이 장소로 미리 잡아 둔 삼천사 인근의 계곡 물가에 있는 식당 삼천장으로 향

했다.

식당으로 가는 길 바로 옆에 있는 삼천사(三千寺)를 잠깐 둘러보았다. 그곳에 있다는 마애불을 한 번 보고 싶어서였다. 절 안내 소책자에는 신라 문무왕 1년(661년) 원효대사가 개산했다고 돼 있었다. 북한산의 멋진 봉우리들을 병풍 삼아 건조된 이 절은 조선 성종조에 편찬된 『동국여지승람(東國輿地勝覽)』과 『북한지(北漢誌)』에 수도자가 3천 명에 이를 정도로 번창했다고 되어 있어 사찰 이름도 아마 이 숫자에서 유래된 게 아닐까 추측된다고 한다. 하지만 임진왜란 당시 전란으로 전각들이 모두 타 버렸고 마애불만 남아 있었는데, 그 자리에 진영화상이 이를 복원하고 이후 1970년대 여러 절집과 탑 등을 세우면서 현재의 모습을 갖추게 됐다고 한다.

절 위쪽에 있는 마애여래입상(보물 제657호)은 고려 초기에 만들어진 것으로 전해지고 있는데, 마애불로는 서울에서 가장 오래된 것이라 한다. 병풍바위에 돋을새김을 한 불상은 눈은 지그시 감은 채 복스러운 코에 두툼하고 작은 입술을 하고 있었다. 한 손으로는 부드럽게 늘어뜨려져 있는 옷자락을 잡고 있었고, 다른 한 손으로는 무언가를 받치고 있는 모습을 하고 있었다. 부처 발아래에는 연꽃이 피어 있었고.

삼천사를 후딱 둘러보고 나서 뒤풀이 장소에 갔더니 벌써 왁자지껄 권커니 마시거니 술잔 왕래하는 소리가 밖에까지 들렸다. 푸짐한 산제 음식으로 포식한 터에 더 들어갈 배가 있을까 싶었지만 도토리묵과 밀전병을 안주 삼아 대화와 소통의 장을 이어 가는 사이 막걸리와 소주병이 수없이 비워졌다.

이날 따라 요요회와 새언론포럼의 대표 논객 두 사람이 각자 사정으로 동참 못한 것이 좀 아쉬웠다는 뒷담화도 나왔다. 뒤풀이가 끝나 갈 무렵에는 각 모임의 대표 가수들이 나와 무겁지만 흥겨운 노래들로 노장동락의 시간을 한참 갖은 연후에야 자리를 털고 일어나는 것으로 합동시산제 행사의 막을 내렸다.

참석자들

- 요요회(16): 윤활식, 김태진, 황의방, 윤석봉, 김종철, 이부영, 조양진, 임학권, 김양래, 이영록, 이명순, 조강래, 홍명진+민경천, 신정자+장호권
- 새언론포럼(8): 박래부, 김기담, 현이섭, 신학림, 현상윤, 이완기, 한상완, 박강호
- PD연합회(3): 최상재, 양승동, 오기현
- 민언련(3): 신태섭, 정연우, 김서중
- 뉴스타파(4): 이근행, 최승호, 박성제, 김성근
- 언론노조(14): 강성남, 이경호, 노종면, 우장균, 김종욱, 탁종열, 박미나, 김현익, 최유리, 이기범, 김지성, 김유경, 오은지, 백재웅

• 한겨레신문(1): 임종섭

• 내친구 문순c(5): 정한봄, 허용무, 조순애, 김진숙, 장영란